中国古典文学名著丛书

绿牡丹

U0733781

[明] 吴 炳 著

华夏出版社
HUAXIA PUBLISHING HOUSE

图书在版编目（CIP）数据

绿牡丹／（明）吴炳著. —北京：华夏出版社，
2013.01（2024.09重印）
（中国古典文学名著丛书）
ISBN 978 - 7 -5080 - 6327 - 0

Ⅰ. ①绿… Ⅱ. ①吴… Ⅲ. ①章回小说 – 中国 – 明代
Ⅳ. ①I242.4

中国版本图书馆 CIP 数据核字（2011）第 074599 号

出版发行：华夏出版社
　　　　　（北京市东直门外香河园北里 4 号　邮编 100028）
经　　销：新华书店
印　　制：永清县晔盛亚胶印有限公司
版　　次：2013 年 01 月北京第 1 版
　　　　　2024 年 09 月北京第 2 次印刷
开　　本：670×970　1/16 开
印　　张：15. 5
字　　数：231.6 千字
定　　价：30. 00 元

前　言

　　《绿牡丹》又名《四望亭全传》、《龙潭鲍骆奇书》、《反唐后传》，是清道光年间问世的一部以唐武则天时代为背景、以行侠仗义为基调的英雄传奇小说。作者二如亭主人（也有称是清人吴炳所著），真实姓名及生平无考。

　　《绿牡丹》讲述了武则天当政时期，佞邪当道，权奸仗势欺人，鱼肉乡里，激起朝廷忠正之臣和各地义士的义愤和反抗。山东"旱地响马"花振芳、江南"口湖水寇"鲍自安，各自集结了一批江湖义士，除暴安良、锄奸扶弱。将门之子骆宏勋与江湖女侠花碧莲因巧邂逅，相识相恋。众英雄共同辅助宰相狄仁杰起兵，与薛刚等联手灭敌勤王。最后武则天被迫退位，自缢身亡。庐陵王还国登基重做大唐中宗皇帝。众勇侠剑客均蒙恩获得封赏。骆宏勋与花碧莲，几经挫折后终成眷属。

　　《绿牡丹》是依据史书创作的通俗演义评话小说。虽然故事内容大多是作者臆造构思编排的，但叙事简炼平实，语言质朴明快，风格粗犷，情节错落，具有一定的艺术欣赏性。这部小说最突出的特色是抨击了权势豪强对百姓的欺凌，赞美了英雄好汉的侠义行为，对当时的清代社会也多少有些影射。同时，故事跌宕起伏，极富传奇色彩，文辞通俗，活泼风趣，显而易见是经过评书艺人加工过的、具有民间文学韵味的平话小说。小说中对众多人物的刻画也十分细腻传神，比如骆宏勋的见义勇为、黑白分明，花碧莲的质朴情挚、温柔体贴，鲍自安的老谋深算，花振芳的豪爽耿直等，个个都性格鲜明，活灵活现。

　　《绿牡丹》问世后，在市井中广为流传，大受欢迎，对后世产生了较大影响。许多地方剧种都曾取材此书而改编成戏剧上演。如今天人们所看到的《大闹桃花坞》、《四望亭》、《嘉兴府》、《龙潭镇》、《扬州擂》、《四杰村》、《巴骆和》等，京剧《宏碧像》更是直接以《绿牡丹》为蓝本改编创作而成。

本次再版《绿牡丹》，我们对原书中的笔误、错漏和疑难字词分别进行了校勘、更正和释义，对原书原来缺字的地方用□表示了出来。便于读者阅读。对其中仍遗存的疏漏，还请专家和读者予以指正。

编　者
2011 年 4 月

目　　录

第 一 回

骆游击①定兴县赴任

道德三皇五帝,功名夏后商周。英雄五霸闹春秋,顷刻兴亡过手。青史几行名姓,北那无数荒丘。前人田地后人收,说甚龙争虎斗!

这首《西江月》传言,世上不拘英雄豪杰、庸俗之人,皆乐生于有道之朝,恶生于无道之国,何也?国家有道,所用者忠良之辈,所退者坚佞之徒。英雄得展其志,庸愚安乐于野。若逢无道之君,亲谗佞②而疏贤良,近小人而远君子。怀才之士,不得展示其才,隐姓埋名,自然气短。即庸辈之流,行止听命于人,朝更夕改,亦不得乐业,正所谓"宁做太平犬,不为乱离人"。今闻一个故事,亦是谗佞得意,权得国柄;豪杰丧志,流落江湖,与这首《西江月》相合。说这故事出在哪朝哪代?看官莫要着急,等慢慢写将出来。

却说大唐太宗殿下大太子庐陵王不过十几岁,不能理朝政。皇后武氏代掌朝纲,取名则天,生得极其俊秀,有沉鱼落雁之容;甚是聪明,多有才干,凡事到面前,不待思索,即能判断。她是上界雌龙降生,该有四十余年天下,纷纷扰乱大唐纲纪。只有一件,不大长俊,滢心过重,倍于常人,一朝若无男子相陪,则夜不成寐。自太宗驾崩,朝朝登殿理事,日与群臣相聚,遂私于张天佐、张天佑、薛敖曹等一班坚党。先不过日间暂为消遣,后来情浓意洽,竟连夜留在宫中。常言道:要得人不知,除非己莫为。那朝内文武官员,哪个不知,哪个不晓?但此事关系甚大,无人敢言。武后存之于心,难免自愧。只是太子一十二岁,颇晓人事,倘被知道,日后长成,母子之间难以相见。遂同张天佐等将太子贬赴房州③为庐陵王,不召

---

① 游击——唐宋时期武官的官阶。
② 谗佞(nìng)——说人坏话和用花言巧语巴结人的人。
③ 房州——州名。今潮北房县、竹山等县地一带。

不许入朝。又加封张天佐为左相,天佑为右相之职。朝中臣僚,唯有薛刚父子耿直,张天佐等常怀恐惧。适因薛刚惹出祸来,遂暗地用力,将薛家满门处斩。只逃走了薛刚同弟薛强、子薛魁、侄薛勇,兄弟叔侄四人奔至山林。后来庐陵王召入房州,及回国之日,封薛刚大元帅,薛勇正先锋。此是后话,按下不表。

且说广陵扬州,有一人姓骆,名龙,字是腾云,英雄盖世,武艺津强。由武进士出身,初任定兴县游击之职,携妻带子同往定兴县上任。老爷夫妇年将四旬,只生一位公子,那公子年方一十三岁,方面大耳,极其魁梧,又且秉性聪明,膂力①过人,老爷夫妇爱如珍宝,取名宾侯,字宏勋。还有一个老家人之子,姓余名谦,父母双亡,亦随老爷在任上,与公子同庚,也是一十三岁。老爷念他无父无母,素昔勤劳,只生了一个娃子,倒甚爱惜他。那余谦生来亦是方面大耳,虎背熊腰,极有勇力,性情好动不好静,闻得谈文论诗,他便愁眉蹙额;听说轮枪弄棒,他就侧耳切听。虽是一十三岁,小小年纪,每与大人赌胜,往往倒输与他,所以人呼他一个外号,叫做"多胳膊余谦"。老爷叫他同公子同学攻书,闲时叫二人习些枪棒。公子与余谦食则同桌,寝则同床,虽分②系主仆,情同骨肉。老爷到任之后,少不得躁演兵马,防守城池。武职之中,除演兵之外,别无他事,倒也清闲。这老爷声名着于外,多有人投在他门下习学枪棒。今有一人,系本县富户,姓任名正千,字威远。其人黑面暴眼,相貌凶恶。十四岁上,父母双亡,上无兄弟,下无姐妹,幸得有个老家人主持家业,请师教小主人念书。这官人生来专好骑马射箭,抢剑弄刀,文章亦是不大留心,各处访师投友,习学武艺。及至二十余岁间,稍长胡须,其色红赤,竟是个黑面红须,其相之恶,正过尉迟公几分,故此呼之"赛尉迟"。因他相貌怪异,人家女子都不许配他。他立志只在武艺上讲究,这件事倒也不在意下,所以,二十余岁尚是只身独自。日间与人讲拳论棒,甚是有兴,夜来孤身自眠,未免有些寂寞。正是:

　　饱暖思滢欲,饥寒生盗心。

　　于是,往往同几个朋友,向那烟花巷内走动,非止一日。那日会见一

---

①　膂(lǚ)力——体力。

②　分(fèn)——名分。

个妓女贺氏,遂与她有缘。任正千乃定兴县一个富户,其心甚喜,加倍温存。任大爷实难割舍,遂不惜三百金之费,在老鸨①手内赎出,接在家内为妻。那贺氏生性伶俐,到家无事不料理。她有个嫡亲哥子,贺氏在院内之时,他亦住在院中端茶送酒。及贺氏从良②任门,在任正千面前每每说起:他极有机变,干事能巧。任正千看夫妻之情,即道:"我家事务不少,既是令兄有才,请来我家管分闲事:一则令兄有以糊口,二则兄妹得以长聚,岂不两便!"贺氏闻言,恩谢大爷之情。于是兄妹俱在任府安身。你说那贺氏之兄是何等人物? 其人名世赖,字国益,生得五短身材,极有机变,正是:

　　无笑不开口,非谄不尽言。

　　见人不笑不说话,只好财钱,善于取财。若逢有钱之事,人不能取,他偏能生法取来;就受些须羞辱,只要有钱,他总不以为耻。他一入任大爷之门,小心谨慎,诸事和气,任府上下无有一人不喜他,任大爷也甚喜欢。过了年余,任大爷性格脾气,他却晓得了。逢任大爷不在家时,他瞒了妹子走出,与三朋四友赌起钱来。从来说,赌账神仙输,哪个赢的? 把自己在任大爷家一年积下的十二金尽皆输尽。后来在妹子跟前只说买鞋子、袜子、做衣服无有钱钞,告借些须。贺氏看兄妹之情,不好相阻,逢借之时,或一两,或八钱与他。那贺世赖小运不通,赌十场输八场,就是妹子此后一两、八钱也不济事,况又不好今日借了明日又借。外边欠账要还,家内又不便先借,出于无奈,遂将任大爷客厅、书房中摆设的小景物件,每每藏在袖内拿出,变价还人。任正千乃是财主,些须之物,哪里检点。不料贺世赖那一日输得大了,足要大钱三千文方可还账,小件东西不能济事,且是常拿惯了,胆便比从前大些。在客厅、书房往来寻觅,忽然,条桌底下有一大火铜盆,约重三十余斤,被他看见,心中暗想:"此物还值得四五两银子,趁此无人,不免拿去权为卖了。"于是撩衣袖,将火盆提起往外便走。合当有事,将至二门,任大爷拜客回来撞见,问道:"舅爷! 拿火盆做什么?"贺世赖一见,脸有愧色,连忙回道:"我见此盆坏了一只脚,故此拿去命匠人修正,预为冬日应用。"任正千见贺世赖言语支吾,形色仓皇,所

_____

　　① 　老鸨(bǎo)——旧时开妓院的女人。

　　② 　从良——旧时指妓女脱离卖身生活而嫁人。

谓做贼心虚,即走过来将火盆上下一看,见四只脚皆全,并未坏一只,心中大起猜疑。即刻到客堂、书房查点别物,小件东西不见了许多。任大爷心急如火,哪里容纳得住,将贺世赖叫过来痛责一番,骂道:"无品行,不长俊,我以亲情相待,各事相托,你反偷盗我家许多物件。若不看你妹子分上,该送官究治!你今作速离我之门,永不许再到我家。"说罢,怒狠狠往后去了。见了贺氏,将此事说了一遍。贺氏闻言,虽惜哥哥出去无有投奔,但他自作孽,也不敢怨任大爷无情。说道:"他自不长俊,敢怨谁来!"口中虽是如此答话,心中倒有个兄妹难舍之情。

由此,贺世赖出了任大爷之门。从来老羞便成怒,心中说道:"我与你有郎舅之分,就是所做不是,你也该原谅些须,与人留个体面;怎地今有许多家人在此,就如此羞辱于我!"暗恨道:"任正千,任正千呵!只要你轰轰烈烈一世,贺世赖永无发迹便了,倘有一日侥幸,遇人提拔一二,那时稍使计谋,不叫你倾家败业,誓不为人!"此乃是贺世赖心中之志,按下不言。

再表任大爷闻骆老爷之名,就拜在门下执贽①。骆老爷见他相貌怪异,声音洪亮,知他后来必有大用;又兼任大爷诚心习学,从不懈怠,骆老爷甚是欢喜,以为得意门生。这老爷所教门生甚多,只取中两个门生。向日到任之时,有山东恩县胡家凹姓胡名琏,字曰商,惯使一枝钢鞭,人都呼他"金鞭胡琏",曾来广陵扬州,拜在门下习学武艺。一连三载,拳棒津通,拜辞回去。老爷甚是爱他,时常念及。今日又逢任大爷,师生相投,更加欢悦。只是任大爷朝朝在骆老爷府内习学,往往终日不回,食则与骆宏勋同桌,余谦在旁伺候,安寝与公子同榻。二人情投意合,虽系世兄世弟,而情不异同胞。

老爷一任九年,年交五十,忽染大病,卧床不起。公子同余谦衣不解带,进事汤药。任大爷见先生卧病在床,亦不回宅,同骆公子调治汤药,曲尽弟子之心。谁知老爷一病不起,服药无效,祈神不灵。正是:

　　阎王注定三更死,谁敢留人到五更。

老爷病了半月有余,那夜三更时分,风火一动,呜呼哀哉!夫人、公子哀痛不已,不必深言,少不得置办衣衾棺椁,将老爷收殓起来,停柩于中

---

　　① 执贽(zhì)——拿着礼物拜师。

堂,任大爷也伤感一番,遂备祭礼拜祭老爷,就在府中帮助公子料理事务。三日之后,合城文武官员都来吊孝。逢七,请僧道诵经打醮,自不必言。正是:

光阴似箭催人老,日月如梭追少年。

倏尔①之间,看看七终。闻得京中补授游击新老爷已经辞朝,即日到任。夫人与公子计议:"新官到任,我们少不得要让衙门。据我之意,不若择日起柩回南,省得又迁公馆,多了一番经营。"公子道:"母亲之意甚是。但新官到任时催迫我们回南,其奈路途遥远,非可朝发而夕至;就是起柩,未免仓促慌速。依孩儿想来,还是暂借民宅居住,将诸事完备齐全,再择日期起柩,方无拮据失错之事。请母亲上裁。"母子计议之时,任大爷亦在旁,乃接口道:"世弟之言极是,师母大人不必着急,门生舍下空房甚多,即请师母、世弟,将师尊灵柩迁至舍下外宅停放,慢慢回南,未为迟也。不知师母、世弟意下如何?"夫人、公子称谢,说道:"多承厚意,甚得其便。但恐造府,未免动烦贤契,于心不安,如何是好?"任大爷道:"说哪里话来,蒙师受业,未报万一;师尊乘鹤仙游,门生之心抱歉之至。今师母驾迁舍下,师尊柩前早晚得奉香火;师母之前,微尽孝意,此门生之素志也,不必狐疑。"夫人、公子谢过。任大爷遂告辞还家,令人将自己住的房后收拾洁净,另外开一大门,好抬老爷的灵柩。任大爷同贺氏大娘住中院。不讲任大爷家内收拾。

且说骆公子家中细软物件,并桌椅条几,亦有人往任大爷家搬运。不止一日,东西尽已运完,择日将老爷灵柩并合家人口俱迁移过来。老爷灵柩进宅之后,仍将新开之门磊塞,骆公子出入与任老爷竟是一个大门。贺氏大娘参拜骆太太,宏勋拜见世嫂,任大爷又办祭礼祭奠老师,再备筵席款待太太、公子。以后日食,任大爷不要骆太太另炊,一日三餐,俱同贺氏大娘陪着。且喜骆太太并无多人,只有太太、公子并余谦主仆三人。公子与任大爷投机相好,食则同食,行则同行,至晚安寝亦是同榻,朝夕不离,真如同胞兄弟一般,从无彼此之分。贺氏大娘与骆太太也相宜,三餐茶饭全不懈怠。太太、公子每欲告辞回南,任大爷谆谆款留,骆公子亦不忍忽然便去,所以在任大爷家一住二年。

────────

① 倏(shū)尔——很快地。

　　那年春季三月,桃花开放之期,定兴县西门城外十里之遥,有一所地名曰"桃花坞",其地多种桃花。每年二三月间,桃花茂盛,士人君子,老少妇女,提瓶抬合,携酒往看,多来此游玩。任大爷吩咐家人置备酒肴,遂请公子游玩;又吩咐贺氏大娘,亦请太太同行。于是两轿两马带着余谦,向桃花坞而来。骆宏勋马到其间,抬头一看,真乃好个所在,话不虚传。怎见得好景致,不知后事如何,且听下回分解。

第 二 回

王公子桃花坞游春

众人观望了一番,还在大路旁边拣了一个洁净亭子,将担子挑进。且喜内中桌椅现成,骆太太与贺氏大娘一席,任大爷与骆大爷一席,家人在旁斟酒。看官,你说这亭子内桌椅是哪里来的?只因桃花坞乃定兴县之胜地,凡到春来,不断游人。也有邻近的,搬运桌椅容易;若远处来的,只能提壶携合,不能携带桌椅了。就有这好利之人,买些木料做些桌椅,逢桃花将放之时,士人游动之际,预先典些闲地,把桌椅摆设其间,凭那远方游人把钱。所以任大爷一到亭子内,桌椅如此现成。因骆太太、贺氏大娘在内,任大爷就把一两银子给他,包了这个亭子,别的坐头许他再租赁与别人。这也不谈。

再言任大爷与公子谈笑对酌,饮过数巡,看举数箸,正在畅饮之际,忽听得大路之上锣声响亮,任大爷和骆公子站起身来,往那路上看望:只见一簇人围住十数个汉子,俱是山东妆扮,还有那妇女一老一少,老的约有六十内外,年纪小的不过十六七岁的光景,俱是老蓝布袄子。唯有那少年女子,穿了条绿绸裤子,鱼白色绫袜套,大红缎子鞋,却全不穿裙子。内中一个老儿,手提大锣一面,击得数声响亮。骆宏勋看了一会,全然不晓得这是班什么人,问道:“世兄,此班是什么名堂?”任大爷道:“世弟,此乃山东所做,名叫‘把戏’。南边亦曾见过否?”骆宏勋答应道:“弟倒未曾见过。”任大爷吩咐余谦:“将那班人唤来,问他所会何样把戏?”余谦闻命,下了亭子来,高声大叫:“那鸣锣的老人家,这里来,我家大爷叫你哩!”那老夫妻闻言,急忙走过前来,满脸堆笑,说道:“大叔叫俺,想必要玩把戏了?”余谦道:“正是。我且问你:把戏共有多少套数?每套要银多少?”那老儿答道:“大叔,我们马上九般,马下九般,外有软索、卖赛,共有二十套,每套纹银二两;若要做完,共银四十两整。若单只卖赛软索,一套要算两套,两套就算四套,要银八两。不知大叔要玩哪几套?”余谦道:“你且在此少停,待我禀上大爷,再来对你说。”余谦说罢,上了亭子,对任大爷说道:"小的方才问他,他有马上九般,马下九般,走马卖赛,并踩软索,共二十套,每套要银二两整,全套做完共银四十两。若单只卖赛软索,一套要算两套;两套就算四套,要银八两。"任大爷开言向骆公子道:"马上马下十八般武艺,都是你我晓得的,可以不必,只叫他卖赛踩软索,就给他八两银子罢了。"骆宏勋说道:"此东小弟来出,请世兄观看。"任正千笑道:"一客不烦二主,怎好叫世弟破钞?正是愚兄备东。"吩咐余谦领命下去:单只软索卖赛。余谦领命,来到老儿面前说道:"我爷吩咐:马上马下十八般武艺俱都会的,单叫卖赛并踩软索。"花老道:"先已禀过大叔的,这两套要算四套哩!"余谦说:"那个自然。你只放心玩,银子分文不少。"老儿答应:"领命。"回首向着自家一众人,说道:"这位单要玩软索、卖赛,给我们八两银子。"家人答应:"知道了。"只见一人牵过一匹马来,乃是一匹川马,遍身雪白,唯脊上一片黑毛,此马名为"乌云盖雪",俱是新鞍新辔,判官头上有个钢圈儿,乃是制就卖赛之物。那老儿将铜锣放下,拿起个丈把长杆,朝那两边摇着,口中说道:"列位老爷、大爷、哥哥、弟弟!请让一让,我们撒马哩!晚生先来告声:倘有不小心者,恐被马冲倒,莫怪我事前不言明。"来往走了几次,看的人竟自走开,正中让出一条马路。那老儿将长杆丢下,又拿起铜锣当当敲着。又叫道:"俺的儿,该上马了。"只见那个幼年女子站起身来,将上边老蓝布褂子脱去,里边现出杏黄短绫袄,青缎子背心,腰间一条大红绉纱汗巾,衬着绿绸裤子,五色绫子袜套,花红鞋子,那一只金莲刚刚三寸。头上挽了一个髻儿,也不戴花,耳边戴一双金坠子。不长不短,六尺多的身材,做一个辔腰儿朝上迎着,加上这配就的一身服色,就是一个花花蝴蝶,无人不爱。有诗为证:

> 蝉鬓云堆眉黛山,天生艳质降人间。
> 生成倾国倾城貌,长就沉鱼落雁颜。
> 疑似芙蓉初映水,宛如菡萏舞临泉。
> 雅淡不须脂粉施,轻盈堪比霓裳仙。
> 飘飘恍如三鸟降,袅袅仿佛五云旋。

那女子闻父命,不慌不忙来至马前,用手按住鞍子,不抓鬃脚,不踏镫,将手一拍,双足纵跳上鞍桥,左手扯住缰辔,二膝一催,那马一撒,右手将鞭子在马上连击几下,那马飞也似去了。正跑之间,那女子将身一纵,跪在鞍桥之上,玩了个童子拜观音的故事,满场之人无不喝彩。话不可多叙。一连三马，又做了一个镫里藏身，一个太公钓鱼，桩桩出众，件件超群。三赛已过，女子下得马来，在包袱上坐了歇息。早有人将软索架起，那女子歇息片时，站起身来，将腰中汗巾系了一索，又上得软索，前走后退，小小金莲在那绳上走行，如同平地一般。任大爷同骆大爷看得爽快，骆宏勋不觉大声喝彩道："这软索也值八两银子！"任大爷应道："真乃不差！"那女子正在软索上玩那些套数，忽闻有人喝彩，声若巨雷，抬头一望，就是叫他玩把戏的亭子内的二位英雄：一个黑面红须，一个方面大耳。那方面大耳，年纪不过二十上下，生得白面广额，虎背熊腰，丈二身材，堂堂威风，见之令人爱慕。一边男夸女技艺出众，一边女爱男品貌惊人。这且按下不提。

　　且说对过亭子上，也有二人坐着饮酒。你说那两个人是谁？一个是吏部尚书的公子、礼部侍郎侄儿，姓王名轮，字金玉，生得面貌俊雅，体态斯文。就是一件：色欲之心过于常人。凡遇见有颜色的妇女，连性命也不顾，定然弄到手才罢。他乃定兴县有名的首家，广有银钱，父亲王怀仁，现任吏部尚书，叔父王怀义，现任礼部侍郎，轰轰烈烈，声势惊人。家内长养教习三五十人，合城之人，倘有些得罪与他，先着家人带领教习至他家，不论男女痛打一番；不拘细软物件，捶个尽烂，然后拿个名帖送定兴县，要打三十，县尹不敢打二十九，足足就要打三十，还要押到他府上验疼。因此，满城之人哪个不惧怕他，哪个不奉承他。旁边坐的那位不是别人，乃是贺氏大娘之兄贺世赖。自被任大爷赶出之后，腰内分文全无，流落不堪。过了半年，身上衣不遮体，食不充口。幸亏平素常去城隍庙进香，道士见他落难至此，知他肚内颇颇明白，遂留他在庙内抄写手帖，只有饭吃，却无工食钱。又过了半年，该他的运气来了。王轮来至城隍庙内进香，见有签筒在香桌上，顺便求得一签，贺世赖在旁，连忙与他抄写签诗。王轮细看签诗，一毫不解，就叫贺世赖代解。贺世赖知他是吏部公子，尽其平生谄媚之学，奉承一番。王轮心中甚悦，遂请他至家中，做个帮闲，一住二年，宾主甚是相宜。是日，也同王轮来此桃花坞游玩。王轮看见那女子跑马卖赛并踩软索，令人心爱，乃向贺世赖说道："这女子年纪不过十五六岁，身材面貌倒也相趁，但不知可是那一道儿否？"贺世赖笑道："大爷真可谓宦家公子，连这班人的出身都不晓得的。凡卖赛的，以及那踩软索的，卖翠花的，游历各府州县，不过以此为名，全以夜间那话儿赚钱，哪有不是此道者。也不知她住在城里城外？"王轮道："明日会她一会才好。"贺世赖道：

"门下昨晚听说到了一班玩把戏的,内有一个俊俏少年女子,住在西门城外马家饭店里,大约就是他这班人。今兄若要高兴,待门下明日到他店内唤来,如鹰食燕雀一般,何难之有!"那三轮大喜。又叫道:"老贺,这桃花坞内,来来往往妇女也不少,总的皆无有什么十分入眼之人,我只看中了两个。"贺世赖道:"大爷看中了哪两个?"王轮道:"方才说的软索上女子一个。"贺世赖说:"那一个是谁?"王轮用手一指,"你看对过亭子内坐的那一位少年堂客①:瓜子面皮,瘦弱身躯,还有几分人材。你还未曾看见么?"贺世赖举目一看,不觉满面通红,笑道:"大爷莫来取笑,那不是别人,乃是舍妹。"王轮喜道:"我与你相交多日,未曾说到令妹,今日才说你有个令妹。但不知所嫁何人?"贺世赖用手一指,说道:"那桌上坐的黑面红须,此乃是妹丈也。"王轮一看,双眉紧皱,骂道:"老贺!你这个人丧尽天良,怎将个如花似玉的妹子,嫁了个丑鬼怪形之人,岂不屈了令妹了!我与你相好不浅,怎不把我做个侧室,胜嫁他十倍。"贺世赖道:"大爷错怪门下,门下与他相交在前,与大爷相交在后。"王轮带笑叫道:"老贺,你极有才干,怎能使令妹与我一会,我重重谢你!"贺世赖忙道:"大爷说话声音略低着些,不要被他听见了。你道舍妹丈是谁?他乃是定兴县有名之人,叫做'赛尉迟'任正千。他性如烈火,英雄盖世,倘若闻得,为祸不小!"从来说:色胆如天大,滢心海样深。王轮道:"我今日一见令妹,神魂飘荡,就是五方神道,十殿阎罗,我也不怕。我今日且与令妹亲个千里嘴。"贺世赖拦阻不住,王轮将手托自己嘴,对着贺氏嬉戏玩耍不提。

且言那边亭子内,贺氏大娘眼极清明,早已望见他哥子同那一个少年郎君在对过亭子内饮酒。郎君年纪不过二十来岁,甚是俊雅。她原是出身不正,见了王轮,就有三分爱慕之意,口中虽与骆太太讲话,可二目不住地直往那对过亭子内观看。见了王轮照着她亲嘴,心中愈觉爱慕。合当凑巧,王轮、贺氏正在传情之间,正千、宏勋正在畅饮之际,骆公子在桌上用手一拍,大叫一声:"气杀我也!"险些把一桌子器皿尽皆打碎。任大爷连忙站起身来,急急问道:"因何事来?"只因一拍:

倾家情由从此起,杀身仇恨自此生。

毕竟不知骆公子说些什么话来,且听下回分解

①　堂客——泛指妇女。

第　三　回
骆宏勋命余谦硬夺把戏

却说骆宏勋大叫为何？因这日亭子内席面上任大爷的主席，骆宏勋是客席，背里面外，对着王轮的亭子，饮酒之间，抬头看见王轮手之舞之，足之蹈之，向贺氏嬉戏，心头大怒，按捺不住，遂失声大叫。及任大爷追问，又不好直言，说道："此话不好在此谈得，等回家再言。"吩咐余谦下去，对那踩软索之人说："不必玩了，明日叫他早间往四牌楼任大爷府上取银子，分文不少。"余谦领命，下得亭台，向老儿说道："今已见武艺之津，何必谆谆劳神，不用玩罢！我们今日未带许多银子，叫你老人家明日早间，往四牌楼任大爷府上去拿银子。"那老儿答道："大叔方才说了四牌楼任大爷，莫非就是'赛尉迟'正千任大爷么？"余谦答道："正是。"那老儿说道："久仰大名，尚未拜谒，明日早去，甚为两便。"遂将那女子唤了来，将那架子收了，同至包裹前歇息。那女子向母亲耳边低声说道："孩儿方才在软索上见了一人，就是叫我卖赛的亭子内之人，生得方面大耳，虎背熊腰，丈二身躯，凛凛杀气。据女儿看来，倒是一位英雄。"老妇闻女儿之言，观女儿之色，知她中意了。向那老儿耳边，将女儿之言述说一遍。那老儿满心欢喜，自忖道："闻得任大爷乃是个黑面红须，此位白面却是何人？"即至亭子旁边，问那本地人，方知是游击将军骆老爷的公子，名宏勋，字宾侯，年方二十一岁，与任大爷是世弟兄，就在任大爷家借住，本籍广陵扬州人也。访得明白，即走回来，对妈妈说知："我明日去拜谒任大爷，就烦他作伐①，岂不是好。"

看官，你道这老儿是什么人物？他是山东恩县苦水铺人氏，乃山东陆地有名响马。② 山东六府并河南八府，以及直隶八府道上，凡有行道之人，车马行李之上，插个"花"字旗号，即露宿霜眠，也无人敢动他一草一

---

① 作伐——做媒。
② 响马——旧时在路上沧劫过路人财物者，因抢劫时先放响箭而得名。

木。这老儿姓花,名尊,字振芳;这位奶奶亦是山东道上有名的母大虫,父亲姓巴,共生她姐弟十个,这位奶奶乃头生,底下还有九个兄弟,乃巴龙、巴虎、巴彪、巴豹、巴仁、巴义、巴礼、巴智、巴信,也俱有万夫不当之勇。这奶奶因幼年曾在道上放响,遇见花振芳保镖,二人杀了一日一夜,未分胜负。你爱我、我爱你,因此配为夫妇。一年所产甚多,俱不存世。老夫妇年纪将六十,只有这个女儿,小名碧莲,年方一十六岁,自幼从师读书,文字惊人;又从父、母、舅习学一身武艺,枪刀剑戟无所不通,老夫妇爱如珍宝,不肯轻易许人。又且这碧莲立志不嫁庸俗,必要个英雄豪杰才遂其愿,所以今日这老夫妇同着巴龙、巴虎、巴豹、巴彪兄弟四人,带着女儿,以把戏为名,周游各府州县,实为择婿。出来有几年的光景,并无一个中女儿之意。今来定兴县,问得桃花坞乃士人君子、英雄豪杰聚集之所,特同众人来访察一番,不期女儿看中了骆宏勋,所以老夫妻欢喜不尽。这且不提。

再表贺世赖同王轮在亭内饮酒者把戏,那王轮在那里亲千里嘴,忽听得对过亭子内大叫一声,犹如半空中丢了一个霹雳,即时,踹软索的也不玩了。贺世赖在旁说道:"门下对大爷说:不要取笑,大爷不听,弄得他知觉,如今连软索也都不玩了,好不败兴也。门下方才听见喊叫之声,不是任正千,乃是骆游击之子骆宏勋也。门下谅任正千必要问他情由,有舍妹在旁,姓骆的必不好骤然说出。幸亏任正千不知,若正千看破,此刻我们这桌子早已被他掀倒了,打一个不亦乐乎!"王轮被这一句话说得老羞变成怒,说道:"他玩得起,难道我就玩不起?他不玩,我偏要玩,看他把我怎样!"吩咐家人王能、王德、王禄、王福:"多去几个,将那玩把戏的人都与我唤来,凭他耍多少套数,与我尽数全玩;凭他多少银子,分文不少。"王能等闻命,即至花老面前,道:"老儿,这里来,吏部尚书王公子叫你。叫你们凭有多少套数尽数全玩。不拘多少银子,叫你们府内去拿,分文不少。教你要比先前更加几分工夫,方显我们大爷体面。稍有懈怠,半文俱无。"那花振芳闻这许多吩咐,做这许多的声势,就有三分不大喜欢。今日若不去随他玩,又要和他淘气,耽误了明早去拜正千,只得忍气吞声,答道:"晓得。"遂同巴氏弟兄跟随王府家人前来。

再言骆宏勋因心内有此一气,闷闷不悦,酒也不吃了。抬头一看,那玩把戏的老儿去而复返,却是为何?余谦抬头一望,见前面四人尽是王府家人。余谦平素认得，遂说道："前边四人，小的认得是王轮家人。想是对过亭子上王轮也玩把戏哩。"骆宏勋闻得对过也要玩把戏，不由怒从心上起，恶向胆边生，说道："他们共是二十套，我们只玩过两套，还有十八套未玩。余谦下去对那老儿说：'还早，这边未曾玩完。'倘王家不肯，与我打这个狗才，再同王轮讲话。"余谦闻命，笑嘻嘻地去了。看官，你说余谦因何笑嘻嘻的？因他乃有名的"多胳膊余谦"，听说打拳，心花俱开，闻得主人吩咐他打这狗才，不由得喜形见于面，急忙迎上前来拦住，说道："那老人家，我家老爷还要玩哩！"花老道："方才这四位大叔相唤，等俺玩过那边的，再往这边来玩吧。"王能等四人上前接应，道："余大叔，久违了！"余谦怒狠狠地回道："不敢！"王能又道："余大叔，那边玩过了，已经不玩了，我家爷才命我等唤他。候弟等到亭子内禀过大爷，少玩两套，即送过来，何如？"余谦说道："多话，他共有二十套，我们只玩了两套，余着十八般尚未玩。待我们玩过这十八般，再让你们玩不迟。"叫道："老儿，随我来！"王能等四人素知余谦的厉害，哪个再敢多言。花老儿同巴龙弟兄，只得随余谦来了，又仍至先前踩软索的所在。花振芳同巴龙二人跳下场子，各持长枪，上下四左五右六，插花盖顶，枯树盘根，怎见好枪法？有《临江仙》为证：

> 神枪手真可堪夸，枪摆车轮大花。落在英雄手逞威，军中遇能将，阵中伤敌家。前冲足远护两丈，后坐能冲丈八。七十二路花枪妙，若人间武明，甫胜天上李哪吒。

恐此道不尽枪法之妙，又有一诗为证：

> 奇枪出众世间稀，护前遮后无空遗。
> 只怕敌人惊破胆，那堪神鬼亦凄凄。

二人扎了一回长枪，满场喝彩。

且言王家家人四个，听余谦将那老儿生生夺去，不好回禀主人，恐主人责罚无用。回至亭外，心生一计，将脚步停住，使个眼色与贺世赖，贺世赖看见，望王轮说声："得罪，门下告便。"便至王能等前，问："列位回来了，叫的那老儿何在？"王能皱眉道："我弟兄四人领了大爷之命，已将那花老唤至半路，不料对过亭子内，骆游击家人余谦怒气冲冲，生生夺去。贺相公是知余谦那个匹夫平日的凶恶，我弟兄四人怎能与他对手？欲将此话禀上大爷，恐大爷动怒，责备我们四个人倒怕他一个。故此请贺相公出来,你老人家极有机变,指教一二。"贺世赖沉吟一会,道:"你们且在下边,莫进亭子内来。那老儿在那里玩枪,大爷也不知是他玩不是他玩? 不问便罢,如问时,我慢慢地代你各位分说便了。若以实情告诉,倘若大爷任性,叫你与他斗气,你们是知任正千同余谦之名的,还打的鄞鲍史唐,好景不得好玩,好酒不得好吃,可是不是?"王能四人齐应道:"全仗贺相公维持。"贺世赖走上亭子,说声"有罪"就坐下了。王轮道:"你看那老儿,年近六旬,比得好枪法,全身俱是气力。"贺世赖答道:"真乃好枪法!"

再讲花振芳同巴龙,把七十二路花枪扎完。巴虎又跳上场,手提铁鞭一枝,前纵后坐,左拦右遮,只听得风声响亮,真乃好鞭法。怎见得? 有五言诗一首为证:

> 炉中曾百炼,破节十八根。
> 英雄持在手,临阵挡征人。
> 倘若着一下,折骨又断筋。
> 四围风不透,上盖雨不淋。
> 一路分二路,四路八达分。
> 变化七十二,鞭有数千根。
> 好似一铁山,哪里还见人?
> 惊碎敌人胆,爱杀识者心。
> 若问使鞭者,山东有名人。
> 生长豪门第,久居苦水村。
> 姓巴讳虎字,排行二爷身。

巴虎使了一回鞭,人人道好,个个称奇。

且说任正千同骆宏勋看得亲切,心中大悦,说道:"我只当是江湖上花枪花棒,细观起来,竟是真本事,只在你我肩左,不在肩右。"吩咐余谦:速速下去,将老儿同那几位英雄俱请上亭子来,说:"观此两件武艺,已经领教;余者自然也是好的,不敢有劳了,请上亭一谈。说我二人在此立候。"余谦下去,遂将花老儿同巴氏弟兄俱请上亭子。任大爷同骆大爷相迎,见礼已毕,分宾主而坐。花振芳开言道:"哪位是任大爷? 哪位是骆大爷?"任正千道:"在下任正千。"又指骆宏勋道:"这位是骆大爷,名宏勋。"花老道:"昨晚方到贵处,尚未拜谒,容罪容罪!"任正千道:"岂敢。方才观见枪、鞭二件,玩得惊人,已知英雄豪杰,非是江湖之花枪可比也。

若不嫌菲酌,特请一叙。敢问英雄贵府何处? 高姓大名?"花老儿答道:
"在下姓花名尊,字振芳,乃山东恩县人氏。这四位乃内弟巴龙、巴虎、巴
豹、巴彪。"任正千道:"莫不是苦水铺花老先生么?"花振芳道:"岂敢,在
下就是。"任正千道:"久仰! 久仰!"又问道:"适才跑马女子却是何人?"
花振芳道:"那年少的是小女,年老的乃贱内也。"任正千道:"幸而问及,
不然多有得罪。既是奶奶、姑娘,何不请来与骆太太、贱内①坐一坐!"花
振芳同巴氏弟兄站起身来道:"不知是骆老太太、任大娘在此,未曾拜见,
有罪! 有罪!"重新又见过礼。花振芳走下亭子,将花奶奶及碧莲姑娘叫
上亭子,众人见礼已毕。花奶奶与碧莲同骆太太、任大娘一席,花振芳与
巴氏弟兄、任正千、骆宏勋一席,谈笑自如,开怀畅饮。不知后事如何,且
听下回分解。

---

　① 贱内——对人谦称自己的妻子。

第 四 回

花振芳求任爷巧作冰人

　　且说王轮同贺世赖又看巴虎玩了一回鞭,王轮方才欢喜,道:"此两套比那卖赛并软索更觉壮观,凭他多少银子,明日分文不少了他的。老贺你说是也不是?"贺世赖带笑而应。正看在燕闹之间,忽然把戏场子散了,见那老儿同那一众男女,俱上对过亭子内去坐下。王轮叫道:"王能哪里?王能哪里?"连叫几声,无人答应。贺世赖知他是要问此情由,谅来隐瞒不住,乃问道:"大爷叫王能何干?"王轮说道:"那玩把戏的,只会这两套不成?我叫他尽数全玩,怎么就散了场子?你看那些玩把戏的男女,又都上对过亭子内去了,坐着相谈,令我心中大不明白。我叫王能来问:还是未吩咐他尽数全玩?还是只会这两套武艺?如果只会这两套就罢了,倘然还有,这般不肯全玩,又屈奉他人,我如今是不但不把银子与他,还要送官究治!"贺世赖只是忍不住笑道:"大爷不把银子与他,他原不敢来要大爷的银子。"王轮道:"难道他竟不敢向我要银子么?"贺世赖道:"非是不敢要也。大爷,你道方才刺枪、舞鞭是谁家玩的?"王轮道:"是我叫王能他们四个人叫他们来玩的。"贺世赖道:"此刻好叫大爷得知。"遂将王能叫他们之事一一说明白。"是门下之意,叫他瞒过大爷,讲:他玩,我们也看得见,我们且乐得省几两银子,何必与他们争夺,惹得生闲气!"从头至尾说出情由,诉了一遍,把个王轮气得目瞪口呆,半日说不出话来,骂道:"大胆匹夫!气杀我也!况你不是别个,乃游击之子,就敢如此大胆欺我,即今现任提督军门,在我面前也不敢放肆。"吩咐抬合的、挑担子的,并马夫、轿夫以及跟随的家人:"一起过去,将那对过亭子内,不论男女与我痛打一顿,方出我胸中之气。"贺世赖连忙拦住,道:"大爷,你请息息雷霆大怒,听门下讲来,你大爷得知那任正千、骆宏勋二人厉害,莫说今日跟随来的这几个人,就是连家中那些教习尽数叫来,也未必是他家人余谦的对手。"王轮道:"这般说来,难道今日我就白白受他欺压罢了?"贺世赖道:"大爷,你今听见说道:江山尚有相逢日,为人岂无对头时。日月甚长着哩！气力不能胜他，则以智谋可也。岂有白受他一番欺压的道理！"王轮道："此乃后事，为今之计当何如也？"贺世赖道："为今之计，据门下想来，只有两个字甚好。"王轮道："请问两个什么字？"贺世赖道："无有别法，只'走'字上加一个'偷'字。"王轮冷笑道："彼丈夫也，我丈夫也，我何畏彼哉？老贺！何欺我太甚？今彼欺我，我不与他较量，已见我宽宏大度。明白回去，难道也把我吃了？加个'偷'字，何怯之极！"贺世赖道："大爷有所不知，今日之偷走，非是惧彼也，实愧于外亭观望之人耳！大爷唤来之人，反被余谦生生夺去，大爷竟置之不问，忙忙躲避走了。知者，是大爷宽宏大量；不知者，以为现任吏部尚书公子反怕那死后游击将军的儿子。门下叫大爷偷走者，正是顾全了大爷体面，保了老爷的声势，门下何敢藐视大爷？"贺世赖一席话，说得王大爷心中痛快。遂吩咐家人："我此刻欲与贺相公先行一步，你们牵马抬轿，慢慢随后来吧！"王轮同了贺世赖自亭子后边一条小路悄悄而去，家人收拾合担、轿马，陆续而走，自不必说了。

再言那对过亭子内，花振芳一众人谈了一回枪刀剑戟，论了一回鞭锤抓铜，无一不津其妙。任大爷与骆大爷心悦诚服，同饮至将晚，那花振芳一众之人告辞回下处，骆大爷等亦坐轿马入城而去。骆宏勋因心里有事，到底不肯大饮酒。任正千被花振芳谈论枪棒入妙，遂开怀畅饮了几杯，不觉大醉，及至家中，天已晚矣，把桃花坞骆宏勋大叫之事已尽忘了，骆大爷也就隐而不言。二人别过，各自归房安歇不提。

次日早旦清晨，各自起身，梳洗已毕，同在客厅。任正千向骆宏勋说道："昨日所会的那花老儿，真个般般入妙，件件皆津，诚名不愧实也。"骆宏勋道："正是呢，不但花老难比，连巴氏弟兄亦当世之英雄。"正谈论间，门上人进来禀道："启上大爷：门外来了五个男子、两个女子，还有十数个扛包袱的，口称是山东人氏，姓花，特来拜谒。"任、骆二位相公闻言，连忙整衣出迎。任正千又吩咐家人："快请大娘出来，迎接女客。"于是，贺氏大娘出来将花奶奶并碧莲姑娘迎进后堂不提。

且说任正千将花老儿并巴氏弟兄请至客堂，行礼已毕，分宾主而坐。花老儿道："昨日桃花坞相见，今特造府①，一则进谒，二则拜谢。"任正千

---

①　造府——敬辞，到府上来。

道："方才与世弟谈及贤妻舅之英雄，正欲往贵寓奉拜，不意大驾已光寒舍，何以克当!"花老叫那扛包袱的，又将包裹送上厅来，大小共有数包。花者向任大爷、骆大爷二人说道："此物乃敝处之土产，几包小枣，几包回饼，几包茧罗，权为贽见之礼，望乞笑纳。"任正千、骆宏勋欠身道："光降寒门，已蓬荜生辉，安敢受此大礼?"花老道："此皆自家土产，何为礼云。若不收留，是见外了，在下即便告别。"任正千道："既如此说，只得谨领了。"遂叫人搬运后边，又向花老等谢过，遂吩咐家人们摆酒。不一时，客厅之上摆设两席：东席上，花振芳、巴龙、巴豹，任正千奉陪，西席上，巴虎、巴彪，骆宏勋奉陪。花奶奶、碧莲姑娘，后边自有骆太太、贺大娘款待。

　　且表席上酒过数巡，肴上几品，花老儿邀任正千至天井中，说道："在下有一言奉告，不好同骆公子言之，故邀任大爷出来奉告。不识任大爷可肯代在下玉成否?"任正千道："请道其详。"花振芳："在下老夫妻年近六旬，只有小女一人，自幼颇读诗书，稍通枪棒。小女立志不嫁庸俗，愿侍巾栉①于英雄；年交一十六岁，尚未许人。今日老夫妇带她周游各州府县，以把戏为名，实择婿也。所游地方甚多，总未相成一人。昨日在桃花坞，幸蒙不弃，得瞻大驾同令世弟骆公子。在下看骆大爷青年气相非常人可比。在下稍有家私，情愿陪嫁小女金银二十万，意欲烦任大爷代我小女作媒，不知任大爷俯就否?"任大爷道："常言：君子有成人之美。晚生素昔最好玉成其事。但我久知世弟早已聘过，闻得是贵州总兵家小姐姓桂名凤萧。"花振芳闻得聘过，负却今时一会，莫慰女儿之望。因思：古之人一夫二妇者甚多；今之人三妻四妾亦复不少。女儿既愿托丝罗于骆公子，岂缘侧室而见恨乎？因说道："古之人一夫二妇者甚多，今之人三妻四妾亦复不少。既骆大爷已经聘过，小女愿为侧室，望乞帮衬一二。"任正千道："这个或者领教。且请入席，待我同骆世弟言之。"二人遂又入坐。不多时，任大爷将骆大爷邀出外面，将花老之言说了一遍。骆宏勋道："岂有此理! 我已聘过，哪有再聘之理；若侧室之说，亦未有正室未曾完姻，而先立侧室之理。况孝眼在身，亦不敢言及婚姻之事，烦世兄善为我辞焉!"二人遂又入坐饮酒。任正千又将花者请出，将骆宏勋之言又诉了一遍。花振芳见亲事不妥，遂无心饮酒。又入坐饮了两杯，即同巴氏兄弟站

---

　　① 巾栉(zhì)——洗梳的意思。

起身来告辞。任正千、骆宏勋谆谆款留，花老哪里肯坐。花奶奶知前面散席，也同碧莲辞过骆太太、贺氏大娘走出来。男女均于大门会齐。奶奶便问："事体如何？"花老道："事不谐矣！"任、骆送出大门，一拱而别。

花老同众人仍由原路出西门，回寓处而来。到得店门，只听天井中嚷嚷道："我们是日出时就来，直等到日中还不见回来。回去了又要受主人责骂了。总是这店主人这狗才坏我们的事。我们来时，就该说不得回来，有别事一时不能便回，我们就不等到这早晚了。我们先把店主人打一顿，方消我们之气。"门中有个人解劝道："你们众位不必着急，常言道：'不怕晚了，只怕事不成。'天还早哩。就是上灯时也将他等了才去。"正嚷之间，店主人抬头一看，见花老走进门来，道念一声："阿弥陀佛！救命王菩萨回来了。"只因这一声，直叫：

三九公子狠心丧心，二八佳人耀武扬威。

毕竟不知店内因何吵闹，且听下回分解

第 五 回
亲母女王宅显勇

却说花振芳自任府回来,将走进店门,店主人抬头一看,念声:"阿弥陀佛!救命王菩萨。"向着花振芳说道:"你老人家说去去就来,怎么就半日方回?"花振芳道:"承四牌楼任大爷留住饮酒,所以此刻才回。"店主人又说道:"里边有吏部大堂公子王大爷家来了几位大叔并贺相公,自日出时就来相等,直到此刻,都等得不耐烦了。"说着,花振芳走进天井来,看五个人在那里怒气冲冲地讲话。却认得四个人,只有一位不相识。所认得者即是昨日相唤之人。王能等四人向花振芳道:"我们奉家大爷之命,前来相请众位进府玩耍。已等了这半日,在这里着急,来得甚好。"花振芳道:"原来如此。"花振芳指定那穿直摆、带绣巾的说道:"这位是谁?"王能道:"这位是我家贺相公。"贺世赖听得,遂向花老儿拱了拱手,道:"老先生请了,在下乃吏部尚书公子王大爷的帮闲。恐他四位相请,再有什么阻碍,故命在下同来。已等了这半日,大驾才回寓。敝东王大爷不知候得怎样焦躁了!"花振芳那里真以把戏为事,因为烦任大爷作伐不谐,就有几分不大自在,哪里还有心肠应酬他们,推说道:"适才闻得敝处天雨淋漓,将几亩田淹了。敝处颇有几亩田地,甚为恐惧,定于今日起身回家。敢烦贺相公同四位大叔回去,在大爷台前巧言一二,就说我不日还来,那时再造府现丑吧。"贺世赖道:"老先生说哪里话来!淋雨淹麦,此不过耳闻;就是真个淹没,老先生即使回至贵处,谅亦不能挽回了,何起身如此之速也?昨日桃花坞中奉请,已被骆游击之子叫家人夺去。彼时若非小的在座,相公昨日有番争闹之气。今日若再不去,就是你老先生明重彼而轻此也。倘王大爷见怪,老先生亦无辞相解。今日奉劝,权住半日,到王府一谈,明日起身回贵府,亦不为迟。"花振芳听贺世赖之言有理,想了一想道:"五湖四海皆朋友,人到何处不相逢。想他是个吏部的公子,相与他也不玷辱了我。"遂同奶奶、碧莲、巴氏弟兄一众男女人等,随了王府之人前来。

看官,你说贺世赖亲来相唤花老,是何缘故?因昨日在桃花坞同王轮逃走回家,天气尚早,二人在书房摆酒重饮。王轮向贺世赖说道:"你若使令妹与我一会,我不惜千金谢你。"贺世赖原是个爱财如命之徒,听得千金相激,就顾不得"礼义廉耻"四个字,遂说道:"重赏之下,必有勇夫。但恐事成之后,悔改前言,那时,使门下无可如何。"王轮道:"我从不说谎。"贺世赖道:"既如此,待门下慢慢与舍妹言之,我包管遂你大爷之愿。那桃花坞踩软索的女子,等明早先唤来与大爷解渴如何?"王轮欢喜道:"如此甚好!"故此,今日一早着王能四人到西门外马家饭店内呼唤。贺世赖恐有别的阻碍,放心不下,故亦随其中。今日他若不随来,就叫王能等四人来唤,花老无心玩耍,这事不免又要以吏部之势生压他们;其不知花振芳又是敬软不怕硬之人,皇帝老儿他还不怕,倒怕你个吏部尚书来了!真个唤不来的。幸亏贺世赖一阵软话,把个花振芳说得心服,方肯与众人同来。一直来到王府门首,贺世赖道:"王能,将他们邀进门房坐坐,待我先进去通报与大爷。"于是贺世赖先到书房。见了王轮道:"大爷恭喜!"王轮道:"这时候才来?"贺世赖将花老去拜任大爷、骆大爷,留他饮酒,并花老闻得路人说,天雨淹田,本是今日即回山东的。门下委曲说了半日,方才一同随来的话,说了一遍。王轮道:"难为,难为!如今人在何处哩?"贺世赖道:"门下方才着王能等留他们在门中坐坐。门下先来通知大爷,还是怎样玩法?"王轮道:"我不过要与那个女子谈笑,有别的什么玩法?"贺世赖道:"如此说,叫哪个拿些酒饭,在门房里给那一班男子去吃酒。摆一桌在客厅,叫人出去,将那两个女子叫进来,只说是里面大娘唤她玩耍,难道谁人敢进客厅?她既在大爷这里,还有什么说的。"王轮道:"吩咐家人:拿些酒肴往门房去。再吩咐一人出去,说内室大娘唤你二位女将里边去哩,暗暗引进客厅来。"家人闻命,不敢迟慢,将花奶奶同那碧莲引进客厅来。花奶奶母女来至天井之中,家人进退了出去。

花奶奶、碧莲抬头往厅内一看,见厅东首摆列一桌席面,有两个男人在上指手画脚:一个是方才那个姓贺的,那一个头戴公子巾,身穿桃红缎子直摆,足下穿了双粉底乌靴,手拿一把大白纸扇,扇儿下系一个白脂玉的扇坠,也不扇扇,转过来将扇坠绕上来、调过去将扇坠摆开,一团心高气满的光景,大约此位就是公子。母女见厅上并无妇女,遂将脚步停住。王轮道:"老贺,你看她两人正行之间,怎么站下?"贺世赖道:"此辈多善做势拿腔。本是这样人,偏要做出不相人的样子;本不害羞,偏要扭捏出多少羞惭的光景,令人爱慕。今她正行忽上,正是做身份,叫我们下去迎她的意思,我们何不就去迎迎,与大爷携手而上,岂不是一乐事也!"王轮欢喜道:"使得,使得!"二人下得厅来,到得花奶奶、碧莲跟前。王轮向碧莲道:"昨在桃花坞观见踩软索,无一不入其妙。今特遣价相请,至舍一会,足慰小生渴慕之怀。"花碧莲闻得王轮以"小生"自称,不觉粉面通红。花奶奶听得他言语虚晃,就知他心怀不善,早有三分不快。说道:"方才闻大娘相唤,遂同小女来至里面,宅上宽阔,不知大娘在于何所房屋?望乞指教。"贺世赖道:"老人家不认得这位大爷就是吏部天官的公子。昨日因桃花坞望见令爱技艺,整渴慕一夜。今日相请者,即此位王大爷,说大娘者,不过名色耳!"王轮又接应道:"相请玩把戏,此不过名色耳,实为请令爱前来一会,以慰渴想。相敬谢仪自然从重,多于把戏。"王轮看见花碧莲面带赤色,比先更觉可爱,只当她是做出的羞态。又道:"若肯不弃,厅上现备菲酌,请坐一饮。"遂来携碧莲之手。花碧莲大骂一声:"好大胆的匹夫!敢来调戏姑娘也。"遂卷袖持拳,要打王轮,花奶奶要捺贺世赖,幸喜门外边跑进几个家人,一拦,王轮、贺世赖看事不好,往屏风后走进去,将屏门紧闭,躲入内书房去了。花奶奶、碧莲见众家人相拦,走脱了王轮、贺世赖二人,心中大怒,将众人乱打一番。真乃是:

　　　　遇脚之人磕于地,逢拳之将面朝天。

　　这几个家人哪里是她们母女二人的对手,三拳两脚,打得他们东跑西走。母女二人上得厅来,找寻王轮、贺世赖,见屏风紧闭,知他躲起来了。遂将厅东首摆设之席面一脚翻倒,将四只桌脚取下,把客厅之上的古玩、器物、桌椅、条案,打得它一个穷斯滥矣!看官到此,未免要说作书之人前后不照应。王轮家内常养着三五十个教习,今日如何只有这寥寥几个家人?但因贺世赖大意,只说这班人原是这一道儿,有什么不好?又值桃花坞盛景之时,这些教习都说,公子今日做秘事,我等在家,人多眼众,遂三个一群,五个一伙,连家人也只留了十数个,余者都同教习赴桃花坞看花去了。若他们在家,花奶奶、碧莲虽不会吃亏,也不能打得这般爽快。母女二人自内里打将出来,花振芳在门前房内闻得一声响,连忙走出来一看,见奶奶同姑娘各持桌脚两条。花振芳忙问所以,花奶奶将如此这般情由诉说了一遍,把个花振芳气得目瞪口呆。巴氏弟兄同王能等四人,俱皆走出相问,花振劳将上项事一一说知。巴氏弟兄早已将王能等四个人掼了一个跟斗。王能等哀告道:"此皆贺世赖与主人所为,不干我等之事。我们俱在此奉陪劝饮,实是不知就里,望英雄暂息雷霆之怒,饶恕则个。"花奶奶在花老耳边说道:"今早在任府议亲,未见允诺。骆公子说孝服在身,不敢擅自言及婚姻之事,候他服满,再可议及。"花老点头,向巴氏兄弟说道:"诸位贤弟,且莫动手,这四个人本不该饶他,但你我来时,他们就在此相陪,寸步未离,此皆他主人同姓贺的所为,实不干他们之事。"巴氏兄弟遂向四人道:"今日本要连你主人巢袄皆毁了,但我们有事在心,暂且饶你们一死!"四人叩谢不已。花奶奶向花老说:"早些一同回寓。倘或被任、骆二位知之,日后之事难以商议。"花老听见说得甚是有理,遂带一众人照原路回来了。

再言王能等见花老人等去后,进来里边看了一看,客厅之上,真不是个客厅了,就如人家堆污秽之物的所在。走至屏风之后,见门紧闭,用手连敲几下,里面无人答应。王能会意,知大爷们还当是那花氏母女们来打,故不敢答应。遂叫道:"那玩把戏的众人尽皆去了,我等乃王能等四人,特请大爷出厅。"里边听得是家人的声音,贺世赖同王轮才放心开门,走将出来。至客厅上,抬头一看,厅上摆设之物尽皆打坏。又听得一人在那月台跟前呻唤,王轮命王能看来,乃家人王龙也。问其所以,是被花碧莲一脚蹬在脚下,将他脚骨蹬折了两根,不能动弹,故瘫在地下呻唤。王轮叫人将他抬了,送到他的卧房,少不得延医调治。遂向贺世赖道:"幸而你我走得快,不然总要吃她的亏。不料这两个妇女这般厉害,今日之气,如何得出?"贺世赖道:"没有别说,今日天色已晚,明日清晨,合府人众,不拘教习、家人,俱皆齐集到西门外马家店内,将这伙男女打他一个筋断骨折,然后拿个帖子送县里,重重处治,枷号起来,方见大爷的手段。"那王轮遂依了贺世赖的话,一一吩咐家人并教习等。众人得令,各人安排各人的器械,无非是槐杖铁尺等类。各人安歇,明早往西门外厮打。这且按下不表。

再表任正千、骆宏勋送花老去后,回至厅上。任正千道:"今蒙花老先生前来相拜,又承送数包礼物,于心甚不过意。"骆宏勋道:"没有别说,明早少不得要去回拜他,我们大大备下两份礼仪送他罢了。"任正千应诺,各备程仪一封。一宿晚景已过,不必细述。

　　且说次日清晨,二人起身梳洗已毕,吃了些早汤点心,备了三匹骏马,带着余谦望西门大路而来。将至西门,只见西门大街上有百十余人,雄赳赳各持器械,也望西门而来。任正千问道:"是些什么人?"余谦下得马来,将缰绳交付任正千代拉,向前来一看,有王能在内。余谦拱手,王能连忙上前笑应,道:"余大叔哪里来?"余谦道:"拜问一声:府上与哪家斗气?合府兵马全至。"王能道:"余大叔有所不知,就是前日桃花坞卖赛的那一伙人。昨日我家大爷唤到家内玩耍,就那两个堂客不识抬举,反诬我家大爷调戏她,将我们客厅上摆设的物件尽皆打碎,又把我们王龙的脚骨都蹬折了,现在请人调治。家爷气极,叫我们兄弟等同众位教习,往她寓所厮打。余谦哥,一向忝在相好,倘蒙不弃,同弟等走走,与弟助助威。"余谦道:"家爷俱在城门下,因见众位不知何故,特遣弟前来问问,还要回家爷话去。"将手一拱,抽身而去,将王能之言一一禀上。骆宏勋道:"花老乃异乡之人,王轮有意欺他。你若不调戏人家女子,那花老也不肯生事打你家人,坏你的家伙。我们不知便罢,既然遇见,若不解围,倘花老后来知道,说我们知而不解,道是我们不成朋友。"不知可解得开否,且听下回分解。

第 六 回

世弟兄西门解围

　　且说任正千道："正是。余谦再去说：我二人说，你家不调戏人家女子，人家也未必敢坏损家伙，打坏你的人口。况他是外路人，不过是江湖上玩把戏的，你家王大爷乃堂堂吏部公子，抬抬手就让他过去了。看我二人之面，叫他们回去吧！"余谦又到王能前，将任、骆二位大爷之言告诉一遍。王能笑道："余大叔错了，我乃上命差遣，概不由己。即任、骆二位公子解围，需先与家爷说过，家爷着人来一呼即回。余大叔，你说是与不是？"余谦听他说得有理，只得回来对任大爷说道："小的方才将大爷之言告诉他，他说奉主差遣，不得自专。即二位大爷解围，务必预先与王轮说过，待王轮差人来到叫唤他们，方可转回；不然不能遵命。"任正千听说大怒，说："我就不能与王轮讲话！"又向骆宏勋说道："世弟，请下马来，此地离王轮家不远，我与你同去走走。"骆宏勋连忙跳下马，将二匹马的缰绳俱交与余谦牵住，又吩咐余谦道："你牵马拦门立着，不要放这群狗才一个过去，我们好与王轮说话。倘若有人硬要过去出城的，你与我打这畜生。"吩咐已毕，任正千、骆宏勋大踏步往王轮家去了。余谦即将三匹马牵在当中站立，大叫道："我家爷同任大爷已到王府解围，命我挡住，倘有硬过去的，叫我先打。我也是上命差遣，概不由己。"即摩拳擦掌，怒目而立。

　　且说王轮家人连教习倒有百十个人，哪一个不晓得余谦厉害，俱面面相觑，无一个敢过去。王能看此光景，知不能出城的了，即着两个会走路的连忙回府，将此情由禀知大爷。这王轮两个家人闻得此言，不敢慢行，一则路熟，二则连走带跑，所以任、骆未到，二人早已跑进府去。王轮、贺世赖正在书房里商议写帖送县，只见两个家人跑得喘吁吁地进来，王轮问道："回来得快呀？不许伤他的性命嗳！"二人禀道："小的们还未出城哩。"王轮道："因何不出城？"二人将遇见任正千、骆宏勋，"叫我们回转。小的们说：奉主人之命，不能由己。他就大怒，叫余谦把城门拦住，不许一人出城。任正千同骆宏勋二人来面见大爷讲话，小的们从小路抄近赶来，先禀大爷得知。"王轮大怒道："这两个匹夫，真正岂有此理！前在桃花坞硬夺把戏，今日又仗势解围，何欺我太甚！我只不允，看你有何法？"贺世赖在旁说道："据门下看来，人情不如早做的好。"王轮道："我不允情，他能砍我头去不成！"贺世赖道："大爷允情，我们的人自然回来；即大爷不允情，我们的人也要回来的。他令余谦拦住城门，哪个再敢过去？"又向王轮耳边低低说道："大爷不必着恼，喜事临门，还不晓得？"王轮道："今日遇见两个凶神，反说我喜事临门，是何言也！"贺世赖又在王轮耳边低低说道："舍妹之事有机会也。"王轮亦低低问道："怎么有机会也？"贺世赖道："任正千亦是有名的财主，不可以财帛动之；他英雄盖世，又不可以势力压之。大爷与他又无来往，虽在咫尺而实天渊也。据门下愚见，待任正千、骆宏勋到府，恭恭敬敬迎他们进来，摆酒相待。今日他既饮了大爷酒席，明日少不得摆酒相酬于你。于是你来我往，彼此走动，门下好于中做事。不然，想与舍妹见面，较登天还难也！"王轮闻言，改怒作喜，称赞道："人说老贺极有机智，今果然也。"正议论间，门上人禀道："任、骆二位爷在门口，请大爷说话。"王轮即整衣出门相迎，打躬说道："二位光临，寒门有幸，请进内厅奉茶。"任、骆二人还礼，任正千道："适在西门，相遇尊府人等，问其情由，知与山东花老斗气。在下念他是个异乡之人，且不过是江湖上玩把戏的，足下乃堂堂公子，岂可与他争较？今大胆前来奉恳，恕他无知。允与不允，速速示下，在下就此告别。"王轮大笑道："就有天来大事，二位仁兄驾到，也无有不允之理。况此些须小事，岂有违命者乎？但亦未有在大门之外谈话之理。二兄骤然要回，知者说二兄有事，无从留饮；不知者道弟不肯款留，殊慢桑梓，弟岂肯负此不贤之名？还是请进，稍留一刻，敬一杯茶为是。"任、骆见王轮之言一一说得有理，便道："只是无事到府，不好轻造，又蒙见爱，稍坐何妨！"任、骆先行，王轮就吩咐门上人道："还着一人到西门大街，将众人叫回。就说：蒙任、骆二位大爷讲情，我不与他那老儿较量了。只是便宜这个老物件！"说罢，邀了任、骆二人走到二门，贺世赖连忙迎出。任正千道："你也在这里了么？"贺世赖道："正是！"到厅上重新见礼，分宾主而坐，家人献茶。茶罢，王轮向任正千道："兄与弟乃系桑梓，慕名已久，每欲仰攀，未得其使，今蒙光临，幸会！幸会！"任正千道："弟每有心，不独兄如是也。"王轮又向骆宏勋问道："这位兄台高姓大名?"任正千道:"此乃游击将军骆老爷的公子,字宏勋,在下之世弟也。"王轮道:"如此说来,乃是骆兄了。失敬!失敬!"贺世赖与骆宏勋素日是认得的,不过叙些久阔的言语,彼此问答一回,任、骆起身相别。王轮大笑道:"岂有此理!二兄光临寒舍,匆匆即别,谅弟作不起一杯水酒之主么?"任、骆二人应道:"非也!我实有他事,待等稍闲,再来造府领教。"王轮道:"二兄既有要事,先就不该来了。"即吩咐家人摆酒。任正千、骆宏勋看王轮举止言词人情入理,不失为好人。又见他留意诚切,任正千向宏勋说道:"你看王轮如此谆谆,少不得要领三杯了。就是明日出城,也不为晚。"于是任大爷首坐,骆大爷二坐,贺世赖三坐,王轮主坐。递杯传盏,饮不多时,王轮又道:"我有一言奉告二兄,不知允否?"任、骆二人答道:"有话领教何妨。"王轮道:"昔日刘、关、张一旦相会,即有聚义,结成生死之交。我辈虽不敢比古人之风,但今日之会亦不期之会,真乃幸会也。弟素与二兄神交,今欲效古人结拜生、之义,不知二兄意下何如?"任、骆二人道:"我们今日一会,以为永好,何必结拜。"王轮道:"虽如此说,但人各有心,谁能保其始终不变耳?明之于神,方无异心。"即吩咐家人速备香烛、纸马。任、骆二位推之不过,只得应允。又取全柬一个,烦贺世赖写录盟书。略曰:

朝廷有法律,乡党有议约。法律特颁天下,议约严束一方。窃昔者管鲍①之谊,美传列国;桃园之义,芳满汉庭,后世之人谁不仰慕而欲效之!今吾辈四人,虽不敢以今比古,而情投意合,不啻古人之志焉。但人各有心,谁保其始终不二,以为人欺而神可昧也!敬备香花宝锭,以献赤心于神圣台前:自盟以后,人虽四体,心合而一;姓虽异姓,而胜于其父母之同胞。患难相扶,富贵同享,倘生异心,天必鉴之。神其来格,尚飨。

任正千、王轮、贺世赖、骆宏勋均列生辰,大唐年月日时具。

不多一时,将议约写完,家人早已将香烛元宝备办妥当。四人齐齐跪下,贺世赖把盟书朗诵一遍,焚了香烛元宝。礼拜已毕,站起身来,兄弟们重新见礼。王轮命家人重整席面,四人又复入坐。此时坐位:任正千仍是

①　管鲍——管仲和鲍叔牙,春秋时人。曾先后辅佐齐桓公。两个相互了解较深。后人常用"管鲍"比喻交谊深厚。

首坐,论次序二坐该是王轮的了,因为酒席是他的,王轮不肯坐,让与贺世赖,到了骆宏勋是三坐,王轮是主席。

酒过三巡,肴动几味,任正千道:"今日厚扰王贤弟。明日,愚兄那边整备菲酌,候诸位一坐。"骆宏勋道:"后日小弟备东。"贺世赖道:"再后一日,我备东。"王轮笑道:"贺贤弟又要撑虚架子了。莫怪愚兄直言,你要备东,手中哪里有钱钞哩?若一人一日,这是那萍水之交,你应我酬,算得什么知己?"向任正千说道:"大哥,小弟有一言,不知说的是与不是?骆贤弟在此不过是客居,他若备东也是不便。据小弟说来,骆贤弟在大哥处暂居,贺世赖在小弟处长住,总不要他二人作东。今日在小弟处谈谈,明日就往大哥府上聚会,后日还在小弟处。不是小弟夸口,就是吃三年五载,大哥同小弟也还备办得起。"任正千闻说大喜道:"这才算得知心之语!就依贤弟之言。实为有理,妥当之极!"又道:"王贤弟,莫怪愚兄直言,素日闻人传说,贤弟为人坚险刻薄,据今日看其行事,闻其言语,通达人情物理。常言道:'耳闻尽是假,面见方为真。'此言真不诬也!"王轮道:"大哥,还有两句俗语说得好:'寒冤且不辩,终久见人心。'"四人哈哈大笑,开怀畅饮,毫不猜忌。

且说那余谦拉马拦门而立,见王府众人不多一时尽都回去,知道是任、骆二位爷讲了人情,王轮遣人唤回。又等了半刻,仍不见二位大爷回来心中焦躁,扯着马也奔王家而来。来到王轮门首,王府之人素昔皆认得,一见余谦扯马而来,说道:"余大叔来了!"连忙代他牵马送在棚内喂养,将余谦邀进门房,摆酒款待,言及任、骆二位爷并家大爷同贺世赖相会结拜一事,正在厅中会饮。余谦闻言,心中想道:"二位大爷好无分晓,闻得王轮人面兽心,贺世赖见利忘义,怎么与他结拜起来?"却不好对王府人说出,只应道"也好"二字。

且讲客厅上饮了多时,任、骆告辞,王轮也不深留,吩咐上饭。用毕之后,天已将晚,告辞。任正千道:"明日愚兄处备办菲酌,屈驾同贺贤弟走走,亦要早些。还是遣人奉请,还是不待请而自往?"王轮道:"大哥说哪里话!叫人来请又是客套了。小弟明早同贺贤弟造府便了,有何多说!"任正千说说谈谈,天已向暮。任、骆起身告辞,王轮也不深留,送至大门以外,余谦早已扯马伺候,一拱而别,上马竟自去了。任、骆至家,二人谈论:王轮举动、言谈、不失为好人,怎么人说他坚险之极,正是人言可畏!只是我们去拜花老,不料被他缠住,但不知花老仍在此地否? 倘今日起身走了,我们明日再去拜他,空走一场。乘天尚早,吩咐余谦备马,快出城至马家店里,访察花老信息,速来回话。余谦闻命即上马而去。不多一时,回来禀道:"小的方才到西门马家店问及花老,店主人回说,'今日早饭后,已经起身回山东去了。'"任、骆闻知甚是懊悔。这且不言。

再言王轮送任、骆二人之后,回至书房。王轮道:"今日之事,多亏老贺维持,与令妹会面之后,再一起厚谢罢了。"贺世赖道:"事不宜迟,久则生变,趁明日往他家吃酒,就便行事。门下想任正千好饮,且粗而无细,倒不在意此骆宏勋虽亦好饮,但为人津细,的是碍眼,怎地将他瞒过才好?"王轮道:"你极有智谋,何不代我设法。"贺世赖沉吟一会,眉头一皱,计上心来,说道:"有,有,有!"只因这一思,能使:

　　　张家妻为李家妇,富家子作贫家郎。

毕竟不知贺世赖设出什么计来,且听下回分解。

第 七 回

奸兄为嫡妹牵马

话说王轮求计于贺世赖，贺世赖沉吟一会，说道："有了，明日到彼饮酒，莫要过饮，必须行一令。门下素知任正千不通文墨，却不知骆宏勋肚内如何。门下与大爷先约下两个字令：或一字分两字，或二字合一字，内有古人，上下合韵。倘骆宏勋肚内通文，大爷再改。门下与大爷约定：抬头、低头、睁眼、合眼为暗号，虽骆宏勋津细，难逃暗算。输者，连饮三大杯，不过三回五转打发他醉了。挨到更余时候，大爷便无酒也要假醉，伏案而卧，门下就有计生了。"王轮大喜。二人将字令传妥，熟练谨记，又将猜拳演熟，各人回房安歇。到明日早晨，连忙起来梳洗，吃些点心，又将昨晚之令重习一遍，分毫不错。

王轮换了一身新衣帽，同了贺世赖起身。王轮坐了一乘大轿，贺世赖坐了一乘小轿，赴任正千家而来。转弯抹角，不多一时，来到任正千门首，门上人连忙通报。原来任正千同骆宏勋因昨日过饮，今日起来得晚些，梳洗将毕，早汤点心放在桌上，尚未食用。闻报王轮来了。任正千道："真情人也！"同骆宏勋连忙整衣出迎。迎出二门，王轮同贺世赖早已进来了。任、骆相迎至厅，礼毕分坐。任正千道："因昨日在府过饮，今日起身迟些。方才梳洗，闻得贤弟驾至，连忙迎出门，大驾已来，有失远迎之罪！"王轮道："既称弟兄，哪里还拘这些礼数！大哥，以后这些套话都不必说了。"任正千大喜道："贤弟真爽快人也！遵命，遵命！"骆宏勋亦向王轮道："多谢昨日之宴。"任正千吩咐献茶、摆点心。王轮道："只拿茶来吧，稍停再领早席。"任正千见王轮事事爽快，以为相契之友，心中大悦，说道："既如此，拿茶来！"于是，家人献茶。茶罢，谈谈闲话，王轮道："烦通禀一声，骆老伯母台前、大嫂妆次：小弟进谒！"骆宏勋道："家母年迈，尚未起床，蒙兄长言及，领情了。"王轮又道："大嫂呢？"任正千道："贱内不幸昨染微疾，亦尚未起来。你我既是弟兄，岂肯躲避，候她疾好，贤弟再来，愚兄命她拜见贤弟便了。"王轮道："既骆伯母未起，贤嫂有恙，弟也不惊动了,烦任大哥同骆贤弟代我禀知吧!"任、骆应道:"多谢,多谢!"贺世赖说道:"王二哥,骆贤弟,恕我不陪,我到里边与舍妹谈谈就来。"王轮道:"当得,请便!"贺世赖拱了一拱手,往内去了。

走到贺氏住房,兄妹见过礼坐下。贺氏道:"一别二年,未闻哥哥真信,使妹子日夜担心。昨晚间你妹夫说你在王家作门客,妹子心才稍放。但不知哥哥近日可好么? 想是发财的了。"贺世赖道:"自离家之后,流落不堪,幸蒙吏部尚书的公子王大爷收留,今已二载,亦不过是有饭吃,哪里寻个钱钞? 每欲来看望妹子,又恐正千性格不好,不敢前来。我前日在桃花坞,看见妹子在那对过亭子上坐着,只是不敢过去。"贺世赖说过,贺氏道:"我前日也望见哥哥在对过亭子上吃酒,不知你同来的那位是谁?"贺世赖道:"那就是公子王轮大爷了,如今现在前厅。"贺氏道:"那就是吏部尚书的公子么? 做妹妹的看他生得好个相貌,不是个鄙吝之人。你可生个别法,哄他几个钱,寻个亲事,就成个人家了。不然,一时出了王轮的门,又是无归无着,成个什么样子?"贺世赖听妹子说前日在桃花坞已经看见过王轮,说他好个相貌,就知妹子有几分爱慕之心,连忙答应道:"妹子之言甚是,王大爷倒是个洒银的公子,怎奈没个机会诓他的银子。目下倒有一股财气,只是不好对妹子讲。"贺氏道:"你我乃一母所生嫡亲兄妹,有什么话不好讲!"贺世赖即说:"王轮在桃花坞看见你,即神魂飘荡,谆谆恳我达意于妹子,能与他一会,情愿谢我一千金。愚兄因无门可入,昨日撮合他们拜弟兄,好彼此走动。愚兄特地前来通知妹子,万望贤妹看爹娘之面,念愚兄无室无家,俯允一二。愚兄就得这注大财,终久不忘妹子大恩也!"贺氏闻得此言,不觉粉面微红,用袖掩嘴带笑而言道:"哥哥,休要胡说,这事可不是玩的! 你是知道那黑夫的厉害,倘若闻知,有性命之忧。"贺世赖见贺氏的光景,有八分愿意,说道:"愚兄久已安排妥当。"就将同王轮所约的酒令,并到更深做醉,扶桌而卧的话,又说了一遍。贺氏也不应允,也不推辞,口里只说:"这件事比不得别的事,使不得。"贺世赖见房内无人,双膝跪下道:"外边事全在我,内里只要妹子临晚时,将丫环早些设法使开了,愚兄自有摆布。"贺氏说:"你说哪一日行事?"贺世赖道:"事不宜迟,久则生变,就是今日。"贺氏道:"你起来,被人看见倒不稳便。你进来了半日,也该出去了;若迟,被人犯疑,那事却难成了。"贺世赖听妹子如此言语,知是允了,即爬起来,笑嘻嘻地往前去了。

及到厅上，说道："少陪，少陪!"仍旧坐下，使个眼色与王轮。王轮会意，心中大喜。任正千道："闲坐空谈，无味之极，还是拿酒来慢慢饮着谈话。"众人说声"使得"。家人摆上酒席，众人入坐。今日是王轮的首坐，任正千的主席，二坐本该贺世赖，因其与任正千有郎舅之亲，亲不僭①友之故，骆宏勋坐了二席，贺世赖是三坐。早酒都不久饮，饮到吃饭之时，大家用过早饭，起身散坐，你与我下棋，我与他观画。闲散一会，日已将暮，客厅上早已摆设酒席。家人禀道："诸位爷，请入席。"于是重又入席，仍照早间序坐饮酒。酒过三巡，王轮道："弟有个贱脾气，逢饮酒时，或请拳，或行令，分外多吃几杯;若吃哑酒，吃几杯就醉了。"任正千道："这好，这好，就请一个令行行何如?"王轮道："既如此，请大哥出一令，就此行令。"任正千道："虽有一日之长，但今日在舍下，我如何作得令官发令?"王轮道："大哥不做，今日骆贤弟乃是贵客，请骆贤弟作令官。"骆宏勋道："朝廷莫如爵，乡党莫如齿，既任大哥不作令台，依次请王二哥的了。"贺世赖道："骆贤弟之言甚是有理，王二哥不必过谦了!"王轮道："如此说来，有僭了。"吩咐拿三个大杯来，先斟无私，先自己斟了，然后又说道："多斟少饮，其令不公。先自斟起来，回头一饮而干才妙! 我今将一个字分为两个字，要顺口说四句俗语，却又要上下合韵。若说不出者，饮此三大杯。"众人齐道："请令台先行!"王轮说道："一个出字两重山，一色二样锡共铅。不知哪个山里出锡? 哪个山里出铅?"贺世赖道："一个朋字两个月，一色二样霜共雪。不知哪个月里下霜? 哪个月里下雪?"骆宏勋道："一个吕字两个口，一色二样茶共酒。不知哪个口里吃茶? 哪个口里吃酒?"及到任正千面前，任正千说道："愚兄不知文墨，情愿算输。"即将先斟之酒，一气一杯。饮过之后，三人齐道："此令已过，请令台出令!"王轮道："我令必要两字合一字，内要说出三个古人名来，顺口四句俗语，末句要合在这个字上。若不押韵，仍饮三大杯。"说罢，又将大杯斟满了酒，摆在桌上。

不知王轮又出何令，且听下回分解。

---

① 僭(jiàn)——超越本分。

第 八 回
义仆代主友捉奸

话说王轮又出令,说道:"田心合为思,法聪问张生:君瑞何处往? 书房害相思。"贺世赖道:"禾日合为香,夫人问红娘:莺莺何处去? 花园降夜香。"骆宏勋道:"女干合为奸,杨雄问时迁:石秀何处去? 后房去捉奸。"又到任正千面前,任正千道:"愚兄还算输。"又饮三大杯。骆宏勋道:"饮酒行令,原是大家同饮。既是任大哥不知文墨,再行字令就觉不雅了。"王轮同贺世赖见两令不能赢骆宏勋,心中亦要改令,将计就计,说道:"骆贤弟之言有理! 既是任大哥不擅文墨,我们也不行别令,拣极容易的玩吧,猜拳如何?"骆宏勋道:"这好。"于是挨次出拳,轮流猜去。看官,贺世赖、王轮二人是有暗计的,做十回,就要赢任、骆八回。三回五转,天约起更,就把任正千、骆宏勋吃得烂醉如泥,还勉强应酬。贺世赖使个眼色,王轮会意,亦假醉起来,伏桌而卧。贺世赖也伏桌而卧。任正千、骆宏勋早已支撑不住,因有客在坐,不得不勉强劝饮,及见王、贺二人俱睡,也就由不得自己,将头一低,尽皆睡着了。贺世赖耳边听得鼾声如雷,又听不见他二人说话,知是睡了。将头一抬,看见任正千头搁在桌边睡着,骆宏勋背靠椅而卧。即站起身来,走出厅房,见门外站立着四个管家,伺候奉酒递茶。贺世赖道:"你们这些痴子,还在这里站着做什么,放着那厢房里不去? 赶早吃杯酒去。"管家道:"那厢房里款待王大爷跟来的人,吃酒的人多着呢。只恐大爷呼唤,不敢远离。"贺世赖道:"痴子,你看主客俱醉,皆已睡着,大约三更天方得醒来。如此光景,有哪个唤你们? 只管放心去吃酒,有我在此。他们着睡醒了,我即来唤你们。"三四个家人闻得贺世赖如此说,满心欢喜,说道:"多谢贺老爷!"一阵风地去了。贺世赖将管家支去,便悄悄径直走进后边,直到贺氏住房,竟无一人,心中欢喜。走进门来,见妹子一人,对灯而坐。贺世赖问道:"丫环们哪里去了?"贺氏道:"你先叫我将她们打发开去,我今叫她们各自睡去了。"贺世赖道:"这好。"一溜烟走出来,看任、骆正在睡着,将王轮捏了一把。王轮抬头一看，贺世赖将手一招，王轮跟着就走，往里边行来。到了贺氏住房门首，贺世赖道："大爷请进去，门下在二门等候，以速为妙，后会有期。"说罢，贺世赖出二门，厅后站立，以观风声。

且讲王轮走进贺氏之房，贺氏站起身来，面带笑容道："请坐！"王轮在灯下观见贺氏容貌，比桃花坞会见之时更俏十分，欲火哪里按捺得住。双手将贺氏抱起来，进得红纱帐中，宽衣解带，这且不言。

且说余谦自知王轮、贺世赖来任大爷家吃酒，自有任府家人伺候；他乃是骆府家人，客居于此，无他甚事，遂自往街市上游玩。那余谦虽系骆府家人，颇有英名，无人不交接他，一见如故。此日，自往街上游玩，遂三三两两留他饮酒。扰过这一班才散，又有那一班，一直饮了一日，到更深天气方才回来。东倒西歪，行到门首，任府门上人说道："余大叔回来了！"余谦道声："有偏，得罪了！"看见门首两乘轿子还在，问道："酒席还未散么？"门上人回道："还未散哩。"余谦走上客厅一看，任大爷、骆大爷俱在睡，看王轮、贺世赖又不在席上。余谦道："是了，想必是王轮要大解，不知道茅厕，贺世赖领他去了。我莫管他闲事，且往后边睡觉去。"下得厅房，高一脚低一脚，一直奔后边来。行到二门，贺世赖远远望见余谦，连忙躲在一边，让他过去。事当凑巧，骆宏勋住的是任正千的后层房子，后边去，必走任正千的住房而过。今日走到贺氏住房，正当二人云雨之时，不能自禁，呼吸之声闻于室外。余谦虽醉，心中明白，闻得此声乃淫欲之声。抬头一看，房内并无灯光，自说道："我方才从厅上而来，看见大爷、任大爷尽在睡乡，何人在内调戏？且住，任大爷尚未进房，并不该熄了灯火，其中必有缘故。"自言自语，左思右想，想了一会，忽然想起贺世赖、王轮二人俱不在席上，说："是了！王轮原是人面兽心，贺世赖乃见财如命，一定是王轮许他些财帛，贺世赖代妹牵马，将二位爷灌醉，又将家人支开，他就引王轮进房，与他的妹子玩耍。不料我余谦进来，待我打开房门，进去捉奸。看这个匹夫逃往哪里去！"又想道："做事不可鲁莽，进去有人是好，倘若无人，为祸非小！尽他怎么，非我骆家之事，管他作甚！"才往后走几步，又停步想道："任大爷与我大爷如同胞骨肉之交，且平昔待我实是有礼，一旦有事，置之不管，乃无情之人也。"抬头一望，房内并无灯火。复思量一会："待我回至客厅，将大爷、任大爷唤醒，叫他们自进房来，有人无人，不干我事。"举步又往前走了几步，又停住想道："不妥，不妥,等我回到客厅,我素知任大爷睡觉如泥,及至叫醒他们,这奸夫淫妇好事已完,开门逃走。俗语说得好:'撒手不为奸。'任大爷进来,见房内无人,道我余谦无故诬他妻子为非,我家大爷再责我酒后妄为,叫我有口难分。"仍返回到贺氏房门口站住。

且说王轮是个色中饿鬼,贺氏是个淫妇班头,初会时草草了事,及至交合之际,真是:

半推半就,胜如金鱼戏绿水;你偎我倚,好似黄菊对芙蓉。

意怜情浓,不能自禁,忘其奸偷之为,不觉淫声出于户外。那贺世赖在二门,观见余谦东倒西歪而来,将身躲在一边,让他过去,还当他吃醉了,往后边睡去。不意他到了贺氏房门前站着,不解他是何意思。说道:"爹爹妈妈!但愿你这个时候且莫开门出来,撞着这太岁才好。"

且说余谦站在贺氏房门口想道:"我且在此等着他,看你奸夫往哪里逃走?待任大爷酒醒,自然进来,好不妥当!"抬头看见廊檐底下有张椅子,用手拿了放在贺氏房门外正中,自己坐下,遂大叫一声:"我看你奸夫往哪里走!"这一声大叫,吓得房内床帐乱响,二门后"暧呀"一声。正是:

淫荡子女惊碎胆,观风男子暗落魂。

毕竟不知房内因何乱响?二门后因何"暧呀"?且听下回分解

第 九 回

贺氏女戏叔书斋

却说余谦拿了椅子,拦住贺氏的房门坐下,口中大叫道:"我看你奸夫往哪里走!"那个王轮正与贺氏二人欢乐之时,不防外边大叫,闻得声音是余谦,二人不由不惊颤起来,故而连床帐都摇动了,所以响亮。那二门外"嗳呀"者,是贺世赖也,先见余谦走来转去,只说他酒醉癫狂之状,不料他听见房内有人。忽听余谦大叫道:"奸夫哪里走!"料道被他知道了,退脚一软,往后边倒跌在门槛上,险些把腿跌断了,所以"哎呀"一声。顾不得疼痛,爬将起来,自想道:"今日祸事不小! 料王轮同妹子并自己的性命必不能活。想王轮被余谦拦住房门,必不能出来。我今在此无有拘禁,还不逃走,等待何时? 倘若余谦那厮再声叫起来,合家都知,那时欲走而不能。"正欲举步要走,忽听鼾声如雷,又将脚步停住了,细细听来,竟是余谦熟睡之声。心中还怕他是假睡,悄悄地走近前来,相离数步之远,从地上顺手抬起一块小砖头,轻轻望余谦打去,竟打在余谦左退,余谦毫不动弹。贺世赖知他是真睡,遂大着胆走向窗边,用手轻轻一弹。王轮、贺氏正在惊颤之间,听得熟睡之声,不见余谦言语。贺氏极有机谋,正打算王轮出房之计,忽闻窗外轻弹之声,知是哥哥指点出路。贺氏一想:是个法了。那窗子乃是两扇活的,用搭钩搭着。即站起身来,将镜架儿端在一边,把搭钩下了,轻轻将窗子开了,王轮连忙跨窗跳出。王轮出窗之后,贺氏照前关好,仍把镜架端上,点起银灯,脱衣蒙被而卧。心中发恨道:"余谦,余谦,你这个天杀的! 坐在房门口不去,等我那个丑夫回来,看你有何话说!"正是:

> 画虎不成反为犬,害人反落害自身。

不言贺氏在房自恨。且说王轮出得窗外,早有贺世赖接着,道:"速走! 速走!"一直奔到大门,连忙将自己人役唤齐,吩咐任府门上人道:"天已夜暮,不胜酒力,你家爷亦醉了,现在席上熟睡。等他醒来,就说我们去了,明日再来赔罪吧!"说毕,上轿去了。正是:

打开玉笼飞彩凤，挣断金锁走蛟龙。

且说余谦心内有事，那里能安然长睡。睡了一个时辰，将眼一睁，自骂道："好傻才，在此做何事，反倒大意睡觉了！"抬头一看，自窗格缝里射出灯光，自己海道："不好了！方才睡着之时，那奸夫已经逃走了。我只在此呆坐什么？倘若任大爷进来，道我黉①夜在他房门口何为？那时反为不美。"即将椅子端在一边，迈步走上前厅，见任、骆二人仍在睡觉。又走至大门，轿子已不在了。问门上人，门上人回道："方才王、贺二位爷乘轿去了。"余谦听得，又回至厅上，将任、骆二人唤醒。任正千道："王贤弟去了么？"余谦寒怒回道："他东西都受用足了，为什么不去！"任正千道："去了罢。天已夜深了，骆贤弟也回房安歇吧！"骆宏勋道："生平未饮过分，今日之醉，客都散了，还不晓得！以后当戒。"说罢，余谦手执烛台引路，二人随后而行。行到任正千房门口，将手一拱，骆宏勋同了余谦往后边去了。任正千进得房来，回身将门关闭，见贺氏蒙被而睡，说道："你睡了么？"贺氏做出方才睡醒的神情，口中寒糊应道："睡了这半日了。"任正千脱完衣巾，也自睡了。贺氏见他毫无动作，知他不晓，方才放心，不提。

且说余谦手执烛台，进得卧房，朝桌上一放，其声刮耳。心中有气，未免重些。骆宏勋看了余谦一眼，也就罢了。余谦又斟了一杯茶，端到骆宏勋面前，将杯朝桌上一搁，道："大爷吃茶！"险些儿将茶杯搁碎。骆宏勋又望了余谦一眼，又罢了。余谦怒冲冲地说道："大爷，以后酒也少吃一杯才好！"骆宏勋闻得此言，正像父叔教子侄一般的声口，不觉大怒，喝道："好狗才！看看自己醉的什么样子？反来劝我。"余谦道："大爷吃酒误事，小人吃酒不误事。"骆宏勋怒道："你说我误了何事？"余谦道："大爷问小的，小的就直说。大爷同任大爷方才吃醉睡去，贺世赖这个王八乌龟与妹子牵马。王轮同贺氏他两个人捣得好不热闹。"骆宏勋闻得此言，大喝道："好畜生，你在哪里吃了蛋酒？在我面前胡说，还不睡去！"余谦被骆宏勋大骂了一阵，只落得忍气吞声，口内唧唧哝哝地："我就是胡说！以后哪怕他弄得翻江倒海，干我甚事！因他与大爷相厚，我不得不禀。我就不管。我且睡我的去。"正是：

各人自扫门前雪，休管他家屋上霜。

---

①　黉(yín)夜——深夜。

于是在那边床上睡去了。骆宏勋虽口中禁止余谦,而心中自忖道:"余谦乃忠诚之人,从不说谎。细想起来,真有此事。王轮不辞回去,其情可疑。王、贺终非好人,有与无不必管他,只禁止余谦不许声张,恐伤任大哥的脸面,慢慢劝他绝交王、贺二人便了。"亦解带宽衣而睡,不提。

且说王轮、贺世赖二人到家,在书房坐下了,心内还在那里乱跳。说道:"唬杀我也!"贺世赖道:"造化!造化!若非这个匹夫大醉,今日定有性命之忧!"王轮道:"今虽走脱,明日难免一场大闹,事已败露,只是我与令妹不能再会了!"贺世赖道:"大势固然如此,据门下想来,还有一线之路。谅余谦那厮醒来,必先回骆宏勋,后达任正千。骆宏勋乃津细之人,必不肯声张,恐碍任正千体面。大爷明早差一干办之人,赴任府门首观其动静,若任正千知觉,必有一番光景;倘安然无事,就便请任、骆二人来会饮。骆宏勋知道此事,必推故不来,任正千必自来也。大爷陪他闲谈,门下速至舍妹处设计。"

一宿已过。第二日早晨,王轮差王能前去,吩咐如此如此。王能奉命奔任府而来。及至任府门首,任府才开大门,见来往出入之人无异于常,知无甚事。王轮的家人走到门前,道声:"请了!"任家门上说道:"王兄,好早呀!"王能道:"家大爷吩咐,来请任、骆二位爷,即刻就请过去用早点心,俱已预备了。"任府门上回道:"家爷并骆大爷尚未起来,谅家大爷同骆大爷与王大爷至密新交,无有不去之理。王兄且请先回,待家爷起来,小的禀知便了。"于是王能辞别回家,将此话禀复王轮。王轮闻说无事,满心欢喜。

且说任正千日出时方才起身,门上人将王能来请大爷并骆宏勋那边吃点心之话禀上。任正千知道,即遣人到后面邀骆宏勋同往。骆宏勋叫余谦出来回复,说:"大爷因昨日伤酒,身子不快,请任大爷自去吧!"任正千又亲自到骆宏勋的卧室问候,骆宏勋尚在床上未起,以伤酒推之。任正千道:"既如此,愚兄自去了。"又吩咐家人:"叫厨下调些解酒汤来,与骆大爷解酒。"说过,竟自乘轿奔王府去了。

来到王府门首,王轮迎接,问道:"骆贤弟因何不来?"任正千道:"因昨日过饮,有些伤酒,此刻尚未起床,叫我转告贤弟,今日实不能奉召。"王轮道:"弟昨日也是大醉,不觉扶桌而卧;及至醒时,见大哥同骆贤弟亦在睡觉,弟即未敢惊动,就同贺世赖不辞而回。恐大哥醒来见责,将此情对尊府说过,待大哥醒来禀知。不知他们禀过否?"任正千道:"失送之罪,望贤弟包涵!"二人说说行行,已到厅上,分宾主坐下,吃茶闲谈。

贺世赖见任正千独自来,他早躲在门房之内,待王轮迎他进去,即迈开大步,直奔任正千家内。来到门首,任府门上人知他是主母之兄,不敢拦阻,他一直奔贺氏房来。进得房门,贺氏才起来梳洗。贺氏一见哥哥进来,连忙将乌云挽起,出来埋怨道:"我说不是耍的,你偏要人做,昨日几乎丧命! 今日王府会饮,你又来做甚?"贺世赖道:"今日王府会饮,任正千自去,骆宏勋推伤酒未起,此必余谦道知,骆宏勋乃津细之人,不好骤然对任正千说知,故以伤酒推辞。愚兄虽然谅他一时不说,后来自然慢慢地告诉,终久为祸。况且他主仆在此,真是眼中之钉,许多碍事处。愚兄今来无有别事,特与你商酌,稍停骆宏勋起身,观看无人的时节,溜进他房,以戏言挑之;彼避嫌疑,必不久而辞去也。若得他主仆离此,你与王大爷来往则百无禁忌了。"贺氏一一应诺。又叫道:"哥哥,回去对王大爷就说妹子之言,叫他胆放大些,莫要吓出病来,令我挂怀。"贺世赖亦答应,告辞回到王府,悄悄将王轮请到一边,遂将授妹子之计,又将贺氏相劝之言,一一说之,把个王轮喜得心痒难抓。贺世赖来到厅上,向任正千谢过了昨日之宴。王轮吩咐家人摆上点心,吃毕,就摆早席。这且不提。

且说骆宏勋自任正千去后,即起身梳洗,细思昨晚之事,心中不快,吃了些点心,连早饭都不吃。余谦吃过早饭,也自出门去了。骆宏勋独坐书斋,取了一本《列国》观看,看的是齐襄公兄妹通奸故事。正在那里大怒,只听得脚步之声,抬头一看,乃是贺氏大嫂欲来调戏骆宏勋。

不知从与不从? 且听下回分解。

第　十　回
骆太太缚子跪门

　　却说贺氏到骆宏勋书房，宏勋一见，忙站起身来问道："贤嫂来此何干?"贺氏满面堆笑道："叔叔，不同你哥哥赴王府会饮，怎么在此看书?"骆宏勋道："嫂嫂，不想昨日过饮，有些伤酒，身子不快。大哥自赴王府，愚小叔未去。"贺氏道："原来叔叔伤酒，奴尚不知，实有失候之罪! 奴若早知，当命厨下煎个解酒汤来，与叔叔解个酒也好。"骆宏勋道："多谢嫂嫂美意，解酒汤已经用过了。"贺氏走到桌边，将骆宏勋所看之书拿在手中一看，见是文姜因求亲未谐，因而成病，即与其兄通奸之事，看了一遍，说道："叔叔，常言道：'男大当婚，女大当嫁。'此言真不诬也，观此一回，虽是兄妹灭轮，实因不早为婚嫁之故，其父亦难逃其责也。"骆宏勋见贺氏恋恋不回，口评是非，只得点头应"是"，说道："嫂嫂请回，恐有客至。"贺氏以袖掩口带笑道："叔叔今虽在舍二载，奴家总未深谈，今值无人之际，欲领教益，怎么催我速回? 是见外也。叔叔年交三十一岁，因何不早完婚事?"骆宏勋道："愚小叔随父赴任时，其年十二，不当完娶，及成立之后，定兴到扬州相隔三千里之遥，又因路远而不能完娶，故今只身独自也。"贺氏又道："日间谈文论武，会友交朋，庶几乎可；到得夜间，衾枕寒冷，孤影独眠，到底有些寂寞。敢问叔叔：夜间光景何如?"骆宏勋见贺氏如此问他，心怀不善，怒目正色道："古礼叔嫂不通问，今人皆不能也。即言语问答皆正事耳! 此亦嫂嫂宜问者乎? 我骆宏勋生性耿直，非邪言能摇。请嫂嫂速回，以廉耻为重!"那贺氏原无心相戏，不过奉兄之命，使离间之计耳。被骆宏勋正言责他一番，不觉满面通红，带闷而走。自言道："我倒好意问他，他反说我胡言，真无情无义，不识轻重之徒!"竟自回房去了。骆宏勋坐在书房，心中比先前更加十分不快，自忖道："待世兄回来，若将此事告知，有失世兄体面；若不告之，贺氏既有邪心，倘再缠扰，如何是好?"思想一会道："有了，再迟一二日，看是如何光景，那时择日盘樏回南为上。"且不言骆宏勋在书房纳闷。

且言任正千又在王府会饮，又吃到二更时候，任正千又大醉，亦不能再多饮，即告别上轿而回。及至家内，先到书房去会骆宏勋，说道："贤弟，心中这会何如？"骆宏勋道："多谢大哥！小弟比先稍好。"任正千又说："王轮吃酒甚是殷勤，极其恭敬。"叙谈一会，骆宏勋道："天色已晚，请大哥回房安歇，弟还稍坐一刻。"任正千酒已十分，同骆宏勋说道："愚兄醉了，得罪贤弟，先去睡了。"家人掌烛进内，入了自家的卧房，见贺氏和衣而睡，面有忧容，任正千问道："娘子，今日因何不乐？"贺氏故意做出娇态，长叹一声，说道："你今日又醉了，不便告诉，待你酒醒再言。"任正千焦躁道："我虽酒醉，心中明白，有话就讲，哪里等得明日！"贺氏道："咳！我知你性躁，若对你说，哪里容纳得住？恐你酒后力怯，难与那人对手。"任正千闻了这些言语，心中更觉焦躁，即大叫道："有话便说，哪里有这些穷话！"贺氏道："今日你往王家去后，奴因骆叔叔伤酒，我亲至书房问候。谁知他是人面兽心，见无人在，彼竟以戏言调我。我说道：'我与你有叔嫂之称，岂可胡言！'那畜生他，说他存心已久，不然早已回扬，岂肯在此鳔居二载，今日害酒亦推辞耳！就要上前拉扯，被我大声吆喝，他恐家人听见，故未敢动，妾身方免其辱。"任正千听了这些言语，正是：

> 镔铁脸上生杀气，豹虎目中冒火星。

大骂道："好匹夫！我感你师尊授业之恩，款留于此，以报万一。不料你这个匹夫，外君子而内小人，如此欺人，我必不与这匹夫共立！"即将帐竿上挂的宝剑伸手拔出，迈步直奔书房而来。到了书房，大喝道："匹夫！如何欺我！"将宝剑望骆宏勋砍来。骆宏勋看势头不好，侧身躲过，说道："世兄所为何来？"任正千道："匹夫！自做之事，假做不知，还敢问人乎？"举手又是一剑，骆宏勋又闪过。想道："此必贺氏诬我也。世兄醉后不辨真伪，故气愤来斗我，如何说得分明？暂且躲避，待世兄酒醒再讲便了。"任正千又是一剑，骆宏勋又侧身躲过，趁空跑出门外。书房东首有一小夹巷，骆宏勋将身躲避其中。又想："此地甚窄，世兄有酒之人，倘寻至此间，持剑砍来，叫我无处躲闪。隔壁是间茶房，幸喜不甚高大。"双足一纵，纵上茶房隐避。看官，任正千乃酒后之人，手迟脚慢，头重体软，漏空颇多。不然一连三剑，骆宏勋空手赤拳，哪里躲得这般容易！骆宏勋避在夹巷，并纵上茶房之上，任正千竟没有看见，只说他躲在客厅，仗剑赶上客厅去了。

　　且说余谦这日在外游玩,也有许多朋友留饮。他心中知骆大爷未往
王家会饮,就未敢过饮,所以亦未十分大醉。回家之时,也有更余天气,只
当骆大爷在后边卧房内,就一直奔后边来。及到卧房,见大爷不在其中,
自思道:"哪里去了?"正要出来找寻,忽听得前边一声嚷,连忙出房,遇见
任府家人,问道:"前边因何吵闹?"那家人道:"我家爷不知何事,仗剑追
寻你家爷。不知你家爷躲在何处?"余谦闻得此言,毛骨悚然,把酒都吓
醒了。说道:"此必王、贺二贼挑唆,任大爷酒后不分皂白,故特回家与家
爷争闹。倘然寻见大爷,一剑砍伤,如何是好? 我若不前去帮助我主,等
待何时!"即便回到卧房,将自用的两把板斧带在身边,放开大步直奔书
房而来。及至书房不见一人,正待放步而走,只听骆大爷叫声:"余谦。"
余谦抬头一看,见骆大爷避在茶房上,安然无事,余谦方才放心。问:"大
爷,今日之事因何而起?"骆宏勋跳下房来,将自己日间被贺氏如何调戏,
我如何斥责。此必贺氏变羞成怒,任世兄醉后归家,诬我戏他。醉人不辨
真假,忿怒仗剑而来。余谦道:"自妻偷人反不自禁,尚以好人为匪。他
既无情,我就无义,待小的赶上前边与他见个输赢!"骆宏勋连忙扯住道:
"不可,不可! 他是醉后之人,不知虚实真伪,只听他人之言。今日一旦
与之较量,将数年情义俱付东流。"余谦气乃稍平。
　　且说任正千持剑至客厅,不见骆宏勋之面,心内想道:"这畜生见我
动怒,一定躲至后面师母房中,不免奔后边找他便了。"一直跑到骆太太
卧房。骆太太伴灯而坐,手拿一本《观音经》诵念。抬头见任正千怒气冲
冠,仗剑而进,问道:"贤契①更深至此,有何话说?"任正千见问,双膝跪
下,不觉放声大哭道:"门生此来,实该万死,只是气满胸中,不得不然!"
骆太太惊问道:"有何事情? 贤契速速讲来!"任正千寒泪就将贺氏所告
之言诉了一遍,"实不瞒师母说,门生今来只要与那匹夫拼命!"太太只当
宏勋真有此事,心中甚是惊惧,道:"贤契,你且请回,这畜生自知理亏,不
知躲在何处? 老身在此,断无不来之理! 等他来时,我亲自将那畜生捆将
起来,送到贤契面前,杀、剐、存、留,听凭贤契裁之!"任正千闻骆太太一
番言语,无可奈何,说道:"蒙师母吩咐,门生怎敢不从,既蒙师尊授业之
恩,何敢刻忘! 只是世弟今日之为,欺我太甚,待他回来,望师母严训一番

────────────

　　①　贤契——旧时对友人子侄辈或弟子的敬称。

罢了。既是如此，门生告辞便了。"乃回身归房安歇去了。

却说骆宏勋闻知任正千回房安歇，方同余谦走向太太房中。太太一见宏勋，大骂："畜生！干此伤阴损德之事！"宏勋将贺氏至书房调戏之言说了一遍，余谦又将昨夜王轮通坚之事禀告一番，太太方知其子被冤。说道："承你世兄情留，又贺氏日奉三餐，我母子丝毫未报，今若以实情说出，贺氏则无葬身之地。据我之意，拿绳子来将你绑起来，跪在他房前请罪，我亦同去，谅你世兄必不见责了。"宏勋道："母亲之言，孩儿怎敢不依？但世兄秉性如火，一见孩儿，或刀或剑砍来，孩儿被捆不能躲闪，岂不屈死？"余谦道："大爷放心，小的也随去，倘任大爷认真动手，小的岂肯让他？"太太道："余谦之言不差。"即拿绳子将宏勋捆起，余谦暗藏板斧，同太太走到任正平房门首。那时天已三更，太太用手叩门，叫道："贤契开门！"任正千此时已经睡醒了，连酒也醒了八九分，晚间持剑要砍骆宏勋之事，皆不知道。听见师母之声，连忙起来，不知此刻来到有何缘故，反吃一惊。开了房门，看见骆太太带领宏勋缚背跪在房门口。骆太太指着宏勋说道："这个畜生，昨日得罪了贤契，真真罪不容诛！此时老身特地将他捆了前来，悉听贤契处治，老身决不见怪！"骆太太这一番言语说了，只见任正千那时：

虎目中连流珠泪，雄心内难禁伤情。

毕竟任正千怎般处治骆宏勋？且看下回分解。

第 十 一 回

骆宏勋扶榇回维扬

却说骆宏勋竟直跪于任正千房门口，骆太太请任正千处治。任正千才将昨晚之事触起一二分来，亦记得不大十分明白。一见宏勋跪在尘埃，低首请罪，虎目中不觉流下泪来，连忙扶起，说道："我与你数年相交，情同骨肉，从无相犯。昨晚虽愚兄粗鲁于酒后，亦世弟之所作轻薄，彼此咸当知戒！以后不许提今日之事，均勿挂怀。"骆宏勋寒冤忍屈道："多谢世兄海量，弟知罪矣！"骆太太亦过来相谢，任正千还礼不迭，吩咐丫环暖酒，款待师母。骆太太道："天已三鼓，正当安睡，非饮酒之时。且老身年迈之人，亦无津神再饮。"任正千不敢相强，亲送太太回房安歇，又到宏勋房中坐谈片时，方才告别回房安睡。贺氏接着道："此事轻轻放过，只是太便宜了这个禽兽！"任正千道："杀人不过头点地，他既是缚跪门前，已知理屈；蒙师授业之恩，分毫未报，一旦与世弟较量，他人则道我无情。不过使他知道，叫他自悔罢了。"又道："明日茶饭仍照常供给，不许略缺。"说了一会，各自安睡。第二日清晨，任正千梳洗已毕，着人去请骆宏勋来吃点心，好预备王、贺来此会饮。

且说骆宏勋自从夜间跪门回房之后，虽然安歇了，回思负屈寒冤，一腔闷气，哪里睡得着！翻来覆去，心中自忖道："今日之事，虽然见宽，乃世兄感父授业之恩，不肯谆谆较量，而心中未免有些疑惑。我岂可还在此居住？天明禀知母亲，搬柩回南。但只是明日又该世兄摆宴，王、贺来此会饮，必邀我同席，我岂肯与禽兽为友，又不好当面推托，如何是好？"又思："我昨日已有伤酒之说，明日只是不起，推病更重。暗叫余谦将人夫、轿马办妥，急速回南可也。"左思右想，不觉日已东升。猛听任府家人前来说道："家爷在书房相请骆大爷同吃点心，并议迎接王大爷、贺舅爷会饮之事。"骆宏勋道："烦你禀复你家爷：说我害酒之病比前更重几分，尚未起来，实不能遵命。叫你家爷自陪吧。"家人闻命，回至书房，将骆大爷之言回复任正千。任正千还当骆宏勋因昨日做了非礼之事，愧于见人，假病不起，也就不来强。于是差人赴王府邀请，又吩咐家中预备酒席。不多一时，王、贺二人已至，任正千迎进客厅，分宾主坐下，献茶。王轮问道："骆贤弟还不出来？"任正千道："今早已着人邀请，他说害酒之病更甚于昨日，尚未起来，不能会饮。他既推托，愚兄就不便再邀了。"王轮闻正千之言，有三分疏慢之意，知贺氏已行计了。贺世赖怕人见疑，今日也不往后边会妹子去，只在前边陪王轮。不言王、贺三人谈饮。

　　且说骆宏勋起得身来，梳洗已毕，走进太太房中，母子商议回南之计。太太道："须先通知你世兄，然后再雇人夫方妥，不然你先雇了人夫，临行时你世兄必要款留，那时再退人夫，岂不折费一番钱钞？"宏勋道："母亲，不是这样说法，若先通知世兄，他必不肯让我回去。据孩儿之见，暗着余谦将人夫、轿马办妥，诸事收拾齐备，候世兄赴王家会饮之日，不辞而行，省得世兄预知，又有许多缠绕。倘世兄他日责备不辞而行，亦无大过。且我们不辞而去，世兄必疑我怪他，或细想前日之事，并想孩儿素日之为人，道孩儿负屈，亦未见得。若念念于此，其事不能分皂白，孩儿之冤终不能明。我身清白，岂甘受此乱轮之名乎！"太太闻儿子之言，道声："使得。"遂命余谦即时将人夫、轿马办得停妥，择于三月十八日搬榇回南。母子商议之时乃廿五日，计算还有三日光景。骆宏勋逢王轮家饮酒之日，推病不去；逢任家设席之时，推病重不起。任正千因他轻薄，也就不十分敬重。贺氏恨不得一时打发他母子、主仆出门。虽是任正千吩咐茶饭不许怠慢，早一顿迟一顿，不准其时，骆太太母子寒忍。住了三日，已到廿八日了，早饭时节，任正千已往王家去了。余谦将人夫、马匹唤齐，骆太太同宏勋前来告别贺氏。贺氏道："师母并叔叔即欲回南，何此迅速也？待拙夫回来亲送一送，何速乃尔？"骆太太道："本该候贤契回府面谢，方不亏礼；但恐贤契知老身起行，又不肯放走。先夫也该回家安葬，犬子亦要赴浙完姻，二事当做，势不容缓，故不通知贤契。贤契回府，拜烦转致，容后面谢吧。"贺氏恨不得把他们一时推出门，岂肯谆留，遂将计就计，道："既师母归心已决，奴家不敢相留。"吩咐摆酒饯行，与太太把盏三杯。用了早膳，仍将向日进榇之门打开，把骆老爷灵柩移出来，十六个夫子抬起，太太四人轿一乘，小丫环一乘小轿，外有一二十个扛皮箱包裹。骆宏勋同余谦骑马前后照应，直奔大道而去。

　　骆宏勋起身之后，任府家人连忙将后边大门仍然砌起，一边着人到王府通知任正千。任正千正在畅饮，家人禀道："骆大爷同骆太太方才雇人马起身回南，特来禀知。"任正千道："未起身时就该来报，人去之后来说何用？要你这些无用的狗才何用！"王轮、贺世赖闻骆宏勋主仆起身，满心欢喜，见任正千责骂家人，乃劝道："闻得骆宏勋在府上一住二载有余，大哥待他不薄。今欲回家，早该通知大哥，叩谢一番，才是个知恩之人。今不辞而去，内中必有非礼之为，赧于见人。此等人天下甚多，大哥以为失此好友么？"任正千道："骆宏勋这个畜生不足为重，但愚兄受业于其父，此恩未报，故款留师母以报万一。今师母去了，愚兄未得亲送，是以歉耳！"王轮道："留住二载，日奉三餐，报师之恩不为薄矣！今之不送，乃彼未通知之故；彼有不辞之罪大，而大哥失送之罪小。以后我等再见骆宏勋，俱莫睬他。如今也不要提他了。"王轮这些话，说得轻重分明。任正千以为骆宏勋真非好人，遂置之度外，倒与王轮一来一往，其情甚密。逢在任家吃酒，一定把任正千灌醉，贺世赖将任家妇女支开，王轮入内与贺氏玩耍。约略任正千将醒时候，贺世赖又引王轮出来。任府家人也颇知觉，因贺氏平日待人甚宽，近日又知自己非礼，每以银钱酒食赏他们，正是：

清酒红人面，财帛动人心。

况这些家人一则感她平日之恩，二则受今日之贿，哪个肯多管闲事！可怜任正千落得只身独自，并无一个心腹。

过了几日，王轮见人心归顺，遂取了一千两银子谢贺世赖。贺世赖道："门下无业无家，这多银子与门下，叫门下收存何处？大爷只写张欠帖与门下就是了。倘有便人进京，乞大爷家报中通知老太爷一声，将此银与门下大小办一个前程，也是蒙大爷抬举一番。祖、父生我一场，他老人家也增些光，感你大爷之恩。"王轮道："如此，我代你收着。"写了一千两欠帖与贺世赖。王轮笑道："我与令妹只能相会一时，不能长夜取乐。我想明日连男带女一并请来，将花园中空房一间，把令妹藏在其中。到晚，只说贱内苦留不放，明日再回。那时任正千自去，我与令妹岂不是长夜相聚乎！"贺世赖道："使得，使得！"次日，差人请任正千连贺氏大娘一并请来，就说："后边设席，家大娘仰慕大娘，请去一会。"家人来到任府，将言禀上。任正千道："既是同盟兄弟，有何猜忌？"吩咐贺氏收拾，王府赴宴。"明日，我这边也先前后备席，连王大娘一同请来饮酒。"任正千上马先自去了。贺氏连忙梳洗，穿着衣裳，诸事停妥。临上轿时，叫过心腹丫头两个，一名秋菊、一名夏莲，吩咐道："我去王府赴宴，你二人在家如此如此，我自然抬举。"她二人领命，贺氏方才上轿去了。

且说骆宏勋回南，因有老爷灵柩，不能快行，一日只行得二三十里路程。临晚住宿，必得个大客店方可住得下。在路行了十日有余，行到山东地方。那日太阳将落，来到定南府恩县交界一个大镇头，叫做苦水铺。余谦道："大爷，论天气还行得几里，但恐前边没有大店，此地店口稍宽，不如在此住了，明日再行。"骆宏勋道："天已渐热，人也疲了，就此歇了吧。"于是众人看见一个大店，将皮箱包裹俱搬入店内，将老爷的灵柩悬放店门以外，是不能进店的。走至上房坐下，店小二忙取净面水，骆太太并宏勋净了面，吩咐余谦，叫店小二拿酒饭与人夫食用。将上灯时分，店小二将一支烛台点一支大烛，送进上房，摆在桌上，请太太、公子用酒。骆太太母子入席，正待举杯，只见外边走进一个老儿来，高声说道："哎呀！骆大爷，久违了！"骆宏勋听得，举目一观，正是：

　　久旱逢甘雨，他乡遇故知。

不知来的何人，且听下回分解。

第 十 二 回

花振芳救友下定兴

却说骆宏勋下在苦水铺上坊子内,才待饮酒,只见外边走进个老儿来,道:"骆大爷,久违了!"骆宏勋举目一观,不是别人,是昔日桃花坞玩把戏的花振芳。连忙站起身来道:"老师从何而来?"花振芳向骆太太行过礼,又与骆宏勋行过礼。礼毕,说道。"骆大爷有所不知,此店即老拙所开,舍下住宅在酸枣林,离此八十里,今因无事,来店照应照应。及至店门,见有棺柩悬放,问及店中人,皆云:是过路官员搬柩回南的。老拙自定兴县任府相会,知大爷不过暂住任大爷处,不久自然回南,见有过路搬柩的,再无不问。今见柩悬店门,疑是大爷,果然竟是。幸甚,幸甚!"花振芳吩咐店小二将此等肴馔搬过,令锅上重整新鲜菜蔬与他。店小二应诺下去。花老吩咐已毕,又问道:"任大爷近日如何? 可纳福①否?"骆宏勋长叹一声道:"说来话长,待晚生慢慢言之。"花老闻听此言,甚是狐疑,因骆太太在房,恐途中困乏,不好高谈,道声:"暂为告别,请太太方便,俟用饭之后,再来领教。"骆宏勋道。"稍坐何妨!"花振芳道:"余大叔尚未相会,老拙也去照应照应,就来相陪。"一拱而别,来到厢房。余谦在那里安放行李,见道:"呀,老爹么? 久违了!"花振芳道:"我今若不来店,大驾竟过去了。"余谦道:"自老爹在府分别之后,次日,家爷同任大爷赴寓拜谒,不知大驾已行。内中有多少事故,皆因老爹而起,一言难尽,少刻奉禀。"花老愈为动疑,见余谦收拾物件,又不好深问,遂道:"停时再来领教罢了。"辞了余谦,来至锅上照应菜蔬,不一时,菜饭俱齐。骆太太母子用过酒饭,余谦亦用过了。店小二将碗盏家伙收拾完毕,又送上一壶好茶之后,骆宏勋打开太太行李,请太太安歇。

花老儿知太太已睡,走至上房说道:"因太太在此,老拙不便奉陪,有罪了。"骆宏勋道:"岂敢!"花振芳道:"前边备了几味粗肴,请大爷一谈。"

---

① 纳福——享福;受福。

骆宏勋也要将任正千情由细说,道:"领教。"遂同花老来到门面旁一间大房,房内琴棋书画,桌椅条台,床帐衾枕无所不备,真不像个开店之家。问其此房来历,乃花振芳时常来店之住房也。他若不在此,将门封锁;他若来时才开,所以与店中别房大不同也。内中设了一桌十二色酒肴,请骆宏勋坐了首位,花老主位,将酒斟上,举杯劝饮。三杯之后,花振芳道:"适才问及任大爷之话,大爷长叹为何?"骆宏勋就将因回拜路遇王家百十余人,各持器械,"问其所以,知与足下斗气;晚生同任世兄命众人撤回,伊云:奉主之命,不敢自擅;晚生同世兄赴王府解围,不料王轮甚是恭敬,谆谆款留,遂与之拜结;及次日,王、贺来世兄处会饮,将我二人灌得大醉;贺世赖代妹牵马,王轮与贺氏通奸,被余谦听见。"骆宏助将前后之事,细细说了一遍。花振芳闻了这些言语,皆因王家解围而起,心中自说道:"怪不得余谦说:皆因我而起。"说道:"王轮那厮,依老拙愚见,彼时就要毁他巢穴;贱内苦苦相劝说'出门之人,多事不如省事',我所以未与他较量。次日趁早起身,急急忙忙一路动身返舍。回来后,老汉在家,哪里知道后边就弄出了这许多事来。真个令人事事难料。大爷,且说王轮这个奸贼,真是人面兽心,实属叫人发指,可恨之极!大爷请用一杯,老汉还有话说。"说罢,杯盘相劝。彼此相合,二人对饮,正是有诗为记,诗云:

> 良友邸旅叙往因,须知片语值千金。
> 忠肝义胆成知己,永志冰心报友情。
> 挥洒千金存匹马,且杯一盏碎张琴。
> 今朝得叙旧年事,方知义友一番心。

花老又道:"大爷隐恶扬善,原是君子为之。但大爷起身之时,也该微微通知,好叫任大爷有些防避。彼毫不知之,奸夫淫妇毫无禁忌,任大爷有性命之忧。"骆宏勋道:"晚生若回去言之,灵柩何人搬送?倘不回去,世兄稍有损伤,于心何忍!"言到此处,骆大爷双眉紧皱,无心饮酒,只是长吁短叹。花老劝道:"天下事有大有小,有亲有疏,朋友乃人轮之末,父母乃人轮之首,岂有舍大而就小,疏亲而为友者乎!大爷搬柩回南,任大爷之事俱放在老拙身上。况此事皆因我而起,我也不忍坐视成败。既大爷起身日期至今已有数日,及老拙往定兴又有几日工夫,不知任大爷性命如何。如等老拙到了定兴,任大爷性命无伤,老拙包管把奸夫淫妇与他一看,分明大爷之冤,并救任大爷之命。"骆宏勋谢过,重新又饮。又问道:"不知老爹几时赴定兴?"花老道:"救人如救火,岂可迟延!不过一二日,就要起行。"骆宏勋又吃了两杯,天已二鼓,告辞回房去了。花老吩咐店中杀猪宰羊,整备祭礼,一夜未睡。

及到天明,骆太太母子起来,梳洗方毕,余谦来禀道:"花老爹亦有祭礼,摆在老爷柩前,请大爷陪奠。"骆宏勋连忙来至柩前,只见摆列数张方桌,上设刚鬣①、柔毛②,香楮、庶馐③之仪。花老上香奠爵,骆宏勋一旁陪奠。祭奠已毕,骆宏勋重复致谢意,欲赶早起身。花老哪里肯放,又备早席款待。骆宏勋叫余谦称银四两,赏与那搬桌运椅之人。吃罢早饭,人夫轿马预备停当,骆宏勋又叫余谦封过房租银两。花老道:"岂有此理!今日老爷仙柩回南,老拙不便相留;今封银子与我,是轻老拙做不起个地主了。老拙别无尽情之处,小店差一人跟随大爷,送至黄河渡口。黄河这边一切使用并房饭银两,俱是老拙备办,过河以后,大爷再备。"骆宏勋道:"今日无故叨扰,已为不当;路费之说,断不敢领。"花老道:"我差人相随,亦非徒备路费。黄河这边皆山东地方,黄河相近,路多响马,黑店甚多。我差人送去,方保无事。我已预备停妥,大爷不必过推。"骆宏勋见花老诚心实意,遂谢了又谢,方上马而去。

不言骆宏勋起身上路。且表花振芳回店将事情料理停当,晌午时候,上马而回,日未落时,已至自家寨中。进门来见了妈妈,将遇见骆宏勋在店之事说了一遍。花奶奶道:"你这个老杀才,女儿因他害起病来。不见则已,今既在我店中,还放了他去,是何缘故?"花老道:"你妇人家不通道理。如骆宏勋一人自来,或同他家太太母子同来,我岂肯叫他匆匆即行?他今搬柩回家,难道叫我将他家棺材留下不成!"花奶奶道:"他如今回家,几时还来?女儿婚姻,何日方就?"花老笑道:"今日正有一个机会告你知道。"妈妈忙问其详。花老将任正千之事说了一遍,又将自己欲往定兴救任正千之言,又说了一通。又道:"我今将任正千救来,怕他不代我女儿作伐么?"花奶奶听了此言,也自欢喜。花老忙差四人,分四路去请巴龙、巴虎、巴彪、巴豹四人。看官,你说因何差四人去请他弟兄四人?那

①　刚鬣(liè)——旧时祭礼所用的猪。
②　柔毛——旧时祭礼所用的羊。
③　庶馐(xiū)——许多美肴。

巴氏弟兄九个,住了九个大寨,连花振芳共十个,周围有百里之遥。今连夜去请,要到次日饭时方能齐至,一人如何通得信来?所以差四人前去。巴氏弟兄九个,唯此四人做事津细。花老差人之后,用了些晚饭,妈妈将这些说话又对碧莲说了一番。碧莲知任正千同骆宏勋乃莫逆之交,任正千感父救他之恩,必竭力代我做媒无疑,心怀一开,病也好了三分。第二日早晨,巴氏弟兄前后不一,直至饭时四人方齐。花老备酒饭款待,将下定兴救任正千之话说过。又道:"定兴往返有千里之遥,岂可空去空回?意欲带十个干办之人,顺便看有相宜生意,带他个把才好。"巴氏弟兄齐声道:"好!"花老将寨中素日办事精细、武艺惯熟之人,选个十名,各人收拾行李,暗带应用之物,期于明日起行。话不重叙。到了次月,一众人等吃了早饭,花振芳带领了巴龙、巴虎、巴彪、巴豹,又有十个精细伴当,一众骑了十五匹上好的惯走的骡子,直奔定兴大路而来。只因这一去,正是:

　　定兴黎民心胆落,满城文武魄魂飞。

　　毕竟不知花振芳一众人等到得定兴,怎生救任正千?且听下回分解。

第 十 三 回
劫不义财帛巴氏放火

却说花振芳、巴氏弟兄一众自离了酸枣林,在路行程也非止一日。那日来到定兴,已是四月间。进了西门,已到马家店外。花振芳本欲还寓在此,然自离定兴至今不过个把月光景,仍住他店内,他们必定认得,如何是好?若迁于别处住店,又恐不干净,不若寻个庙宇,便于行事。于是,直奔南门而来。幸喜离南门不远有一炎帝庙,甚是宽大,闲房甚多。花振芳进内与住持说了,不过住两三日就动身,大大给你个香仪;庙中道人亦赏他五钱银子。住持同道人甚是欢喜,将后院三间大庙房与他们住,旁边又有三间厂棚,原是养牲口之所,槽头现成。花老一众将行李取下,搬入住房,十五匹骡子拴在槽旁,又将钱与道人,代买草料。道人问道:"老爷们是吃素还是吃荤?吃素,就在我们灶上制办;吃荤时,那住房北首有一间房,房内锅灶现成,请爷们自便。"花者见诸事便宜,甚为欢喜。答道:"我们有人办饭,只是劳你买买罢了。"道人应道:"当得,当得!"拿钱买草料去了。入庙之时,天方日中,众人在路已吃过早饭,肚不饥饿。花振芳道:"你们在此歇息歇息,我先进城到任府走走,探探任正千消息。"巴氏兄弟道:"你进城去,我们在此办午饭候你。"

花老也不更衣,就是原来的样子迈步进城,一直来到任正千门首,看了一看,不如前月来的那般热闹。站了半会,并无一人出入,心中疑惑,迈步进门,见一人在门凳上坐着打睡。花老用手一推,道声:"大叔,醒醒。"那人将眼一睁,问道:"哪里来的?"花老道:"在下山东来的。"那人仔细一看,认得是三月间来拜大爷的花老儿,便说道:"花老师又来了么?"花振芳道:"前在此厚扰,今特来谢谢大爷。敢问大爷可在家吗?"那人道:"不在家,今早赴王府会饮去了。"花老道:"哪个王府?"那人道。"是家爷新拜的朋友,乃吏部尚书公子王轮王大爷家。"花振芳道:"大娘在家么?"那人道:"大娘有五日不在家了。"花老道:"娘家去了?"那人道:"不是的,在王府赴宴。"花老道:"既是赴宴,哪有五日不回之理?"那人道:"花老师,你不晓得,朋友有厚薄不同。家爷与王大爷相交甚契,先前只是男客往来,有半月光景,连女眷也来往了。"花老道:"他家那王大娘也到府上来否?"那人道:"闻得说王大娘有腿痛之疾,难以行走,家爷备席请她,她不能来,所以请我家大娘过去陪伴玩耍,不肯放回。大约是男子相厚,女眷也就不薄了。"花老道:"府上大叔好多哩,今日怎不见人出入?"那人道:"有是有十来个,跟大爷去了两个,其余见大爷一见而已。大爷一去一日,更深方回,家中无事,都去闲玩去了。"花老道:"既大爷不在家,在下告别。"那人道:"老师寓在何处? 家爷回来,我好禀知。"花振芳道:"方才到此,尚未觅寓。大爷回来,大叔不禀罢了。"那人道:"倘大爷闻知,我岂无过?"花老道:"不妨,即使我会见大爷亦不提,大爷怎得知道?"

看官,你道花老因何不肯对他说出寓所? 恐弄出事来,连累炎帝庙的和尚,故不对他说。辞了那人,照旧路向寓所而来。一路上想那门上人的话,一定是骆大爷主仆二人起身之后,百无禁忌,王轮假托老婆有病,将贺氏接在家中,贪夜畅乐。任正千乃好酒之人,不知真伪,而为之愚焉。"我今不来则已,既来了,必将奸夫淫妇与他一看,任大爷方信为实,骆大爷之冤始白矣。适言更深方回,我亦等更深时分,不使人知,悄悄入他家内,约任正千同到王家捉奸。"算计已定,来至寓所,巴氏兄弟早将晚饭备妥。共是三桌,巴氏弟兄同花老一桌,寨内十人分两桌。他寨内规矩:有客在坐则分上下,花老儿主坐,其余分立两旁;若无外人,则不分尊卑了,皆同坐同饮。今寓中皆自家人,所以办三桌,一室合饮。

闲话少叙。众人用过晚饭,各自起身。花振芳在内闲坐,谈论任正千之事。那十人喂料的喂料,垫草的垫草,各办其事。不一时天已起更,又摆夜酒,也是三桌。饮酒之间,花老道:"我们今番盘费无多,事宜急做。今晚我即进城相会任正千,看如何光景。我们好速速回去,不然盘费用完,又要向人借贷。"巴氏弟兄道:"姊夫放心前去,盘费之说,包在我弟兄们身上,不必心焦。"时至二更,谅任正千亦已回家。花老连忙打开包裹,换了一身夜行衣服:青褂、青裤、青靴、青褡,包青裹脚。两口顺刀,插入裹脚里边,将莲花筒、鸡鸣断魂香、火闷子、解药等物,俱揣在怀内;有扒墙索甚长,不能怀揣,缠在腰中。看官,你说那扒墙索其形如何? 长有数丈,绳上两头系有两个半尺多长的铁钉,逢上高时,即二手持钉,一个个照墙缝插入,一把一把登上去;凡下来时节,用一钉插在上边,绳子松开,坠绳而下。此物一名"扒墙索",一名"登山虎",江湖上朋友个个俱是有的。

花老收拾完全,别了众人,直至城门。城门已闭,花老将扒墙索取下,依法而行。进得城来,街上梆响锣鸣,栅门已闭,不敢上街,自房上行走。及到任正千家,亦不呼门打户,从屋上走进来,直至里面,并不见一些动静。又走进内院天井中,忽听鼾睡之声,潜近身边,此时四月二十上下,微月渐明,仔细一看,竟是任正千!在房门外放了一张凉床,带醉而卧,别处并无一人。花老用手推之,推了两番,任正千朦胧之中问声"哪个",仍又睡了。花老点头道:"怪不得其妻偷人,茫然不知,今将他扛送江河之中,他亦未必知道。"又用手着力一推,任正千方醒,喝道:"有贼!"将身一纵,已离床七步之遥。花老低低说道:"任大爷,不要惊慌,我乃山东花振芳也。若是盗贼,此刻不但将你银钱偷去,连你性命都完了。"任正千听说是花振芳,虽月光之下看不明白面貌,却听得出声音,连忙问道:"大驾几时来此?黉夜到舍,有何见教?"花老道:"大爷不要声张,在下昨午至贵处,连夜到府来救你性命。"任正千惊问道:"晚生未作犯法之事,有甚性命相碍,老师何出此言?"花老道:"骆大爷到哪里去了?"任正千道:"那个轻薄的人,说他作甚!"花老道:"好人反作歹人,无怪受人暗欺。"遂将王轮、贺氏奸淫,贺氏过书房相戏,反诬他轻薄;无亲自缚跪门,不辞而去,说了一遍。任正千叹道:"此必骆宏勋捏造之言,以饰自己轻薄之意,老师何故信之?"花老道:"因怕你不信此言,故我黉夜而来,与你亲眼一看,皂白始分,而骆大爷之冤亦白矣!我也知令正①夫人在王家五日未回,此刻正淫乐之时。想你武艺精通,自能登高履险,趁此时我与你同到王家捉奸。若令正不与王轮同眠,不但骆大爷有诬良之罪,即老拙亦难逃其愆②矣!"任正千被花老这一番话,说得才有几分相信。答道:"我即同老师前去走走。"花老将任正千上下一看,道:"你这副穿着,如何上得高屋,速速更换。"任正千自王家回来,连衣而卧,靴也未脱,衣也未卸。花老叫他更换,方才进房,脱了大衣,穿一件短袄;褪下靴子,换一双薄底鞋儿,把帐柱上挂的宝剑带在腰间。走出房来,同花老正要上屋,只见正南方火光遮天。花老道:"此必哪块失火!"将脚一纵,上得屋来,那火正在南门以外,

---

① 令正——旧时以嫡妻为正室,因用于敬称对方嫡妻。

② 愆(qiān)——罪过。

却不远。花老道:"不好了,此人正在我的寓所。大爷稍停,我暂回南门一望即回。"任正千道:"天已三鼓,待老师去而复返,岂不迟了? 即老师行李有些损失,价值若干,在下一定奉上。"花老道:"大爷有所不知,老拙今来一众十五人,骑了十五匹骡子,皆是走骡,每个价值一二百金,在南门外炎帝庙寓住,故老拙心焦,不得不去一看。"任正千道:"既是老师要去,速些回来才好。"花老道:"就来。"将脚一纵,上屋如飞而去。

任正千坐在凉床上,细思花老之言,恨道:"如今到王轮家捉住奸夫淫妇,不杀十刀不趁我心!"在天井中,自言自语,自气自恨,不言。

且说花振芳来到南门,见城门已开,想道:"自必有人报火。"遂跳下出城,举目一看,正是火出于炎帝庙中,真正厉害。正是:

　　风趁火势,火仗风威。

却说花振芳急忙走到跟前,见救火之人有一二百,东张西望,不见自家带来的人。想道:"难道十四个人,一个也未逃出不成?"正在焦躁之际。不知后事如何,且听下回分解。

第 十 四 回

伤无限天理王姓陷人

却说花振芳看见炎帝庙里火起,并不见自家带来一人,正在焦躁,猛听得口号响亮,心中稍安。细听一听,在东北树林之内,相隔有两箭之远。迈开大步直奔树林而来,进得林中,见巴氏弟兄并寨内十人,连十五头骡子俱在;其中又见十五头骡子驮了十五个大箱子。花振芳忙问道:"此物从何而来?"巴氏弟兄道:"老姊丈进城之后,我们又吃了几杯酒,商议道:'一路行来,并无生意,白白回去,岂不空走一遭!'细想王轮父是吏部尚书,叔是礼部侍郎,在东京贾官卖爵,也不知赚了多少不义之财!我等到他家去,一直走到后边五间楼上,细软之物尽皆搜之。等你多时了。"花振芳又问道:"庙内因何火起?"巴氏弟兄笑道:"只因劫了王轮回来,才交二鼓天气,若是起身,庙内和尚、道人必猜疑。天明王轮报官,他们必知道我们劫去,恐不干净,故此放起一把火,烧得他着慌逃命不及,哪里还管我们闲事。"花老言道:"虽然干净,岂不毁坏了庙宇,坑了和尚。"沉吟一会道:"也罢!明日将王轮之物,造一所庙还他,其余再为分用。"巴氏四人道:"那也罢了。"

听一听,天已四鼓,见城中有骑马往来者,知是文武官员出城救火。花老道:"再迟,就不好了!趁此你们赶路,我仍进城,同任正千把事做了,随后赶来。"巴龙道:"我们就是山东路上相熟,直隶地方甚生,你要送我们一送才好;不然路上弄出事来,为祸不小!"花老道:"我与任正千相约,许他看火就回。他如今在天井里等我,不回去岂不失信于他?"巴龙道:"此地离山东交界也只六十里路,此刻动身,天明就入了山东地方,你过午又回此地。任正千怎地将老婆与人玩了半个多月,今一日就受不住了么?常言道'先顾己而后有人',未有舍己从人之理。"看官,花振芳山东、直隶、河南,到处闻他之名,凡路上马快[①]、捕役等见他的生意,不过说

---

① 马快——旧时官府中的公差,骑马的捕快,协管缉捕盗贼。

声"发财",哪个敢正眼视他? 那巴氏弟兄就是山东道上不碍事,这六十里直隶地方竟不敢行,所以要他送去。花振芳见说得有理,少不得要送送他的。说道:"要走就走。一时合城官员救火,不大稳便。"众人解开骡子上路,奔山东去了。

却说任正千等花振芳往王家捉坚,一等也不来,二等也不来,一直等到五更东方发店,骂道:"这个老杀才! 真个下等之辈。约我做事,直叫人等个不耐烦! 天已将明,如何去得? 明日遇见,不理他这个老东西。"骂了一会,连衣倒在床上睡了。当应有事,花振芳同任正千在天井里说话,尽被秋菊、夏莲两个贱人窃听着。贺氏吩咐:凡家内有甚风声,速到王府通知。天将发白之时,看见任正千睡了,二人悄悄地走出,一直跑到王家。她二人随贺氏走过两次,知她在花园内宿歇,不必问人,走进房来。王轮已经起去,贺氏在那里梳洗,见两人进来,贺氏打了个寒噤,问道:"家中有甚风声,怎早而来?"二人道:"娘,不好了,祸事不小!"遂将任正千与花振芳在天井所议之事,一一告知:"正要来捉坚,忽见南门失火,那花者恐伤他同伴之人并他牲口,暂别大爷到南门一看即回,叫大爷在天井等他。幸喜皇天保佑,那老儿一去未回。大爷等得不耐烦,东方发白,进房睡了。我二人一夜何曾合眼,看见大爷已睡,连忙跑来禀知。大娘速定良策,不然性命难保。我二人就要回去,恐大爷醒来呼唤。"贺氏闻听此一番言语,只见她:

桃红面变青靛脸,樱桃小口白粉唇。

不由得满身乱抖,说道:"此事怎了? 你快与我请王大爷并贺大爷前来,你们再回去。"秋菊、夏莲忙到书房,见王轮、贺世赖二人正在说话。一见二人进来,王轮道:"你们来得怎早,想是问大娘要钱买果子吃?"二人道:"大娘请王大爷与贺大爷说话。我二人即回,恐大爷呼唤。"说罢,慌慌张张地去了。王、贺二人见他们神情慌速,必有异事,亦急忙来至贺氏房里。只见贺氏面青唇白,两眼垂泪,恨道:"你二人害人不浅! 方才两个丫鬟来说:此事尽被丑夫知之。叫我如何回家?"王轮道:"这是何人走漏消息?"贺氏又将花振芳夜来所议之话说了一遍,"天将发白时,丑夫方才睡去,他二人趁空跑来通知我。好好的日子,你二人弄得我不得好过,连性命都送在你们手里!"只是呜呜啼哭。王、贺二人只落得蹙眉擦眼,低头顿足,想不出个计来。

正在那里胡思乱想，忽然家人来禀道："大爷不好了！后边五间库楼，今夜被强盗打劫去了。"王轮道："从来福无双降，祸不单行，正我今日之谓也。"迈步欲往后边观看情形，贺氏拦住道："你想往哪里去？不先将我之事设法，要走万万不能！"王轮无可奈何，只得停步，唯有长吁短叹而已。忽见贺世赖愁眉展放，脸上堆笑，道："妹子不要着急，王大爷又有喜事可贺！"王轮道："大祸解脱，其愿足矣！又有何喜可贺？"贺世赖道："大爷失物破财，却是添人进口。"王轮道："所添何人？"贺世赖道："今夜库楼被人劫去，大爷速速写下失单，并写一个报单。单内直指任正千之名，门下速进定兴县报与马快。再带五十两银子，将马快头役买嘱，叫他请定兴县孙老爷亲往任家起赃。我去之后，妹子亦速速回去，轿内带些包裹，将值钱小件之物包些，舍妹身边再藏几件小东西，都摆在后边堂楼底下。孙老爷一到，观见赃物，不怕任正千有八口五张嘴，也难辩得清白。那时问成大盗，自然正法；舍妹即大爷之人，岂不是添人进口么！"王轮听得此言，心中大喜，说道："量小非君子，无毒不丈夫。"吩咐家人快取文房四宝，速开失单，并写报呈，将偷了去的开上来，未偷去的也开了一倍，开了三倍。贺世赖又催促妹子回去。贺氏道："我不敢回去，那丑夫性如烈火，一见我回，岂肯轻放？"贺世赖道："拿贼拿赃，捉奸捉双。你一人回去，谅他不能杀你，必要问个端的，然后动手的。这里甚快，你一到家，我随即请孙老爷驾到，管保你无事。"贺氏没奈何，只得依着哥哥之言，收拾了包裹，身边又带了几件东西。贺世赖将失单、报呈放入袖口内，王轮又拿了五十两银子与他。贺世赖又对贺氏道："我顿饭光景办妥此事，你再起身，恐我家做事做不完，你先到家吃他之亏。"又向贺氏耳边说道："你若到家，必须如此如此，方不费手脚。"贺氏点头应道："晓得！"

贺世赖诸事安排妥当，缓步去了。不多一时，走至定兴县衙门，正遇马快头役杨干才进衙门，贺世赖上前拱了拱手，道："杨兄请了！"杨干认得贺世赖，知他近日在王府作门客，答道："贺相公，恁早往哪里去？"贺世赖道："特来寻兄说话，请在县前茶馆中坐谈。"进门坐下，茶博士拿来一壶好茶，捧了两盘点心。杨干道："相公寻弟有何话说？"贺世赖在袖中取出失单并报呈，递与杨干看，杨干一见报呈上直指任正千之名，大惊道："这个任正千，莫非四牌楼'赛尉迟'么？"贺世赖道："正是！"杨干摇首道："此人久居定兴，世代富豪，且仗义疏财，扶危济困，人所共知，岂是匪类？相公莫要诬良，不是耍的！"贺世赖道："王大爷若无实据，岂肯指名妄报？他乃吏部公子，反不知诬良之例？自古道：人心不可貌相，海水不可斗量。世上人哪里看得透，论得定？王大爷叫弟今来寻兄，不先报官之意，原知抓贼捕盗乃兄分内之事也。倘若走漏消息，强人躲避，又费兄等气力。故先通知兄。"即便从袖中取出五十两银子，大红封套一个，说道："这是王大爷薄敬，烦兄将此单拿进宅门，面禀老爷，就请老爷即赴强人窝宅起赃，迟了则费手脚。"杨干见五十两银子，就顾不得诬良不诬良，且是他家指名而报，与我何干？假推道："这点小事，难道不能代王大爷效劳不成？只求日后在敝主人之前荐拔荐拔，就感恩不浅，怎敢受此重赐？"贺世赖道："你若不收，是嫌轻了。只要把事办得妥当，王大爷还要谢你哩！"杨干道："既如此，弟且收下。贺相公在此少坐，待我进去投递；并请老爷，看是何说法？相公好回王大爷信息。"贺世赖道："事不宜迟，以速为妙。"杨干说："晓得！"急进衙门去了。来至宅门将传桶一转，里边问："哪个？"杨干道："是马快杨干，有紧急事，请老爷面禀。"宅门上知道逢紧急事，马快要禀，必是获住了大盗，不敢怠慢，忙请老爷出二堂。杨干上前磕头，将报呈、失单呈上。孙老爷一见失主是王轮，就有几分愁色，若不代他获住强盗，就有许多不便。将报呈看完，竟是指名而报。孙老爷忙问杨干："这任正千住居何处？"杨干道："就在城内四牌楼，闻得赃物尚在未分，请老爷速驾至彼处起赃。迟恐赃物分过，强人一散，那时又费老爷之心。"孙老爷道："正是！"吩咐伺候，再传捕衙陈老爷同去。杨干出来对贺世赖一一说知。又道："素知任正千英雄勇猛，我班中之人未必足用。闻得王大爷府上教习甚多，帮助数名，一阵成功才好。"贺世赖道："这个容易，许你十名，在三岔路口关帝庙中等候。"说罢，分手而别。贺世赖来到府中，回复王轮，拨了十名好教习，贺世赖领到关帝庙中去了。

　　且说定兴县孙老爷坐了轿子，带领杨干班中三十余人；捕行陈老爷骑了马亦带了十数个行役，一直前行，来到了十字街三岔路口关帝庙中。贺世赖早已迎出来，将十人交付杨干，一同往任正千家来了。这正是：
　　　　英雄寒冤遭缧绁①，坚佞得意坐高堂。
　　毕竟不知任正千性命如何，且听下回分解。

————————

　　①　缧绁（léi xiè）——捆绑犯的绳索。

第 十 五 回

悔失信南牢独劫友

却说贺氏回家,到得家内,不先入住房,到得后边堂楼底下,将带来的包裹并身上所带的小件东西俱皆裁匿,然后提心吊胆走进自己卧房。见任正千尚睡未醒,叫道:"大爷,不脱衣而睡,连衣怎睡得舒畅,大约是昨日醉归就睡了。这是妾身不在家,就无人管你闲事。"叨叨咕咕,自言自语,把任正千惊醒。一见那贺氏站在面前,不觉雄心大怒,骂道:"贱人,做得好事!怎今日舍得回来了?"贺氏假惊道:"妾被王大娘苦留不放,故未回来,多住几日。今早谆谆告辞,方得回来,有何难舍之处?"任正千道:"好大胆的贱人!你与王轮干得好事,尚推不知,还敢强辩!"贺氏双眼流泪道:"皇天呵,屈杀人也!这是那个天杀的在大爷面前将无作有,挑唆是非,害人不浅呵!"任正千道:"此时暂且饶你,稍停看你性命可能得活!"怒气冲冲往书房去了。秋菊忙送梳妆合,夏莲忙送净面水,俱送至书房内。任正千带怒草草梳洗了,在书房内静坐。看官,你说正千静坐为何?因他心内暗想道:虽贺氏实有此事,但未拿住,审她一个口供,方好动手。不然无故杀妻,就要有罪。正在那里思想审问之计,鼻中忽闻酒香,回头一看,见条桌上一把酒壶,一个酒碗。起身向前,用手一摸,竟是一壶新暖的热酒,说道:"这是哪个送来的?未说声就去了。"遂斟上一碗,口内饮酒,心内想计,不觉一碗一碗,将五斤一壶的烧酒吃在肚中。正是:

> 酒逢畅饮千杯少,闷在心头半盏多。

一则是早酒不能多吃,二则心中发恼又易醉,任正千不多一时,酒涌上来,头晕眼花,遂隐几而卧。这壶酒正是贺世赖临行时,在贺氏耳边所说之计,叫贺氏到家,暗暗命丫鬟送酒一壶。知任正千乃好饮之人,未有见而不饮,将他灌醉,则易于捉拿了。且不言任正千书房醉睡。

且说孙老爷带领捕役人等前来,离任家不远,杨干禀道:"二位老爷在此少停,待小的先到强人家内观看动静,并打探强人现在何处,再来请老爷驾往。不然，一众齐至，恐强人知觉，则有预备。小的素知强人了得，恐怕惊动逃走。"孙老爷道："速去快来！"杨干迈开大步，来到任家门口，问门上道："任大爷起来否？"门上人认得是县里马快杨干，忙答道："大哥哪里来的？"杨干道："弟有一事，特来拜托任大爷。"门上人道："家爷起确起来了，闻得在书房中又饮了五斤一大壶烧酒，大醉隐几而睡。既杨兄有事相商，我去禀声。"杨干连忙禁止道："弟也无甚要紧事，既大爷醉卧，不便惊动，再来吧。"将手一拱去了。回到孙老爷前禀道："小的访得强人正大醉隐几而卧，请老爷速行。"杨干同台班人众各执挠钩长杆、王家教习各执槐杖铁尺在前，孙、陈二位老爷乘轿、马随后，到了任正千家门口。杨干禀道："二位老爷在门外少坐，待小的先进，获住强人，再请老爷进内起赃。"孙老爷吩咐："谨慎要紧！"杨干答道："晓得！"于是率领一众人等直奔书房而来，任府家人见一个捉一个。离书房尚有数步之遥，早听得鼾声如雷。杨干等在门外站立，用两把长钩在任正千左右二腿肚上着力一钩，十个人用力往外一扯，任正千将身一起，"哎哟！何人伤我？"话未说完，"咕冬"倒地，可怜两个腿肚钩了有半尺余长的伤口，钩子入在肉内。任正千才待抬身要起，早跑过十数个人抓伏身上，那槐杖、铁尺似雨点打来。可怜虎背熊腰将，打作寸骨寸伤人。当时任正千还想挣扎起来，未有一盏茶时节，只落了个哼喘而已。杨干道："谅他不能得动，不必再打了。快请老爷进来起赃。"外边着人请孙老爷，内里贺氏已知任正千被捉，早把带来的包裹打开，并身边带来的小件东西尽摆在堂楼后。孙老爷进去，在里边一一点明上单，又把各房搜寻，凡有之物，尽皆上单。却说任正千乃定兴县第二个财主，家中古物玩器，值钱之物甚多，尽为赃物了。大件东西则入单上，金银财宝并小件东西，被搜检之人掖的掖、藏的藏，连捕衙陈老爷亦满载而归。起赃已毕，孙老爷吩咐将强人家口尽皆上索，计点十数个家人，并两个丫环、贼妻贺氏，别无他人。孙老爷道："带进内衙听审。"朱笔写了两张封皮，将任正千前、后门封了，把乡保邻右俱带至衙门听审。吩咐已毕，坐轿回衙。

那任正千哪里还走得动？杨干卸了一扇大门，把任正千放上，四人抬起赴行前来。孙老爷进了衙门，坐了大堂，吩咐带上强人，将任正千抬上连门板放下。孙老爷问道："任正千，你一伙共有多少人？怎样打劫王家？从实说来，省得本县动刑。"任正千虎目一睁，大骂道："放你娘的屁！

谁是强盗?"孙老爷吩咐:"掌嘴!"吆喝一声,连打二十个嘴巴。孙老爷又问道:"赃物现在那里,还要抵赖?"任正千道:"你是强盗!今日带了多人,明明抄掠我家,反以我为强盗!"孙老爷又吩咐"掌嘴",又是二十个嘴巴。任正千只是骂不绝口。孙老爷吩咐:"抬夹棍来!"话不重叙,一夹一问,共夹了三夹棍,打了二十杠子。任正千昏迷几次,仍骂道:"狗官!我今日下半截都不要了,即令你剐了我,想任爷屈认强盗之名,万万不能。"孙老爷见刑已用足,强人毫无口供,若再用酷刑,则犯贪暴之名。吩咐:"带贼妻贺氏。"贺氏闻唤,移步上堂,口中唧哝道:"为人难得个好丈夫,似我这般苦命,撞了个强盗男人,如今出头露面,好不惶恐死人也!"说说走走,来至堂上,双膝跪下,说道:"贺氏与老爷磕头。"孙老爷问道:"贺氏,你丈夫怎么打劫王轮?一伙多少人?从实说来,本县不难为你。"贺氏道:"老爷!堂上有神,小妇人不敢说谎。小妇人已嫁他三年,一进门两月光景,丈夫出门有两月才回来,带回了许多金银财宝,并衣服首饰等。小妇人问他:这些东西从何而来?他说:外边生意赚了钱,代小妇人做来的。彼时小妇人只见他空手独去,并无他物,哪里生意做来?就有几分疑惑,新来初嫁亦不好说他。后来或三月一出门,或五月一出门,回来都是许多东西。又渐渐有些人同来,都是直眉竖眼,其像怕人,小妇人就知他是此道了。临晚劝他道:'菜里虫菜里死,犯法事做不得,朝廷的王法森严,我们家业颇富,洗手吧。'反惹他痛骂一场。小妇人若要开言,他就照嘴几个巴掌,小妇人后来乐得吃好的,穿好的,过了一日少一日,管他则甚。晚间来了几个人,都说是他的朋友。小妇人连忙着人办了酒饭款待,天晚留那几个住宿,小妇人也只当丈夫在前陪宿。谁知到半夜时节,听得许多人来往走动,又听口中说道:'做八股分吧。'一人说:'平分才是!'小妇人就知那事了。各人睡各人的觉,莫管他,惹气淘。不料天明就弄出这些事来了,脸面何在!正千若听我的话,早些丢手,岂不好!别人分了走开,落得好;你只身受罪,还不说出他们名姓来,请老爷差人拿来问罪。可怜父母皮肉打得这个样子,叫你妻子疼也不疼!又不能救你。"又朝着孙老爷磕了个头,双眼流泪叫声:"青天老爷!笔下超生,开我丈夫一条生路,小妇人则万世不忘大德。"任正千冷笑道:"多承你爱惜,供得老实!我任正千今日死了便罢,倘得云散见天之日,不把你这淫妇碎尸万段,不称我心。"孙老爷又叫带他家人上来。家人禀道:"小的从未见主人为匪,即有此事,亦是暗去暗来。小的等实系不知,只问主母便了。"贺氏在旁又磕了个头,叫声:"老爷明鉴! 小妇人是他妻子,尚不知其详细,这家人、丫鬟怎得知情? 望老爷开恩。"孙老爷见贺氏一一招认,也就不深究别人。叫刑房拿口供单来看,与贺氏所供无异,遂将任正千下监,家人、奴仆释放,贺氏叫官媒婆管押。那孙老爷又将邻右乡保唤上,问道:"你等既系乡保邻右,里中有此匪人,早已就该出首。今本县已经捉获,你等尚不知觉,自然是回庇通情。"邻右道:"小的等皆系小本营生,早出晚回。任正千乃富豪之家,小的虽为邻居,实不通往来。他家人尚然不知,况我等外邻!"乡保道:"任正千虽住小的坊内,往日从无异怪声息;且盗王轮之物并无三日、五日,或者落些空漏,小的好来禀告;乃昨夜之事,天明就被拘,小的如何能知?"孙老爷见他们无半点谎言,又说得入情,俱将众人开释。将赃物寄库,审定口供,再令失主来领。发放已毕,退堂去了。

却说王轮差了一个家人,拿了个世弟名帖进县,说:"贺氏有个哥哥在府内作门客,乞老爷看家爷之面,将贺氏付他哥子保领,审时到案。"知县不敢不允人情,遂将贺氏付贺世赖领去,贺世赖仍带到王轮之家日夜同乐,真无拘束了,这且不提。

再讲花振芳送巴氏弟兄到了山东交界,抽身就回。因心中有事,往返一百二十里路,四更天起身,次日早饭时仍回至定兴县。昨日寓所已被火焚,即不住南门,顺便在北门外店内歇下。住了一个单房,讨了一把钥匙,自管连忙吃了早饭,迈步进城,赴四牌楼而来。花振芳只恐失信于朋友,还当任正千既知此事,今日必不与王轮会饮,自然在家等候,所以连忙到任正千门首。及至,抬头一看,只见大门封锁,封条是新贴的,面浆尚未大干。心中惊讶道:"这是任正千家大门? 昨日来时,虽然寂寞,还是一个好好人家。半夜光景,难道就弄出大事情,朱笔封门?"想了一会,又无一个人来问。无奈何,走到对面杂货店中,将手一拱,道声"请了!"那柜上人忙拱手问道:"老客下顾小店么?"花老道:"在下并非要买宝店之货,却有一事,走进宝店,敢借问一声:那对过可是任正千大爷家?"那人听得,把花老上下望了又望,把手连摇了两摇,低低说道:"朋友,快些走,莫要管他什么任正千不任正千的! 你幸是问我,若是遇见别人,恐惹出是非来了。"花老道:"这却为何? 请道其详。"那人道:"你好啰嗦,教你快走为妙,莫要弄出事来连累我。"花老道:"不妨! 我乃过路之人,有何干系?"

那人却只是不肯说。花者再三相逼他说,那人无奈,只得说出来与花老知道。这一说,不打紧,有分教:

  奸夫丢魂丧胆,淫妇吊胆惊心。

  毕竟那人对花振芳说些什么来,且听下回分解。

第 十 六 回

错杀奸西门双挂头

　　话说那人被花振芳再四相问,方慢慢说:"你难道不认识字? 不看见门都封锁了,请速走的为妙。"花振芳大叫道:"我又未杀人放火,又不是大案强盗,有何连累,催我速走? 若不说明,我就在此问一日!"那人蹙额道:"我与你素日无仇,今日无冤,此地怎些人家,偏来问我!"无奈何,遂将"今夜王轮被盗,说是任正千偷劫,指名报县。天明,孙老爷亲自带领百余人至其家,人赃俱获,将我们邻右俱带到衙门审了一堂,开释回来。虽未受刑,去了二两头,你今又来把苦我吃"说了一遍。花振芳闻听此言,虎目圆睁,大骂道:"王轮匹夫,诬良为盗,该当何罪?"那柜上人吓得脸似金纸,唇如白粉,满身乱抖,深深一躬,说道:"求求你,太岁爷饶命!"花振芳又问道:"任大爷可曾受过了刑罚么?"那人道:"听得在家捉拿他时,已打得寸骨寸伤,不能行走;及官府审时,是我等亲眼看见的,又是四十个掌嘴、三夹棍、二十杠子,直至昏死几次。"花振芳道:"任大爷可曾招认么?"那人道:"此番重刑,毫无惧色,到底骂不绝口,半句口供也无。把个孙知县弄得没法,将他收禁,明日再审。"花振芳大笑道:"这才是个好汉! 不愧我辈朋友也。"将手一拱,道声:"多承惊动!"遂大步地去了。那柜上人道:"阿弥陀佛! 凶神离门。"忙拿了两张纸,烧在店门外。

　　却说花振芳问得明明白白,回至店中,开了自己房门坐下,想道:"我来救他,不料反累他。昨日他们不劫王轮,任正千也无今日之祸。众人已去,落我只身无一帮手,叫我如何救他?"意欲回转山东,再取帮手,往返又得几日工夫,恐任正千再审二堂,难保性命。踌躇一会,说:"事已至此,也讲不得了! 拼着我这条老性命,等到今夜三更天气,翻进狱中,驮他出来便了。"算计已定,拿了五钱银子,叫店小二沽一瓶好酒,制几味肴馔,送进房来,自斟自饮。吃了一会,将剩下的肴酒收放一边,卧在床上,养养精神。瞌睡片时,不觉晚饭时候,店家送进饭来,花振芳起来吃了些饭,闲散闲散,已至上灯时候。店家又送盏灯进来,花老叫取桶水来,将手脸洗净,把日间余下酒肴拿来,又在那里自斟自饮。只听店中也有猜拳行令的,也有弹唱歌舞的,各房灯火明亮,吵吵闹闹,天交二鼓,渐渐哑静,灯火也熄了一大半。花老还不肯动身,又饮了半更天的光景,听听店中毫无声息。开了房门,探头一望,灯火尽熄。

花老回来打开包裹,仍照昨日装束,应用之物依旧揣在怀中。自料救了任正千出来,必不能又回店中,将换下衣服紧紧地打了一个小卷,系在背后。出了房门,回手带过,双足一蹬,上了自己的住房,翻出歇店,入了小径,奔进城来。过了吊桥,挨城墙根边行走,走至无人之处,腰间取下扒墙索,依法而上,仍从房上行至定兴县禁牢,睁眼四下观看,见号房甚多,不知任正千在哪一号里,又不敢叫喊。正在那里观望,忽听更锣响亮,花老恐被看见,遂卧在房上细看:乃是两个更夫,一个提锣,一个执棍。花老道:“有了!须先治住此二人,得了更锣,好往各号房访任正千监身之所。”踌躇已定,听得二人又走回来。花老看他歇在狱神堂檐底下,在那里唧唧哝哝地闲谈。他悄悄走到上风头,将莲花筒取出,鸡鸣断魂香烧上,又取一粒解药放在自己口中,然后用火点着香,顺风吹去,听见两个喷嚏,就无声了。花老轻轻一纵下得房来,取出顺刀,一刀一个结果了性命。非花老嗜杀,若不杀他,恐二人醒来找寻更锣,惊动旁人,无奈何才杀了两更夫。稍停一停,持锣巡更,各处细听。行至老号门首,忽听声唤:“哎呀!疼杀我也!”其声正是任正千之音,花老道:“好了!在这里了!”用手在门上一摸,乃是一把大锁。听了听堂上更鼓,已交四更一点。花老将锣敲了四下,趁锣音未绝,用力将锁一扭,其锁分为两段;又将锣击了四下,借其声将门推开。进得门来,怀中取出阌子火一照,幸喜就在门里边地堂板上睡着。两边尽是暖隔,其余的罪囚尽在暖隔之里,独任正千一人睡于此。项下一条铁索把头系在梁上,手下带一副手铐,脚下一副脚镣,任正千哼声不绝,二目紧闭。花老一见如此情形,不觉虎目中掉下泪来,自骂道:“总是我这个匹夫、老杀才,害得他如此!”又想道:“既系大盗,怎不入内上匣?”反复一思:“是了,虽然审过,实无口供,恐一上匣,难保性命;无口供而刑死人命,问官则犯参,谅他寸骨寸伤,不能脱逃,故不上大刑具拘禁于此,以待二堂审问真假。”遂走进去,向任正千耳边叫道:“任大爷,任大爷!”任正千听得呼唤,问道:“哪个?”花老道:“是我花振芳来了。”任正千道:“既是花老师前来,何以救得我?”花老道:“我来了多时,只因不知你在哪一号中,寻访你到此时。你要忍耐疼痛,我好救你。"花老遂拔出顺刀,那刀乃纯钢打就,在铁索上轻轻几刀,切为两段,将任正千扶起,连手肘套在自己颈下,花老驮起,出了老号之门,奔外而来,几步登高纵跳。花老虽然英雄,来时只身独自,于今背上驮着一个支一身躯大的汉子,又兼禁牢墙头高大,如何能上得去? 花老正在急躁,抬头一看,那边墙根倚着一扇破门。走向前来,用手拿过,倚那狱神堂墙边,用尽平生之力,将脚在门上一点,方纵上狱神堂的屋上,履险直奔西门而来。到了城墙之上,花老遍身是汗,遍体生津,把任正千放下,任正千咬牙切齿也不敢作声,花老在一旁喘息。此时,听得已交四鼓三点,将交五鼓,花者向任正千耳边低声说道:"任大爷在此少歇,待老拙至王轮家将奸夫淫妇结果性命,代你报仇雪恨何如?"任正千道:"好是甚好,只是晚生在此,倘禁役知觉,追赶前来,晚生又不能动移,岂不又被捉住?"花老道:"我已筹计明白,你我出禁牢之时正在四鼓,到得五鼓,不闻锣鸣,内中禁卒并守宿人等,方才起身催更。及见更夫被杀,又不知哪一号走了犯人,再用灯火各号查点,追查至老号,方知是你走脱。再赴宅门,通禀官府,吹号齐人,四下奔找,大约做完套数,将近要到发白时候。任大爷在此放心,我去去就来。"说罢,仍纵到房上去了。

王轮家离西门不远,花老且是熟的,不多一时进了王轮家内。前后走了共十一进房子,但不知王轮同贺氏宿于何处。自悔道:"我凭大年纪,做事鲁莽,倒不在行,不该在任大爷面前许他杀奸。此刻知他在哪块? 今若空手回去,反被任正千笑话。"遂下得房顶,挨房细听。听至中院,厢房以内有二人言语,正是一男一女声音。男的道:"我还要玩玩。"女的道:"你先已闹过半夜,一觉尚未睡醒,又来闹人!"男的说:"我因你不知担了多少惊,受了多少怕,方才得弄到一块。若不尽兴,岂肯饶你!"女的说:"你莫说大话吓我,我也不怕!"那花老听得,说道:"此必王轮、贺氏无疑矣!"怀中取出莲花筒,将香点着,从窗眼透进烟去,只听得一个喷嚏,那男的就不响了。女的说:"你可醒啊! 本事哪里去了?"又听得一个喷嚏,女的也无言语了。花老想道:"若是从门内而入,恐惊别房之人。"拔出顺刀,将窗隔花削去几个眼,伸手把腰闩拔出,把窗推开,上得窗台,用手将镜架先提在一边,走近床边取火一照,看见男女上下附合一处。用顺刀一切,二头齐下,血水控了控,男女头发结为一处,提在手中,迈步出房,仍从房上回来。至任正千面前道声："恭喜，恭喜！任大爷，代你伸过冤了！"把刀放下，把两个人头往地下一丢。任正千道："多谢老师费心！再借火闷一照，看看这奸夫淫妇。"花老从怀中取出了火闷一照，任正千道声："错了，这不是奸夫淫妇之首。"花老听说不是，又用火闷一照，自家细细一看，并不是王、贺二人，是真的杀错了。花老遂将他二人在房淫乐之声，又告诉一遍，"我竟未细看，连忙割了头来。此时已交五鼓，我若回去再去杀他二人，恐天明有碍。我们暂且回去，饶他一死。但这两个人头丢在此处，天明就要连累下边附近之人。人家寒冤受屈，必要咒骂。置于何处，方不连累于人？"抬头四处一看，见西门城楼正高，且是官地："我将此人头挂在兽头铁须上，则无害于别人了！"即忙提头走到城楼边，将脚一纵，一手扳住兽头，一手向那铁须上拴挂。

且说城门下边一个人家，贩卖青菜为生。听得天交五鼓，不久就开城门，连忙起来，弄点东西吃了，好出城赴菜园贩菜，来城里赶早市。在天井中小便，仰头看看天阳天晴，一见城楼兽头上吊着个人，尚在那里动，大叫一声，说："不好了！城门楼上有人上吊了！"左邻右舍也有睡着的，也有醒着的，闻此一声，个个起身开门瞧看。花老听得有人喊叫，连忙将头挂了，跳下来走到任正千面前，道声："不好了！人已惊着，我们快走要紧！"听得那城门上一片喊声，嚷道："好可怪！方才一个长大人吊在那里，如今怎只有两个人头葫芦在那里飘荡？我们上去看看！"众人齐声道："使得，使得！"皆迈步上城而来。及至城墙上，离城楼不甚高远，看得亲切，大叫道："不好了！竟是两个血淋淋的人头！"门兵乡保俱在，见天已发白，忙跑至县前禀报。及至衙门，只听得吹号、鸣锣，头役点齐人夫，不知为何。问其所以，说："禁牢内昨夜四更杀死两个更夫，并劫去大盗任正千，已吩咐不开四门，齐人捉拿劫狱人犯。"门兵乡保又将西门现挂两个人头在上，禀报孙老爷。孙老爷闻此言，道："这又不知所杀何人？速速捉拿，迟恐逃走。"于是满城哄动，无处不搜，无处不找。正是：

　　　　杀人英雄早走去，捕捉人后瞎找寻。

　　毕竟不知城门开不开？花振芳同任正千从何处逃走？未知性命如何？且听下回分解。

第 十 七 回

骆母为生计将本起息

却说花振芳西门挂头惊动众人,连忙松开绳索,将任正千放下;然后自己亦坠绳而下,又将任正千驮在背后,幸喜天早,且城河边水虽未涸尽,而所存之水有限,不大宽阔,将身一纵,过了城河。走了数里远近,见已大明,恐人看见任大爷带着刑具,不大稳便。到僻静所在,用顺刀把手铐切断,将自己衣服更换了,应用之物并换下衣服打起包裹,复将任大爷背好。行至镇市之所,只说个好朋友偶染大病,不能行走。遂雇了人夫用绳床抬起,一程一程奔山东而回。

且表城里边定兴县知县孙老爷,吩咐开城门搜寻劫狱之人,并杀人的凶手。到了早饭以后,毫无踪迹,少不得开放城门,令人出入,另行票差马快捉人,在远近访拿。城门所挂人头,令取下来悬于西门以下,交付门军看守,待有苦主来认头时禀报本县,看因何被杀,再擒捉审问便了;禁牢内更夫尸首,令本户领回,各赏给棺木银五两。这且按下不表。

再讲王轮早上起来梳洗已毕,就在贺氏房中,请了贺世赖来吃点心。正在那里说说笑笑,满腔得意,家人王能进来,禀道:"启大爷得知:方才闻得今夜四更时分,不知何人将禁牢中更夫杀死,把大盗任正千劫去。天明时,西门城楼兽角铁须之上,挂了两个血淋淋人头,一男一女。合城的文武官员并马快捉人,各处搜寻,至今西门尚未开。"王轮道:"西门所挂人头,此必奸情被本夫杀死,亦不该挂在那个所在。但反狱劫走任正千的却是何人?"贺世赖道:"门下想来,此必是山东花振芳了。前次约他同来,因见火起而去;昨日闻任正千在狱,黄夜入禁牢,杀更夫以绝巡更,后劫走任正千无疑矣!"王轮道:"花振芳在桃花坞,说他乃山东姓花,必山东人也。但不知是哪府哪县?今日获住便罢,倘拿不住,叫老孙行一角文书,到山东各府、州、县去访拿这老畜生!"

正在议论,猛见两个丫鬟跑得喘吁吁的来说道:"大爷不好了!今夜不知何人将五姨娘杀死,还有一个男人同在一处,亦被杀死,但不见有头。

禀大爷定夺。"王轮、贺世赖同往一看,却是两个死尸在一处,俱没有头。着人床下搜寻亦无,细观褂裤鞋袜等物,却不是别人,竟是买办家人王虎!王轮发恨道:"家人欺主母,该杀! 该杀!"二人仍回到贺氏房中,王轮少不得着人去将两个人头认来,"省得现于人眼万人瞧,使我面上无色。"贺世赖止道:"不可,不可! 大爷不必着恼,又是大爷与舍妹万幸也!"王轮同贺氏问道:"怎么是我二人之幸?"贺世赖道:"此必是来杀你二人,误杀他两个人,亦是任党无疑! 杀去之后,教任正千一见,不是你二人。故把头挂在那个所在以示勇。"王轮仔细一想:一毫不差,转觉毛骨悚然。又道:"此二人尸首如何发放?"贺世赖道:"这有何难! 一个是你远方娶来之妾,从小无有父母;那一个又是你的家生子。大爷差人买口棺木,就说今夜死了一个老妈,把棺木抬到家里,将两个尸首俱入在里面,抬到城外义冢①地内埋下;家内人多多赏些酒食,再每人给他几钱银子做衣服穿,不许传扬,其事就完了。那孙知县自然吩咐看头人招认;况此刻天热,若三五日无人来认,其味即臭难闻,必吩咐叫掩埋。未有苦主,即系悬案,慢慢捕人。大爷今若差人去认头,一则有人命官司,二则外人都知道主仆通奸,岂非自取不美之名!"王轮听贺世赖句句有理,一一遵行。果然四五日后,其头臭味不堪,西门下无人出入,门兵来街禀知。知县吩咐:"既无苦主来认,此必远来顺带杀在于此,非我城池之事,即速掩埋。"看官,凡地方官最怕的是人命盗案。门军遂即埋了,知县乐得推开,他只上紧差人捕捉劫狱之案便了。以上按下任正千之事。

此回单讲骆宏勋自苦水铺别了花振芳,到黄河渡口,一路盘费俱是花老着人照管。骆宏勋称了二两银子送他买酒吃,叫他回去多多上复花老爹:异日相会面谢吧! 那人回去。骆大爷一众渡了黄河而走,非止一日。那日来到广陵,守家的家人出城迎接,自大东门进城到了家里。老爷的灵柩置于中堂,合家大小男妇挂孝磕过头,又与太太、公子磕头已毕,备酒饭管待人夫脚役,赏银各人不得少吧,余谦一一秤付。众人吃饭以后,收拾绳扛各自去了。老爷柜前摆了几味供菜,母子二人又重祭一番。已毕,用过晚饭,各自安歇。次日起身,各处请僧道来家做好事。骆宏勋正待分派家人办事,门上禀道:"启大爷:南门徐大爷来了。"骆宏勋正欲出迎,徐大

---

①　义冢(zhǒng)——旧时埋葬无主尸骸的墓地。

爷已进来了。骆宏勋迎上客厅坐下。徐大爷道:"昨日舅舅灵柩并舅母、表弟回府,实不知之;未出廓远迎,实为有罪!今早方才得信,备了一份香纸,特来灵前一奠。"骆宏勋道:"昨日回舍,诸事匆匆,未及即到表兄处叩谒,今特蒙驾先到,弟何以克当!"吃茶之后,徐大爷至老爷柩前行祭一番,又与舅母骆太太见过礼。骆太太看见徐大爷身躯:方面大耳,相貌魁伟,心中大喜。说道:"愚舅母向在家时候,贤甥尚在孩提。一别数年,贤甥长此人物,令老身见之喜甚!"徐大爷道:"彼时表弟年十一岁,今甫长成大器,若非家中相会,路遇还不认得!"骆宏勋道:"好快!一别六年余矣!"叙话一会,摆酒后堂款待。

列位,你说这徐大爷是谁么?世居南门,祖、父皆武学生员。其父就生他一人,名唤苓,表字松朋,乃骆氏所生,系骆老爷外甥,骆宏勋之嫡亲菇表兄弟。他自幼父母双亡,骆老爷未任之时,一力扶持。后骆老爷定兴赴任,有意带他同去;但他祖父遗下有三万余金的产业,他若随去,家中无人照应,故而在家,嘱咐一个老家人在家帮他请师教训。这徐松朋天性聪明,骆老爷赴任之后,又过了三年,十八岁时就入了武学。本城杨乡宦见他文武全才,相貌惊人,少年入泮①,后来必要大擢,以女妻之。目下已二十六岁了,闻得舅舅灵柩回来,特备香烛来祭。是日,骆宏勋留住款待了中饭方回。以后你来我往,讲文论武,甚是投合。骆宏勋在家住了四月有余,与母亲商议,择日将老爷灵柩送葬。临期,又请僧道念经超度②,请亲六眷、乡党邻里都来行奠,徐松朋前后照应。至期,将老爷灵柩入土,招灵回家。

三日后,骆宏勋至门谢吊。治葬已毕,则无正事。三日五日,或骆宏勋至徐松朋家一聚,或徐松朋至骆家一聚。一日无事,骆宏勋在太太房中闲坐,余谦立在一旁,议论道:"我们在外数年之间,扬州不知穷了多少人家?富了多少人家?某人素日怎么大富,今竟穷了;某人向日只平平淡淡,今竟成了大富。"骆宏勋说道:"古来有两句话说得好,道是'古古今今多更改,贫贫富富有循环'。世上哪有生来长贫长富之理!"余谦在旁边说道:"大爷、太太在上,若是要论世上的俗话,原说得不错:'家无生活

---

① 泮(pàn)——指旧时学校。

② 超度——佛教、道教用语,指念经或做佛事。

计，吃尽一秤金。'你看那有生活的人家，到底比那清闲人家永远些。"骆太太道："正是呢，即今我家老爷去世，公子清闲，虽可暖衣饱食，但恐日后有出无入，终非永远之业。"余谦道："大爷位居公子，难干生理。据小的看来，备三千金，不零沽碎发，我扬州时兴放账，二分起息，一年有五六百金之利。大爷经管入出账目，小的专管在外催讨记账。看我上下家口不过二十来人，其利足一年之费。青蚨①飞来，岂不是个长策！"太太大喜道："余谦此法正善。我素有蓄资三千两，就交余谦拿去生法。"余谦道："遵命！"遂同大爷定了两本簿子。外人闻知骆公子放银，都到骆府中来借用。余谦说"与他"，骆宏勋就与他；余谦说"不与他"，骆宏勋也不给。以此趋奉余谦者正多。临收讨之日，余谦一到，本利全来，哪个敢少他一钱五分？因此余谦朝朝在外，早出晚回，无一日不大醉。骆大爷因他办事有功，就多吃几杯亦不管他。

　　一日，徐大爷来，骆大爷留他用饭，饭后在客厅设席。其时九月重阳上下，菊花正放，一则饮酒，二则玩赏天井中洋菊。日将落时，猛见余谦自外东倒西歪而来，徐大爷笑道："你看，余谦今日回来何早！"骆大爷道："你未看见那个鬼形么？他是酒吃足了，故此回来得早些。"二人谈论之间，余谦走至面前，勉强直了一直身子，说道："徐大爷来了么！"徐松阳道："我来了半日。你今日回来得早呀！"余谦道："不瞒徐大爷说，今日遇见两个朋友，多劝了小的几杯，不觉就醉了，故此回来得早些！"徐大爷道："你既醉了，早些回房睡去吧。"余谦道："徐大爷与大爷在此吃酒，小的正当伺候，岂有先睡之理！"徐大爷道："我常来此，非客也，何必拘礼！"骆宏勋冷笑道："看看自己的样子，还要伺候人？需要两个人伺候你。还不回去睡觉，在此做什么！"余谦闻主人吩咐，不敢做声，竟是高一脚低一脚往后走了。

　　进得二门时，听得房上"哗啦啦"一声响亮，余谦醉眼蒙胧，抬头一看，见一大毛猴在房上面，正是一阵黑风。余谦正走，便大喝一声，声如雷响一样相似，道："孽畜！往哪里走，我来擒你了！"徐、骆二人听得是余谦喊叫，不知为何，遂站起身来，要问余谦因何事故。毕竟不知余谦说出何物来，且听下回分解。

----

　　①　青蚨——金钱的代称。

第 十 八 回

余谦因逞胜履险登高

却说骆宏勋同徐松朋二人在厅上饮酒,正谈着,余谦吃了酒回来,就醉得这般光景。正说得高兴,忽听得有人喊叫,是余谦的声音,因此二人急忙起身,一同走至二门内。只见余谦已爬起,卷起袖子正要上房。骆宏勋大喝一声:"匹夫!做什么?"余谦道:"有一妖精从房上去了,小的欲上房去拿他。"骆宏勋道:"哪里有这些醉话乱说,平地上都立不住,还想登高,是不要性命了?还不速速睡了。"余谦无奈,只得把衣袖放下,进房睡了。徐、骆二人回转厅上,谈笑余谦见鬼。骆宏勋道:"酒不可不吃,亦不可多吃,多吃作事到底不得清白。弟因在定兴县时大醉一次,被人相欺,至今刻刻在念,不敢再蹈前辙。"徐松朋道:"谁敢相欺?"骆大爷将"桃花坞相会花振芳,次日回拜,路遇王家解围,与之结义,王、贺通奸,贺氏来房调戏,世兄醉后仗剑相刺,自缚跪门,不辞回南;路宿苦水铺,又遇花振芳,责弟不通知世兄,反害了他,我意欲复返定兴县,他代我去救世兄;振芳重新摆祭柩前,又差人送柩至黄河渡口,以防不测,并送盘费",前前后后说了一遍。又道:"至今半载有余,毫无音信,不知世兄近来作何光景?此皆因一醉之过也!"徐松朋道:"还有这些情由。"正谈论间,听得外边人声喧嚷。徐、骆同至大门,问道:"外边因何喧嚷?"门上人回道:"栾御史家的马猴挣断了绳索,在屋上乱跑,方才从对过房上过去,众人捉猴,因此喧嚷。"骆大爷道:"原来如此。"向徐大爷道:"余谦所说大约也就是这孽畜了。我们还去吃酒,管他作甚!"二人又回到席上,饮了片时,徐松朋走进门告别了骆太太,又辞了骆宏勋回家。

次日早晨,骆宏勋起身吃了早饭,家中无事,正欲赴徐松朋处闲谈,猛见徐松朋走进来,笑嘻嘻地道:"闻得平山堂观音阁洋菊茂盛,赏观之人正多。我已备下酒饭,先着人赴平山堂等候,特来迎表弟前去闲散闲散。"骆大爷应道:"正欲到表兄处闲游,如此正好。我们也不骑牲口,步行去吧。"徐大爷道:"余谦在家么?也叫他去走走。"骆宏勋道:"他每日绝早就出去了,此时哪还在家。"徐大爷道:"他既然不在家中,就罢了。
我二人早些去吧。"于是二人出了大门,竟往那四望亭大路奔西门而来。
离四望亭半里多地,人已塞满街道,不知何事? 只听人都言:"若非是他,
哪个能登高履险!"一个道:"他乃有名的多胳膊,武艺其实了不得!"又一
个道:"惜乎人太多了些,不能上前看得亲切。"又一个道:"莫说十两银子
叫我去拿它,就先兑一百两银子,我也不能在那高处行走!"徐、骆二人听
得"多胳膊"三字,暗暗想道:"又是余谦在哪块逞能了!"一路前走,将至
四望亭不远,只见一个大马猴从街南房上跳过四望亭来。众人吆喝道:
"大叔! 猴子上了四望亭了!"话出口未了,只见余谦上衣尽皆脱去,赤露
身体,亦从街南房上跳过四望亭来。骆宏勋一见余谦似凶神一般在那里
抓猴,说道:"表兄在此小停,待弟过去将那匹夫叫他下来,把他呼喝一
番,打他两个嘴巴,因何在此出丑!"徐大爷连忙拦阻道:"使不得! 人人
有面,树树有皮。他在众人面前夸口,才上去捉的。如今在众人面前打
他,叫他以后怎么做人? 愚兄素亦闻他之名,马上马下都好,只是未曾亲
见出手。"对着骆宏勋叫声:"表弟! 你过来,我寻个相熟人家借块落脚
地,略站一站,让愚兄看他的纵跳何如?"遂过四望亭约有一箭之地,寻个
相熟的酒店,二人站在房门口张看,只见余谦在四望亭头层上捉拿。余谦
走至南边,猴子跳到西南上了。余谦正在寻找,众人大叫道:"余大叔,猴
子在西南上了!"余谦又走向西南,将转过树角,猴子看见,"喇"一声,早
到北边角上了。余谦又看不见它在何处。话不可重叙。未有三五个来回
转,把个余谦弄得面红眼赤,满身是汗。那猴子乃天生野物;登高履险本
其质也。余谦不过是练就的气力,纵跳怎能如那猴子容易! 三五个盘转。
不觉喘吁起来,遍体生津。早间在众人前已夸下口,务必要提到孽畜,怎
好空空地下来! 心中焦躁,所以二目圆睁,满面通红,还在那里勉强追赶。
徐、骆二人看见余谦如此光景,代他发躁。

　　忽听得后边一派鸾铃响亮,二人回头一望,乃是五男六女,骑了十一
匹骡子,吆喝喊叫前来,离酒店不远,被看捉猴子之人挤满街道,不能前
进。骆大爷仔细一看,连忙往店内一躲。徐大爷问道:"因何躲避?"骆宏
勋道:"这十一位之中,我认得七个。"徐大爷道:"那是何人?"骆大爷道:
"那五个男子,年老者即我所言花振芳;其余四位是他舅子:巴龙、巴虎、
巴彪、巴豹。六个女的,那个年老的是花振芳的妻子,年少的是花振芳的

女儿;四位中年的却认他不得。"徐大爷闻听得是花振芳,遂正色说道:"你真无礼。闻你时常说,舅舅灵枢回南之时,路宿此人店中,重摆祭礼枢前奠祭。不唯本店房饭钱不收,且至黄河路费尽是此人管待,你受他之情不为薄矣! 他今日至此,就该迎上前去,你又不是管待不起之家,如何躲避起来! 幸而我与你是姑表兄弟,不生异想;倘若朋友之交,见你如此情薄,岂肯与你为友也!"骆大爷道:"非是这样,其中有一隐情,表兄不知。"徐大爷道:"且说与我听听。"骆宏勋道:"向在任正千处议亲,弟言已曾聘过,他说既已聘过,情愿将女儿与弟作侧室;弟言孝服在身,不敢言及婚姻,他方停议。今日同来,又必议亲无疑。弟故此避之,岂有惧酒饭之费乎?"徐松朋道:"婚事究竟,其权在你,他岂能相强;今日若不招呼,终非礼也。"骆大爷道:"表兄言之有理。弟谅他今日之来,必至家中,你可代迎留。我们今日也不上平山堂去了,表兄同弟回家候花振芳便了。"徐大爷道:"这个使得。一发看他拿了猴子再回去不迟。"二人仍站在店门口张望。只见花振芳一众牲口还在那里,不能前进,听得花振芳大叫道:"让路,让路!"谁知众人只顾看捉猴子,耳边哪里听见。花振芳又大叫道。"诸位真个不让么?"众人道:"我劝你远走几步,从别街转去吧。我们都是大早五更吃了点东西就来到此地,连中饭都不肯回去吃,好容易占的落脚地,怎地就叫人让你! 不能让! 不能让!"花老道:"你们真个不让,我就撒马冲路哩!"众人道:"你这话只好唬鬼,那三岁娃子才怕,唬我们不能!"花老回首问家人道:"但将牲口拔回,撒一回马与他们看看!"家人答道:"晓得! 晓得!"只见十一匹骡马俱转回倒走尽。看这一回:

　　兆客寒怒冲街道,男人惧怕让街衢。

　　毕竟不知花振芳真个撒马不撒马,且听下回分解。

第 十 九 回

十字街前父跑马

却说花振芳十一个人将骣马转回,离四望亭百十多步远,各把马缰勒了一勒。花老在前。十人随后,大喝一声:"马来了!"十一匹牲口放开缰绳,如飞地跑来。一众看的人,一见来势凶猛,哪个不顾性命?一声喊,"让他过去!"一个个面黄唇白,遍体出汗,睁眼骂道:"好一众狠虿奴,大街之上当真撒起马来了!幸亏我等让得速。"不讲众人皆在骂。

且说花老一马跑至四望亭左边,将马收住,抬头一看:上边捉猴之人乃是余谦。只见他通身流汗,满口喘息,细看神情,极是勉强。花老对自家一众人说道:"看余大叔光景是拿不住这畜生了。我们不到便罢,今既到此,何不看个明白,着个人上去代拿下来。"众人道:"使得,使得!但不知这猴子是谁家的?我们难道替他白拿不成!"花老道:"正是哩。待我问来!"遂大叫道:"谁是猴子的主人家?"连问两声,只见那街北两间空门面中,坐着两个少年,旁边站了十数个家人,内有一位少年站起身来,走到门首问道:"你问猴子的主人作甚?"花老道:"请问一声:还是有谢仪,还是白拿?"那少年道:"朝廷也不白使人,哪有白捉之理!有言在先:若能捉住,谢银十两。"花老道:"十两银子哪里雇得上手,如肯加添,我们着个上手捉它。"那少年道:"总是十两,分文不添。"只见坐着的那位少年道:"也不一定,看你哪一个上去,因人加添。"花老道:"讲明谢仪,但凭尊驾叫哪一个上去!"那少年用手指着花碧莲道:"她上去捉时,谢仪加倍:足纹银二十两。余者是十两。"花老道:"只是我们牲口无处安放。"那少年道:"这个容易。"吩咐家人拿钥匙,"将对过街南房子开了,叫他们歇歇何妨。"家人闻命,不敢怠慢,遂将对过房子开了,花老一众人将牲口牵进。

你说那两位少年却是何人?一位是西台御史栾守礼之子,名瑛,字叫镒万,年纪约有一十四五。其人生性奸险,为人刻薄。因家内马帮中看马的猴子跑了,愿出十两银子令人捉拿;众人捉弄余谦上去,栾镒万也随来观看。四望亭左边相近的房子有许多关了,三间空门面站了十数个家人,一个帮闲坐在那里观看。你说那个帮闲是谁？姓华名多士，字叫三千，本城人也。栾镒万喜他奉承，故收在家做个帮闲，正同栾镒万看余谦捉猴，忽听问猴子的主人，华三千忙出来相答。花老嫌银子少，还要加添，华三千不敢做主，只是不添。栾镒万早看见一众之内，有个少年女子生得俊俏，故出来启唇答话，指着花碧莲上去，情愿加添银子十两。街南房子遂叫人开了，让他们暂歇。公子性格只图乐意畅怀，哪在乎十两银子。

　　且说花老一众将牲口牵进房来，包裹行囊卸下，房内桌椅板凳现成，众人坐下。花老向女儿道："今日少不得上去代余大叔把个猴子捉下，一则显显本事，二则落他二十两银子。"花碧莲听说叫她上去捉猴，心中暗想道："爹爹好没正经，今日来此所为何事？叫我出乖露丑。那骆公子即住在城内，倘被他看见，谁知他欢喜我登高不欢喜我登高？这亲事又不能妥贴了。"意欲不去，又恐违了父命，只得勉强应道："是了！"花奶奶看见女儿皱着眉头有些懒意，却不晓得女儿心中惧怕骆公子不悦她登高之意。遂指着老头儿骂道："老匹夫！老杀才！几十年未见银子了！女儿病体刚治好，又叫她上去捉猴。"花老因一时高兴逞能，随口就应了，着碧莲上去。今被妈妈一场责骂，才想起女儿抱病始痊，自悔道："真个我粗率，不该应他；今若再具说换人去捉，反惹他笑我女儿无能。怎样去法才好？"坐在一旁想法。

　　看官，你说花碧莲因何抱病？自在定兴县会见骆公子，议亲不谐，回家就得了大病。乃至父亲救了任正千，任正千受伤过重，只望养好了他的棒疮，代他作伐，谁料三月始痊。且任正千生于富贵之家，从无受过这宗冤气苦恼，棒伤愈后，又发起疾病来了。花碧莲见他病势长久，自己焦躁，又犯了病。任正千病才好些，花振芳料他不能同下扬州，求了任正千一封书子，代碧莲作代。花老夫妇同巴氏弟兄八人，带了花碧莲下扬州，一则议亲，二则慰女儿心怀。只因来至四望亭，见余谦捉拿猴子不下，山东人生性耿直，即代他焦躁起来，所以要着人帮他去捉。又被妈妈责备一番，又不好更换人，去同那少年人商议，不知可能？坐在那里思想。想了一会，向妈妈说道："我既出口叫女儿上去，又怎好换人！我去与那少年商议，说女儿患病未痊，恐力不足，另外着人帮帮吧！"花奶奶道："你去与他商议。"花老遂走到街北，说道："猴子的主人，我有一句话商议：非我更改前言，亦非我女儿不能捉拿；但我欲另外着一个人上去帮帮，不知使得否?"栾镒万未曾回言,华三千道:"若加帮手,还是谢银十两了!"栾镒万连忙拦住华三千,低低附耳说道:"原不过为要那女子上去,以畅我心,何必锱铢较量谢仪。"又说:"不管他有帮手无帮手,只要那女子上去就罢,不短他的银子。"花老仍回街南向妈妈说道:"已与他商议定了,许我们着个帮手,不知哪个上去帮帮哩?"花妈妈道:"还有哪个,就是我上去罢了!"于是母女二人俱将大衣卸下,内着短袄,用汗巾束腰扎妥,买了几样点心,冲了壶茶,吃了上去。花碧莲向父亲说道:"爹爹,买几个水果来。"花振芳遂着巴龙买了些栗子、核桃、莱梨等物件,进房来交与碧莲。碧莲揣在怀中,花奶奶也带了些。花老将牲口、行李交与巴氏兄弟看守,向巴氏弟兄说道:"我等随去,在四望亭四面站立,好指示猴子方向。她母女在上容易捉住些。"说罢,花老在前,花奶奶在后,碧莲在中,巴氏弟兄两边护卫,吆喝道:"诸位让路,我们上去捉猴哩!"此刻,人比先前更多,听说他是捉猴之人,只得让开路来,由他上去。未知捉得着捉不着,且听下回分解。

第 二 十 回

四望亭上女捉猴

  却说花振芳等行至四望亭边,看见余谦还在那里勉强捉拿,花振芳素知余谦爱褒贬,才大声说道:"余大叔请了,这小小物件怎劳大叔费此津神。休说一个,就是十个也不须大叔拿得。请大叔下来歇息片刻,谈谈谈谈,等我着娃子上去代大叔捉下来吧。"余谦在上边捉又捉不住,要下又不好下来,正在着急,闻得花振芳在下替他分解,将计就计,着眼往下一望,叫道:"花老爹,你几时来的?"双脚一跳下得亭来,到花振芳跟前来说道:"巴爷昆玉,奶奶、姑娘都在此地哩! 我献丑了!"花振芳道:"这小小孽畜,怎当得余大叔捉拿,正是割鸡用牛刀。在下久未与大叔相会,特请下来谈谈,着小女上去代大叔拿下来吧!"又道:"俺的儿,上去吧!"只见花碧莲一纵,早上了四望亭头一层。众家看的人齐声喝彩道:"这个上法千古罕有,难得难得!"花碧莲上得亭来,猴子正在里面,被花碧莲一惊,猴子跳上四望亭的二层。花碧莲稍停一停,将身一纵也上了二层。花奶奶看见女儿上了二层,随即一纵也上了四望亭的头层,众看的人又喝彩道:"恁大年纪的老人家,尚有如此气力,真是一个老强盗婆了!"花振芳见她母女二人俱备上去,遂同了余谦等六人分在四面站立。

  且说花碧莲在二层上,将怀中的果子取出一把,往猴子跟前掷去,坐在上面也不惊觉它。那猴子一见了果子,用手掌拾起,口内食嚼;嚼尽时,花碧莲又掷一把,猴子又在那里拾吃。花碧莲慢慢挨近,离得二三尺远近,猴子惊觉,躲南边去了。花碧莲为墙遮蔽,不知猴子的去向。巴龙站在南面,吆喝道:"猴子在南面了!"花碧莲转到南面,仍将果子掷了一把,猴子又在那里拾吃。花碧莲挨近身边,那猴子又惊跳到别处,看不见了。看官,那猴子若不是被余谦捉怕了的,此刻花碧莲这般拿法儿是易捉的。那花振芳同余谦站在下面,大叫道:"猴子跳到北边去了!"花碧莲转向北边,那猴子跳上头层,花碧莲亦上头层。幸喜上面无有墙壁遮眼,花碧莲心生一计,道:"需将这畜生挤在角上,叫它无处逃遁,方能擒住。"又在怀中取一把果子掷在东北角尖上。那猴子见有果子在上,遂往东北角上拾果子吃。花碧莲悄悄挨近猴子身边,待伸手去捉,猴子见有花碧莲挡住右边,无有空处逃走,那畜生发急,用力一跳,欲从花碧莲头上跳过。不料这四望亭多年未曾修理,木料朽烂,灰砖裂开,花碧莲同猴子俱坠下来。众人齐道:"不好了,掉下人来了!"花碧莲从上掉下,花振芳同余谦并巴氏弟兄俱皆惊惶无措,花碧莲自料性命难保。只见四五簇人之外,有一少年人叫一声:"还不救人,等待何时!"将身一纵过来,将花碧莲双手接住,抱在怀中,坐在尘埃。众人齐道:"难得这个英雄,不然要跌为肉泥!"花振芳同众人跑过来一看,接住花碧莲者,不是别人,正是骆宏勋大爷!花振芳谢道:"难报大爷救命之恩!"用手摸摸花碧莲口已无气。花振芳大哭道:"我儿无气了!"骆大爷道:"莫惊慌,姑娘不过惊吓太甚,必无碍性命,倒不要惊动她,稍停片刻自然醒转。"花振芳又用手一摸,竟还有气,方才改忧作喜,道:"奶奶,不妨!不妨!骆大爷真乃救命的恩人了!"仰头朝花奶奶说道:"女儿还有气,你还不下来,在上头等什么?"那花奶奶见女儿上了顶层,她就在二层预备下来接着捉;及见亭角女儿坠地,早吓得皮麻骨酥,站立不住,坐在二层上发抖不止。只听得老头儿说道"女儿有气",方才魂魄入窍,跳下亭来,走至女孩儿跟前,见骆大爷抱在怀中,遂谢了又谢,叫声:"碧莲!骆大爷是你的恩人!"回头看那猴子已跌为肉饼。巴氏弟兄也因知此信,都来瞧看。有顿饭时节,花碧莲口中微微有气,花老夫妇齐声叫道:"碧莲!醒醒来!醒醒来!骆大爷抱住你了,不然与那猴子一样!"又道:"骆大爷抱了这半日,遍身流汗了,你速速醒来,醒来!好叫骆大爷歇息歇息!"此时花碧莲已醒了八九分,耳中听得爹娘俱说:多谢骆大爷相救,已经抱了这半日了;又说他遍身流汗,还只当爹娘宽她之心,哪里就有这宗相巧之事:"我今坠下,偏偏骆公子在此救我!"觉乎着自己的身子不像在地上,似乎在人身上一般。遂暗暗将眼睁将开,真是骆公子抱在怀中。故意将眼合上,只做不醒的神情,将身子向骆大爷身上又贴了两贴。正是:

> 虽然不曾同欢乐,暂卧怀中也动情。

骆宏勋同徐松朋二人,因见花碧莲母女二人上亭捉猴子,亦挨进前来观望。一见花碧莲坠下,出力救人要紧,哪还顾得男女之别!从四五簇人后跳过来用手接住花碧莲,有顿饭之时,觉得花碧莲身子比先活动些,只是将身子贴靠。众目所视之地,不由得满面发赤,说道:"花老爹,令爱有几分醒转,快寻一张床来,抬至舍下,饮些姜汤,再为调养。"花奶奶看见女儿颜色已变过来了,亦看见女儿身子贴靠着骆大爷,也觉着不好意思,低低说道:"儿呀! 此乃百眼闪眨之所,不要叫人看出。"花碧莲故作始醒之态,将身放开。花振芳早把绳床备妥,铺上行李,把碧莲抱上,着人先抬赴骆府。花奶奶同巴氏弟兄四人先随去了。花振芳走至街北门面内,望那两位少年之人说道:"猴的主人家,把银子来!"

且说栾镒万看见花碧莲坠下,猴子也跌死,心中说道:"因为二十两银子把个如花似玉的女子断送了,分厘不要少给她。"停了片时,见骆宏勋接住,花碧莲醒转,他就顿起不良之心,向华三千说道:"我原说她捉住猴子给银二十两,今将猴子跌为肉饼,岂肯还给银子与她!"华三千道:"待她来讨时,说与她听便了!"正在议论之间,花振芳进来要银。二人同道:"先前原讲过:捉住猴子谢银二十两。今猴子自坠跌死,非你等捉住,还要什么银子?"花振芳笑道:"此何言也! 适才小女坠下,若非骆大爷接救,则有性命之忧;虽未捉住,非小女不能捉,奈亭角不坚,故而一同坠下,不然岂不拿住了! 即令小娃子适才殒命,我也无别说,也只要得你二十两银子,难道叫偿命不成? 这二十两银子是要把我的。"栾镒万道:"我那猴原价一百两银子,我不寻你就是万幸,今反来问我讨银子! 也罢,除了二十两之外,净找我八十两好细丝纹银。"华三千大叫道:"好痴人呀,你不晓得大爷的厉害哩! 你不知者不算罪,今既对你说了,速速去吧!"花振芳道:"放你娘的狗臭驴子屁! 就是朝中的太子许我的,也要把我!"伸开两手将栾镒万、华三千捉过来要打。栾府家人大喝一声:"好大胆的匹夫,敢伤我家主人!"一个个擦掌摩拳,齐奔前来。正是:

　　恶仆倚众欺敌寡,好汉只身捉二人。

毕竟不知花振芳可吃他众人之亏否,且听下回分解。

第二十一回

释女病登门投书再求婿

却说花振芳用手将栾镒万、华三千轻轻捉住,栾府众人一个个擦掌摩拳走上前动手。门外巴氏弟兄、余谦俱怒目竖眼,亦欲进门相助。那华三千生得嘴乖眼快,被花振芳一把捉过,已是痛苦难过,众管家上来相带动手之时,早看见门外有四五条大汉,皆是丈余身躯,横眉竖眼,寒怒欲进,料想这几个家人那是他们的对手! 连忙使个眼色与栾镒万,又开口道:"老爹莫动手,方才说的是玩话,老爹就认起真来了,哪有白使人不把银子之理。"栾镒万亦会其意,急忙喝住家人莫要动手。众家人听主人之命就不上前,巴氏弟兄、余谦亦就不进来了。花振芳闻得他说给银,也就不大难为他二人,说道:"我原是要的银子,既把银子,我不犯着与你们淘气。"栾镒万道:"闻得你上边人生性耿直,故以此言戏之,你当真信以为是了。"吩咐家人速速秤二十两银子给他。家人遂秤了二十两银子送与花振芳。花振芳接了,就同巴氏弟兄、余谦赴骆大爷家去了。不提。

再表栾镒万被花振芳这一捉,疼痛不待言矣! 更兼又被这一番羞辱,其实难受。花振芳去后,进与华三千商议道:"我们回家将合府之人齐集,谅这老儿不过在城外歇住,我着他们痛打他一番,方出我心中之恨也。"华三千道:"方才门下因何使眼色与大爷? 那门外还站了四五个丈余身材的大汉,俱皆怒气冲冠,欲要进来帮打的神情。幸而我们回话得快,不然我二人哪个吃得住! 门外四五个人之中,门下认得一个,其年二十上下的一人,乃骆游击之家人余谦也。想是这一众狠人在此与骆家有些认识,不然骆宏勋因何接救他女儿? 余谦又因何来相助帮打? 他们既然相会,骆宏勋必留他家去了,哪里还肯叫他们下店。大爷方才说,回家齐了合府之人与他厮打。动也动不得! 这一伙人,门下不知他怎样就与骆家相熟? 如今必到骆家,他家自然相留。那骆宏勋英雄不必言矣,只他家人余谦那个匹夫,门下是久知他的厉害,乃有名的'多胳膊'。非是夸他人之英雄,灭大爷之锐气,即将合府之人未必是余谦一个人之对手。"

栾镒万道:"如此说来,我就白白受他一场羞辱罢了?"华三千道:"大爷要出气不难,门下还有个主意,俗语说得好:强中更有强中手,英雄堆里拣英雄。天下大矣,岂一余谦而已! 大爷不惜金帛,各处寻壮士英雄,请至家内,那时出气。方保万全。"栾镒万道:"那非一时之事,待我访着壮士,这老头儿岂不回去了?"华三千道:"这伙狠人虽去,但骆宏勋、余谦不能就去。就在他两个人身上出气,有何话讲!"栾镒万闻华三千之言,谅今日之气必不能出了,只得寒羞忍辱回家,俟访着壮士再图出气。这且不表。

再说骆宏勋自放下花碧莲,随同徐松朋回家中,吩咐家内预备酒饭等候;又径至内堂禀知骆太太,说花家母女同巴氏姒娌四人俱至扬州。又将"捉猴子花碧莲受惊,现用床抬,不久即至我家,望母亲接迎"。骆太太感花振芳相待厚意何尝刻忘,今闻得她母女同来,正应致谢,连忙出迎。花奶奶一众早至骆家门首,骆太太接进后堂,碧莲姑娘连床亦抬进后堂。花奶奶、巴氏姒娌俱与骆太太见过了礼;骆太太向花奶奶又谢了黄河北边的厚情。骆府侍妾早已捧上姜汤,巴氏姒娌将碧莲扶起,花奶奶接过姜汤与碧莲吃了几口,将眼睁开问道:"此是何所?"众人齐应道:"好了,好了!"花奶奶道:"你已到了骆大爷府上了。"骆太太道:"此乃舍下。姑娘心中妥定些了?"碧莲道:"此刻稍安,望太太恕奴家不能参拜!"骆太太道:"好说,姑娘保重身体要紧。"花奶奶向碧莲说道:"我儿,你尚不知,今日若非骆大爷援救,你身已为肉饼,稍停起来叩谢。"骆太太道:"既系相好,何敢言谢。但姑娘坠亭之时,恰值吾儿在彼,此天意也,俟姑娘起来谢神要紧。"仍将碧莲安卧床上,大家过来坐下献茶。看官,那碧莲不过受了惊恐,一时昏迷;在四望亭坠下,落在骆大爷怀中已醒人事,只因花奶奶低低那几句言语,道着了心病。虽系母女,此事亦要避忌,故不好贸然就站起,只推不醒,及至骆府,方作初醒之态。这且不必提起。

却说花振芳讨了银子,心中惦着女儿,随即就同巴氏弟兄、余谦到骆府而来。及至骆府门首,骆宏勋、徐松朋俱在门前等候。花振芳进得门来,也不及问名通姓,就问道:"我儿在何处?"骆宏勋道:"抬进后堂了。舍下别无他人,家母与老爹已见过二次,请进内堂看令爱何妨!"花振芳道:"老拙亦要叩见老太太。"巴氏弟兄亦有甥舅之情,也要进内。徐松朋、骆宏勋相陪花老来至后堂,早见女儿已起来同坐在那里吃茶,花振芳心才放下。花振芳率众与骆大爷的母亲见礼,彼此相谢。花振芳问妈妈道:"女儿叩谢过骆大爷否?"花奶奶道:"将才起来谢过太太了,待你回来再谢大爷。"花振芳让骆大爷进内,叫碧莲叩谢,骆宏勋哪里肯受礼。花振芳无奈,自家代女儿相谢。骆宏勋请至客厅,众人方与徐松朋见礼,分坐献茶。花振芳向骆宏勋问道:"这位大爷是谁?"骆宏勋道:"家表兄徐松朋。"花老又向徐松朋一拱手:"维扬有名人也! 久仰,久仰!"徐松朋道:"岂敢,岂敢! 常闻舍表弟道及老爹、姨舅英勇,并交友之义,每欲瞻识,奈何各生一方,今识台面,大慰平生!"花振芳道:"彼此,彼此!"骆宏勋吩咐摆酒。

不多一时,前后酒席齐备,共是四席:后二席自然是花奶奶首坐,不必细言;前厅两席,花振芳首坐,巴龙二席,巴虎、巴彪、巴豹序次而坐;徐松朋、骆大爷两席分陪,骆宏勋正陪在花振芳席上。三杯之后,骆宏勋问道:"向蒙搭救任世兄,至今未得音信,不知世兄性命果何如也?"花振芳遂将那任正千赴王轮家捉奸,因失火回寓,次日进城,任正千被王轮诬为大盗,已下禁牢中,晚间进监劫出,到王轮家杀奸,西门挂头,后回山东;将巴氏昆玉盗王轮之财,并自己相送、失信之事就不提了,恐骆宏勋惶恐,则难于议画亲事;将任大爷受伤过重,三个月方好,现染瘟疾尚未痊愈,前后说了一遍。徐、骆二人齐声称道:"若非老爹英雄,他人如何能独劫禁牢,任世兄之性命实是老爹再造之恩也!"花振芳道:"任大爷亦欲同来,奈何病久未痊。老拙来时,付书一封,命老拙面呈。"遂向褡包内取出,双手递奉。骆宏勋接过,同众人拆开一看,其书略曰:

分袂之后,怀念定深,谅世弟近兆纳福,师母大人康健,并合府清吉,不卜可知矣。兹渎者:向受奸淫蒙蔽,如卧瓮中,反证弟为非,真有不贷之罪;而自缚受屈,不辞回府,皆隐恶之心,使兄自省之深意也。但弟素知兄芥偏塞络,不自悟呼吸与鬼为侣,又蒙驾由山东转邀花老先生俯救残喘,铭感私忱,嘱花老先生面达。再者:花老先生谆谆托兄代伊令爱作伐,若非贱恙未痊,负荆来府面恳。今特字奉达,又非停妻再娶,乃伊情愿为侧,此世弟直为之事;再者虞有娥皇女英①、汉有甘、糜二妇,古之贤君尚有正有侧,何况令人为然。伏冀念数年相交,情同骨肉,望赏赐薄面,速求金诺,容日面谢。

宏勋世弟文几世愚弟任正千具

① 娥皇女英——传说是尧的两个女儿,同嫁给舜为妃。

　　骆大爷将书札看完，书后有议亲之事，怎好在花老当面言之，不觉难色形之于外面。徐松朋看见骆宏勋观书之后，有此神情，不知书中所云何事，至席前说道："书札借我一观。"骆宏勋连忙递过。徐松朋接来一看，方知内有议亲之话，料此事非花、骆当面可定之事也。将书递与骆大爷收过，徐松朋道："请饮酒用饭，此事饭后再议。"众人酒饮足时，家人捧上饭来，大家吃饭已毕，起身散坐吃茶。值骆大爷后边照应预备晚酒之时，徐松朋道："适观任兄书内，乃与令爱作伐，其事甚美。但舍表弟其性最怪，守孝而不行权。稍停待我妥言之。"花振芳大喜道："赖徐大爷玉成！"不多一时，骆宏勋料理妥当，仍至前厅相陪谈笑。徐松朋边坐边说道："表弟亦不必过执，众人不远千里而来，其心自诚，又兼任世兄走书作媒；且她情愿作侧室，就应允了也无其非礼之处。"骆宏勋道："正室尚未完姻，而预定其侧室，他人则谈我为庸俗，一味在妻妾上讲究了。"徐松朋道："千里投书，登门再求，花老爹之心甚切，亦爱表弟之深也！何必直性至此，还是允诺为是。"骆宏勋即刻说道："若叫弟应允万不能，须待完过正室，再议此事可也。"徐松朋看事不谐，遂进客厅，低低回复花老道："方才与舍表弟言之，伊云：正室未完姻而预定其侧室，他人则谈他无知。须待他完过正室，再议此事。先母舅服制已满，料合表弟不久即赴杭州入赘，回扬之时，令爱之事自妥谐矣！"花振芳见事不妥，自然不乐，但他所言合理，也怪不得他；且闻他不久即去完娶，回来再议亦不为晚。道："既骆大爷执此大理，老拙亦无他说。要是完婚之后，小女之事少不得拜烦玉成。"徐松朋道："那时任兄贵恙自然亦痊，我等大家代令爱作伐，岂不甚好？"花振芳道："多承，多承！"天色将晚，骆府家人摆下晚酒，仍照日间叙坐。饮酒席中，讲些枪棒，论些剑戟，甚是相投。饮至更余，众人告止。徐松朋家内无人，告别回去，明日早来奉陪。骆宏勋吩咐西书房设床，与花老妻舅安歇。他们各有行李铺盖，搬来书房相陪。一夜晚景已过。第二日清晨，众人起身梳洗方毕，徐松朋早已来到。吃过点心，花老见亲事未妥，就不肯住了，敬告别回家。骆大爷哪里肯放，留住四五日后，徐松朋又请去，也玩了两日。花老等谆谆告别，徐骆二人相留不住，骆宏勋又备酒饯行，又送程仪，花老却之不受，方才同花奶奶、姑娘、巴氏弟兄等起身回山东去了。

　　这且按下不提。书内又表一人，姓濮，名里云，字天鹏。

　　但不知此人是何人也，且听下回分解。

第二十二回

受岳逼翻墙行刺始得妻

却说濮天鹏自幼父母皆亡，还有一个同胞弟，名行云，字天雕。弟兄二人游荡江湖，习学一身武艺，枪刀剑戟，纵跳等技无所不通。原籍金陵建康人也，后来游荡到镇江府龙潭镇上，与人家做了女婿，连弟天雕亦在那岳家住着。那濮天鹏自幼在江湖上游荡惯了的，虽在岳家，总是游手好闲，不管正事。老岳恐他习惯，他日难以过活，遂对他说道："为人在世也需习个长久生意，乃终生活命之资。你这等好闲惯了，在我家是有现成饭吃有衣穿，倘他日自家过活有何本事？我的女儿难道就跟着你忍饥受饿？我今把话说在前头：需先挣得有百十两银子，替我女孩儿打些簪环首饰，做几件粗细衣服，我方将女儿成就；不然哪怕女儿长至三十岁，也只好我老头儿代你养活罢了。"那濮天鹏其年已二十三四岁的人，男女之欲早动，见他妻子已经长成人，明知老岳家哪里图他的百十两银子东西，是立逼他能挣钱而已。濮天鹏自说道："我也学了一身拳棒，今听得广陵扬州地方繁华富贵甚多，明日且上扬州走走，以拳为业，一年半载也落他几两银子。那时回来，叫老岳看看我濮天鹏也非无能之人，又成就了夫妻，岂不是一举而两得。"算计已定，遂将自己衣服铺盖打起一个包袱，次日辞了老岳，竟上扬州而来。

到了扬州，在小东门觅了一个饭店，歇下住了一日。次日早饭之后，走到教军场中看了看，其地宽阔，遂在演武厅前摆下一个场子，在那里卖拳，四面围了许多人来瞧看瞧看，俱说道："这拳玩得甚好，非那长街耍拳可比。"怎见得？有几句拳歌为证：

> 开门好打铁门开，紧闭虎牢关抬退；进步踢十怀抹眉，搏脸向阳势金鸡。独立华山拳前出，势如蛟龙出水来，躲避饿虎日下山。

濮天鹏在那里玩拳之时，恰值华三千与人说话回来，也在那里观看。只看见濮天鹏丈余身躯，拳势步步有力，暗道："此人可称为壮士了。"就急忙回至栾府，见栾镒万道："大爷，适才门下回来路过教场，看见一个卖拳之人,丈余身躯,拳势又好,有凛凛威风,看他拳棒不在余谦之下。大爷如欲雪四望亭之耻,必在此人身上。大爷可速叫人请来商议。"栾镒万自从四望亭捉猴回家,无处不寻访壮士,总未得其人。今知壮士就在咫尺,心中甚是欢喜。忙吩咐家人速到教场,将那卖拳大汉请来。家人领大爷之命,不多一刻,将濮消天鹏请来,进得客厅与栾镒万见礼;栾镒万也回了一礼,与濮天鹏一坐。栾镒万问道:"壮士上姓大名? 那方人氏? 有何本事?"濮天鹏道:"在下姓濮,名里云,字天鹏,系金陵建康人也,今寄居镇江。马上马下纵蹿登跳,无一不晓。"栾镒万道:"我有一事与你相商,不知你可肯否?"濮天鹏道:"大爷请道何事?"栾镒万道:"本城骆游击之家人余谦,其人凶恶异常,我等往往受他凌辱,竟不能与之为敌。今请你来,若能打他一拳,我就谢银一百二十两,打他两拳我谢银二百四十两。不限拳脚,越多越好,记清数目,打过之后到我府内来领。"濮天鹏闻得此言,心内暗自欢喜:我弄他一拳,这个老婆就到手了。遂满心欢喜,即刻应承道:"非在下夸口,自己也玩了两年,从未落人之下。但不知其人住居何处? 在下就去会他。只恐打得多了,大爷倘变前言,那时怎了?"栾镒万道:"放心,放心! 你如打得他十拳,我足足谢你一千二百两,分厘不少。"华三千道:"今已过午,不必去了。明日早到教场,仍以卖拳为名,余谦是走惯那条路,他见玩拳棒者,再无不观看的。我亦在旁站立,他走来时指示与你,你用语一斗,他即来与你比较;你如比他高强,即是你该发财了。"于是,整备酒饭款待濮天鹏。此时天晚回寓。

　　第二日清早,濮天鹏又至栾府,相约了华三千同到教场,仍在昨日卖拳之所踏下场子,在那里玩耍。今日与昨日不同,昨日不过是自家玩拳,走势空拳,央人凑钱;今日是要与余谦赌胜,他就不肯先用力气,不过在那里些微走两个势,出两个空架子。正在那里吆喝走势,余谦同两个朋友闲游来至教场。众看的人一见余谦,大声叫道:"余大叔,你来看看这位朋友的好拳棒!"那余谦但闻哪里有个玩拳的,岂有不看之理? 遂走至场中观看。华三千使个眼色与濮天鹏,那天鹏早已会意,知道余谦到了,乃站住说道:"我闻得扬城乃大地方,内有几位英雄,特来贵地会会他,怎样三头六臂的人物? 今已来了三日,并无一人敢下来玩玩,竟是虚名,非实在也。"众人回余谦道:"余大叔,你看他轻我们扬州,竟无人敢与他玩玩,余大叔何不下去,我们大家也沾光沾光。"余谦道:"江湖上玩拳棒者,皆是如此说法,倒莫怪他,由他去!"濮天鹏道:"我非那江湖上卖拳者可比,不是出口大言,诓人钱钞,先把丑话说在头里:有真本事者,请来玩玩,若假狠虚名之辈,我小的是不让人的。从来听得说:当场不让父,举手岂容情! 那时弄得歪盔斜甲,枉损了他素日之虚名,莫要后悔!"余谦闻得此言,直是目中无人,遂下场来答道:"莫要轻人,小弟陪你玩玩。"濮天鹏道:"请问尊姓大名?"余谦道:"我是余谦。"濮天鹏道:"有真实学问就来玩玩;若是虚名,请回去,莫伤和气!"余谦将衣一卸,交给熟悉之人收管。喝道:"少要胡言!"丢开架子,濮天鹏出势相迎。一来一往也走了十数个过挡,濮天鹏毫无空偏。濮天鹏见余谦势势皆奇,暗说道:"怪不得栾家说他凶狠异常。"一个过挡,濮天鹏想银子的心重,也不管他有无空挡,待余谦过去,他背后使了个"马上衣褶",一个飞脚照余谦后心踢来。余谦虽是过挡,却暗暗着个眼,背后见濮天鹏飞脚一来,将身一伏,从地脚下往后边一闪,早间在濮天鹏身后,右脚一个扫退,正打在濮天鹏右胁,只听"哎哟""喀噗"一声,跌在圈子外来。余谦进前来用脚踏住,将濮天鹏右退提起,说道:"你这匹夫往哪里去!"举拳就打。濮天鹏大叫一声:"英雄且请息怒,不要动手! 倘若打坏,叫我如何回南京见人?"余谦见他可怜,说道:"原来是个外路人,饶你性命。你过来,穿了衣服。"与众人一同俱散了。

却说这濮天鹏爬起身来收了场子,面带羞容,即穿上衣服败兴而回栾府。见了栾镒万道:"余谦实是个英雄,在下想来明敌非他对手,求大爷指示他的住处,夜晚至其家,连骆宏勋一并结果性命。一则雪大爷昔日之耻,二则报我今日之恨。"栾镒万道:"他父系游击之职,亦是有余之家,高垣大厦,临晚关门闭户,你怎能进去?"濮天鹏道:"我会登高履险,哪怕他高墙深壁,岂能坑我! 只求晚间着人领赴宅边,借利刀一口,必不误事。"栾镒万闻他能登高,心中甚喜,说:"你若能将他主仆二人结果性命,我谢你足纹五百两。"又整备酒饭款待濮天鹏。及至更余时分,栾镒万差人领濮天鹏前去,外付快刀一把。濮天鹏同栾府家人来至骆府,栾府家人自回去了。

濮天鹏抬头一看,见他左首厢房不大高,将脚一纵,上得房来,见骆宏勋在书房卷棚底下闸步,房内灯火甚明。暗喜道:"这厮合该命绝!"将身一跳,跳在骆宏勋背后立住,"乞喀"举刀就砍。且说骆宏勋正在那里闲步,忽见灯火之下一晃,似乎有人。一避光,也回首一看,早见一人手中不知所提何物打来。骆宏勋好捷快,将身往旁边一闪,左脚一抬踢在那人胁上,"咯冬"一声跌倒在地。一个箭步走上用脚踏住,喝声:"好强人! 敢黑夜来伤我也。"余谦睡梦之中,听得骆大爷喊叫之声,连忙起身赶赴前来,见大爷踏一人在地。余谦忙将灯一照,认得是日间卖拳之人。大骂道:"匹夫! 我与你何仇又何恨? 日间与我赌胜,夜间又来行刺,料你性命可能得活!"将濮天鹏之刀拿过来就要下手。那濮天鹏在地下叫:"英雄饶命! 我也无仇恨,也非强盗,只因为人所逼图财而来。"骆宏勋止住余谦,道:"且叫他起来,料他也无甚能,叫他将实言说来,我便饶恕;若不实言再处他未迟。"骆太太听得儿子这边捉住了刺客,带几个丫鬟点灯也到厅相问。濮天鹏起来闻说是太太前来,遂上前叩拜,将他岳丈相逼他百十两银子的衣服首饰,方将女儿成就。"因此来扬城叫场卖拳,被栾府请去,烦我代他雪四望亭之耻,倘能打大叔一拳,则谢我银一百二十两。小人不识高低,妄想谢钱,日间与余大叔比试见输蒙饶。小人回至栾府,栾镒万又许我五百两谢仪,叫我来府行刺,又被获捉。总是小人该死,望英雄饶恕。"骆太太闻他因妻子不能成就,故而前来行刺,其情亦良苦矣! 成婚助嫁,功德甚大,他才言百金足用,亦有限事也。说道:"你既因亲事求财,也该做正事,怎代人行刺,行此不长俊之事!"向骆宏勋道:"娘已六旬年纪,今日做件好事,助他白银一百二十两,叫他夫妻成就了,也替我积几年寿。"骆宏勋奉了母命,遂取一百二十两有零银子交付濮天鹏。濮天鹏接过,叩谢过太太,又向骆大爷叩谢,又与余谦谢了不杀之恩。说道:"自行非礼,不加责罚,反赠其银,以成夫妇之事,此思此德,我濮天鹏就结草衔环难报大爷。他日倘至敝处,再为补报罢了。"说毕告辞。余谦开放大门送他出去了。骆太太向骆宏勋说道:"此事皆向日捉猴,花老索银之恨,如今都结在你身上了。今日幸喜知觉得早,免遭祸害;倘栾家其心不死,还要受其害! 我心中欲要叫你赴他处,暂避一避才好。"只因这一去:

避奸恶命子赴赘,报思义代婿留宾。

毕竟不知骆太太命大爷赴何处躲避,且听下回分解。

第二十三回

中计英雄龙潭逢杰士

却说骆太太赠了一百二十两银子与濮天鹏，濮天鹏叩谢去了。骆太太向宏勋说道："世上冤仇宜解不宜结，今虽未遭毒手，恐彼心不死，受其暗害。你父亲服制已满，正是成就你的亲事之日，你可同余谦赴杭入赘，省得在家遇事与他斗气。"骆宏勋道："明日再为商酌。"于是各归其房安歇。

次日起来，着人将徐大爷请来，把夜间濮天鹏行刺，被捉赠金之事诉说一遍。徐松朋道："幸而表弟知觉，不然竟被所算。"骆宏勋又将"母亲欲叫我赴杭躲避"之话，也说了一遍。徐松朋道："此举甚妥，一则完了婚姻大事；二则暂避其祸，两便之事。"骆宏勋道："我去也罢，只是母亲在家无人照应。"徐松朋道："表弟放心前去，舅母在家，愚表兄常来安慰就是了。"骆宏勋同徐松朋又与骆太太议了择时起行日期。骆太太又烦徐大爷开单：头面首饰、衣服等物，路远不便多带，些微见样开些，也有二十多两银子的东西。骆太太将银取出，单子亦交付余谦办。余谦领命，三二日内俱皆办妥，打起十数个大小包袱。临行之日，骆大爷并余谦打两副行李。徐大爷又来送行，骆宏勋又谆谆拜托徐大爷照应家事，徐松朋一一应承。着十数个夫子挑起包袱，骆宏勋拜辞母亲，带了余谦同徐大爷押着行李出南门而去。及至徐大爷门首，吩咐余谦押行李先出城雇船，就留骆宏勋至家内，又奉三杯饯行酒。立饮之后，二人同步出城，来至河边，余谦已雇瓜州划子，将行李搬上。

骆宏勋辞过表兄登跳而上，徐松朋亦自回城，船家拨棹开船。扬州至瓜州江边只四十里路远近，早茶时候开船扬州，至日中到江边。船家将行李包袱搬至岸上，余谦开发船钱。早有脚夫来挑行李，骆大爷、余谦押赴江边，有过江船来搬行李。只见那边来了一只大船，说："今日大风，你那小船如何过得江？莫搬行李，等我来摆那小船。"上得船来，回头一看，认得是龙潭镇上船，满睑赔笑道："这位大爷过江？"那大船上人下来搬行李物件,向着余谦道:"那位大爷过江?"余谦道:"不论大船小船我都不管,只是就要过江的,莫要上船迟延。"船家道:"那个自然。"不多一时,把包袱俱下在船内舱下,上面铺下船板,骆大爷同余谦进来坐下。天已过午,其风更觉大些。余谦道:"该开船了。"船家道:"是了。我等吃了中饭就开船了。"停了片刻,只见船家捧了一盆面水送来,道:"请大爷净净面,江路上好行!"骆宏勋道:"正好。"余谦接进舱来,骆宏勋将手脸净过,余谦也就便洗了洗手脸。船家又送进一大壶上好细茶来,两个精细茶杯。余谦接过,斟了一杯送与大爷。骆宏勋接过吃了一口,其味甚美,向余谦说道:"是的,大船壮观,即这一壶茶可知。"言犹未了,船家又捧了一个方托盘,上面热烫烫九个大碗,乃是烧蹄、煨鸡、煎鱼、虾脯、甲鱼、面筋、三鲜汤、十丝菜、闷蛋之类,外有一人提了一个锡饭罐、两个汤碗,送进饭来,摆在船中一张小炕桌上,说道:"请大爷用中饭。外有六碗头与大叔用的。"骆宏勋同余谦清早吃了许多点心,肚中并不饿,意欲过江之后再吃午饭,今见船家送了一席饭菜,又送一桌下席进来,对余谦道:"既他置办送来了,少不得领他的情,不过过江之后,把他几钱银子罢了。"船内无有别人,叫盛饭,用了两碗,余谦也吃了几碗饭。吃毕之后,船家进来收去,又送进一壶好茶。吃茶之时,天色已晚。茶后,余谦道:"驾掌恐都用过饭了,该开船过江了。"驾掌答道:"大叔,未见风息,比前更大些,且是顶风。江面比不得河,顶风何能过得? 待风一调,用不得一个时辰即过去了。大叔急它怎地嘎!"余谦看了一看,真正风色更大,也不敢谆谆催他开船。

　　到日落时,那风不见停息,只见船家又是一大托盘捧进六碗饭菜,仍摆在小桌上,又叫声:"请爷用晚饭。"骆宏勋道:"不用了,方才吃得中饭,心中纳闷,肚内不饿;蒙送来,再用些吧。"同余谦又些微用了些。船家仍又收去,又是一壶好茶来。余谦又叫:"船家,天已晚了,趁此时不过江,夜间如何开船?"船家道:"大叔放心,哪怕它半夜息风,我们也是要开船的。"不多一时,送进一枝烛台,上插一枝通宵红烛,用火点着放在桌上。跟手又是九大盘,乃是火肉、鸡胙、鲫鱼、爆虾、盐蛋、三鲜、瓜子、花生、蒲荠之类,一大壶木瓜酒,两个细磁酒杯,摆在桌上,又叫声:"请用晚酒。"骆宏勋打算不过多给他两把银子,也不好推辞,同余谦二人坐饮。余谦道:"谅今日不能过江,少不得船上歇宿。小的细想:过江之船,哪里有这些套数,恐非好船。大爷也少饮一杯,我们也不打开行李,就连衣而卧。

又将兵器放在身边，若是好船呢，今日用他两顿饭，一顿酒，过江之后多秤两把银与他；果系不良之人，小的看他共有十数个蛮人，我主仆亦不怕他。只是君子防人，不得不预为留神！"骆宏勋道。"此言有道理。"略饮几杯，叫船家收去。余谦又道："看光景是明日过江了。"船家道："待风一停，我等就开船。大叔同大爷若爱坐呢，就在船中坐待；倘若困倦，且请安卧。"余谦道："但是风一停时，就过江要紧，莫误我们之事。"船家道："晓得，晓得！"余谦揭起两块船板，将两副行李、两口宝剑、两柄板斧俱拿上来，仍将船板放下，拿一副行李放在里边，骆大爷倚靠。余谦把船门关闭，将自己行李靠船门铺放，自己也连衣倚靠。骆大爷身边两口宝剑，自家身边两把板斧。暗想道："就是歹人也得从船门而入，我今倚门而卧，怕他怎地！"因此放心与骆大爷倚靠一会，不觉二人睡了，直至次日天明方醒。余谦睁眼一看，船内大亮。连忙起来唤醒大爷，开船门探望一会，不是昨日湾船所在，怎移在这里？船家笑道："已过江了，大叔还不知么？"余谦得知已过江，送走向船门仔细一看，却在江边这边。进船回骆大爷道："夜间已经过江，我等尚不知道。"骆大爷道："既已过江，把驾掌叫来，问他船饭钱共该多少，秤付与他，我们好雇杭州长船。"余谦将船家唤进，问："船饭钱共该多少？秤给你们，我好雇船长行。"那船家笑答道："大叔把得多，我们也说少；要得少，大叔也说多。离此不远，有一船行主人，我同大叔到他那行内，说给多少，争不争自有安排；且大爷与大叔还要雇杭州长船，就便行内写他一只亦是便事。"骆宏勋闻他之言甚是合宜，说道："我们的包裹行李无人挑提，如何是好？"船家道："那个自然是我们船上人挑送，难道叫大叔打挑不成！"骆宏勋见船家和气，说道："如此甚好。"于是，起船板将包袱搬出，十数个船家扛起奔行而去。骆大爷身佩双剑。余谦想道："船行自然开在江边，走了这半日还不见到？"心中狐疑，问那扛包袱的人，道："走了这半日，怎还不见到？"那人道："快，快，快，不久就到的。"

　　走过三二里路的光景，转过空山头，方看见一座大庄院。及至门首，扛包袱之人一直走进去了。骆宏勋、余谦随后也至门首，抬头往门内一张，心中打了一个寒噤，将脚步停住，道："今到了强盗窝内了。"只见那正堂与大门并无间隔，就是这样一个大客厅，内中坐着七八十个大汉，尽是青红绿彩，五色面皮，都是长大身材。早看见门外二人，谈笑自若，全然不眯。骆宏勋对余谦道："既系船行，则是生意人等，怎么有这恶面皮之人？必非好人，我等不可进去！"余谦道："我们包袱行李已被他们挑进去，若不进去，岂不白送他了？事已到此，死活存亡也说不得了，少不得进去走走。"主仆二人迈步进门。那门下坐的人只当看不见，由他二人走进了二门。见自己包袱在天井外，挑包袱之人一个也看不见；抬头一看，只见大厅之上就有张花梨木的桌子，两把椅子，并无摆设。余谦道："大爷在厅上坐坐，等他行主。"骆宏勋走上厅来坐下，余谦门外站立。等了顿饭时候，从内里走出两个人来。余谦问道："行主人怎还不出来？"那两人道："我主人才起来哩。"竟往外边去了。又等了顿饭之时，里边有一人走出来。余谦焦躁道："好大行主！我等来了这半日，怎这等大模大样怠慢客人？"那个人道："莫忙呀！我主人才在里面梳洗哩。"说了一句，也往前边去了。候了半日之后，里边又走出一个人来。余谦大怒道："从来没见一个船行主人做这些身份！若不出来，我就搬行李走了。"那人道："我主人吃点心，就出来了。"亦赴前边去了。骆宏勋意欲走罢，又无人挑担包袱。

自天明时来到，直等到中饭时分，听得里边一人问道："鱼舡上送鱼来否？"又听一人回道："天未明时，他就送了三十担鱼到了。"那人道："不足中饭菜用。吩咐厨下再宰九十只鸡，百十只鸭，添着用吧！"骆宏勋、余谦二人听得此言，暗惊道："这是甚等人家？共有多少人口？三十担鱼尚不足用一顿饭菜，还宰鸡鸭添用！"正在惊诧时，只见四五个人扛着物件：一个人肩扛一个大铜算盘，一个人手拿二尺余长一把琵琶戥子，两个人同抬一把六十斤的铁夹剪。算盘、戥子放在桌上，夹剪挂在壁上。一个人说道："老爷出来了！"骆宏勋、余谦往外一看，只见一人有六十多岁年纪，脸似银盆，细嫩可爱，有一丈三尺长，身躯魁伟，头戴一个张邱毡帽，前面钉了一颗两许重一个珍珠，光明夺目；身上穿二件玫瑰紫的棉袄，外有一件深蓝杭绫面子、银红湖绉里子的大衣，也不穿在身上，肩披背后；退上一双青缎袜，元缎鞋也不拔上，拖在脚上，一步一步上厅来，也不与骆宏勋见礼，亦不与他答话，将身子斜靠在花梨桌上，一副骄傲气象。又见扛包袱的船家十数人进来，站在门旁。那行主骂道："几时上得船，船上怎样款待，共几位客人？细细说来！"也不知船家与行主是何算法，且听下回分解。

第二十四回

酒醉佳人书房窥才郎

　　却说行主问船家："共几位客人？"船家用手指着骆宏勋、余谦道："客人只这两位，是昨日中饭时上的船，来时一盆净面热水。"那行主拿过算盘打上一子。船家又道："中饭九碗。"那人又打上五个子。船家道："饭后细茶一壶。"又打上一个子。"晚饭六碗。"又打了五个子。船家道："饭后细茶一壶。"又打上一子。"晚酒九盘肴撰。"又打上三个子。船家道："算盘上共打了一十二个，用三个一乘，共是三十六个子。"那主人道："后来有多少酒、饭、菜、茶水，共该银三百六十四两，船脚奉送。"骆宏勋只当取笑。那人将眼一睁，说道："哪个取笑？这还是看台驾份儿上，若他人岂止这个价钱！"骆宏勋看他竟是真话，带怒道："虽蒙两饭一酒，哪里就要这些银两？我俩盘缠短少，何以偿还？"那人道："这倒不怕的，如银子短少，就将行李照时价留下。"骆宏勋、余谦见说恶言，岂不是以势欺侮？哪里按捺得住，将身一纵，到了厅上，便怒目而视，大喝道："好匹夫！敢倚众欺寡，你看一主一仆二人，便是受欺之人否？"那个六十多岁老儿就向自家人说道："生人来家，你们也该预备兵器才是，难道空手净拳？如今他们发怒，叫老汉如今倒也无奈何，权以桌子作兵器。"遂下了一只桌子，轻轻拿起，在厅上上七下八，左插花右插花，使得风声入耳。使了一会，仍将桌子放在原处。又道："再舞一回夹剪吧！"遂将六十多斤重的一把铁夹剪拿起，亦是上下左右前后舞了一会，仍放在原处。骆宏勋、余谦暗道："桌子、夹剪约略都有六十余斤，这老儿舞得风声响亮，料二人性命必丧于此！"但见那老儿放下夹剪之后，走至卷棚之下，向骆宏勋、余谦秉着手道："骆大爷、余大爷，莫要见笑，献丑，献丑！"骆宏勋闻得呼姓而称，乃说道："素未相会，如何知我贱姓？"那老儿道："我虽未会台驾，而小婿实蒙大恩。"骆宏勋惊问道："不知令婿果系何人？"那老儿道："刺客濮天鹏也。"骆宏勋主仆闻说是濮天鹏之岳，心始放下。遂说道："向虽与令婿相会，实在邂逅之交，未有深谊。请问尊姓大名？"那老儿道："天井中岂是叙话之所,请进内厅坐下奉告。"骆宏勋终怀狐疑,哪里肯随他进内。那老儿早会其意,又道:"骆大爷放心!若有谋财害命之心,昨夜在船上时早已动手;虽你主仆英勇,岂能奈船漏之何也?"骆宏勋细想:"此言实无害我之心,如有歹心,这老儿英雄,进门之中那些豪杰早已将主仆拿住,岂肯与我叙话?"遂放开胆量随他进内。余谦恐主人落单,遂紧紧相随。又走进两重天井,方到内客厅。

　　骆宏勋抬头一看,琴棋书画、古董玩器无所不备,较之前边真又是一天下也。进得厅内,二人方才行礼,礼毕分宾主而坐,早有家人献茶。茶毕,骆宏勋道:"请问老爹上姓大名?"那人道:"在下姓鲍,单名一个福字,贱字自安。原系金陵建康人也,今寄居在此。在下年已六十一岁,亡室已死数年,只有小女一人,名唤金花,年交十七岁,颇通武艺,舍不得出嫁人家,招了一个女婿濮天鹏。在下见他在外游手好闲,无有养身之技,故我要他百金聘礼方与之成亲。不料他前赴扬州卖拳,又被奸人栾镒万请去代他雪耻。这个冤家不知高低,也不访问贤主仆是何等之人,便满口应承。日间曾在教场与余大叔比武,已经败兴,就该知道。总因爱财心重,夜间又到尊府行刺,又被大爷获住,不唯不加罪责,反赐重财以成婚姻大事,此恩无由得报。自小婿回来之日,在下即叫人在府上探信,听得大爷期于昨日起身赴杭招亲,必从此地经过,亲身向前叙留,谅大驾必不肯来相会,故此想法请至舍下,代小婿以报大恩。进门又不敢明言,故出大言相问,以观贤主仆之胆气如何?身居虎穴,并无惧色,尚欲争问,真名不愧矣!小女小婿成亲数日,特请大爷来吃杯喜酒!"骆宏勋闻了这些言语,方释疑惑之心。问道:"濮姑爷现在哪里?"鲍自安道:"近闻北直新选了个嘉兴知府,不知是哪个奸臣之子?不日即至此地。不瞒大爷说:凡遇奸臣门下之人或新赴,或官满回家,从未叫他过去一个。因恐此信不真,伤了忠臣义士,故叫小婿前去打探;已去了两日,大约明日也就回来了。"鲍自安见余谦侍立骆宏勋之旁,不觉大笑道:"大叔真忠义之人,我将实言直说了一遍,他还寸步不离。好痴子,还不放心前边坐坐去,只管在此岂不站坏了!"余谦道:"不妨的。"鲍自安吩咐人来,将余大叔留在前边坐去。又对余谦道:"余大叔,你到前边只可闲谈取笑,切莫讲枪论棒。你先进门时,也看见前面那些人的嘴脸了,其心都狠得紧哩!细话我慢慢地再告诉你。"已有人将余谦引到前边去了。骆宏勋又问道:"方才老爹出来之时说：三十担鱼尚不足一饭之用，敢问府上共有多少人口？"鲍自安才侍奉告，见家人已捧早饭上来，鲍自安连忙起身让座：骆大爷坐的客位，鲍自安坐的主席。余谦前边自有人管待，不必深言。

且说鲍自安同骆宏勋饮酒之间，鲍自安道："方才说三十担鱼不足一饭之菜，这倒也非妄言，实不瞒大爷说，在下自二十岁就在江边做这道生意，先也只是只把船有十数人，小船上有三四人，折算起来也有七八十人。你来我去不能全在家中，如全来家真不足一饭之用。舍下现在人口：我与小女两个，家内计有男女四十个，还有先前大爷进门看见的那一百听差之人，常吃饭者共一百四十二口。哪里能用这些鱼？不过是信口言语，以动大爷之心耳。"一问一答，鲍自安应答如流，真博古通今之士，无一不晓。骆宏勋暗想道："此人惜乎生于乱世，若在朝中，真治世之能臣也。"用饭之后，骆宏勋欲告辞赴杭，鲍自安道："大爷此话多说了，不到舍下便罢，既来舍下，岂肯叫你匆匆就去之理！就在舍下住得十日半月，也不误赘亲之事。待小婿回家，同小女出来拜谢。"骆宏勋道："我若在府上久住不赴杭，只恐家母心悬。"鲍自安道："这个容易，大爷写书一封，内云在舍留玩。在下差一人送至扬州府上，老太太见书自然放心了。"骆宏勋见他留意诚切，遂修书一封，又写一信与徐松朋，交付鲍自安。鲍自安接去，叫一听差人明日早赴扬州投下。

鲍自安又整备晚饭款待，当晚又摆酒。饮酒之间，骆宏勋问道："山东振芳花老爹认得否？"鲍自安道："他乃旱地响马，我乃江河水寇。倘旱道生意赶下，他就通信让我；倘江河生意登了岸，我就通信让他。不独相识，且是最好弟兄。"骆宏勋遂将桃花坞相会，与王轮争斗，王、贺通奸；任世兄被害，花老爹劫救，下扬州说亲，四望亭捉猴，索银结恨，前后说了一遍。鲍自安道："花振芳妻舅向来英勇遍闻，吾所素知。"鲍自安又敬骆宏勋酒，骆大爷酒已八分，遂告止。鲍自安道："既大爷不肯大饮，亦不敢谆敬。"遂吩咐内书房张铺，将骆大爷包袱行李都封锁空房里边，另拿铺盖应用。家人秉烛，鲍自安请骆宏勋进内，又走了两重院子，方到内书房。里边床帐早已现成，骆大爷请鲍老爹后边安息。鲍自安遂辞了出来，问家人道："余大叔床铺设于何处？"家人道："就在这边厢房里，余大叔已醉，早已睡了。"鲍自安道："他既安睡，我也不去惊动他。"走回后边，见女儿鲍金花在房独饮等候。一见爹爹回来，连忙起身，问道："骆公子睡了么?"鲍自安道:"方才进房尚未安睡,叫我进来,他好自便。"对金花道:"这骆宏勋不独武艺津通,而且才貌兼全,怪不得花振芳三番五次要将女儿嫁他。我见你若不定濮天鹏,今日相会亦不肯放他。"又道:"女儿,你可归房去吧! 为父亦要睡了。"鲍自安说了即便安睡。鲍金花领了父命,迈步出门。鲍自安将门关闭,上床安卧。

且说鲍金花回至自家卧房,因新婚数日,丈夫濮天鹏被父差去,今在父亲房中自饮了几杯闷酒,不觉多吃了几杯,有八九分醉意。细想父亲盛夸骆公子才貌武艺,又道花振芳三番五次要把女儿嫁他,自然是上等人物;但恨我是个女流,不便与他相会。又想道:"闻得他今赴杭赘亲,被父亲留下来,他岂肯久住于此? 若他明日起身去了,我不得会他之面。似这般英雄,才貌兼全之人,岂可当面错过!"踌躇一番,道:"有了,趁此刻合家安睡,我悄悄去偷看,果是何如人也? 如他知觉,我只说请教他的枪棒,有何不可!"这佳人算计已定,迈动金莲悄悄往前去了。正是:

　　　　醉佳人比武变脸,美男子守礼进身。

毕竟不知鲍金花潜至前面,可会得骆宏勋否,且听下回分解。

第二十五回

书房比武逐义士

却说鲍金花悄悄地来至前边，到骆宏勋宿房以外。见房内灯火尚明，而房门已闭，怎能看见骆宏勋之面？欲待推门，男女之别，黉夜恐碍于礼；欲待转回，又恐他明日赴杭，则不能相见。因多饮了几杯酒，面皮老些，胆气大些，上前用手推门，竟是关着的。

且说骆宏勋自鲍老儿去后，在房中坐下，想起今日之事好险！若非赠金一举，今日落在他家，怎能保全性命？以后出门，勿论水陆，务要认人要紧。又想道："这鲍老儿世上人情无一不通，及至谈论，且长人学问。"想了一会，起身将门闩上，坐在床边卸脱鞋袜。正脱下一只袜子，只听房门响亮，似有人推门。忙问道："何人推门？"鲍金花答道："是我。"骆宏勋闻得妇女声音，心中惊疑，自道："闻得鲍老家只有父女二人，其余者皆婢奴也。今黉夜到此，却是何人？"又问道："我已将睡，来此何事？"鲍金花道："奴乃鲍金花也。闻得骆大爷英勇盖世，武艺精奇，奴家特来领教！"宏勋闻得是鲍姑娘，不敢怠慢，连忙将脱下的那只袜子又穿上，起身将衣服整理整理，用手将门开放。鲍金花走进门来，将骆宏勋上下一看，见他真个好个人品模样！怎见得？有诗为证。诗曰：

> 虎背熊腰丈二躯，尧眉舜目貌精奇；
>
> 今朝翩翩佳公子，他年凌阁定名题。

骆宏勋举目一观，见鲍金花生得不长不短，中等身材，其实生得相称。怎见得？亦有几句诗赞为证，诗曰：

> 淡扫梨花面，轻盈杨柳腰；满脸堆着笑，一团浑是娇。

鲍金花进得门来，向骆宏勋说道："拙夫蒙赠重金，我夫妻衷心不忘。今特屈驾草舍，以报些须，大爷请台坐，受奴家一拜！"宏勋道："向与濮兄初会，不知鲍府乘龙，多有怠慢；毫末之助，怎敢言惠。今蒙老爹盛撰，于心实在不安，'叩拜'二字何以克当。"宏勋正在谦逊，鲍金花早已拜下。宏勋顶礼相还，拜过之后，两边分坐。鲍金花道："今大驾到舍，奴特前

来,一则叩谢前情,二则欲求一教,不知大爷肯教否?"宏勋道:"尊府乃英
雄领袖,姑娘武艺精通,怎敢班门弄斧!"鲍金花道:"久闻大名,何必推
辞。"鲍金花举目看见书房门后,倚着两条齐眉短棍,站起身来用手拿过;
递与骆宏勋一条,自持一条,谆谆求教,骆宏勋不好推辞。此时正是十月
中旬,月明如昼,二人同至天井中比武:你来我去,你打我架。他二人此一
番,正是:

英女却逢奇男子,才郎月下遇佳人。

正是男强女胜,你夸我爱。比较多时,骆宏勋暗道:"怪不得她父称
她颇通武艺。我若稍怠,必被这个丫头取笑。谅她必是瞒父而来,今日此
戏何时为止?不免用棍轻轻点她一下,她自抱愧,自然回去了。"踌躇已
定。又比了片时,骆宏勋觑个空,用棍头照金花左手腕上一点。一则宏勋
也多吃了几杯,心中原欲轻轻点她一下,不料收留不住,点得重了些;二则
鲍金花亦在醉中,又兼比跳一阵,酒越发涌上来了,二目昏花,不能躲闪。
值骆宏勋来,不闪不躲,反往上迎她,只听娇声嫩语,道声"娘哟!"手中之
棍不能支持,掉落在地,满面通红,往后去了。骆宏勋连忙说道:"得罪!
得罪!"见鲍金花往后去了,自悔道:"她女子家是好占便宜的,今不该点
她一下。倘明日她父知之,岂不道我鲁莽?"遂将鲍金花丢下之棍拾起来
拿进房,倚于门后,反手将门闭上,在床边自悔。

且说鲍金花回至自己房中,将手腕柔搓,手上疼痛不止。灯下看了一
看,竟变了一片青紫红肿,心中发怒,道:"这个畜生好不识抬举!今不过
与你比试玩耍,怎敢将姑娘打此一棍。明日他人闻知,岂不损了我之声
名。"恨道:"不免乘此无人知觉,奔前边将这个畜生结果了性命,省得他
传言。"遂拿了两口利刀,复奔前边而来。

看官:这鲍金花自幼母亲去世,跟随父亲过活,七八岁上就投师读书,
至十三四岁时,诗词歌赋无所不通。因人大了,不便从师,就在家中习学
女红针指①。她父亲鲍老乃系江湖中有名水寇,天下来投奔他者多。凡
来之人不是打死人的凶手,即是大案逃脱的强盗。进门之时,鲍自安就问
他,会个什么武艺?或云枪、云剑,都要当面舞弄一番。鲍金花在旁,父亲
见有出奇者,即传她。那人知道他是老爹的爱女,谁不奉承?个个倾心吐

————————

①　针指——针线;刺绣。

胆相授,因此鲍金花十八般武艺件件精通。今日若非酒醉,骆宏勋怎能轻取她之胜!她心中不肯服输,特地前来。此一回来非比前番是寒羞偷行,此刻是带怒明走。骆宏勋尚在床边坐着,只听得脚步声音,又似妇女行走之态,非男子之脚步,心内猜疑,道:"难道是这个丫头不服输,又来比高低不成?"正在猜疑,只听房门一声响亮,门闩两段,鲍金花手持两口明晃晃的刀,闯进门来,骂声:"匹夫!怎敢伤我!"举刀分顶砍来。幸而骆宏勋日间所佩之剑临晚解放床头,一见来势凶恶,随手掣剑遮架。骆宏勋跳到天井,一来一往,斗够多时。骆宏勋想:"怎么我这等命苦至此,出门就有这些险阻!她今倘若伤我之命,则死非其所;我若伤她,明日怎见伊父?"只见鲍金花一刀紧是一刀,骆宏勋只架不还。自更余斗至三更天气,骆宏勋又想道:"倘若厢房里余谦惊起,必来助我。那个冤家一怒,只要杀人,哪有容纳之量!不免我往前院退之,或者女流不肯前去,也未可知。"且战且避,退出两重大井,到了日间饮酒内厅。鲍金花哪里肯舍,仍追来相斗。骆宏勋看见客厅西首有一风火墙头不高,不免登房躲避,谅她必不能上高。遂退至墙边,跳上屋上。鲍金花道:"匹夫!你会登高,谅姑娘不能登高!"也将金莲一纵,上了房子赌斗。骆宏勋跳在这厅房屋上,鲍金花随在这厅房屋上;骆宏勋纵在那个房屋上,鲍金花也随上那个屋上,计房屋也跳过了四五进,到了外边群房。真个好一场大斗,刀去剑来,互相隔架。有诗为证,诗曰:

　　　　刀剑寒风耀月光,二人赌斗逞刚强。

　　　　宏勋存心唯招架,鲍女怀嗔下不良。

　　且战且避,骆宏勋低头望下一观,看见房后竟是空山。只见山上茅草甚深,自想道:"待我窜在草内隐避,令她不见,她自然休歇。"遂将脚一纵,下得房来,且喜茅草虽深而稀,遂隐于其中。鲍金花才待随下,心内想道:"他隐于内,他能看见我,我却看不见她,倘背后一剑砍来,岂不命丧他人之手?"说道:"暂饶你这匹夫一死!"见她从房上跳进里边去了,骆宏勋方步出草丛。道:"这是哪里说起!"欲待仍从原房上回去,又怕那个丫头其心不休。约略天已三更余,不若乘着这般月色,在此闲步,等至天明,速辞鲍老赴杭州为要。但不知此山是何名色,且听下回分解。

第二十六回

空山步月遇圣僧

却说骆宏勋遂在空山之上步来步去，只见四围并无一个人家居住，远远见黑暗里有几间房屋，月光之下也不甚分明，似乎一座庙宇。山右边有大松林，其右一片草茅。转身观山左边，就是鲍老住宅。前后仔细一看：共计前后一十七间。心内说道："鲍老可称为巨富之家！我昨日走了他五六重天井，还只在前半截。昨日闻得他家常住者，也有一百四十二口，这些房屋觉乎太多，正所谓'富屋德深'了。"正在观看之时，耳边听得呼呼风响，一阵腥膻，气味难闻。转身一望，只见一只斑毛吊睛大虫，直入松林去了。骆宏勋见了毛骨悚然，说道："此山哪里来此大虫？幸亏未看见我，若让它看见，虽不怎样，又费手脚。"未有片时，望见一人手持钢叉，大踏步飞奔前来。骆宏勋道："贼寇哪有好人！此必剪径①之人，今见我只身在此，前来劫我。"遂将两把宝剑恶狠狠地拿在手中等候。及至面前一看，不是剪径之人，却是一位长老，只见他问讯说道："壮士何方来者？怎么黉夜在此？岂不闻此山之厉害乎？"宏勋举手还礼道："长老从何而来？既知此山厉害，又因何黉夜至此？"那和尚道："贫僧乃五台山僧人，家师红莲长老。愚师兄弟三人出来朝谒名山，过路于此。闻得此山有几只老虎，每每伤人。贫僧命二位师弟先去朝山，特留住于此，以除此恶物也。日日夜间在此寻除，总未见它。适才在三宫殿庙以南，遇见一只大虫，已被贫僧伤了。那孽畜疼痛，急急跑来；贫僧随后追赶，不知牲畜去向？"骆宏勋方知他是捉虎圣僧，非歹人也。遂说道："在下亦非此处人氏，乃扬州人，姓骆，名宾侯，字宏勋。"指着鲍自安的房屋道："此乃敝友，在下权住他家，今因有故来此。"那长老道："向年北直定兴县有一位骆游击将军骆老爷亦系广陵扬州人也，但不知系居士何人？"骆宏勋道："那是先公。"和尚复又回道："原来是骆公子，失敬！失敬！"宏勋道："岂敢！岂敢！适

---

① 剪径——拦路抢劫。

才在下见只大虫奔入树林内去了,想是长老所赶之虎也。"那和尚大笑道:"既在林中,待贫僧捉来!公子在此少待,贫僧回来再叙说。"持叉又奔林中而去。骆宏勋想道:"素闻五台山红莲长老有三个好汉徒弟,不期今日得会一位,真意外之幸也。"

正在那里得意,耳边又听得风声呼啸,原来只当先前之虎又被和尚追来,举目一看:又见两只大虫在前,一位行者①在后,持了一把钢叉如飞赶来。那两只大虫急行,吼叫如雷,奔入先前宏勋躲身茅草扰中。骆宏勋惊讶道:"幸我出来,若是仍在里边,必受这大虫之害。"只见那位行者追至茅草扰边,叉杆甚长,不便舞弄,将叉一抛,抖个碗口大小,认定虎胁下一下刺去,虎的前爪早早举起。他复将身一纵,让过虎的前爪,照虎胁下一拳,那虎"咯冬"卧倒,复又大吼一声,后爪蹬地,前爪高高竖起,望那行者一扑;又转身向左一扑,向右一扑,虎力渐萎,早已被那行者赶上,用脚踏住虎颈,又照胸胁下三五拳,虎已鸣呼哀哉!那行者又向茅草扰边拾起钢叉,照前刺去,只见那只大虫又呼地一声蹿出草扰,往南就跑。行者亦持叉追之三五步,将叉掷去,正插入虎屁股之上。大虫呼地一声,带叉前跑,行者随后向南追赶去了。宏勋暗惊道:"力擒二虎,真为英雄!可见天下大矣!小小空山,一时就遇这二位圣僧,以后切不可自满自足,总要虚心谦让为上也!惜乎未问这位圣僧一下。"

正在赞美,又见先前那个和尚一手持叉,一手拉着一只大虫走将前来,道声:"骆公子,多谢指引,已将这孽畜获住了,骆公子请观一观。"宏勋近前一看:就像一只水牛一般,其形令人害怕。遂赞道:"若非长老佛力英雄,他人如何能捉!"和尚道:"阿弥陀佛!蒙菩萨暗佑,在此三月工夫,今始捉得一只。还有两只孽畜,不知几时得撞见哩?"骆宏勋道:"适才长老奔树林之后,又有一位少年长老,手持钢叉追赶二虎至此,三五拳已打死一只。"用手一指,说道:"这个不是!那只腿上已经中了一叉,带叉而去,那长老追赶那边去了。惜乎未问他个上下!"和尚大喜道:"好了!好了!他今也撞见那两个大虫,完我心愿。"

骆宏勋道:"长者亦认得他?"和尚道:"他乃小徒也。"

正叙话之间,那行者用叉叉入虎腹,叉杆担在肩,担了来了。和尚问

---

① 行者——佛教寺院里未经剃度的佛教徒。

道："黄胖,捉住了么?"那行者道："仗师父之威,今日遇见两个大虫,已被徒弟打死了。可惜那只未来,若三个齐来,一并结果了他,省得朝朝寻找。"和尚道："那只我已打死,这不是么!"那行者道："南无阿弥陀佛! 虎的心事了了。"和尚道："骆公子在此。"行者道："哪个骆公子?"和尚道："定兴县游击将军骆老爷的公子。"行者忙与骆宏勋见礼。和尚道："骆公子既与鲍居士为友,因何黈夜独步此山?"骆宏勋即将与鲍金花比武变脸,越房隐避之事说了一遍,"欲待翻房回去,又恐金花醉后其心不休,故暂步于此山,待天明告辞赴杭。不料幸逢令师徒,得遇尊颜。"和尚道："三官殿离此不远,请至庙中,坐以待旦如何?"骆宏勋道："使得!"和尚肩背一只大虫,这行者又担两只猛虎,骆宏勋随行。

不多一时,来至庙门,和尚将虎丢在地下,腰内取出钥匙开了门,请骆大爷到大殿坐下。黄胖将虎担进后院放下,又走出将门前一虎亦提进,仍将庙门关闭。和尚吩咐黄胖道："煮上斗把米的饭,白菜萝卜多加上些作料,煮办两碗。我们出家人,骆大爷他也不怪无菜,胡乱用点。"宏勋一夜来肚中正有些饥饿,说道："在下俗家,长老出家。在下尚未相助香灯,哪有先领盛情之理?"和尚道："此米麦、柴薪亦是鲍居士所送,今虽食贫僧之斋,实扰鲍居士也!"骆宏勋又道："既蒙盛情,在下亦不敢过却,此时只得我等三人,何必煮斗米之饭?"和尚道："这不过当点心。早晚正饭时,斗饭尚不足小徒一人自用哩。"骆宏勋道："此饭量足见此人伏虎如狗也!"黄胖自去下米煮饭做菜,不待言矣。骆宏勋问道："请问长老贤师的法号? 望乞示知。"和尚道："贫僧法名消安,二师弟消计,三师弟消月,小徒尚未起名,因他身长胖大,又姓黄,遂以'黄胖'呼之。"且不讲骆宏勋同消安二人谈叙。

且说余谦醉卧一觉,睡至三更天气方醒,自悔道："该死,该死! 今日初至鲍家,就吃得如此大醉,岂不以我为酒徒! 且大爷不知此刻进来否? 我起来看看。"爬将起来,走出厢房。先进来时虽然有酒,却记得大爷床铺在于书房。房内灯火尚明,房门亦未关闭,迈步走进内室,空无一人,还只当在前面饮酒未来;又走向内厅,灯火皆熄。惊讶道："却往何处去了?"回到书房仔细一看,见床上有两个剑鞘,惊道："不好了! 想这鲍自安终非好人,自以好言抚慰,将我主仆调开,夜间来房相害;大爷知觉,拔剑相斗。但他家强人甚多,我的大爷一人如何拒敌? 谅必凶多吉少。"遂大声吆喝，高声喊道："鲍自安老匹夫！外貌假仁假义，内藏奸诈，将我主仆调开，夜间谋害，速速还我主人来便了，不然你敢出来与我斗三合！"他从书房外面吵到后边。有诗赞他为主，诗曰：

为主无踪动义胆，却忘身落在龙潭。

忠心耿直无私曲，气冲星月令光寒。

却说鲍自安正在梦中，猛然惊醒，不知何故有人喊叫，忙问道："何人在外大惊小怪？"余谦道："鲍自安老匹夫，起来！我与你弄他几合，拼个你死我亡。"鲍自安闻得是余谦声音，心中大惊，自说道："他有个邪病不成？我进来时他醉后已睡，此时因何吵骂？"连忙起身穿衣，问道："余大叔已睡过，如何又起来？"余谦道："不必假做不知！我主人遭你杀害，不会不知，快些出来拼几合。"鲍自安闻说骆大爷不知杀害何处，亦惊慌起来，忙把门开开，走出来相问。余谦见鲍自安出来，赶奔上前，举起双斧分顶就砍。正是：

因主作恨拼一命，闻友着惊失三魂。

毕竟鲍自安性命如何，且听下回分解。

第二十七回
自安寻友三官庙

却说余谦一见自安走出来，赶奔前来，举起双斧分顶就砍。自安手无寸铁，见来势凶猛，将身往旁边一纵，已离丈把来远。自安说道："余大叔，且暂息雷霆，我实不知情由，慢慢讲来。"余谦道："我主仆二人落在你家里，我先醉卧，我主人同你饮酒，全无踪迹，自然是你谋害来；你只推不知，好匹夫哪里走！"迈步赶来。只见鲍金花手持双刀，从房里跳将出来，喝道："好畜生，怎敢撒野！你主人以棍伤我手腕，你今又以斧伤我父。莫要行凶，看我擒你！"金花、余谦二人乃在天井中刀斧交加，大杀一阵。鲍自安见女酒尚未醒，听见女儿说"以棍伤他手腕"，一定是女儿偷往前边，计较比试之时，被骆宏勋打了一下。素知女儿总不服输，变脸真斗；骆宏勋乃是精细之人，不肯与他相较，隐而避之。遂远远向着余谦打了一躬，说道："我老头儿实在不知，乞看我之薄面，暂请息怒，待我寻大爷要紧。"又喝金花道："好大胆的贱人，还敢放肆！"余谦见鲍老赔礼，又喝骂女儿，遂两下收住兵器。自安问女儿道："你方才说骆大爷棍伤你手腕，你把情由慢慢讲来。"鲍金花寒怒道："女儿闻他英名盖世，特去领教。他不识抬举，大胆一棍，照我手腕伤之，至今疼痛难禁，已成青紫。又被女儿持刀争斗，他越房逃入空山去了。女儿之气方才得出，余谦这畜生反来撒野。待我先斩其仆，后斩其主。"说毕，又举刀要争斗。鲍老大喝道："好贱人，还不回房，等待何时！骆大爷系何等英雄，不肯与你计较，岂怕你而避。但空山之上有三只大虫，往往伤人，骆大爷如有些损伤，叫我怎见天下之义士！"金花被父禁责，寒怒回房。

余谦闻说空山有三只大虫，大爷如避其山，必然性命难保。不由得大怒，骂道："明明串同共害，做出这些圈套。我总与你拼了这条性命罢了！"鲍自安道："大叔错想了，我若有心相害，你先醉卧之时久已谋害了，还待你醒来？我们闲话少说，莫要耽误了时刻，速速着人上山找寻大爷要紧。倘有不测，大叔再骂不迟！"余谦道："且容你去寻找，如有损伤，回来再与你讲。"余谦这一吵闹,后边所用四十个男女、前面听差的一百英雄,俱皆惊起问信。鲍自安带了二十个听差之人,开放大门,往空山而来。前前后后、左左右右,寻找了两个周圆,不见踪迹,心中甚是惊慌。又想道:"即被大虫之害,到底有点形迹;且骆大爷英明之人,即遇见只大虫,也未必就遭其害。"寻来找去,天色已将发白,来到三官庙前。鲍自安道:"有了消息了,消安师徒夜夜在山捕虎;再者见人必然动问,或者知道骆大爷去向亦未可知。等我问他一问。"遂上前敲门。黄胖在厨煮饭,消安起身开门。一见鲍自安一脸愁容,带领了二十余人,忙忙问道:"老师,今夜遇见一人否?"消安道:"莫非骆公子?"鲍自安大喜道:"正是。"消安道:"现在殿上吃茶呢。"鲍自安一众人进内,消安将门关闭,来至大殿,骆宏勋早已迎出。鲍自安向宏勋谢罪:"小女无知,多有冒犯,几乎把老拙吓死!"骆宏勋道:"山中步月,幸遇长老师徒;又蒙赐斋,故未回府,使老爹受惊。有罪! 有罪!"鲍自安道:"我所惧者非别,此山有几只大虫,恐惊大驾。"骆宏勋遂将消安师徒英勇,世上罕间说之。消安道:"蒙菩萨暗中护佑,故而擒之,非愚师徒之能也!"

正说之间,黄胖饭菜已熟,捧上大殿,鲍自安同食。须臾吃毕之后,鲍自安道:"恶虫已经令贤师徒除害,慈愿已遂,真喜事耳! 舍下今备菲酌,请大驾过合,一则与老师贺喜;二则与骆大爷相谈!"消安道:"愚师徒戒荤已久,恐席上不便。"鲍自安道:"晓得,晓得! 自有素筵款待。"又道:"虎肉乞赐些须,令外庖①制,奉敬骆大爷。"消安道:"有,有,有! 后边现卧三只,愚师徒要他无用,居士②令人剥下皮,尽皆取去。"鲍自安命随来之人,拿利刀刺剥后拿去。消安、骆宏勋先行,消安又吩咐黄胖:"等候大虫剥完,锁上殿门,再赴居士家领斋。"说罢,二人同鲍老出庙而行,直望鲍府而来。骆宏勋在路暗想:"余谦这个匹夫,难道醉死了! 鲍家许多人来寻找,反不见他。"

及至鲍家庄上,天已早茶时候。过了护庄桥,只见余谦手持双斧,在大门外跳上跳下,在那里大骂。骆宏勋道:"这匹夫早晨又吃醉了,不知与何人争闹?"鲍自安道:"夜间若非老拙躲闪得快,早为他斧下之鬼!"将

---

① 外庖(páo)——这里指外面的厨师。

② 居士——在家信佛的人被称为居士。

夜间吵骂之事说了一遍，"在我房外怒骂，我不知道，问其所以，方知小女得罪，大驾躲至空山。恐大虫惊吓大驾，哀告余大叔暂且饶恕，让我带人寻找；倘有不测，杀斩未迟，他老人家才放我出来。至今不见大爷回来，只当大爷受害，故又跳骂了。"骆宏勋道："有罪！有罪！待我上前打这畜生。"鲍自安道："我与大爷虽初会，实不啻久交，哪个还记怪不成！正是余大叔忠义过人，胆量出众。非老拙自赞，即有三头六臂之徒，若至我舍下，也少不得收心忍气。余大叔今毫无惧色，尚拼命报主，非忠义而行么？且莫拦他，倘看见大爷驾回，自不跳骂了。"离庄不远，余谦看见骆大爷同二人回来，满心欢喜，住了跳骂，遂垂手侍立等待。三人走到门首，鲍自安向余谦道："余大叔，你今主人今日好好地在此，你可饶了我老头儿命吧！"余谦道："该死，该死，得罪，得罪！"亦随了进来。三人到了内客厅，重又见礼，分宾主而坐，家人献茶。吃茶之时，黄胖同了剥皮人众俱进来，担了多少虎肉。鲍自安将黄胖师父请上客厅序坐，吩咐将虎肉挑进厨房烹调。又吩咐：另整备一桌洁净斋饭。分派已毕，陪人坐谈。骆宏勋道："空山低小，且离江不远，人迹闲杂之所，如何存得三只大虎？"鲍自安道："此虎来日不久，约计三个年头，乃柴舡上载来一只雌虎，至此卸柴躲避下来。哪知它腹内怀孕，后来生下两只小虎，因此成其三只。今被二位老师一同除此一方之害，功德无量矣！"

正叙谈之间，门上人进来禀道："启老爷得知：看远远来了六骑牲口，花振芳老爷、娘子等五人，还有一位黑面红须却不认得，将近已到庄前，特禀老爷知道。"鲍自安大笑道："来得正好，大家一会，亦可谓英雄聚会了。"便问消安师道："山东花振芳，老师可会过否？"消安道："虽未会面，却闻名久矣！"鲍自安道："那一位黑面红须，却是哪个？"骆宏勋道："既与花老爹同来，必是世兄任正千了。"鲍自安道："一定是任大爷无疑矣！消安师少坐，我同骆大爷出迎。"消安道："既是二位出迎，我师徒岂有坐待之礼，大家同去走走。"于是四个人同至大门。究竟不知会见有何话说，且听下回分解。

第二十八回

振芳觅婿龙潭庄

话说四人同至鲍府大门口，早见六骑牲口已过护庄桥，离庄不远。花老一众见鲍、骆同两个和尚出来，遂各下了牲口，手拉丝缰，步行至门口。任、骆相见，个个洒泪。众人揖让而进至内厅，各自见礼，分坐献茶。花振芳向骆宏勋道："昨日同任大爷至府间，老太太说：大驾前日赴杭，即欲就回家。老太太谆谆赐宴，又将徐大爷请来作陪。昨晚家报到府，方知大驾留于鲍府，今早奔赴前来一会。"骆宏勋道："前日路过此地，蒙鲍老爷盛情，故而在此。不知老爹至舍，失迎，失迎！"鲍自安、任正千、花振芳、消安师徒、巴氏弟兄，彼此通名道姓，各道了"闻名久仰"的言语。叙谈已毕，家人禀告："虎肉已熟，肴撰素斋俱已齐备，请老爹安席。"鲍自安吩咐拿酒，设了三席：两席荤席，一席素席。首坐花振芳，二坐任正千，三坐巴龙，四坐巴虎，五坐巴彪，六坐巴豹，七坐骆宏勋；主席是鲍自安相陪，消安师徒但在素席。酒过数巡，肴上几味，只见荤席上，家人捧上了两大盘虎肉。花老问起来历，鲍自安将昨晚睡后，"小女与骆大爷比武，骆大爷躲上空山，相遇消安师徒，力擒三虎；今夜我至三官庙，相邀来舍"的情由说了一遍。又道："任大爷同巴氏贤昆仲，老拙相请还怕不至！只你这孽障眼光偏长，今日弄一稀珍之物，并不能偏你。"花老道："这还算你孝顺我老人家！我未至，你就办此异味候我。"大家笑了一回。虎肉比牛肉膻，任、骆二人不过些微动动，就不能吃了。他六位英雄吃了两盘，又添两盘，好不厉害。三只虎肉被鲍自安家中一顿食，早已完了。

酒饭已毕，大家起来散坐。花振芳同鲍自安走至这一边，遂将今来特为女儿姻事之语告诉一番，叩烦鲍自安同任正千作伐，鲍自安应允。遂与任正千约同做媒的话，邀骆宏勋至外言之。骆宏勋道："我向日已经回过：待完过正室之后再议。今日怎又谆谆言之？"任正千道："世弟不知，花小姐感你四望亭救命之恩，立誓终身许你。见你不允，一旦气闷于心中，又兼四望亭惊吓过，回家得了大病，无论痊瘥之间，总言世弟大恩难报。花老夫妇见女儿终身决意许你，宽慰女儿道，得愚兄病好，央我作媒，保亲必成！花小姐知愚兄与世弟不啻同胞，言无不听，以此稍开心怀，而病势痊可。今值愚兄贱恙痊可，携同巴氏造府，不辞千里而来，二议其亲，世弟从之为是也！”鲍自安道：“任大爷之言甚是有理。今天下英士多多，花老父女之意在大驾身上，三番二次登门相求，此乃前缘天意也，骆大爷当三思之！”骆宏勋道：“蒙情做媒，二公之意不薄我矣！但妻妾之事非我志也。烦二公说道老爹：或桂家女儿今日死了，我则聘他女儿为妻，如今欲我应承，万万不能。”回言毕，复同进客厅。

　　鲍自安邀出花振芳，先将骆宏勋决绝之言相告。把个花振芳气得面黄唇白，说道：“这个小畜生，好不识抬举！你既不允，谅我女儿必是一死；我女既死，我岂肯叫你独生！我将十三省内，弄十三件大案在小富生身上，看他知我的厉害！”鲍自安忙止道：“不可，不可！若此一举，令爱皆有性命之忧：既爱此人，又何忍杀他！小小年纪，又是公子性格，哪里比得你我经过大难。依我之见……”便附花老之耳说道：“此事须如此如此，这般这般，就把他摆布了，那时不怕他不登门求亲！两命无亏，终成好事。据你看，使得使不得？”花振芳闻得鲍老之言，改忧为喜，说：“此计可好！”二人复又来至客厅，与众谈论自若，一毫不形于脸。

　　及至中饭时摆中饭，仍是两席荤，一席素，一同饮酒。饮酒之间，鲍自安向花振芳道：“你向日在定兴，怎样劫救任大爷？你可从头细细禀我知道，如若有功，自有重赏。”花振芳道：“我的儿，听我道来！”遂将二更相约捉奸，回庙看火失信；次日任正千大爷被诬，夜间劫救，及至西门复至王轮家杀奸，一时慌迫，竟错杀二人，西门挂头被人看见，急缒下城，雇夫子抬至山东，说了一遍。消安极口称赞，道：“难得！难得！”鲍自安冷笑道：“据你说得津津有味，一个人劫禁牢，今古罕有之事。依我评来，有头无尾，有始无终，判打一二百嘴掌！”花振芳道：“你说我怎么有头无尾，有始无终？”鲍自安道：“侍立一旁，听我老人家教训。若说杀奸错误，因时迫忙，这不怪你。只是既然知错后，仍该将奸淫杀来！”花振芳道：“你知其一，不知其二。挂头之时，天已发白；若再复杀，王家人等岂不知觉了！我有何惧？而任大爷身带重伤偃卧城脚的，若被捉，岂不反害任大爷不？”鲍自安道：“放屁！胡言！想等到天明事重，而杀奸事轻！这半年光景，还是日迫时促？你就该仍到定兴，将奸淫杀了，任大爷之冤始出，这就算有始有终也。劫牢之后,定兴自然差人赶拿,因你胆小,不敢再到定兴县了。你且说:我说的是与不是?"花振芳自想道:"彼时之迫,后来也该再去。怪不得今日这个老儿责备。"说道:"真正我未想得到此,不怪你责。"鲍自安笑道:"你既受教就罢了。任大爷与你相好,今日我既相会,也就不薄。前半截你既做了,后半截该是我办了。我明日到定兴走走,不独将奸夫淫妇杀之,还要将王轮家业尽皆盗来,以补任大爷之原业。"任正千道:"晚生何德,承二位老师关切,虽刻骨难忘!"花老道:"任大爷且莫谢他,只见他的口,未见他的手。待他一一照言做了,再谢他不迟!"鲍自安道:"我二人拍掌为赌:我能如言一一做来,你当着众人之面,磕我四个头;若有一件不全,我亦当众人之面,磕你四个头。何如?"二老正要拍掌,只见外边又走进二位英雄,众人皆站起身来相让。鲍自安道:"不敢惊动,此乃小婿濮天鹏。"濮天鹏一见骆宏勋在坐,连忙上前相谢赠金之恩。骆宏助以礼相答。又问:"那位英雄是谁?"濮天鹏道:"此乃舍弟濮天雕也。"宏勋立着见了礼。花老妻舅、消安师徒,素日尽皆认得,不要通名道姓,不过说声"久违了!"任正千乃系初会,便见礼通名。弟兄二人与众分宾主坐下两席。

鲍自安问道:"探听果系何人?"濮天鹏道:"乃定兴县人氏,姓王名轮,表字金玉。父是现任吏部尚书,叔是现任礼部侍郎。因目前初得职,初任嘉兴府知府。眷属只带了一个爱妾贺氏,余者家奴十数人,家人倒有二十多丁。早饭时尚在扬州,大约今晚必至江边。故速速回家,禀爷知道!"任正千听得"爱妾贺氏"四个字,不觉面上发赤起来。鲍自安得意道:"花振芳,你看我老人家的威力如何? 正要打点杀他,不料他自投我手,岂不省我许多工夫! 且先将奸淫捉获,后边再讲盗他家财!"又对濮天鹏道:"任大爷、骆大爷,乃是世兄弟;骆大爷又是你之恩人,一客不烦二主,吃饭之后,少不得还劳贤婿过江,将奸淫捉来! 只对水手说,至江心不必动刀动枪,将漏子拔开,把一伙男女送入江中。要把奸夫淫妇活捉将来,叫任大爷处治。任大爷之怨气方才得伸,而骆大爷之恩,你亦报答了也!"濮天鹏满口应承。任、骆二人回道:"濮姑爷大驾方回,又烦再往,晚生心实不安,奈何?"鲍自安道:"当得,当得!"众人因有此事,都不肯大饮,连忙用饭。吃饭之后,濮天鹏起身要往后边去,鲍自安叫回,道:"还有一句话对你讲:'君子不羞当面',你晓得昨晚金花前来与骆大爷比试?"便告诉濮天鹏一遍。"我此刻当面言明,不过要明骆大爷之教,并无他意,勿要日后夫妻争闹至门,此乃我们之短!"濮天鹏满面带红,往后去了。有诗为证,诗曰:

> 爱婿须向内情看,只因女过不糊寒。
>
> 今朝说破胸襟事,免得夫妻后不安!

进了后边,夫妻相见,自古道新婚燕尔,两相爱慕,自不必言矣。濮天鹏见天色将晚,恐误公差,虽然是难舍难分,不敢久恋。遂连忙来至厅前,告别众人赶过江不言。且言鲍自安向众人道:"诸公请留于此,专等佳音!"又吩咐濮天鹏道:"千万莫逃脱奸淫!"濮天鹏答应"晓得!"独自出门过江去了。正是:

> 得意老儿授计去,专候少刻佳音来。

毕竟王轮、贺氏被濮天鹏捉来否,且听下回分解。

第二十九回

宏勋私地救孀妇

却说鲍自安遣了濮天鹏去后，大家叙谈了一会，将晚，又摆夜宴。众人皆因有此事，总不肯大饮，鲍自安亦不谆劝。消安师徒告别回庙，鲍自安吩咐列铺，尽皆此地宿歇。次日起身，用了些点心。及至早饭时节，又摆早筵。饮酒之间，鲍自安得意道："此时小婿也该回来了！"又叫花振芳道："此刻小婿捉了奸夫淫妇回来，任大爷之事也算完了一半；所缺者家业未来，你先与我老人家磕两个头，待复了任大爷之家业，再磕那两个头。"花振芳道："昨日原说在定兴做完这些事，我才算输；今他自来，就便捉擒，非你之能也，何该磕头之处！"鲍自安道："该死，这牲口！事还在那里未来，今就改变了！"任大爷道："二位老师所赌者，乃晚生之事，理该晚生叩谢！"

大家在谈论，只见濮天鹏走进门来。鲍自安忙问："事体如何？"濮天鹏道："昨晚过江，等至更余，总不见到。遂着人连夜到扬州打探。回来说：'南京军内系他亲叔。昨日早饭后，自仪征到南京拜亲，从那一路往嘉兴去了。'故今早过江来，禀老爷知道！"鲍自安闻得此言，好不扫兴，紧皱眉头，不言不语，坐在一边思想。花振芳道："幸而方才我未磕头，倘若磕了头，我老人家的债是惹不得的：一本三利，还未必是我心思。想你过于说满了！"鲍自安道："你且莫要笑，我既然说出，一定要一一应言。不过他二人阳寿未终，还该多活几日，终是我手中之物，还怕他飞上天去？为今之计，无有别说，贤弟还有昨日所言之事，请驾自便。任大爷、骆大爷同小婿兄弟二人，再带十个听差的，坐大船二只，伺候同到嘉兴走走。我素知嘉兴府行左首，有个普济庵，甚是宽阔。你众人到嘉兴之时，将船湾在河口，你等十五人借庵宿歇，以便半夜捉住奸夫淫妇上船，将他细软物件一并带着。屈指算来，往返也不过十日光景。"又道："任大爷莫怪我说：你进城时候，将尊容略遮掩些，要紧！要紧！恐他人惊疑。"说话之间，饭已捧来，众人用过。花老妻舅告辞，鲍自安也不留。他向任正千说：

"任大爷，嘉兴回来之日返回舍下，就说我等不日亦回！"又附耳说道："到家只说那事已成，莫使我女儿挂怀！"任正千点头道："是！"又向鲍自安耳边说道："嘉兴回来，就叫任正千回山东去，省得在此漏信。"鲍自安答道："晓得！"一拱而别。骆宏勋也只当他们各有私事，毫不猜疑。

回至厅上，商议去嘉兴之事。鲍自安叫了自家两只大船，米面柴薪，带足来回的食用，省得下船办买，被公人看出破绽。各人打起各人包裹，次日绝早上船，赶奔嘉兴去了。

及至嘉兴北门外，将船湾下，带了几个行李，余者尽存船上。一直来至府衙左首，果有一个大庙，门额上一个横匾，上有三个金字"普济庵"。众人进内一看，庙宇虽大，却无多少僧人。只有一个和尚，两个徒弟。徒弟俱皆小哩，不过二十上下，还有一个烧火的道人。濮天鹏秤了三两银子的香资，还赏了道人五钱银子，借了他后边三间厢楼住歇。吃食尽都在外边馆内包送，又不起火，和尚道人甚是欢喜。濮天鹏故作不知，问和尚道："府大爷是哪里人氏？"和尚道："昨日晚上到的任。说姓王，闻是北直人，未曾细问是哪一县，哪一镇。贫僧出家人，也不便谆谆打听他。"濮天鹏闻得王轮已进了衙门，心中甚喜。临晚之间，大家用了晚酒，个个上床睡卧，养养精神。谅王轮昨日到任，衙门中自然忙乱。一时不能安睡，专等三更时分，方才动手。众人虽睡，皆不过是连衣而卧，哪里睡得着！

骆宏勋之床正对着楼后空窗，十月二十边起更之时，月明如昼。骆宏勋看见楼后一户人家，天井之中站着一条大汉，有丈余身躯，褡包紧系腰中，在那里东张西望。暗道："此必是强盗，要打劫这个人家了。"停了一停，又见一女人走出来，向那个大汉耳边悄悄说话。骆宏勋道："此不是强盗，又是奸情之事，必无疑矣！无论奸情、强盗，管他做什么！"

及至天交二鼓初点时候，只听得一妇人叫道："杀了人了，快快救命！"骆宏勋将身坐起，说道："诸位听见么？"家人道："何事？"骆宏勋道："方才在楼窗，看见下面那个人家天井中站了一条大汉，东张西望，料他是个偷鸡摸狗之辈，后边又来了一个妇人，在那大汉身边说了几句言语，我又料是奸情，莫要管他。此刻下边喊叫'救命'，非奸情即强盗也。可恨盗财可以，怎么伤起人来了？"濮天鹏道："我们之事要紧，骆大爷莫要管他。"骆宏勋复又卧下。又听那妇人喊道："天下哪有侄子奸婶娘的？求左邻右舍速速搭救，不然竟被这畜生害了性命！"骆宏勋闻得此言，翻身而起,说道:"哪有见死不救之理!"濮天鹏拦阻不住,骆宏勋上了楼窗,将脚一跳,落在下边房上,复又一跳,跳在地下。听得喊叫之声,就从腰门边走至门首。其门却是半掩半开,门外悬有布帘,用手掀起,只见里面那大汉骑着一个妇人,在地下乱滚:乌云散乱,赤身无衣。宏勋一见大怒,右脚一起,照那大汉背脊上一脚。那汉"哎哟"一声,从妇人头上跌过,睡卧地下。宏勋才待上前踏他,余谦早已跑过,骑在那大汉身上,举拳而打。任正千、濮天鹏等俱进房来,那妇人连忙爬起来,将衣服穿上,散发挽起,向骆大爷双膝跪下。说:"蒙救命之恩,杀身难报,愿留名姓,让小妇人以便刻牌供奉!"骆宏勋道:"不消。你且起来,将你情由诉与我听。"那妇人站起来,说道:"小妇人丈夫姓梅名高,自幼念书无成。小妇人娘家姓修,嫁夫三年,丈夫与我同年,皆二十二岁,不幸去年十月间,丈夫一病身亡。"用手指着床上睡的二岁一个小娃子,说道:"就落了这点骨血!"又指着地下那个大汉,说道:"他系我嫡亲的侄子梅滔。今日陡起不良心肠,想来欺我;小妇人不从,他将我按在地下,欲强奸于我。小妇人喊叫,得蒙恩人相救,无愧见丈夫于泉下矣!"余谦闻了他这些话,大骂道:"灭轮孽畜,留他何用!今日打死便了!"举起拳头雨点相似打来。梅滔在地下哀告道:"望英雄拳下留命!小人实无心敢欺婶母。有一隐情奉告。"骆宏勋禁止余谦打,"且住了,听他说来。"余谦停拳。

梅滔怎挡得被余谦打得浑身疼痛难禁,挣爬了半日,方才爬起身来。说道:"诸位爷!听小人禀告:小人自幼父母双亡,孤身过活,不敢相瞒,专好赌博,将家业飘零。前日又输下了数两之债,催逼甚急,实无法偿还。婶娘虽在孀居,手中素有蓄积,特来恳借,婶娘丝毫不拔,小人硬自搜寻,婶娘则大声喊叫,小人恐怕人来听见,故按在地下,以手按使她莫喊之意,那有相欺灭轮之心!此皆婶娘诬我之言,望诸位爷莫信。"

骆宏勋等问梅滔之言,似乎入情入理。说道:"你问她要,她既不与你,只好慢慢地哀求。你如此硬取,似乎非礼,就将婶娘赤身按地!"修氏道:"恩爷莫要信他一面之辞。今日被爷将他痛责,结仇更深。恩爷去后,我母子料难得活之理!"遂将床上那个娃子一把抱起,哽咽痛哭。骆宏勋心内道:"若将这汉子放了,我等回寓,恐去后妇人母子遭害;若将他打死,天明岂不是个人命官司?"正在两难之际,听得外边有人打门问道:"半夜三更,因何事情大喊小叫?"但不知来是何人,且听下回分解。

第 三 十 回

天鹏法堂闹问官

　　却说余谦听得有人打门，问道："你等何人？"外边应道："我等本坊乡保。因新太爷下车，恐误更鼓，在街上催更。闻梅家喊叫，故来查问。"骆宏勋道："既系乡保，正好将梅滔交与他，修氏母子自然得命了！"余谦将门开了，走进四五个人。骆宏勋将前后之事说了一遍。乡保说道："这个灭轮的畜生！交与我们，等天明送到嘉兴县，凭县主老爷处治！"众人将梅滔带往那边去了。宏勋等俱要回庙，修氏又跪谢道："恳求恩公姓名！"骆宏勋见她谆谆相求，遂道："我乃扬州人氏，姓骆名宏勋是也。自前门庙内而来，及至楼上而下，来此救你。"正说话间，听得已交五更。濮天鹏道："我们走吧！"众人辞别修氏，从前门由曲巷回庙。回至庙内，濮天鹏道："此时已是五鼓，人皆睡醒，今日莫要下手了。只要事情做得停当，多住一日不妨。"大家尽皆睡了。

　　且讲修氏自众人去后，坐在床上悲叹，把个丫头叫起。这丫头名叫老梅，起来烧些清水，将身上沐浴一番，天已五鼓，哪里还能睡觉。走至家堂神前，焚了一炉高香，祝告道："愿家神保佑骆恩人朱衣万代，寿禄永昌。"又在丈夫灵前洒泪道："你妻子若非恩人搭救，必被吉生强污。我观骆恩人非庸俗之流，他年必要荣耀。你妻子女流之辈，怎能酬他大恩？你在阴曹，诸事暗佑他要紧！"正在祝告之间，不觉腹中疼痛，心中说道："一定是那言生将我赤身按地，冒了寒气了。"连忙走至床边，和衣卧下，叫老梅来代她柔搓。一阵一阵，疼了三五阵，只听下边一阵响，浆包开破，满床尽是浆水。修氏不解其意，又疼了一阵，昏迷之间，竟产下了一个五六个月的小娃子。别无他人，只有一个丫头老梅在旁代为收拾。修氏自醒转来，心中惊异道："此胎从何得来？"幸亏没有别人在此，速速收拾，叫老梅将死娃子放入净桶中端出。赏了老梅二百文钱，叫她莫要说出，自家睡在床上惊异。却说丫头老梅，其年二十岁，与梅滔私通一年，甚是情厚。虽是修氏房中之人，而心专向梅滔，二人每每商议：今虽情爱，终是私情，倘二娘知道,那时怎了?谅二娘亦是青年,岂有不爱风月?你可硬行强坚,倘若相从,你我她皆一道之人,省得提心吊胆,且二娘手中素有蓄积,弄她几两你用用也好。故骆宏勋看梅滔在天井之中,有一女人向他耳边说话,正是老梅。及至众人按打梅滔,并交与乡保,老梅暗自悲伤,不能解救。今见修氏生下私娃,满心欢喜。安放修氏卧床,偷走出了门,来寻找梅滔商议私娃之事。

且说梅滔哪里真系乡保带去,乃是他几个朋友日间约定:今晚要向他婶娘借钱钞,吵闹起来,叫他们进去解劝。众人闻得里面喊叫,故假充乡保,将梅滔拖去,弄酒替他解闷,天明谢别回家。去自家门首不远,正撞着老梅慌慌张张而来,看见梅滔问道:"你怎么回来了?"梅滔将日间所约朋友之语告知老梅一番。老梅道:"你这冤家,该先告诉我。我只当真是乡保带去,叫我坐卧不宁。今特前来寻你!"在梅滔耳边说道:"你去之后,二娘腹内疼痛,三两阵后,生下一个五六个月的小娃子,叫我丢在净桶之内;又赏了我二百文钱,叫我不要说出。二娘现在床上安睡,我手里今有此事报你知道!"梅滔听了,心中大喜道:"这个贱人,今日也落在我的手里!我指报昨日打我那个人做奸夫,现有私娃为证。埋在何处?又可惜不知那人姓名。"老梅道:"自你去后,二娘谆谆求他留名。他说是扬州骆宏勋,私娃在净桶中,特来与你商议。"梅滔大喜道:"你速速回去,莫要惊动他人!我即赴县衙报告。"老梅暗暗回家。

梅滔迈步如飞,跑到县衙,不及写状,走进大堂,将鼓击几下。里边之人忙问道:"因何击鼓?"梅滔道:"小人婶母修氏,寡居一年,昨晚产下五六个月私娃。小人与他争论,不料奸夫扬州骆宏勋,寓居府衙左首普济庵中后边庙楼居住,闻得事体败露,自楼上跳下,反将小人痛打。看看身毙,小人苦苦哀求,方才饶恕。似此败风伤化,倚凶殴人之事,望大老爷速速差人拿获,以正风化;迟则奸夫脱逃。"内宅门忙将此事禀过嘉兴县吴老爷。吴老爷向签筒取了四根板签,用朱笔标过,差捕快二名,速至普济庵,将骆宏勋并本庙住持和尚、修氏、老梅,并私娃一案拘齐听审,将老梅、梅滔押在外边伺候。

不多一时,众人齐上衙前,余谦早将原差两个巴掌打回。骆宏勋劝道:"今日若不到案,反被他说我畏罪不前,不分皂白了。从来说,'是虚是实,不得欺人',不走是真材实料,怕他怎地!"故同原差至县。原差进内,通知人犯俱齐,内宅门禀过老爷。不多时,听得里面云板一响,几声吆喝,吴老爷坐在大堂上,吩咐将骆宏勋坚夫带上。骆宏勋不慌不忙,走至大堂,谨遵法堂规矩朝上跪下。吴老爷问道:"怎样与修氏通奸? 从头说来!"骆宏勋道:"小人扬州人氏,修氏乃嘉兴人,相隔几百里,怎能与他通奸。昨日方至嘉兴,借寓普济庵中,昨夜间闻得修氏喊叫'救命',世上哪有见死不救之理! 遂至其家,走进房门,见一条大汉骑在妇人身上。那妇人赤身露体,卧于地上乱滚。小人用脚将那大汉踢倒,问其由头,方知是他嫡侄欲欺婶母。后被本坊乡保叫门,将梅滔领去,小人即回庙中安歇。他事非我所知。"吴老爷道:"带梅滔上来!"问道:"你这奴才! 自灭人轮,反怪别人为奸。"梅滔道:"他被小人捉住,与婶母约定此言,但只私娃可知了!"吴老爷又唤和尚问道:"你是个出家人,怎么与他牵马? 骆宏勋与你多少银子? 在你庙中住了多少日子? 从实说来!"和尚道:"僧人乃出家人,岂肯做这造孽之事! 姓骆的一众人有十数个,昨日午后才到僧人庙中,通奸之事僧人实不知情。"

吴老爷又唤修氏问道:"你与骆宏勋几时通奸的? 从实说来,免受刑法。"修氏道:"小妇人一更天气已经脱衣安睡,梅滔这个畜生推进门来欲行灭轮之事;小妇人不从,他将小妇人按捺在地强而为之。小妇人喊叫,幸亏骆恩人相救。素日亦无会面,那有奸情之事!"吴老爷又唤丫头老梅问道:"你主母与何人往来,自然不能瞒你,从实说来。"老梅道:"家爷在世是有名气的,家业颇有,亲戚朋友往来甚多,婢子哪能多记。"吴老爷道:"我不问你那些人。我问你家主母与何人情厚,常常进主母房中走动?"老梅道:"并无他人情厚。"用手一指骆宏勋,"就是见他常常走动。说他是主母姑表弟兄。别事婢子不知。"吴老爷又问修氏道:"你还有何说?"修氏道:"此必梅滔相教之言,老梅依他假话,老爷不要屈人!"吴老爷道:"你丈夫死去一年,此胎从何得的? 还敢强辩!"修氏道:"此胎连小妇人亦在惊疑,不知因何而得?"吴老爷大怒道:"哪有无夫而孕? 若不动刑,料你不招!"吩咐将修氏拶①起来。一呼百应,一时拶起。修氏道:"便将双手断去,也不肯恩将仇报!"一连三拶,未有口供。又问骆宏勋道:"你到底几时通奸? 一一说来。"骆宏勋又将前词说了一遍。吴老爷说:

① 拶(zǎn)——旧时使用拶子夹手指逼问口供的酷刑。

"把乡保唤来!"问道:"你等昨夜如何将梅滔领来？彼时他如何吵闹的？"乡保道:"小人并不知道,何有领梅滔这话？"骆宏勋在旁,回道:"昨夜不是这人领去的,老少不等些,有五六个人,称是乡保,小人亦不认得。特的打门相问,闻得嫡侄欺坚婶母,特带了去,今早来禀老爷处治。"吴老爷大怒道:"即此虚言,可知奸情是真了。若不动刑,谅你必不肯招!"吩咐两边抬夹棍上来,下边连声答应,把夹棍抬上堂上。

正待上前来拉骆宏勋动刑,只见一人跑上堂前,将用刑之人三拳两脚打得东倒西歪。遂将夹棍一分三下,手持一根在堂上乱打。又听见一人大叫道:"诬陷好人为奸,这种瘟官要他何用？代百姓除此一害!"只听众人答应:"晓得!"满堂上不知多少好汉,也有拿板子的,也有拿夹棍的;还有将桌子踢倒,持桌退乱打一番。

欲将酷刑追口供,惹得狠棒伤身来。

毕竟不知何人在堂乱打,亦不知吴老爷性命如何,且听下回分解。

第三十一回

为义气哄堂空回龙潭镇

却说嘉兴县吴老爷,正吩咐人抬夹棍夹骆宏勋,余谦跑上堂来,把用刑之人三拳两脚打得东倒西歪;又将夹棍劈开,手持一棍,在堂上乱打。濮天鹏大喝一声:"尔等还不动手,等待何时!"任正千、骆宏勋,并带来的十几个英雄,各持棍棒乱打一番。濮鹏兄弟只奔暖门阁来追;吴老爷见事不好,抽身跑进宅门。将宅门关闭。众书办、衙役人等,乖滑的见势凶恶,预先跑脱;恃强者还在堂上吆喝禁止,余者尽被余谦等五位英雄打得卧地而哼。濮天鹏恐再迟延,城门一闭,守城兵了来捉,则不能安然回去,到家必受老岳的闷气。说道:"还不出城,等待何时!"大家听得,各持棍棒打出头门,照北门大道而行。行至普济庵将行李取出,棍棒抛弃,各持着自用的器械,奔北门行走。这些英雄皆怒气冲天,似天神模样,哪个还敢上前拦阻!一直出了北门,来到自己船上,合水手拔锚开船,上龙潭去了。

且说嘉兴县衙门中,众人去了半日,有躲在班房中之人,听得堂上清静,只有一片哼声,方一一大胆走出房来。看见众人已去,走至后堂,开了暖阁门,票知:"凶人已去,请老爷出堂。"吴老爷重整衣冠,复坐大堂,道:"这些强徒往哪里去了?"有人禀道:"方才出北门上船去了。"吴老爷道:"骆宏勋是扬州人,自然是仍回扬州,本县随后差人行文,赴扬州捉他未迟。其余人犯,现住何处? 速速齐来问供。"众衙役领命,往行外齐人。堂上受伤之人过来禀道:"小的头已打破。"那个说:"小的肋骨踢折了。"吴老爷道:"每人赏银二两,回去调理。"发放受伤人毕,奸情人犯拘齐。吴老爷唤上修氏,问道:"你若实说与骆宏勋几时通奸,本县自然开脱与你;你若隐而不言,这番比不得先前了! 你可速速招认,本县把罪归与骆宏勋一人,好行文书去拿他,毫不难为你。"修氏道:"实与骆宏勋无私,叫小妇人怎肯相害!"吴老爷吩咐:"着实拶这奴才!"又是一拶三收,修氏昏而复醒,到底无有口供。吴老爷自道:"若不审出口供,怎样行文拿人?修氏连拶九次,毫无招供,这便怎了?"又想道:"总在和尚身上追个口供罢了!"遂唤和尚问道:"你庙中所寓一班恶人,其情事不小。据本县看来,真是一伙大盗。既在庙中歇息,你必知情,或奸情或强盗,你说出一件,本县即开脱与你;若不实说,仔细你两只狗腿。"和尚道:"实系昨日来庙,别事僧人不知。"吴老爷大怒:"若不夹你这只秃囚,谅你不肯招出。"正是:

　　　　可怜佛家子,无故受非刑。

　　一收一问,和尚不改前供。吴老爷也无可奈何,只得写了监帖,将和尚下监,修氏交官媒人管押;老梅令梅滔领去;私娃子用竹桶盛住寄了库,待行文捉拿骆宏勋再审。发放已毕。

　　既今日哄堂之事难瞒府台太爷,命外班伺候,亲自上府面禀。来至府前头门之外,下轿步行,宅内家丁投递手本,里边传出"面见"。吴老爷来至二堂,王轮问道:"何县禀见?"家丁回道:"嘉兴县在外伺候。""传他进来。"吴老爷参见已毕,王轮命坐。问道:"贵县今来有何事讲?"吴老爷道:"卑职今日审一件奸情。奸夫骆宏勋,他一党有十数余人大闹卑职法堂,将书役人等打得头青眼肿,卑职若不速避,亦被打坏。特禀公祖大人知道。"王轮一听得"骆宏勋"三字,即打了一个寒噤,假作不知,问道:"骆宏勋哪里人氏?"吴老爷道:"他是扬州人氏。"王轮道:"扬州离此不远,速行文书捉拿要紧。有了骆宏勋,余众则不难了。"吴老爷领命一躬,回衙连忙差人赴扬。这且不提。

　　却说鲍自安在家同女儿闲谈,道:"嘉兴去的人今晚明早也该回来了。"金花道:"等贺氏来时,女儿也看看她是何等人品,王轮因她就费了若干精神。"鲍自安道:"临行,我叫他们活捉回来,我还要审问审问,叫他二人零零受些罪儿,肯一刀诛之,便宜这奸夫淫妇么?"正谈之间,家人禀道:"濮姑爷一众回来了。"鲍自安道:"我想他们也该回来了。"鲍金花兴致勃勃随父前来观看贺氏,闪在屏门以后站立。鲍自安走出厅,向任、骆二位道:"辛苦!辛苦!"又问濮天鹏,濮天鹏遂将嘉兴北门湾船,借寓普济庵,原意三更时分动手,不料左边人家姓梅嫡侄强奸婶娘,骆大爷下去搭救,次日拘讯,硬证骆大爷为奸夫,欲加重刑,我等哄堂回来,未及捉奸夫淫妇等,说了一遍。鲍自安道:"这才算做好汉!若叫骆大爷受他一下刑法,令山东花老他日知之笑杀!似此等事,你多做几件,老夫总不贬你。只是有此'哄堂'一案,嘉兴诸事防护严了,一时难以再去。待宁静宁静,你再多带几个人同去走走罢了!"鲍金花在屏门后"喇"地一笑,说道:"自家怕事,倒会说旁人。"鲍自安道:"我怎么怕事?"金花道:"山东花叔叔不能二下定兴,捉杀奸淫,你笑他胆小;今日你因何不敢复下嘉兴？又说什么稍迟叫旁人再去。只你值钱,别人都是该死的！"鲍自安道:"这是连日劳碌了姑老爷的大驾了,姑奶奶心中就不喜欢,连你都笑起来了！明日花振芳又要笑话。拼着这老性命,明日就下嘉兴走走何妨！"

任、骆二位见他父女二人上气,忙解劝道:"日月甚长,何在一时？俟宁静几日再去,方保万全。"鲍自安道:"二位大爷不知,我这姑奶奶自幼惯成的。今日这就算得罪她了,有十日半月的咒骂,还不肯饶我哩！我在家中也难过,趁此下嘉兴走走:一则代任大爷报仇,二则躲躲姑奶奶！还少不得请二位大驾,并余大叔同去玩玩。今番多带十来个听差的,连'私娃子'一案人都带他来。我要审他的真情,那修氏到底有个奸夫？"任、骆二人并濮天鹏兄弟齐说道:"修氏连受三拶,总无口供,看这光景真无奸夫。"鲍自安笑道。"骆大爷同濮天雕尚未完婚,小婿虽然成亲而未久,任大爷亦未经生育,故不深明此中之理。老夫一生生了十数余胎,只存小女一人,哪有不夫可成孕者？我说众位不信,待把一众盗来,当面审与诸位看看！"对濮天鹏道:"烦姑爷到后边,多多拜上姑奶奶:将我出门应用之物,与我打起一个包裹,我明日就辞她去了。家内之事,拜托贤昆仲二位料理。我想嘉兴县既知骆大爷是扬州人,'哄堂'之后必定是到扬州捕捉,你到江边嘱咐摆江船上:凡遇嘉兴下文书者,一个莫要放过才好;倘若过去,扬州江都县必差人赶至骆大爷家,将人惊吓了。惊吓了老太太则我之过！"濮天鹏兄弟一一领命。鲍自安就叫两只大船装载米面,柴薪带足。听差百十人中拣选了二十人前往,各打包裹。今日之事提过。

第二日清晨,大家上船又往嘉兴。下文书之人,真个一个不能过去。凡衙门之人出门,就带二分势利气象,船家不问他,他自家就添在脸上,自称道:"下文书的！"使船家不敢问他讨船钱。那些船家听濮天鹏吩咐后,逢有下书之人,连忙单摆他,过江心,船漏一抽,翻入江心。嘉兴县见去人久不回来,又差人接催,及到江边仍然照前一样。嘉兴离扬州虽无多远,其信不能过江。也不必多言。

再说鲍自安两只大船又到嘉兴,前日湾船北门,今日在西门湾下。临晚,鲍自安将夜行衣服换上,应用之物俱揣入怀中,亦不过火闷子并鸡鸣夺魂香、解药等类,两口顺刀插入退中,那二十位英雄亦各自装扮停当。起更之后,鲍自安告辞任、骆两人,带领众人趁此城门未闭,欲进府前来捉王轮、贺氏。不知好歹如何,且听下回分解。

第三十二回

因激言离家二闹嘉兴城

话说鲍自安告别众人，趁城门未关就便而入。进城之后，鲍自安吩咐众人："我们大家一同而行，恐怕人看出破绽，总约在普济庵后边楼上取齐。"大家分散而行。

鲍自安走至普济庵门口，见门尚未闻，自向里随步进去。只见庙内甚是冷清，绝无一人，直至后厨房中，方见两个小和尚同个道人在里面吃晚饭。一见鲍自安进来，见他穿着怪异，连忙向前问道："台驾是哪里来的？到此何干？"鲍自安道："金陵建康来的。素常与此庙住持相识，特来一望。"那道人云："老和尚昨日因件官司受了夹棍，现在禁中。"鲍自安道："我特来望他，不料不能相会。"怀中取出三两一锭银子，递与小和尚道："你且收起，明日看些酒肴送与你师父食用，也是与我相交一场！"小和尚同道人相谢，斟了一杯便茶送与鲍自安。鲍自安接茶在手，问道："老师父因何官司，受此酷刑？"道人回道："老爹，你不知。"遂将前事说了一遍。鲍自安道："其余人犯现在何处？"道人云："修氏交官媒管押在她家，老梅交梅滔办领在家，私娃用竹桶盛住寄了库，就是我家老和尚入禁在监，待扬州府拿到'哄堂'人犯一起再审。"鲍自安问得明明白白，遂辞了小和尚、道人，退步出门。小和尚相送，一拱而别。

鲍自安转过后边僻静之处，将脚一纵，上了小房子，复身又一纵，上了厢楼，一看那二十位英雄早已都在楼上。见老爹进来，俱备起身。鲍自安道："天气尚早，我们且歇息片时再做事方妥。"大家俱在楼上坐下。坐了一会，听得更交二鼓三点，外边人声已定。鲍自安道："你们莫要全去，只要五六个人随我下去，捉一个，提上一个，都放在楼上，等人犯齐全，我自有道理。"众人领命。随去五六个人，俱在房上等候。

鲍自安到了梅家天井之中，听了一听：那妇人在房中啼哭，知是修氏。闻得那间房内两个妇人说道："天已二鼓，老娘娘你睡吧！我们也不知该了什么罪，白日里一守一天，夜晚间还不叫人睡觉哩！"鲍自安道："此必是官媒了。"取出香来点着,自窗眼透进。耳边听得两个喷嚏,则无怨恨之声,还听这边房内呱呱哭泣。又从这边窗眼透进香火,又听得连连两声喷嚏,无哭声了。拔出顺刀将门拨开,火闷一照,见桌上银灯现成,用火点着一看,床上睡着两个妇人。本待要伤她性命,也不怪她,也是奉官差遣,由她罢了。走至这边房内一看,见一妇人怀中抱着一个孩子,床杆上挂着一条青布裙子并几件衣服。揭起被一看,那妇人竟是连小衣而睡。看那修氏自梅滔强奸之后,皆是连小衣而卧。鲍自安将木杆上所挂衣裙尽皆取下,连被褥一并卷起,挟至小房边。房上之人看见老爹回来,将绳兜放下,鲍自安将修氏母子放入兜中,上边人提在房上,楼上人又提上楼,打开被褥代她母子穿衣。凡强盗之家规矩甚严,哪怕就是月宫仙子也不敢妄生邪念。不讲房上穿衣服。

　　且说鲍自安又往后边,走到后院,又听一人说道:"再待扬州拿了骆宏勋,到日少不得还审二堂。似此败丧门风之妇留她做什么!将她改嫁,这份家私又是我执管了。待她临出门之时,只叫她穿去随身衣服,其余都尽是我的,给你穿用,也省得再做。"一妇人道:"二娘待我甚好!只因你这个冤家,生生将她嫁出家门,我心中有些不忍。"鲍自安听得明白,此是梅滔与老梅了。随即取出香来,亦从窗眼透进,连听两个喷嚏,则无声息了。将门拨开,走近床边,火闷一照:两个一头同睡。鲍自安随将他衣服取下,连被一并卷起,又挟至前边小房间,仍用绳兜提上楼去。鲍自安亦随上来,也着人代他穿了衣服,捆成四捆,同听差十人先至船上。

　　鲍自安带了十人直奔嘉兴县,来到了库房之上,将瓦揭去五路,开了一个大大的天窗。鲍自安坐在绳兜之中,着人吊下,将火闷一照:见东北墙角倚靠着一个竹桶。料必是私娃子,用手拿过,走至绳兜边,仍坐其中,将绳一扯,上边人即知事已做妥,连忙提将上来,仍回庵内歇息。歇息片时,鲍自安道:"你们将此竹桶先带回去,我独进府行捉拿奸夫淫妇。得手,我自将二人提上船去;倘若惊动人时,我亦有法脱身,你们莫要进来催我,人多反不干净。"众人领命,拿了竹桶俱回船,且说鲍自安独走到府行房上,走过大堂到了宅门之上,看了看,天井之中灯火辉煌。仔细望下一看,见两廊下有十余张方桌,桌上人多少不一,细看有四五十人,在那里斗牌的、下棋的、饮酒的、闲谈的,厅柱上挂着弓箭,墙壁上倚着铁棒。鲍自安坐在房上,想道:"显然王轮晓得我来,特令这些人在此防备。倘有一些知觉,这些人大惊小怪的,虽不怎样,但又不能捉拿奸淫了! 须将这些人先打发了才好。"遂将怀中带来之香尽皆取出,约略有二三十支,两头点着,坐在上风头,"虽不能尽皆迷上香,熏倒几个人少几个人。"算计已定,取出火闷来,暗暗点着香火。又恐火闷子火大,被人看见,想又收起,用那点着之香来点那未著者,用口底上吹去。

看官:你说那些人因何至此? 自骆宏勋哄堂之后,嘉兴县禀过王轮。王轮回太守府与贺氏商议:"今骆宏勋同一班恶人至此,皆为你我而来,不意昨夜竟做此事,未及下手,以后不可不防!"遂即吩咐三班衙役:每晚要三十人轮流守夜;又向嘉兴县每晚要二十个人,共是五十个。王轮亦不难为他们,每晚一人赏大钱一百文,酒肉各一斤。叫爱赌者赌,好酒吃酒,只是不许睡觉。那晚仍设饭酒,桌上一人起身小便,走至墙脚下,未解裤子,猛听得房子上有人吹气,抬头定睛一看:黑影影有一人在那里吹。这人也不声张,回至廊下,拿了一支鸟枪,将药放妥,火引藏在身后,仍走至小便之所,枪头对准房上之人,将火绳拿过,药门一点,一声响亮,廊上之人俱立起身来相问。拿枪之人说道:"方才一人在房上吹火,被我一枪,不见动静,快拿火来看一看!"

却说鲍自安在房上吹火,不料下边有人看见,只见火光一亮。鲍自安在江湖上是经过大敌的,就怕是鸟枪,将身一伏,睡在房子上,那枪子在身上飞过。鲍自安吓得浑身是汗,自说道:"幸喜躲得快,不然竟有性命之忧。"又听众人要执灯火来瞧。自思:只怕下边还有鸟枪。不敢起身,遂暗暗抬头一看,见众人各执兵器,在天井之中慌乱。又见一人扛了一把扶梯,正要上房子来看。鲍自安用手揭了十数片瓦,那人正要上梯子之中,用手打去,"咯冬"一声,翻身落地,哪个还敢上来? 齐声喧喝道:"好大胆强盗! 还敢在房上揭瓦打人哩!"不多一时,府行前后人家尽皆起来,听说府行上有贼,各执器械前来捉获,越聚越多。鲍自安约估有五更天气,"还不早些出城,等待何时!"又揭了一二十片瓦在手,大喝一声:"照打!"撒将下去,又打倒四五个人。鲍自安自在房子上奔西门而去。看看东方发白,满城之人,家家起来观看。鲍自安走到这边房上,这家吆喝道:"强盗在这里了!"行到了那里,那里喊叫道:"强盗在这里了!"白日里比不得夜间容易躲藏,在房子上走多远人都看见。那鲍自安想了想:倒不如在地下行走，还有墙垣遮蔽。将退中两把顺刀拔出在手，跳下来从街旁跨走。正行之间，城守营领兵在后追来。鲍自安无奈，见街旁有一小巷，遂进小巷内。那兵役人等截住巷口，鲍自安往巷内行了半箭之地，竟是一条实巷，前无出路，两旁墙垣又高，又不能蹿跳得上。心中焦躁，恶狠狠持着两把顺刀，大叫道："哪个敢来！"众兵役虽多，奈巷子偏小，不能容下多人，鲍自安持刀恶杀，竟无一人敢进巷中。站了半刻，外边一人道："他怎地拿瓦打人！我们何不拿梯子上屋来，亦揭瓦打他。"众人应道："此法甚好！"鲍自安听得此言，自道："我命必丧此地了！"正是：

　　　　他人欲效揭瓦技，自己先无脱身计。

　　不知鲍自安性命如何，且听下回分解。

第三十三回

长江行舟认义女

却说鲍自安在巷内闻得要揭瓦打来,甚是焦躁。忽见墙脚边有乱砖一堆,堆了二尺余高,用脚一点,使尽平生之力纵上高房。向下一望,见各街上人皆站满,无处奔走,回头一看,房后就是通水关的城河,所站之房即是人家的河房。鲍自安大悦道:"吾得生矣!"照河内一跳,自水底行走,直奔水关而去。众人道:"强盗投大河,拿挠勾抓捞。"且说鲍自安自水底行至水关门,闸板阻路,不能过去。心中想道:"但不知闸板上塞否?倘若空一块,我则容易过去了。"又不敢出水来瞧看,恐怕岸上人用勾抓住。在水内摸着板窍用力一掀,竟未上全,还有一板之空,慢慢侧身而过。出了水闸门便是城外了,鲍自安方才放心。意欲出水登岸行走,头乃冒出水来,恰恰河边是个粪坑,有一人在那里捞粪。一见水响,只当是个大鱼,用粪勺一打,正砍在鲍自安左额之上,砍去一块油皮。鲍自安本待出水结果他性命,又恐城内人赶来,忍痛仍从水底行走,约离西门不远方才登岸。城河离官河不远,行至河边仍下河内,行至自家坐船,脚着力一蹬而上。众水手说道:"老爹为何从水内而来?"鲍自安摇手禁止道:"莫要说起!莫使任、骆二位知之,见此光景取笑。"使个眼色与水手,速速扳掉开船,自己暗暗入船,将湿衣脱去,换了一身干衣。十月天气在水中倒也罢了,出水之后反觉寒噤起来了。令人烧了一盆炭,烤供了寒衣,取出手镜一照:左额上砍了一寸余长的血口。连忙取出些刀伤药敷上,以风帽盖之。收拾停妥,方走过这边船来。进了官舱,任、骆二人连忙相迎,问道:"老爹几时回来?"鲍自安将前前后后说了一遍,把毡帽一揭道:"时运不通,又遇见这个瘟蚤母,照在下额上打了一粪勺,方才敷上药。"任正千谢道:"为晚生之事,使先生有性命之忧;又受此伤,虽肝胆涂地,亦不能报!"鲍自安道:"我前日原说宁静宁静再来,方才妥贴。不料小女相激愤怒而来,又成徒劳。我料王轮终不出我之手,迟早不等,后边少不得三下嘉兴吧!"船家知老爹今日受惊,办了几个盘子,暖了一壶好酒,送入船来与老爹压惊。鲍自安同任、骆二位谈饮。

却说嘉兴城中将四门关闭，谅强盗不过是在河内，多叫挠勾抓捞。天明时，嘉兴县吴老爷来见。王轮道："本府衙内捉了一夜强盗，难为贵县此刻才来见！"吴老爷一躬到地，说道："卑职衙门亦有强盗，库房上揭了一大片瓦，将私娃子竹桶盗去，别物一些未动。卑职亲令人修补完了，来参见时已是迟迟。"王轮道："别物不失，而盗私娃，此人必是哄堂一党人了。"话犹未了，官媒婆来告道："今夜将老梅、梅滔并修氏母子盗去！"王轮道："亦是这大盗。贵县速速行文到扬，捉这骆宏勋要紧！"吴老爷道。"卑职已差几次人去，总未见回来，不知是何缘故？"王轮道："再拣能干者差几个前去！"吴老爷领命回衙，修文赴扬，不待言。那城河内抓捞到午毫无踪迹，少不得开放城门令人出入。王轮曰："今后更加防备！"不提。

且说鲍自安同任、骆二位饮了一会，大家又用了早饭，鲍自安卧却片时起来，说道："行船无事，审问奸情玩玩吧！"任、骆二位齐道："使得。"鲍自安道："二位大爷，哪位做问官？"任正千、骆宏勋道："怎敢僭老爹！"鲍自安道："如此老拙有僭了。"吩咐传二十位英雄来船内两旁站了。鲍自安居中坐下，任、骆列坐于后。鲍自安吩咐将修氏带过来，外边答应一声，揭起舱板，将修氏提出。修氏哀告道："英雄饶命！"那人道："莫要喊叫，我家老爷今要审问奸情哩！"修氏自受闷香之后，被人抬进船来，及醒时也不知身在何处。今被提进船中，见一位六十岁年纪的老人家端坐那里，也不知做的是么官职？又见他后边坐着二人：一个是前番救命骆恩人，一个也是骆恩人一党，不解是个什么缘故。只得双膝跪在船中，磕了个头，道："孀妇修氏叩见大老爷！"鲍自安道："我今虽非法堂，更比官法严些。你与骆大爷通奸是梅滔诬你，我已悉知，不必再问。只是你丈夫已死一年，而怀中之胎从何而有？你实实说出。我又不是问官，管你什么，只明白明白就罢了！"修氏道："小妇人生长虽非官家，而颇晓三从四德，虽非名门，而丈夫忝在上库。既知为夫守节好，反不知失身为耻？此胎之有，连小妇人亦莫其知也！"鲍自安道："我已六旬年纪，地方也游过几省，从未见不夫而成胎者。善意问你，你不实说！"吩咐："拶起来！"两旁答应得紧。任、骆二人低低说道："他也有夹棍、拶子不成？"降目一观，只见旁边走过二人，一人将修氏两手拿住，一人将修氏双手合在一处，把面杖粗的五个指头夹住修氏十指，用力一拶，修氏喊叫不绝。鲍自安又问道："奸夫是谁？从实招来！"修氏道："实在没有，望老爷饶命！"鲍自安吩咐："再拶！"那人又用力一拶，修氏昏倒船中。鲍自安吩咐松刑。那人把五个指头放松，修氏醒了片时，哭诉道："实无奸夫，叫小妇人怎么说法？"鲍自安吩咐将修氏暂送那只坐船，"以待我审过梅滔再问。"修氏道："乞老爷天恩，小妇人儿子年方两周岁，乞付小妇人自喂养。"鲍自安吩咐把他儿子付他。下边走过几个人来，说："莫要饿坏了。"遂将她母子送上那只坐船。

鲍自安吩咐带过梅滔、老梅上来。下边又将舱板揭起，将二人提进船中。梅滔一见骆宏勋在坐，谅今日难保性命，只得跪下哀告道："望老爷饶命！"鲍自安道："嫡侄何异母子，怎敢起不良之心！"梅滔道："只因借贷不给，强取是实，无灭轮之意。"鲍自安吩咐："夹起来！"下边走过几人，把梅滔按伏船中，一人合起碗大两个拳头，向梅滔孤拐上一夹。梅滔大喊道："望老爷松刑，容小人细诉。"鲍自安道："松刑，叫他说来。"梅滔道："丫头老梅是婶母房中之人，小人与她私通一年，恐婶娘知之见罪，二人商议：谅婶娘幼年孀居，亦必爱风月之事。约定那日婶娘脱衣睡时，老梅暗开房门，小人进逼行奸。不料婶娘不从，大声喊叫，惊动骆宏勋大爷解救。"鲍自安道："彼时不伤你性命，就该感激骆大爷之恩，次日反诬骆大爷为奸夫，又是因何？"梅滔道："天明时老梅前来说：'我婶娘夜间产下一娃。'小人欲报夜间相打之恨，故至县报告。总是小人该死，望老爷饶恕一二！"鲍自安向丫头老梅骂道："坏事贱人！我昨夜在你房外听得你自道：二娘待你甚好。就该以德报德，怎反唆人行奸，以仇报之。"吩咐拶起来，亦照修氏一般拶了三抄，老梅喊叫不绝。鲍自安将二人仍下舱板下，亦赏点稀粥与他度命。

及到晚饭时候，大家用了饭。鲍自安道："倘若前日离远些，也不听见此事，修氏之命实骆大爷再造之恩。而修氏在嘉兴县堂上受刑，总不肯玷辱骆大爷，亦还有良心之人矣！我观她年纪不过二十上下，生得倒也干净，我今作媒与骆大爷做一个侧室。"向任正千道："任正千大爷，你说使得么？"任大爷道："实好，实好！"骆宏勋不觉满面发赤道："今若做此事，将前日相救之情置之东流也！他人必说我晚生非正人也！"鲍自安道："既骆大爷不愿收她为侧室，今将令修氏陪宿，以报救命之恩，非为过也！"说罢，将骆大爷硬推过那只船上，而入官舱与修氏同宿。不知修氏肯否，且听下回分解。

第三十四回

龙潭后生哭假娘

话说鲍自安将骆大爷送过船来,送入官舱,回手带过船门,以锁锁之。不表。

且说修氏怀抱其子,正在那里悲凄,忽见骆大爷进船,连忙站起身来,问道:"恩爷来此有何话说?"骆大爷听得修氏相问,满面通红,无言可答,只得实告道:"鲍老爷作媒,叫我收你为妾,我不肯么。他又说:既不肯收你为侧室,叫你今日陪宿,以报我前日之恩,生生将我送进船来。"修氏听得此言,双膝跪下,吓得魂飞天外,二目垂泪,哀告道:"我梅氏乃良善之家,丈夫念书之子,永诀之时,执妾手相告道:'妇人以贞节为重,如念我三年夫妻之情,我死之后,望贤妻抚养孤儿。我虽在九泉之下,感恩无尽矣!'言犹在耳,何曾刻忘。今爷有救命之恩,若不相从,是为忘德。背夫不仁,忘恩无义,此不仁不义,天地岂肯覆载我乎?今在恩爷台前,解下腰带自尽船中,使无愧如德,敢见丈夫于泉下矣!"又抱过那两岁娃子,向骆大爷磕了一个头,道:"妾死之后,望恩爷将此子带至府中,以犬马养之,妾夫妻衔结相报!"说罢,站起,解下系腰汗巾正待寻死,骆宏勋急忙上前解救。修氏只当骆大爷真有邪念,前来拉扯,大怒道:"方才叩谢,已算报过大恩;你尚不知耻,还要前来相戏!"用手向骆大爷脸上一把,抓了四五个血口。只听船外鲍自安称赞道:"这才算得一个节妇!"遂开了船门,同任正千走进,见骆宏勋面带血迹,说道:"得罪,得罪!"又向那修氏道:"骆大爷是个坐怀不乱的奇男子!花振芳将女儿登门三求婚尚且不允,今日岂有邪念?是我料骆大爷青年俊雅,又兼有恩于你,故试你贞节。我同任大爷在外听得明白,先以理善求之,后以手恶拒之,以死报夫,哪有私情之理!奈我等才疏学浅,不明此理。我今年近六旬,只有小女一人,意欲认你为义女,同到我家过活,将你儿子抚养成人,再立事业。不知你意下如何?"修氏闻得此言,连忙叩谢,在船中拜了四拜,认为义父。鲍自安吩咐众人:"俱以大姑娘呼之。"又吩咐:"将私娃桶存好,后来遇见那才高学广、博古通今之士,方能明白此案。"这且不表。

再说鲍自安吩咐开船。在路非止一日,那日到了龙潭,鲍自安同任、骆二位先至庄上,令人抬轿一乘,将修氏母子抬到家中,把前后事情告诉金花小姐一番。鲍金花见修氏生得聪俊,甚是可爱。且修氏小字素娘,家人、奴辈皆以"素姑娘"呼之。鲍自安吩咐将老梅、梅滔俱下在后园地窖之中,每日以稀粥两餐食他度命,以待明日审问。鲍自安走至大门,问门上人道:"家内可有甚人来否?"门上人禀道:"昨日山东花老爹从早过来,吩咐小的:等老爹回来,避着任、骆二位知道,说宁波之事已做过了,老爹自然明白。因老爹与任、骆二位爷同来,故未禀知。"鲍自安想道:"宁波之事既做,这老儿必上扬州,也不过几日就有信来。生法即叫任正千回山东去才好。"临晚吃酒之时,鲍自安道:"本意代任大爷捉奸雪恨,不料二下嘉兴,俱是劳而无功。我料今后嘉兴防护更是加紧,一时不可再往,须待两三月才可前去。"任正千道:"虽非成功,而老先生之意已待晚生不浅矣!事原不可大急,前蒙花老先生所嘱,晚生也要回山东,暂为告别!"鲍自安道:"既是如此说道;我也不敢相留了。大驾不在此,得便我即将奸淫捉来,请大驾至此处治便了!"骆宏勋道:"晚生在府坐扰一月,明日亦要告辞,动身赴杭。"鲍自安道:"你也要赴杭?只是二位一时都要起身,奈老拙寂寂寞寞;待任大爷先起行之后,骆大爷再定起行日期吧!"一夜提过不表。

次日清早,任正千告别起身回山东。鲍自安留骆大爷再住三两日,许他赴杭。骆宏勋亦不好一意别去,只得又住了两日。

那日晚饭时候,那鲍自安陪着骆大爷正在用晚饭,门上人进来说道:"启上老爹:门外来了一人,口称道是骆大爷家人,名唤骆发,有紧要事情要见骆大爷。小的不敢擅自叫他进来,特禀老爹知道!"鲍自安已明知是花振芳又做了那一件事,故此令骆府差人来通知。遂向骆宏勋问道:"君家府中可有此人否?"骆大爷道:"原有这个小厮。"吩咐余谦:"你出去看来,果是骆发,令他进来见我。"余谦领命,去不多时,同了骆发大哭而进。骆大爷急忙问道:"何事?"骆发走向前来,磕了一个头,站立一旁,说道:"昨日午时,接得宁波桂太太书信一封,云:于二十日前半夜之间,来了一伙强盗,并无偷盗财帛,只把小姐杀死,将头割去。桂老爷见小姐被杀哀恸,过了五日,桂老爷因思小姐吐血身亡;我家太太闻知,悲痛不已,意欲今早着人来此通知大爷，不料今夜太太所住堂楼之上急然火起，及救熄火时，太太已焚为炭！徐大爷书信一封。"双手递过。骆宏勋先闻桂府父女相继而亡，已伤恸难禁；及听母亲被火烧死，大叫一声："疼死我也！"向后边便倒，昏迷不醒。走过余谦、骆发连忙上前扶住呼唤，过了半日醒转过来。哭道："养儿的亲娘呀！怎知你被火焚死！养我一场，受了千辛万苦，临终之时，未得见面，要我这种不孝之人有何用处！"哭了又哭。鲍自安劝道："骆大爷，莫要过哀，还当问老太太骨骸现在何处？徐大爷既有字来亦当拆看。只是哭，也是无益！"骆大爷收泪，又问骆发道："太太尸首现在何处？"骆发道："火起未有多时，南门徐大爷前来相救，及见太太烧死，说；大爷又不在家，恐其火熄之后，有人来看，太太的骨灰铺地，不好意思。徐大爷遂买一个瓷坛，将太太骨灰收起；我家堂楼已被烧去，无有住房去放，徐大爷自抱太太骨坛，送至平山堂观音阁中安放。又不知大爷还在龙潭，还是赴杭去了。意欲回家速速修书差人通禀。不料平山堂之下，栾家设了一个擂台，见徐大爷由台边走过，台上指名大骂。徐大爷大怒，纵上擂台比试，半日未见胜败。谁知徐大爷一脚蹬空，竟自跌下来，将右腿跌折，昏迷在地，小的等同他家人拿棕榻抬至家中。徐大爷不能修书，请了旁边学堂中一个先生，才写了这封字儿。中饭时，小的在家中起身，故此刻才到。"骆宏勋将信拆开一看，与骆发所言无差。这骆宏勋就要告别奔丧。鲍自安道："老太太灵坛已由徐大爷安放庙中，大爷今日回府也是明日做事，明日到家也是明日做事。今日已晚，过江不是玩的，明日清早起身为是。"骆宏勋虽然奔丧急如火焚，怎奈天晚难以过江也。无奈只得又住一晚。思想母亲劬劳之恩，不住地哀哀恸哭。鲍自安也不回后安睡，在前相陪，解劝道："骆大爷，你不必过哀。我有一个朋友不久即来，他得异人传授，炮制得好灵丹妙药，就是老太太骨灰、桂小姐无头，点上皆可还阳。若来时，我叫他搭救老太太、桂小姐便了。"骆大爷满口称谢。余谦在旁道："他既有起死回生之术，何不连桂老爷一并救活？"鲍自安道："他是吐血而死，血气伤损，怎能搭救！"余谦暗道："砍去头者岂不伤血？烧成灰岂不损伤血？偏说可救！而吐血死者，尸首又全，反说不能救，我真不解是何道理也？"又不好与他争辩，只自家狐疑罢了。鲍自安又对濮天鹏道："你明日同骆大爷过江走走，亲到老太太灵前哭奠一番，谢谢太太之恩！"濮天鹏道："我正要前去。"次日天明，鲍自安吩咐拿钥匙开门，将骆大爷包袱行李一一交明，着人搬运上船。骆宏勋谢别，鲍自安送出大门，骆、濮等赴江边去了。

正走之间，只见后边一个人如飞跑来，大叫："濮姑爷，请慢行！老爹有话相商酌。"正是：

　　　　惧友伤情说假计，独悲感怀道真情。

毕竟不知鲍自安有何话说，且听下回分解。

第三十五回

鲍家翁婿授秘计

却说骆宏勋同濮天鹏正行之间，只见后边一个人飞跑前来，请濮姑老爷回去，老爹有要紧话相嘱。濮天鹏向骆宏勋道："大驾先行一步，弟随即就来的。"将手一拱，抽身回庄。进了内庄，鲍自安见濮天鹏回来，说道："我有句话告诉你。"遂将花振芳因求亲不谐，"欲丢案在骆宏勋身上，谋之于我。我恐骆大爷幼年公子，哪里担得住？是我叫他将桂小姐、骆太太都盗上山东去，不怕日后骆大爷不登门相求。今日杀头火焚者俱是假的。虽如此，而骆大爷不知其假，母子之情自然伤痛。我故着你陪去，将此真情对你说知，你只以言语解劝，使他莫要过悲，切不可对骆大爷说出此言，以败花老爹之谋计也。"又拿银二十两，交付与濮天鹏带去，备办祭礼。濮天鹏一一领命，又复出门赶奔江边，与骆大爷一同上了过江船。骆宏勋问道："适才老爷相呼，有何吩咐？"濮天鹏道："因起身慌速，忘带办祭之资，故唤我回去，交银二十两与弟带来。"骆宏勋道："大驾幸临，已感激不尽，何必拘于办祭礼否！鲍老爹可谓精细周全之人。"

未到下午时候，已至扬州。骆宏勋向余谦道："这太太灵坛安放平山，我们也不回家去了，进南门先到徐大爷家。一则叩谢收骨之恩，二则看问徐大爷腿伤如何，三则将包袱寄在他家，我好上平山堂奔丧。"余谦闻言，同骆发二人照应人夫，将包袱担往徐大爷家。进城之时，来往行走之人，一见这余谦回来，大家欢喜道："多胳膊回来，明日我们早些吃点饭，上平山堂看打擂台去。"又一个人道："他家主母被火烧死，今日回来赶着料理丧事，哪有工夫去打擂台！"这人道："你哪里知他的性格！其烈如火。他家主母灵坛现安放平山堂观音阁中，自然要随主人往观音阁去。设擂台之处乃必由之路。经过观音阁，他若看见此擂台，忙里偷闲，也要上去玩玩。我打算三日不做生意，明日我家表嫂生日，我也不去拜寿，后日再补不迟。"那人说道："明日是我姨妈家满月，也不去恭喜了，陪你去看看余老大打擂台吧！"不讲众人筹计偷工夫看打擂台。

　　且说余谦等押着行李过了南门,不多一时来至徐大爷家门首。进门到了内书房,看见徐大爷仰卧在棕榻上。徐松朋见余谦押着许多行李进来,知表弟骆宏勋来了。忙问道:"你大爷现在何处?"余谦走向前来请过安,道:"小的同骆发押行李,大爷同濮大爷在后,少刻即到。"徐松朋道:"哪个濮大爷?"余谦低头说道:"就是向日刺客濮天鹏,乃是鲍自安之女婿。因感赠金之恩,闻老太太身亡,特地前来上祭。"徐松朋道:"既有客来,吩咐厨下,快备酒席。"又吩咐挪张大椅子,拿两条轿杠,自己坐在椅上,二人抬至客厅去。正吩咐间,只见骆大爷同濮大爷已走进来。骆宏勋一见徐松朋,不觉放声大哭,跪下双膝叩谢。徐松朋因腿疼不能搀扶,忙令家人扶起,说道:"你我姑表兄弟,理该如此,何谢之有!"濮天鹏道:"在下濮天鹏,久仰大名,未得相会,今特造府进谒!"徐松朋道:"恕我不能行礼,请入坐吧!"濮天鹏道:"不敢惊动了。"濮天鹏转道:"骆大爷请坐。"骆宏勋正在热孝,不敢高坐,余谦早拿了个垫子放在地下。骆宏勋说要奔丧,徐大爷道:"这等服色怎样去法?倘若亲家知你已到,随去上祭,如何是好?今日赶起两件孝衣,明日我同你前去。"骆宏勋闻得此言有理,吩咐余谦速办白布。徐松朋道:"何必又买,我家现成有白布。"吩咐家人到后边向大娘说:将白布拿两个出来。又差一个人,多叫几个成衣来赶做。拿布的拿布,叫成衣的叫成衣,各自分办,不必细说。

　　不多一时,酒席完备。因骆宏勋不便高坐,令人拿了一张短腿满洲桌子来,大家同桌而食。骆宏勋细问打擂台之由,徐松朋:"愚兄将舅母灵坛安放观音阁,回来正在栾家擂台前过,闻得台上朱龙吆喝道:'闻得扬州有三个人,骆宏勋、徐松朋并余谦,英雄盖世,万人莫敌。据我兄弟看来,不过虚名之徒耳!今见那姓徐的来往,自台边经过,只抱头敛尾而行,哪里还敢正眼视我兄弟也!'老表弟你想:就十分有涵养之人,指名辱骂,可能容纳否?我遂上台比试,不料蹬空,将腿跌伤。回家请了医生医治,连日搽的敷的,十分见效,故虽不能行走,却坐得起来,也不十分大痛。愚兄细想,栾镒万设此擂台,必是四方邀请来。知你我是亲戚,故指名相激!"余谦在旁闻了这些言语,气得眼竖眉直,说道:"爷们在此用饭,待小的到平山堂将他擂台扫平,代徐大爷出气!"骆宏勋惊喝道:"胡说!做事哪里这等急,须慢慢商酌。"徐松朋道:"此言有理。我前日亦非输与他,不过蹬空自坠。现今太太丧事要紧,待太太丧事毕后,我的腿伤也好时,再会他不迟!"余谦方才气平。临晚,徐大爷吩咐:"多点些蜡烛,叫成衣连夜赶做孝衣两件,明日就要穿的。"大家饮了几杯晚酒,书房列铺,濮天鹏、骆宏勋安歇,徐松朋仍然用椅子抬进内堂。

次日起来,吃过早饭,裁缝送进孝衣。骆宏勋穿了一件,余谦穿了一件白厂衣,濮天鹏翻个套里。奠丧不便乘轿坐马,濮天鹏相陪步行,出西门至平山堂而去。徐松朋实不能步行,他坐了一乘轿子随后起身,又着人挑担祭礼奠盒,办了两桌小酒席,往平山堂而来。骆宏勋同了濮天鹏步出西门口,见来往之人一路上不脱,及至平山堂那个擂台,那看的人有无千上万。一见骆宏勋等行来,人人惊喜,个个心乐,道:"来了! 来了!"拥挤前来,不能行走。余谦大怒,走向前来,喝道:"看擂台是看擂台,到底要让条大路,人好行走!"众人见他动怒,皆怀恐惧,随即让条路。余谦在前,濮天鹏、骆勋助二人随后,来到观音阁。徐大爷早打发人把信,和尚已经伺候。骆大爷到了老太太灵坛面前,双膝跪下,双手抱住灵坛哭道:"苦命亲娘! 你一生惯做好事,怎么临终如此! 怎地叫你孩儿单身独自,倚靠何人?"余谦亦齐边跪下,哭道:"老太太呵! 出去时节还怜我小的无父无母之人!"主仆二人跪地,哀哀恸哭。那个陪祭的濮天鹏暗想道:"怪不得花振芳与老岳这两个老孽障都无儿子,好好的人家,叫他二人设谋定计,弄得披麻戴孝,主哭仆嚎。欲将真情说出,恐被俺那个绝子绝孙的老岳知道,又要受他的闷气!"只得硬着心肠,向前来劝道:"骆大爷不必过哀,老太太已死不能复生,保重大驾身子要紧!"正劝之间,徐松朋轿子到了,叫人将祭礼盒设在灵前,亦劝道:"表弟莫哭,闻得亲朋知你回来,都办香纸来上祭。后边就到了,速速预备。"

未有片刻,果来了几位亲朋灵前行祭。骆大爷一旁跪下陪拜。徐松朋早已吩咐灵旁设了两桌酒席:凡来上祭之人,俱请在旁款待。共来了有七八位客人,拜罢,天已中午。徐松朋道:"别的亲友尚未知表弟回来,请入席吧!"濮天鹏想道:"我来原是上祭,今徐大爷催着上席,世上哪有先领席后上祭之理? 还是先行礼方是;但不知是谁家的个死乞婆,今日也要我濮天鹏磕头!"心中有些不忿,欲想不行礼又无此理,心中沉吟不定,进退两难。不知行礼否,且听下回分解。

第三十六回

骆府主仆打擂台

话说濮天鹏行祭礼又不眼气,欲要不祭又无此理,只得耐着气,走向骆太太灵前行礼。骆大爷道:"隔江渡水,仆承驾到,即此盛情之至,怎敢又劳行此大礼!"徐松朋道:"正是呢!远客不敢过劳,只行常礼吧!"濮天鹏趁机说道:"既蒙吩咐,遵命了!"向上作了三揖,就到那边行礼坐席去了。

骆宏勋心中暗怒道:"这个匹夫,怎么这般自大法?若不看鲍自安老爹份上,将他推出席去,连金子也不收他的!"余谦发恨道:"我家太太赠你一百二十两银子,方成全你夫妻。今日你在我太太灵前哭奠一番才是道理,就连头也不磕一个,只作三个揖就罢了?众客在此,不好意思,临晚众客散后,找件事儿打他两个巴掌,方解我心头之恨!"这边坐席自有别人伺候,余谦怒气冲冲地走到东厅之内坐下,有一个小和尚捧了一杯茶来,道声:"余施主请茶。"余谦接过吃了,小和尚接过杯子。余谦问道:"我家太太灵坛放在你庙中三日,可有人来行祭否?"小和尚道:"未有人来。"余谦道:"就是徐大爷一家,也未别处?"小和尚想了一想道:"就是徐大爷那日送太太回去之后,有一顿饭光景,来了四五个人,都笑嘻嘻地道:'这是骆太太之灵,我们也祭一祭。'并无金银冥锭、香烛纸钱,就是袋中草纸几张,烧了烧。"余谦道:"那人多大年纪?怎样穿着?"小和尚道:"五人之中,年老者有六十年纪,俱是山东人打扮。"余谦道:"烧纸之时,可听他说些什么话来?"小和尚道:"他只说了两句,道:'能令乞婆充命妇,致使亲儿哭假娘。'"

余谦闻了此言语,心中暗想道:"这五个人必是花振芳妻舅了。拿草纸行祭,又说道'乞婆充命妇,亲儿哭假娘'之话,坛内必非太太骨灰。想前日龙潭临行这时,那鲍自安说他有一个朋友,可以起死回生;今日濮天鹏行祭之时,又作三个揖而不跪拜,种种可疑,其中必有缘故。待我走到那边,将灵坛推倒,追问濮天鹏便了。"遂走到灵案之前,将灵坛子抬起往地下一掼,跌得粉碎。

骆大爷一见余谦掼碎母亲骨坛,大喝一声:"该死畜生! 了不得!"上前抓住,举拳照面上就打。徐松朋亦怒道:"好大胆的匹夫! 该打! 该打!"濮天鹏心下明白,知道余谦识破机关,故把骨坛掼碎。连忙上前架住骆宏勋之手,说道:"骆大爷、你见余谦掼坛,如何不怒? 但是,莫要屈打余大叔,我有隐情相告。"骆大爷道:"现将我母亲骨坛掼碎,怎说屈打了他?"濮天鹏道:"此非老太太的骨灰,乃是假的!"徐、骆二人惊异道:"怎知是假的?"濮天鹏遂将鲍、花二老所定之计说了一遍,"特叫小的相陪前来,恐大驾过哀,有伤贵体,令我解劝。如若是真的,我先前祭奠之时,如何只揖而不拜?"徐松朋又问余谦:"你何以知之?"余谦又将小和尚之话说了一遍。骆宏勋方知母亲现在山东,遂改忧为喜。徐松朋亦自欢乐,吩咐家人多炖些美酒,大家畅饮一回。骆大爷更换衣巾,与众人同饮。大家谈论花振芳爱女太过,因婚事不谐,真费了一些手脚。亲邻们席罢,俱告别而回。

徐松朋乃在庙中检点物件,半日不见余谦。骆宏勋连忙呼之,不应,着人出庙寻找回来。家人回道:"已上擂台了!"徐松朋皱眉道:"濮兄同我表弟前去看看余谦,或赢或输,切不可上台。待回家商议一个现成主意,再与他赌胜败。"骆大爷与余谦虽分系主仆,实在情同骨肉。闻他上了擂台,早有些提心吊胆,遂同濮天鹏来至擂台右手站立,只见余谦正与朱龙比试。怎见得? 有秧歌一个为证:

> 行者出洞头一冲,二郎双铜要成功。叱高咤下之勾挈,下扑英雄埋龙凤。入水走脱油和尚,六路擒拿怪魔熊。两人会合冲云去,个个犹如行雨龙。

比斗多时,余谦使个"双耳灌风",朱龙忙用"二三分架"。不料余谦左腿一起,照朱龙右胁一脚,只听得"咯冬"一声,朱龙跌下擂台,正跌在濮天鹏面前。濮天鹏又就势一脚,那朱龙虽然英雄,怎当得他二人两脚,只落得仰卧尘埃哼哼而已! 而台下众人看得齐声喝彩道:"还是我们余大叔不差!"余谦满腔得意,才待下台,只见台内又走出一个人,大喝道:"匹夫休走! 待二爷与你见个高下!"余谦道:"我就同你玩玩!"二人又丢开了架子。只见:

> 迎面只一拳,蹦对不可停。进步撩退踢,还手十字撑。虎膝伏身击,鹰爪快如风。白鹅双亮翅,野鸡上山登。

比较多时，余谦使个"仙人摘桃"，朱虎用了个"两耳灌风"，这乃是余谦之熟着，好不捷快！用手一分，这右脚一起，正踢着朱虎小腹，"哎呀"一声，又跌下台来，正跌在骆大爷面前。骆大爷便照大腿上，又是一脚踢去，朱虎喊声不绝。栾家着人将朱龙、朱虎尽抬回去了。众人又喝彩道："还是余大爷替我们扬州人争光！"余谦实在得意，又道："还有人否？如还有人，请出来一并玩玩！"只见台内又走出一个人，也有一丈身躯，却骨瘦如柴，面黄无血，就像害了几个月的伤寒病才好的光景，不紧不慢地说道："好的都去了，落我个不济事的，少不得也要同你玩玩。"骆大爷暗道："打败两个，已保全脸面，就该下来，他还争气逞强！"众目所视之地，又不好叫他下来，只得由他。徐松朋虽在庙中等候，而心却在擂台之下，不时着人探信。闻得打败两个，说道："余谦已有脸面了。"又听说余谦仍在台上，恋恋不舍。徐松朋道："终久弄个没趣才罢了！多着几个人探信，不时与我知道。"且说余谦见朱彪是个痨病鬼的样子，哪里还放在心上，打算着三五个回合，又用一巴掌就打下台去了。谁知那朱彪虽生得瘦弱，兄弟四个人之中，催他英雄，自幼练就的手脚，被他着一下，则筋断骨折。余谦拳脚来时，他不躲闪，反迎着隔架。比了五六个回合，余谦仍照前次用脚来踢，被朱彪用手掌照余谦膝盖上一斩，余谦喊叫一声，跌在台上，复又滚下台来。骆宏勋同濮天鹏、徐府探信之人，连忙向前扶架。哪里扶得住？可怜余谦头上有黄豆大的汗珠子，二目圆睁，喊叫如雷，在地下滚了有一间房的地面，众人急忙抬进了观音阁。

且说栾镒万、华三千二人俱在台内观看，只见朱彪已将余谦打下擂台，向朱彪道："台底下站的那个方面大耳者，即是骆宏勋；那旁站大汉，即是向日拐我的宝刀之濮天鹏，何不激他上来比试？"朱彪听得骆大爷亦在台下，大叫道："姓骆的，你家打坏我家两个人，我尚且不惧；我今打败了你家一个人，你就不敢上来了？非好汉也！"骆大爷本欲同濮天鹏回观音阁看余谦之腿，同徐大爷相商一个主意，再来复今日之脸面也。忽听台上指名而辱，哪里还容纳得住？遂自将大衣脱下，用带将腰束了一束。濮天鹏见骆大爷要上台的光景，连忙前来劝解。骆大爷大叫一声："好匹夫！莫要逞强，待爷会你！"双退一纵，早已纵上台来，与朱彪比试。正是：

　　英雄被激将台上，意欲代仆抱不平。

毕竟不知骆大爷同朱彪胜败如何，且听下回分解。

第三十七回

怜友伤披星龙潭取妙药

却说骆宏勋跳上擂台来，与朱彪走势出架。走了有二十个回合，不分胜负，你强我胜，台下众看的人无不喝彩。怎见得二人赌斗，有《西江月》为证。词云：

二雄台上比试，各欲强胜不输。你来我架如风呼，谁肯毫丝差处。我欲代兄复脸，他想替仆雪辱。倘有些儿懈怠虚，霎时性命难顾！

二人斗了多时，朱彪故意丢了一空，骆宏勋一脚踢来，朱彪仍照膝下一斩，骆宏勋大叫一声，也跌下台来，亦同余谦一样在地下滚了一间房子大的地面。濮天鹏同徐松朋家探信之人，连忙抬起赴观音阁去。朱彪见濮天鹏亦随众人而去，在台上吆喝道："姓濮的，何不也上来玩玩！"濮天鹏道："今日免斗。"回到阁中，听得骆大爷同余谦二人喊叫不绝。天已下午，徐松朋道："在此诸事不便。"借了和尚两扇门，雇了八个夫子，将他主仆二人抬起。原来自掼坛之后，徐松朋早已令人回家备马前来，以作回城骑坐。濮天鹏骑了一匹马，徐松朋仍坐轿，从西门进城。来至徐松朋家，吩咐速备姜汤并调山羊血，与他主仆二人吃下，尽皆吐出。徐松朋道："参汤可以止疼，速煎参汤拿来！"吃下去亦皆吐出。骆宏勋主仆二人疼得面似金纸，二目紧闭，口中只说："没有命了！"徐松朋又叫人脱他的靴子，腿已发肿，哪里还能脱得下来！徐松朋吩咐拿小刀子划开靴袜。一看，二人皆是伤在右腿膝盖以上，有半寸阔的一条伤痕，其色青黑，就像半个铁圈嵌在腿上一般。徐松朋又着人去请方医科来，方先生来到一看，道："此乃铁器所伤。"遂抓了两剂止疼药，煎好服下，仍然吐出。二人只是喊叫："难熬！"徐松朋看见如此光景，汤水不入，性命难保，想起表兄弟情分，一阵伤心，不由得落下泪来。

濮天鹏见骆宏勋主仆不能复活，心中甚为不忍，怨恨老岳道："都是这老东西所害，弄得这般光景。若无假母之丧，骆家主仆今日也不得回扬，哪有此祸！"遂向徐松朋道："家岳处有极好跌打损伤之药，且是妙药，待我速回龙潭取来，并叫老岳前来复打擂台。我知他素日英雄，今虽老迈,谅想朱彪这厮必不能居他之上!"徐松朋道:"如此甚好,但太阳已落,只好明早劳驾前去。"濮天鹏道:"大爷,救人如救火。骆大爷主仆性命只在呼吸之间,我等岂忍坐视?在下就要告别!"徐大爷道:"龙潭在江南,夜间哪有摆江舡只在?"濮天鹏道:"放心,放心!容易,容易!即无船只,在下颇识水性,可以浮水而过。"徐松朋道:"濮兄交友之义,千古罕有。"吩咐速摆酒饭。濮天鹏即欲起行,说道:"在下是八十年之饿鬼,即龙肝凤心、玉液金波也难下咽矣!"说罢,将手一拱,道声:"请了。"迈步出门,奔走到江边。瓜州划子天晚尽皆收缆,哪里还有舡行? 濮天鹏恐呼唤船只,耽搁工夫,迈开虎步自旱路奔行。心急马行迟,日落之时,在徐府起身,至起更时节,就到了江边,心中还嫌走得迟慢。在江边大声喊叫:"此去可有龙潭船只么?"连问两声。临晚,船家见没有生意,尽脱衣而睡。听得岸上有人喊叫,似濮姑爷的声音,遂问:"哪个?"濮天鹏应道:"是我。"遂即跳下了船。船家尚未穿齐衣服,濮天鹏自家拨篙解脱了缆,口中道:"快快开船!"船家见姑爷如此慌速,必有紧急公务,不敢问他,只得用篙撑开舡。幸喜微微东北风来,有顿饭时候,已过长江。濮天鹏吩咐道:"船停在此,等候少刻,还要过江哩。"遂登岸如飞地奔庄去了。

来到护庄桥,桥板已经抽去,濮天鹏双足一纵蹿过桥,到了北门首。连叩几声,里边问道:"是哪个敲门?"濮天鹏道:"是我。"门上人听得是姑爷声音,连忙起来开了大门。濮天鹏一溜烟地往后去了。门上人暗笑道:"昨日才出门,就像几年未见婆娘的样子,就这等急法!"仍又将门关上。

且说濮天鹏往后走着,心内想道:"此刻直入老岳之房要药是有的,若叫他去复打擂台,必不能济事。须先到自己房中与妻子商议商议,叫她同去走走。这老儿有些恩爱女儿,叫她帮着些才妥。"算计已定,来至自己房门,用手打门。鲍金花虽已睡了,却未睡着,听得打门,忙问道:"是谁?"濮天鹏道:"是我。"鲍金花听得丈夫回来,忙忙唤醒了丫鬟,开了房门,取火点起灯来。鲍金花一见丈夫面带忧容,问道:"你同骆宏勋上扬州,怎么半夜三更隔江渡水而回?"濮天鹏坐在床边上,长叹一声,不由得眼中流泪。鲍金花见丈夫落泪,心中惊异,连忙披衣而起,问道:"你因何伤悲至此?"濮天鹏道:"我倒无有正事。只是你才提起'骆宏勋'三字,我想他主仆去时皆雄赳赳的汉子,此刻汤水不入,命系风烛,好伤悲也!"鲍金花问其所以,濮天鹏将他主仆打擂受伤,汤水不下,喊叫不绝,命在垂危之事说了。"我念他向日赠金，你我夫妻方得团圆，此恩未报，特地前来取药；又许他代请你家老爹赴扬州擂台，争复脸面。我要自请老爹，老爹必不肯去，故先来同你商议。你速起来去见老爹，帮助一二。"金花道："你来取药罢了，又因何许他请老爹上扬州？你吃过饭否？"濮天鹏道："余、骆二人要死不活，哪有心肠吃饭。徐松朋却备了酒席，是我辞了，急忙回来。"金花道："痴子！只顾别人，自家就不惜了么？饿出病来，哪个顾得你！桌上茶桶内有暖茶，果合内现有茶食，还不连忙吃点，再办饭你吃。"濮天鹏道："救人如救火，你快点起来，我自己吃吧！"鲍金花也念骆宏勋赠金之恩，遂穿衣而起。濮天鹏些须吃了几块茶食，同着妻子到鲍老房内来。濮天鹏执灯在前，鲍金花相随于后。

走到房门，连叩几下，鲍自安问道："是哪个？"濮天鹏道："是我。"鲍自安道："天鹏回来了么？"濮天鹏道："方才回来。"鲍金花道："爹爹，开门。"鲍自安道："女儿还未睡么？"金花道："睡了，才起来的。"鲍自安遂起身开了门，濮天鹏将拿来的烛台放在桌上。鲍自安问道："什么要紧事情，半夜三更回来？"濮天鹏将余谦识破机关，掼碎灵坛，上擂台打败朱龙、朱虎二人，又同痨病鬼朱彪比试，被他将右腿膝盖下打了一下，跌下擂台；又指名辱激骆宏勋，骆宏勋忿怒上台，亦被他照右腿膝盖下打了一下，其色青黑，滴水不入，看看待死。"闻得我家有极效损伤药，须我回来取讨。徐松朋叫我转致老爹说：骆宏勋与老爹莫逆之交，欲请老爹到扬州替骆大爷复个脸面！"鲍自安冷笑道："烦你回来取药，这个或者有个商量。我素闻徐松朋乃文武兼全之人，怎好对你说：'到家将令岳请来，代打擂台复胜。'是何意？朱彪将骆宏勋主仆打坏，心中不忿，是你在徐松朋面前说：你回来取药，并叫我赴扬州打擂台。你想骆家主仆皆当世之英雄，尚且输与他，似我这等年老血囊如何斗得过他？我与你何仇何隙，想将我这付老骨头送葬扬州？万万不能！快些出去，要药拿些去；叫我上扬州休提！让我睡觉。"濮天鹏虽系翁婿，其情若父子，又被其岳说着至病，一言不敢强辩。闻得催他出门，让他睡觉，真个低着头，灰心丧气向外就走。

正走得门外，鲍金花曰："丈夫来。"至房内，见父亲责备丈夫，丈夫一言不敢强辩，心中早有三分不快。又闻丈夫被催赶出门，丈夫真个低着头往外便走。心中大怒，一把将丈夫后领抓住，往里一扯。

不知有什么正经话说，且听下回分解。

第三十八回
受女激戴月维扬复擂台

话说鲍金花见丈夫被赶出来,心中大怒,将丈夫后领一把抓住,往里一拉,抱怨道:"我说不来的好,你要来,惹得黄瓜、茄子说了一大篇。骆宏勋是你家的亲兄乃弟,姑表、两姨么? 人家好好的赴宁波完姻,偏要留住人家;设谋定计,什么亲娘假母,哄得人家回去奔丧,弄得不死不活受罪哩! 倘若死了,到阎罗王面前你也不是知情人,还怕他攀你不成! 何苦受这些没趣。明日连药也不必送,各人吃了各人的饭,管他。这正是弄出夹脑伤寒来值多少哩!"鲍金花里打外敲,抱怨丈夫。鲍自安道:"我又得罪姑老爷了,惹得姑奶奶动气。怕姑老爷恼出伤寒病来,是我的罪。我老头儿狗命连分文不值。我想既得罪姑奶奶,家中又是难过,拼着这条老命,上扬州走走罢了! 等我到扬州被朱彪打下擂台跌死之后,姑奶奶,我与你父女一场,弄口棺材收收尸,莫要使暴露,惹人笑话! 方才听姑老爷说:救人如救火,连夜赶去才好。只是夜间哪里有船只过江?"濮天鹏道:"我已吩咐留下一只舡在江边等候了。"鲍自安叹道:"你看。夫妻两个做就圈套,拿稳叫我老头儿去的;不然舡都预备现成。"鲍金花连忙代老爹取拿应用物件,濮天鹏连忙代老爹打起行李,并多包些损伤药。收拾齐备,鲍自安将听差之人点了二十名,跟随前去。吩咐道:"待我上擂台之时,你们分列擂台两边,倘朱彪打我下台,你们接我一接,莫要跌坏了腿脚,老年弄个残疾。"众人笑道:"据老爹之英勇,断不至此!"鲍自安道:"圣人说得好:'人无远虑,必有近忧。'"又把濮天雕请来,嘱咐道:"我上扬州,多则五日,少则三日即回家中。小事你同嫂嫂自主,倘有大事,差人去通知我。"濮天雕领命。诸事分派已毕,点起两个大灯笼,同濮天鹏并二十个听差之人,直奔江边而来。

来至江边。上了先前之舡。船家见老爹过江,哪个还敢怠慢,起锚的起锚,扳掉的扳掉,将船撑开。总是骆宏勋主仆灾星该退,濮天鹏来时是东北风,此刻又转了西南风,往返皆是顺风,江中无甚耽搁。到了江北岸,舡家正到河边弯的,瓜州划子都是认得。遂叫了四只舡,许他几钱银子,每舡四个抬夫,连老爹二十二个人,分坐四船,奔扬州而来。五更三点已至扬州南门,看城门未开,遂将舡脚秤付舡家。在舡上静坐了片时,听得城里发擂放炮,开放城门,鲍自安等开门而进。

濮天鹏认得路,走在前引路。来到徐府门首,用手敲门。徐松朋家因骆宏勋主仆病危,众人一夜俱皆未睡,听得看门人相问,濮天鹏道:"是我。龙潭取药回来了!"家人急报徐大爷,徐大爷大喜,道:"这才算做个患难扶持之友!"忙发钥匙将大门开了。濮天鹏一众人等走进来,徐松朋见了二十多人之中有一年老者,有一丈二尺身躯,谅必是鲍自安了。连忙说道:"恕我退疼,不能起迎!"鲍自安慌忙走进,说道:"不敢!不敢!不知大驾受伤。前日即欲同骆大爷前来看望,奈舍下俗事匆匆,不能脱身,故着小婿前来候安。昨晚又闻骆大爷主仆受伤甚重,舍下有配制之药,每每见效,今特送药前来,并候贵体!"徐松朋道:"赐药足矣,又劳大驾披星戴月而来,使愚表兄弟何以克当!"彼此说了几句套话。

鲍自安听得那边两只棕榻上哼声不绝,问道:"此即骆大爷卧榻么?"徐松朋道:"正是。"鲍自安走进东边,将骆宏勋一看:只见他二目紧闭,面似金瓜,连叫几声,骆宏勋只哼不应;转脸又见余谦亦然。鲍自安道:"快拿麻油来。"亲自将药包打开,将药调好,掀开二人之被,敷于伤处,仍又将被盖好,令他出汗方好。仍与徐松朋说道:"此药屡次见效,轻者至顿饭光景即可痊愈。骆大爷主仆受伤过重,大约早饭时节,包管止痛,就可以起来;中饭时节,复自如初,与好人一般。徐大爷连日伤痕何如?"徐松朋道:"疼也不大疼了,起也起得来,就是不敢行走。"鲍自安道:"有药在此,何不也敷上些?亦请安睡安睡,出一身汗就好了。"徐松朋道:"今贵翁婿在此,无人相陪,待舍表弟伤好之后,我再上药吧!"鲍自安道:"若拘此礼,又非相好了!但愿列位伤痕速好,好商议复打擂台。大驾只管敷药去睡,有酒有肴,贵价拿来,我们自家会吃会饮,何必要你陪客。"徐松朋见鲍自安说话爽快,且是欢喜,道:"既蒙原谅,遵命,遵命!"吩咐再拿一张棕榻铺设于此,又吩咐预备上一下四共五桌酒席。诸件吩咐已毕,自家才敷药上床而睡。鲍自安翁婿一席,带来的二十位英雄在对厅四桌自饮。

未有半个时辰,徐松朋已醒,觉得退上毫不疼痛,起身行走如旧,极口称赞道:"鲍老爹此药真仙方也!"骆宏勋、余谦正在熟睡,耳边猛听得徐松朋口中呼叫"鲍老爹",掀起被来坐于床上,睁眼一看,正是徐松朋同鲍自安翁婿一起谈心。徐、鲍、濮三人见他主仆坐起,连忙走近身边相问。骆宏勋道:"鲍老爹几时至此?"徐松朋将濮天鹏夜回龙潭取药,并"请鲍老爹戴月披星而来医治我等,我已行走如初,因你二人伤重,是以不能行走"之事说了。骆宏勋谢道:"晚生何能,致使老爹黄夜奔忙,何异重生父母!"余谦亦谢道:"待小的起来与老爹磕几个头吧!"鲍自安道:"疾病扶持,朋友之道,何谢之有!"余谦道:"小的腿已不疼了,待小的走到平山堂与那痨病鬼拼个死活。"骆宏勋抱怨道:"你这冤家,还不知戒!只因你性急了,弄得我主仆之命在于旦夕。若非濮兄见爱,鲍老爹相怜,此刻命归哪世矣!"鲍自安道:"余大叔,你莫性急,岂肯白白罢了!大家商议一个主意。我既到此,拼着一条老命,也少不得要同他一会。我料他擂台上今日必无人了。栾家设此擂台原是为四望亭之恨,今既将你主仆打伤,又知徐大爷前已跌坏,料无人与他比较了。我们即便复脸,也不是暗暗前去,必须晓谕众人得知,使台下众人观看观看才好哩!明日是要去的。再停一停,等余大叔起来,奔教场辕门口,转到西关便了。一路游玩,再从栾家门前经过,使众人知道你的腿已好,要复打擂台,明日好来观看。"徐松朋深服其言,令人拿点汤水点心放在他主仆床上食用。二人食了些须,仍然安息。

这边桌上已摆早茶,徐松朋相陪他翁婿二人。徐松朋道:"请问老爹:舍表弟主仆到底是何伤?"鲍自安道:"此非器械所伤,乃手伤也。用缸桶盛铁沙三斗,幼年间以手在沙内擂、插,久则成功。人碰一下,筋麻骨酥,此手名为'沙手'。"徐松朋问道:"老爹幼亦曾练过否?"鲍自安道:"练是练过,今已年迈,但不知还能用不能用?"饭毕之后,天已正午,余谦早已起身,穿了鞋袜,向鲍自安谢过。说道:"小的要游玩去了。"鲍自安道:"方才医好了腿,当要小心行走要紧!"余谦答道:"晓得。"说罢,出门去了。

且说朱彪将骆家主仆打下台来,栾镒万甚是欢喜,知骆家并无他人,同了朱彪、朱豹、华三千等亦回家,请医调治朱龙、朱虎之伤。吩咐设筵与朱彪贺功。朱彪甚为得意,说道:"非在下夸口:骆家主仆今受我一掌,少则三个月,多则半年,方能行动。"栾镒万道:"我所恨者是这两个匹夫,今被打伤,已出我心头大气。明日也不必上台去了,大家在家,着医治两兄之伤,并唤名班做戏,贺三壮士之功。"华三千道:"大爷且莫得意,骆家主仆从不受人之气,岂肯白白受我们之辱乎? 他们相识英雄甚多,自然搬兵取救,几日内还要复脸的。"朱彪道:"哪怕他搬那三头六臂之人来,我何惧乎!"栾镒万闻他言语强硬,甚是相敬。

及至次日中饭以后,门上人来禀道:"小的方才见余谦雄趄趄地过去,恶狠狠地向我家望了几眼。"栾镒万道:"胡说,昨日打下台去,疼痛难禁,在地下滚了间把房子地面,亲见众人抬去,如何今日就好了?"朱彪道:"莫非今夜疼死了,来此显魂?"门上人道:"青天白日,满街人行走,鬼就敢出来了? 他方才过去,大爷与三壮士如有不信,何不请出去,等他回来看一看!"栾镒万道:"也说得有理。"遂同朱彪兄弟们走到大门,未出屏门,余谦行走转来,众人一看,正是余谦,行走如旧。栾镒万冷笑道:"昨日三壮士说:少则三月,多则半年,方能行走。今一夜即愈,是多则半日,少则三时了。"朱彪满面发赤,恨道:"明日再上擂台,必要送他残生。"不讲朱彪发狠。

且说余谦晚间回来,鲍自安问道:"都走到了么?"余谦道:"都走过了。栾家门口我走了两三个来回。"众人大喜道:"摆宴!"大家用过,各自安歇。

次日众人起身梳洗已毕,吃了点心,稍停,又摆早饭。吃饭之后,鲍自安令人到街坊探望探望,可有往平山堂看打擂台之人? 去人回来禀道:"上平山去者滔滔不绝。"鲍自安道:"我们也该去了。"徐松朋备了四骑牲口,鲍老翁婿,徐、骆弟兄四个骑坐,那二十个英雄、余谦一众相随。大家仍出西门,直奔平山堂而来。离平山尚有一里之遥,鲍自安抬头一看,见东南大路上来了两骑牲口,上边坐着一男一女。鲍自安仔细一看,大叫一声:"不好了!"正是:

知女平素好逞胜,惊父今朝喊叫声。

毕竟不知鲍自安所见何人,大惊缘故,且听下回分解。

第三十九回

父女擂台双取胜

却说鲍自安同徐、骆、濮三人行到平山堂不远,抬头见东南大路上来了两骑牲口,一男一女,不是别人,正是女儿金花同了濮天雕。鲍自安暗想道:"我的女儿是个最好胜的人,她今到此,我若胜了朱彪则无甚说;倘若输时,她怎肯服气?必定也要上台。她是女儿家,倘有差池,岂不见笑于大方!"所以大叫一声:"不好了!女儿同濮天雕都来,家中无人照应?"濮天雕未曾回言,濮天鹏早已看见,心中怨道:"你来做甚?"徐松朋、骆宏勋齐说道:"姑娘来扬走走,甚是,老爹何必埋怨。"说说行行,两边马匹俱行到总路口,个个跳下牲口,徐松朋与骆宏勋上前见礼,又与濮天雕见过。徐松阴道:"请姑娘到舍下去吧!"鲍金花道:"我今特来观看擂台,俟看过之后,再造府谒见大娘吧!"濮天鹏埋怨濮天雕道:"你今真不该同她前来。"濮天雕道:"嫂嫂要来,我怎拦得她住!"鲍自安道:"既来了,说她也无益。"低低地又向濮天雕道:"我将嫂嫂交与你,她有些好胜,千万莫叫她动手动脚。"濮天雕答应。

到了擂台,徐家的家人将牲口俱送观音阁寄下,跟老爹来的二十个英雄,遵老爹之命,分列两旁站立。濮天雕同嫂嫂站立擂台之右,徐、骆因有男女之别,同鲍自安俱在擂台之左。濮天鹏本欲与妻、弟站立一处,恐徐、骆暗地取笑,也同在左边站下。只见朱彪在台上说道:"打不死的匹夫,并大胆的英雄,再上来陪咱玩玩。"鲍自安脚尖一踮,早上了擂台,慢慢地说道:"只是我年老了,拳棒多时不玩,恐不记得套数,手脚直来直去。壮士让我三分老,我就陪你胡乱玩玩。"朱彪将鲍自安上下一看:身长体大,甚是魁伟,约有六十来岁年纪。答道:"既上台来,自然武艺精奇,何必过谦!"鲍自安道:"我今日与你商议:我想白打没有什么趣,必须赌个东道,方显得有精神。"朱彪道:"要赌个什么东道?"鲍自安道:"也不可大赌,赌五百两银子吧!"朱彪听说五百银子,就不敢应承,口中只是打嗦。栾镒万在台内早已听见,若不应承,令下边人取笑。里边应道:"就赌五百两银罢了!"随即拿出十大封银来放在桌上。鲍自安在当中取了二封,看了一看,却是足纹。说道:"我自路远,未带得这些银子,拿件东西质当,晚间不赎,就算抵直东道。"朱彪道:"你是何物质当?"鲍自安将头上带的顶毡帽取下,道:"就是他质当,如何?"朱彪发笑道:"不是真玩,还是取笑?"鲍自安道:"谁与你取笑!谁不真玩!"朱彪正色道:"既不取笑,你那个毡帽能值几何、就当五百两银子么?"鲍自安将帽前钉的那颗珍珠指着道:"他也不值五百银子么?"朱彪不识真假,还在那里讲究。台内栾镳万早已望见那颗珍珠有圆子大,光明夺目。论时价真值足纹千金,今当五百有何不可!遂着人出台道:"三壮士,就是那帽子当五百多两!"银子、帽子俱搁在一张琴桌之上。讲究完了,鲍自安方才解下大衣,系紧束腰带。二人丢开架子,在台上比武。朱彪欺他年老,意欲三五步抢上,就要打发他下台。正怀这个主意,朱彪一拳紧似一拳;鲍自安只是招架而不还手,口中唧唧哝哝地道:"先说过让我个'老',动了手就不是那话了!五百银子眼看着是输了。"

徐、骆二人并余谦在下低低说道:"你看鲍老爹只有招架拦挡,莫不真要败输?"濮天鹏道:"诸公不知家岳情,此诱敌之法!待朱彪力乏之时,才对他动手脚哩!"真个,未有一个时辰,朱彪使了瞎气力,丝毫未伤鲍老爹,拳势渐渐松下来了。鲍自安见朱彪些须力尽光景,遂抖擞精神,使起拳势;朱彪力尽,哪里还招架得住!鲍自安迎面一个冲手,朱彪用手招架,谁知鲍自安冲手是假引,朱彪来架时,他即将身一伏,用手向朱彪裆中两手一挤,朱彪"哎呀"一声,跌下台去。可怜朱彪在地下滚了有两间房子大的地面。鲍自安道:"也抵得过前日滚的地面了。"方走到琴桌边,将毡帽戴上,又将衣服并十封银子抱起,跳下台来。徐、骆二人迎上,称赞道:"恭喜!恭喜!"鲍自安道:"托庇!托庇!侥幸!侥幸!"徐松朋令人将银子接过,才待要穿大衣,又听得台上有人喊叫道:"那老儿莫要穿衣,待四爷与你玩玩输赢!"鲍自安听得有人喊叫,向台上一望:见一人有一丈三尺余长的身躯,体大腰圆,豹头环眼,就像一个肉宝塔。鲍自安道:"我就与你玩玩,再赢你五百两,一总好买东西吃。"大衣交与自家人收了,正要复上擂台,只见女儿金花已蹿上台去了。鲍自安道:"不好了!我原怕她好胜,今已上去,如何是好?"抱怨濮天雕道:"我将嫂嫂交给与你,你怎么还让她上去!"濮天雕道:"嫂嫂并无言语,一蹿即上,如何拦住!"且不说鲍自安抱怨濮天雕。

且说鲍金花站立在台上,启朱唇,露银牙,娇声嫩语喝骂道:"夯物肉货,怎敢欺我老父!待姑娘与你比较个输赢。"朱豹听他称着"老父",一定是他女儿。心中想道:"我今不打她下台,只在台上打倒她,虽不能怎样,岂不把他父亲羞他一羞?"算计已定,说道:"你乃女流之辈,若打下台去,跌散衣衫,岂不羞死!早早下去,还是你那该死的父亲上来见个高低。"鲍金花道:"休得胡言,看我擒你!"二人动手比试。金花乃众明师所授之技,拳拳入妙,势势精准;且朱豹身大粗夯,金花十拳就打得他八拳。怎奈金花乃娇弱女子,身小力薄,拳头打到朱豹身上,就如蚊虫叮了一口,如何打得开?越打越朝前进,鲍姑娘反朝后退。鲍自安见光景不好,叫道:"女儿下来吧!还是我上去。"鲍金花乃好胜之人,众目所观之地,怎肯白白下来!直见朱豹渐渐挤上,至西北角上,身后只落得一二尺之地面。濮天鹏虽然说不出来,心中却捏着两把汗。鲍自安躁得头上汗珠乱滚。且说鲍金花见自家身后无有地步,少时难站,前有朱豹,心中甚为焦躁,若不与他强挡,必被他挤下台去。将身一伏,假作跌倒之势,朱豹认以为真,弯腰用手来按,不料金花就地一蹿,意欲从他身上蹿过。鲍金花在家内就打算来打擂台的,脚下穿了一双铁跟铁尖之鞋,恰恰朱豹按空,从头上过去;鲍金花纵起,他亦站起身来拦截,鲍金花两只鞋尖正正踢在朱豹两眼之内,铁尖将眼珠勾出来了。朱豹疼痛难禁,心中昏乱,回身便倒跌下台来。鲍金花金莲一纵,也随下台来,意欲再踢他两脚。鲍自安连忙禁止道:"何必赶尽杀绝!"鲍金花方才止住。两旁人个个伸舌,称赞道:"真女中之英雄也!"栾镒万共请了四个壮士,两次打坏了二双,好不灰心丧气;金银花费多少,羞辱未消丝毫,还要代他医治伤痕。吩咐家人将朱彪、朱豹抬回家去。徐松朋满腔得意,吩咐家人将牲口牵来,留濮天雕、鲍金花一同进城。余谦满面光辉,陪着那二十位英雄步行回家:

鞭敲金镫响,人唱凯歌回。

来至门首,徐大娘将金花留进后堂款待,徐、骆前厅相陪。这且不表。

且说那栾镒万回到家中,听得朱氏弟兄不是这个哼,就是那个喊,哼喊声不绝,心中好不烦闷。向华三千说道:"速速叫人将擂台拆来,小材大料搬回家来,小件东西布施平山堂那个庙里吧!"华三千答道:"不拆,留他何用!"朱龙、朱虎前日受伤,虽然还疼痛,到底还好些。耳中听得栾镒万同华三千打算去拆擂台,朱龙说道:"胜败乃兵家之常事,栾大爷何灰心如此?"栾镒万道:"贤昆仲俱已受伤,一时怎能行动?我欲拆了擂台。"朱龙道:"骆家主仆前日也曾受伤来,怎又请人复擂?难道我弟兄就无处请人么?"栾镒万道:"但愿你贤昆仲们有处勾兵,前来复此擂台,以雪我们弟兄之恨。大家在众人面前亦有脸面。但不知你欲请何人至此,亦不知此所请之人,今住居于何处?"栾镒万他心中受此羞辱,恨不得即时有人前来雪此擂台之恨,听得朱龙、朱虎所言,故尔即时动问。正是:

欲思报复前仇恨,故特追寻请真人。

只见那朱龙不慌不忙说出这个人来。不知后事如何,且听下回分解。

第 四 十 回

师徒下山抱不平

　　话说栾镗万问朱龙所请何人？朱龙道，"我欲请者，乃吾师也。姓雷，名胜远。他在峨眉山出家。"栾镗万冷笑道："峨眉山在四川地方，离此有几千里远，往还要得半年工夫。"朱龙道："目下却不在峨眉山，现在南京灵谷寺内做方丈①。大爷备办礼物四色，愚弟兄写一封书，恳求大爷差两个能干之人，连夜赶到南京。吾师若见愚兄弟之书自然前来，不过五六日光景，吾师一到，必然可出大爷之气，并复愚兄弟之脸。"栾镗万因此擂台已花费了无数银子，发狠道："再用一万银子罢了！"说道："壮士作速修书。"又吩咐备了四色礼物，都是出家人所用之物。朱龙烦华三千代笔，朱龙说一句，华三千写一句，亦不过是连激代哀之词。不多一时，书札俱已办齐。栾镗万道："我方才见那打擂之男女，皆非扬州人氏，倘得雷道长请来，这老儿功成回去，岂不徒劳乎！"即向华三千道："老华，你先到徐家通个信，使他莫要回去才好！"华三千本不敢去，今奉东家之命，暗想道："养军千日，用在一时，怎好推辞！若去呢，别人犹可，就是余谦这厮有些难见。倘若见面，就吃他一个下马威，莫说一拳一脚，即一弹指，我就吃饭不成！又不好推辞。"只得勉强应道："使得，使得！"遂穿了衣服往徐家而去。

　　来至徐府门首，向门上人说道："烦大爷通禀一声，就说栾府门客华三千求见。"门上人听说，只得进内通报。徐大爷正陪着众人饮酒，忽见门上人进内。问道："有何事情？"门上人禀道："栾家门客华三千特来求见！"徐大爷眉头一皱，说道："他来何事？"余谦在旁侍立，听得华三千在外，说道："这孽障专会搬弄是非，他来必无好事。爷们不必叫他进来，待小的走出去，两个巴掌打他回去！"鲍自安道："两国相争，不斩来使。他既来，必有话说。且叫他进来，看他说些什么。"徐松朋道："有理，有理！"

---

　　① 方丈——寺院中的住持。

吩咐门上叫他进来。门上人领命出去。骆宏勋恐余谦粗鲁，嘱咐道："人来我家，虽非好人，亦不可得罪。你自出去，不必在此，亦不可在外多事！"余谦见主人如此吩咐，只得赶去站在二门，怒形于色。

门上人复领华三千进来，行至二门，见余谦那个神情，华三千早已战战兢兢。行至跟前，拱手赔笑，道："余贤叔在此么？"余谦也不相还，大声道："我今日不耐烦说话。"华三千满脸赔笑，走过去了。进得客厅，见三人共坐而食。濮天鹏因同在栾家会过，少不得同徐松朋微欠其身，道声："你来了么？请坐！"华三千意欲上前行礼，徐大爷道："不消了。华兄日伴贵客、出入豪门，今至寒门，有何见教？"华三千道："敝东着门下造大爷贵府，有一句话奉禀：今日擂台上，令友老先生父女武艺超群，令人爱慕，但恨相见之晚。本欲请驾过去一谈，谅令友同大爷必不肯下降。今虽打伤朱氏弟兄，扫了敝东擂台，不唯不怨，反而起敬重之心！敝东还有一个朋友颇通武艺，五七日间即到，意欲还要讨教令友，又恐令友回府，特今门下前来请问：不知令友可能容留几日否？"徐松朋闻得此言，甚为烦难，暗想道："若不应允，他必取笑我有惧怕之心；若应之，又恐鲍自安道：今日代我们复脸，已尽朋友之道，难道只管在此，替我们保护不成？"口中只是寒糊答应，不能决定。鲍自安早已会意，遂说道："我已知其意也。令东见今日扫了他的擂台，心中不服，又要请高明，要得几日工夫。犹恐请了人来，那时恐我回去，故先差你来邀住我，然后才去请人。哪怕是临潼斗宝，伍子胥过关，闹海李哪吒，舍着老性命也要陪他玩玩。这也不妨，但我只许你十日工夫，十日内请了人来便罢，若十日之外，我即起行，那时莫说我躲而避之！"华三千道："如此说，我就回复敝东便了。"徐松朋道："我不送。你回去就将此话回复令东。"华三千起身出来，看见余谦还在那二门站立，华三千远远地、笑嘻嘻地叫道："余大叔，因何不里边坐坐？只管在此，岂不站坏了！"余谦道："各人所好不同，与你何干。我先就对你说过，我不耐烦说话，你苦苦缠我怎地！"华三千连声道："是！"走过去了，暗念一声："阿弥陀佛！闯过鬼门关了！"方才放开胆，大步走出徐家之门回家。

栾镒万正在厅上候信，一见华三千进来，问道："事体可曾说明？"华三千捏造一片虚词，做作自家身份，答道："门下一到徐家门首，徐松朋闻得我到，同骆宏勋连忙迎出大门，揖让而进，余谦捧盘献茶。门下将大爷之言说过,那老儿亦在其坐,当面说明:他在此等候十日;若十日外,他就回家去了。门下料南京往返,十日工夫绰绰有余,遂与定妥。大爷可速速着人赴南京要紧!"栾镒万遂差栾勤、栾干两个家人,将书札礼物下舡动身。按下不言。

且说鲍自安在徐府用过晚饭,意欲叫女儿连夜回家,徐大爷哪里肯放,说道:"姑娘今日至扬州。明日叫贱内相陪,琼花观、天宁寺各处游玩两天,再回府不迟。哪有个今来今去之理!"鲍自安道:"虽如此说,舍下无人,骆大爷深知。"骆宏勋道:"虽然如此,天已晚了。"亦不敢叫女儿起行。一宿晚景已过。次日早饭后,鲍金花辞谢徐大娘,又辞别父亲。鲍自安道:"还是你叔、嫂先回去,到家小心火烛,要紧,要紧!若有大事,着人来此告我知道。我在此十日后,就回来了。"濮天鹏亦吩咐妻、弟二人,濮天雕与鲍金花一一领命。又辞过徐、骆二人,出门上马回龙潭去了。

鲍自安在徐府一住六日,华三千通信约定明日早赴平山堂比试,徐松朋报与鲍自安,鲍自安就许他明日上平山堂。徐松朋又差人打探栾家所请何人。去的人回来禀道:"今日才到,外人还不知他的姓名。就看见一老三少,三个道士。"鲍自安道:"不用说了,此必南京灵谷寺的雷胜远了。"徐、骆问道:"老爹素昔认识么?"鲍自安道:"从未会面,我却闻名,倒也算把好手!"徐、骆又问道:"天下好汉甚多,老爹素知道,到底算哪人为最?"鲍自安道:"能人多得紧,就我所知者,山东花老妻舅,还有胡家活阎罗胡理、金鞭胡琏,并骆大爷空山所会者消安师徒。"并把力擒三虎之事说了一遍,徐松朋甚为惊异。鲍自安道:"他还有两个师弟:一名消计,一名消月,比消安还觉英雄,惜乎我未会过。闻得他三师弟消月,能将大碗粗的木料,手指一捏,即为粉碎。我每想会他一会,却无此缘。"这一事,谈了一日。

次日早饭后,徐、骆、鲍、濮四人各骑牲口,余谦陪那二十个人仍是步行来至平山堂。牲口扣在观音阁中,众人步行来至擂台边,只听得旁边看打擂的众人道:"来了!来了!还有一位女将怎不见来?"鲍自安举目向台上一观,只见一位老道士,六旬以上年纪,丈二身躯,截眉暴眼,雄赳赳地坐在一张椅上。闻得下边人说:"来了!来了!"知是徐家到来,遂立起身来,将手一拱,道:"哪一位是前日扫擂台的英雄?请上台来一谈。"鲍自安闻得台上招呼,将脚一纵,上得台来,答道:"不敢!就是在下,前日侥幸。"道士道："请问檀越①上姓大名?"鲍自安道："在下姓鲍,名福,贱字自安。"道士道："道友莫非龙潭鲍檀越么?"鲍自安道："在下便是。"道士暗想道："果然名不虚传,怪道朱龙徒儿非他对手。"鲍自安道："仙长尊姓何名?"道士道："贫道姓雷,名胜远。"鲍自安道："莫非南京灵谷寺雷仙长么?"道士道："贫道正是。"鲍自安道："久仰!久仰!"雷胜远道："四个小徒不识高低,妄自与檀越比较,无怪受伤。又着人请我前来领教,不知肯授教否?"鲍自安道："既不见谅,自然相陪。"于是二人各解大衣,紧束腰绦,让了上下,方才出对。看官,但有实学,并无经过大敌者,专以谦和为上,不比那无术之辈,见面以言语相伤,何为英雄? 有诗为证:

> 实学从来尚用谦,不敢丝毫轻英贤。
>
> 举手方显真本事,高低自分无恶言。

雷、鲍二人素皆闻名,谁肯懈怠! 俱使平生真实武艺,你拳我掌,我退你脚,真正令人可爱。有诗:

> 一来一往不相饶,各欲人前逞英豪。
>
> 若非江湖脱尘客,堪称擎天架海梁。

二人自早饭时候斗至中饭时候,彼此精神倍增,毫无空漏。正斗得浓处,猛听得台下一人大叫："二位英雄莫要动手! 我两人来也。"正是:

> 台上儒道正浓斗,台下释子来解围。

不知台下何人喊叫,且听下回分解。

---

① 檀越——佛教名词。寺院僧人对施舍者的尊称。

第四十一回

离家避奸劝契友

却说鲍、雷二人正斗在鏊闹之间，台下一人大叫："二人莫动手，我师徒二人来了！"鲍自安、雷胜远虽都听得台下喊叫，但你防我的拳，我防你的手，哪个正眼向下观望？消安连叫两声，见他二人都不歇手，心中大怒，喝道："如不歇手，看我乱打一番！"将脚一纵，上了台来，将身站在台中，把他二人一分。鲍自安一见是消安，又仗了三分胆气；雷胜远亦认得是五台山消安，乃说道："师兄从何而来？"消安道："法弟现在江南空山之上三官殿居住。昨日闻得鲍居士在扬州扫了擂台，栾家人请人复擂，恐鲍居士有伤。特同小徒前来帮助。不意是道兄，都是一家，叫我助谁？故上台来解围。"雷胜远、鲍自安二人棋逢敌手，各怀恐惧之心，又尽知消安师徒之厉害，乐得将计就计，问道："既蒙师兄见爱，敢不如命！"各人穿起大衣。鲍自安邀消安同下擂台，雷胜远亦要邀栾家去叙谈。消安素知栾家乃系奸佞之徒，怎肯轻造其门。遂辞道："法弟还有别话与鲍居士相商，欲回龙潭，不能如命。"雷胜远料他与鲍自安契厚，亦不强留。

消安同鲍老下了擂台，骆宏勋、徐松朋、濮天鹏三人迎上，各自见礼。鲍自安又谢他师徒相关之情。消安师徒出家人，从不骑牲口，故此大家步行进城，奔徐松朋家来。到了客厅，重新见礼。徐松朋吩咐预备一桌洁净斋饭。不多一时，荤素筵席齐备，客厅上摆设二桌：消安师徒一桌，鲍、徐、濮、骆一桌；对厅上仍是四席，那二十个英雄分坐，余谦相陪。酒饭毕，鲍自安告辞。徐松朋道："今日天晚，明日回府吧！"于是睡下。临晚，大家设筵，众人畅饮一回。饮酒之间，鲍自安向骆宏勋道："栾家这厮，今又破题儿失脸，结怨益深。"骆宏勋道："正是。"鲍自安道："你骆大爷还有包涵之量，余大叔丝毫难容，互相争斗必有一伤。据我愚见，不可在此久住，暂往他处游玩游玩，省了多少闲气，且老太太并桂小姐俱在山东，大驾何不往花振芳家走走。母子相逢，妻妾联姻，三美之事也！成亲之后，大驾再回扬州，妻必随行；花振芳只有此一女，岂忍割舍，必随之而来维扬住家。

花振芳离了山东，巴氏弟兄不能撑持，方必连家而来矣。花老妻舅皆当世之雄豪，骆大爷既不孤单，又何惧奸佞之谋害也！"骆宏勋道："老爹此言，甚为有理，但晚生一去，彼必迁怒于众及表兄，叫表兄一人何以御之？"徐松朋答道："表弟放心前去，愚兄有一善处之法：表弟起身之后，我则赴庄收租，在庄多住几日，栾家请来之人自然散去。非惧彼，实无有与奸佞结怨之意耳！"鲍自安大喜，道："徐大爷真可谓文武全才！ 即此一言，诚为立身待人之鉴也！"遂议定：鲍老爹翁婿、消安师徒明日回龙潭，骆大爷主仆后日往山东，徐大爷后日赴庄收租。饮足席散，各自安歇。

次日早饭后，鲍自安、消安告辞，徐大爷令人将十封银子取出，交与鲍自安。鲍自安大笑道："前日与朱彪打赌时，原说买东道①吃的。我侥幸赢他，该买东道，我等共食，今已在府坐扰数日，还算不得么？"徐大爷道："如此说，老爹轻晚生作不起地主了。即使买东道，也用不了这些，还是老爹收去。"鲍自安道："如此说来，哪有带回之理，只当用不完，余者算我一分赆仪，送与骆大爷主仆一路盘费，何如？"消安道："此银谅鲍居士必不肯收。徐、骆二位檀越恭敬不如从命吧。"骆、徐又谢过。鲍自安等四人，带领二十位英雄回龙潭去了。众人去后，骆宏勋置了几色土仪②，收拾行李；徐松明又将鲍老五百银子捧出，叫骆大爷打入包裹，以做路费。骆宏勋道："弟身边赴宁盘费一毫尚未动着，要它何用！"徐大爷道："此是鲍老爹赆仪，表弟应该收用。"骆宏勋道："如此说，就拿一封。"打入包裹。余谦仍将余银送入徐大爷后边。过了一宿，次日起早，骆大爷主仆奔山东一路而去。徐大爷亦交代账目、日后家务事毕，带了两个家人上庄去了。不提鲍自安回龙潭，不表徐松朋上庄。

且说骆大爷主仆二人，在路非止一日。那日行至苦水铺，向日灵柩回南之日，所宿花老之店，余谦还识得，一直走进店门。柜上人及跑堂的亦都认得，连忙迎接，说道："骆姑爷来了，快些打扫上房，安放骆姑爷行李！"牵马拿行李，好不热闹。骆宏勋进了上房坐下，早有人捧了净面水来，又是一壶茶。厨房杀鸡宰鹅，煨肉煎鱼，不多一时，九碗席面摆上。余谦是六碗荤素，另外一席。骆宏勋道："一人能吃多少？ 何必办这许多！"

① 东道——作东请客。
② 土仪——旧时用来送人的土特产品。

柜上人亲来照应,说道:"不知姑爷驾到,未预备得齐全,望姑爷海涵。"骆宏勋道:"好说。"又问道:"老爹可在家么?"那人道:"前日在此过去的,已下江南,亲请姑爷去了。难道姑爷不曾会见么?"骆宏勋道:"水路上面舡行迟慢。我自家中起早骑了自家牲口,从西路而来,"那人道:"是了,老爹前说从东路下扬州,故未遇见。"骆宏勋道:"老爹自去,还是有同伴者?"那人道:"同任大爷、巴家四位舅爷,六个人同行。"骆宏勋道:"此地离寨还有多远?"那人道:"八十里。此刻天短,日出时起身,日落方到。"骆宏勋道:"还是大路,还是小路?"那人道:"难走,难走,名为百里酸枣林,认得的只得八十里。不认得的,走了去又转来,就走三天还不能到哩。明日着一路熟之人送姑爷去。"骆宏勋道:"如此甚好!"吃饭之后,又用了几杯浓茶,店小二掌灯进房,余谦打开行李,骆宏勋安睡。

　　次日起身梳洗,用了些早点起身。店内着一人骑了一头黑驴子在前面引路。走了二十里之外,方入枣林地面。无数枣树却不成行:或路东一棵,或路西一棵,栽得乱杂杂。都是些弯弯曲曲的小路,骆宏勋同余谦未有三五个转弯,就分不清东西南北了。骆宏勋问那引路之人道:"此非山谷,其路怎么这样崎岖?"那人道:"治就的路,生人不能出入,且有至死亦不能进庄的。"余谦惊讶道:"怎样分别?"那人道:"余大叔同姑爷系自家人,小的不妨直告:枣林周围一百里远近,故名之酸枣林。只看无上梢之树,向小路奔走,便是生路;逢着有上梢,并路径大者,即是死路。"那余谦又问道:"怎么小路倒生,大路倒死呢?"那人道:"小路是实,大路却有埋伏,乃上实而下虚。下掘几丈深坑,上用秫秸铺摊,以土在上盖之,生人不知,奔走大路,即坠坑中。"

　　说说行行,前边到了一个寨子。骆宏勋举目一看:有数亩大的一片楼房,皆青石砌面的墙壁。来到护庄桥边,那引路之人跳下驴子问道:"姑爷,还是越庄走,还是穿庄走?"骆宏勋道:"越庄怎样?"那人道:"此寨乃巴九爷的住宅。越庄走,从寨后外走到老寨,有五十里路程;穿庄走,后寨门进去,穿过九爷寨,不远就是七爷寨了。过了七爷寨,又到了二爷寨;过了二爷寨,就是老寨,只有三十里路。不知姑爷爱走近? 走远?"骆宏勋恨不得两胁生翅,飞到母亲跟前,遂说道:"谁肯舍近而求远,但恐穿庄惊动九爷,未免缠绕,耽误工夫。"那人道:"姑爷不知,进了寨子,在群房之中夹巷里行走,九爷哪里得知道!"骆宏勋道:"既如此,绕庄耽搁,穿庄走吧!"那人道:"请姑爷、余大叔下来歇息,待小的进去先拿钥匙,开了寨门,让姑爷好行。"骆宏勋道:"使得,以速为妙;且不可说我从此而过。"那人道:"晓得,晓得!"将驴子拴在路旁树干上,从路左首旁边走进去了。骆大爷、余谦俱在此地下马,也将马拴在树上。余谦又把坐褥拿下一床,放在护庄桥石块之上,请大爷坐下等候。一等也不来,二等也不来,已时到庄,未时不见来开寨门。他主仆二人俱是早起吃的东西,此时俱肚中微微有些饿意。骆宏勋道:"我观此人说话甚是怪异,此时尚不见来,怎么这等懈怠,一去就不见回来?"余谦道:"想是他的腹中饿了,至相熟的人家寻饭吃去了。":

　　正说话之间,猛听寨门一声响亮,骆大爷抬头一看,寨门两扇大开,走出了三四十个大汉,长长大大,各持长棍,分列寨门之外,按队而来。骆宏勋心中暗想道:"此事甚是诧异,不晓何故?"

　　要知后事如何,且听下回分解。

第四十二回

惹祸逃灾遇世兄

话说骆大爷见寨门大开，走出一个十六七岁大汉，又带了三四十个庄汉，各持长棍分列左右，众人各执兵器呆立。骆宏勋不知何故，遂令余谦各掣出兵器在手。又停片时，里边又走出一人，有二丈身躯，黑面红发，年纪约有十六七岁，手拿一条熟铜大棍，大声叫道："骆宏勋我的儿！你来了么？小爷等你多时了。"走过护庄桥，举棍照骆大爷就打。骆大爷将身往旁一闪，那棍落在地下，打了有三尺余深。那大汉见棍落空，反起棍来又分顶一棍，骆大爷往后一退，棍又落在地下，亦打有三尺多深。骆宏勋暗想道："倘躲不及撞在棍上，即为齑粉！还不下手，等待何时？"那大汉见两棍落空，躁得暴跳如雷，分顶打去，他又躲闪。这一棍腰下打去，看他往何处去躲避？遂将棍平去，照腰打去。骆大爷见他平腰打来，想道："两旁无处躲避；后退，棍长又退不出，不如向他怀中而进，即打在身上，亦不大狠！"遂一个箭步蹿进大汉怀中，手中之剑照心一刺，那大汉"哎哟"一声，便倒卧尘埃，全然不动弹。只听寨门两旁那些大汉大叫一声："不好了！小爷被骆宏勋刺死，快报与九爷知道！"骆宏勋知是巴九之子，自悔道："早知是巴家之子，他夫妻知道，岂肯干休！强龙不压地头蛇。"余谦道："既刺死了，速速商议。我主仆二人，怎能敌他一庄之众？速上马奔花家寨要紧！花老爹虽不在家，花奶奶自然在家。"骆宏勋道："此言有理！"各解缰绳，急登上马，加鞭而行。

看官：巴九之子巴结，素日并未与骆宏勋会面，有何仇恨？今日举棍伤他是何缘故？他与花碧莲同年，一十六岁。生来身大腰粗，黑面红发，有千斤膂力，就是其性有些痴呆。巴氏九雄只有此一子，因新年往姑娘家拜节，见表妹花碧莲，回家告诉父母，欲要聘花碧莲为妻。巴氏夫妻亦爱甥女生得人品俊俏，武艺精湛。巴九邀八位哥哥与花振芳面讲；其母马金定相约八位嫂嫂，在花奶奶面前恳求亲事。花振芳看妻弟之情，花奶奶亦看弟妇之面，皆不可一时间回绝，心中有三分应允之意。唯有花碧莲立誓不嫁这呆货,是以未谐亲事。花老见女儿成人该当婚配,若在寨内选一英雄招赘,又恐呆货看见吃醋,故带着女儿远方择婿,及盗了骆太太、桂小姐来,料亲事必妥。巴九夫妻在家谈论道:"骆宏勋不日即来。"谁知被这呆货听去,瞒着父母要暗将骆宏勋弄死,遂将寨内之人拣选大汉三四十个,着二十个立在庄路上,着二十个立在穿庄路上,日日等候。今日这呆子正在大门河旁,忽见苦水铺店内之人来,问道:"来此何干?"那人不知就里,说道:"骆姑爷昨晚至店,今日欲进老寨。小的领路,前来讨钥匙开寨门。"这呆子好不厉害,恐那人走漏消息,照耳门一掌,那人鸣呼哀哉。遂着人到越庄路上唤回那二十个人来,已半日工夫才开寨门。从来说:"大汉必呆。"他所拣选之四十个人都有些呆;若有一个伶俐者,骆宏勋刺死巴结之时,只着一个人入寨内报信,余者前来围住,骆宏勋主仆怎能得脱?幸亏是些呆子,四十个人同进寨内报信,他主仆无有拦阻,所以逃脱。巴九夫妇听得儿子被骆宏勋刺死,大哭一声:"痛死我也!"哭了一场,说道:"这厮不能远去,吩咐鸣锣,速齐喽啰,四路分进,拿住碎尸万段,代吾儿报仇!"

且说骆宏勋、余谦二人奔逃,忽听得锣声响亮。余谦道:"大爷速走些,听锣声响亮,必是巴九齐人追赶我等!"骆大爷道:"路甚崎岖,且是不知南北东西,向何处而走?"余谦道:"先曾听得那引路之人说道:无上梢树,即是生路,我们只看无梢之树行走,自然脱身。"余谦在前,骆大爷道:"谅必是的。"渐渐不闻锣声响亮,骆大爷道:"就此走远了!"方才放心。那巴九夫妻各持枪刀,率领众人,分作四队,料骆宏勋仍往苦水铺逃走,四队向南追赶。骆大爷主仆不认得路径向北奔,奔入花家寨,所以听得锣声渐渐远了。却说骆大爷虽然听得锣声渐远,而实在不知向西北走才是花家寨正路,他主仆早不分东西南北,走一阵又向西行一程,自未时在巴家寨起身,坐在马上不住加鞭,走至。日落时,约略走了有五十里;总不见到老寨,明知又走错了路径,二人腹中又饿,余谦道:"我们已离巴家有五七十里之遥,谅他一时也赶不上我们。看前边可有卖饭之家,吃点再走,"骆大爷道:"我肚中也甚是饥饿。"二人加鞭奔驰,行到黑影已上,总未看见一个人来往。

正行之间,对面也来了一匹马,马上坐着一个人。后随一人步行,至对面已经过去,那人转过马头,问道:"前面骑马者,莫非余谦么?"骆宏勋同余谦听此一声，又惊又喜，喜的是呼名而问，必是平日相识。惊的是离巴家不远，恐是巴家有人追赶前来。遂问道："台驾何人？"那个人细看，叫道："这一位好像世弟骆宏勋？"骆宏勋闻他以世弟相称，答道："正是骆宏勋！"那人遂跳下马来，骆宏勋主仆亦下了马。骆宏勋忙问道："大哥是谁？"那人道。"吾乃胡琏也。向在扬州从师学艺，在府一住三年，世弟尚小，轻易不往前来，所会甚少。余谦到厅提茶送水，认得甚熟；彼时甚小，而体态面目终未大变，我还有些认得。"骆宏勋、余谦彼时七八岁，诸事记得，仔细一看，分毫不差，正是世兄胡琏。抢步上前见礼，胡琏道："近闻世弟与花振芳联姻，不久即来招赘。愚兄蓄意至花家寨相会，不料途中相逢。但不知你主仆奔驰，欲往何处？"骆宏勋将花老设谋，将母、妻盗至山东，扬州奔丧与栾家打擂台，蒙鲍自安相劝，恐小弟在家内与栾家结仇，叫我再往山东花家老寨拜见母亲，并带议招赘之事说了一遍。胡琏道："倒未知师母大人驾已来此，有失迎接！今世弟走错路径了，花家寨在正南，你今走向西北了。"骆大爷道："路本不熟，又因路上惹下一祸来，忙迫之中，错而又错。"胡琏忙问道："世弟惹下什么祸来？"骆宏勋又将路过巴家寨，刺死巴九之子，前后说了一遍。胡琏大惊道："此祸真非小！巴氏九人，只此一子，今被你刺死，岂肯干休！且巴家九弟妇马金定，武艺精通无比。作速同我回家，商议一个主意要紧！"骆宏勋主仆犹如孤岛无栖，一见世兄，如见父母一般，连声道："是！"遂上了牲口同行。

来了有二里之遥，到了一个庄院，下了牲口，走进门来，至客厅见礼献茶。说道："苦水铺至此，一路并无饭店，想世弟腹中饥饿。"吩咐道："速备酒饭。"骆宏勋道："多谢世兄费心也！"不一时，酒饭捧出，胡琏相陪，人坐对饮。余谦别房另有酒饭款待。饮了数杯之后，骆宏勋告止，胡琏道："也罢！世弟途路辛苦，亦不敢劝你多饮。"骆宏勋才吃了一碗饭，将才动箸，胡琏大叫一声："不好了！"说道："你有万世不孝之骂名！"骆宏勋放下碗箸，连忙站起身来，问道："世兄怎样讲？"胡琏愁眉皱额，跌脚捶胸。只因：

> 素日授业恩情重，今朝关心皱两眉。

不知胡琏说出什么话来，且听下回分解。

第四十三回

胡金鞭开岭送世弟

却说骆宏勋正在用饭之际,胡琏大叫一声:"不好了!"遂放下碗筷,忙问:"何也?"胡琏蹙额皱眉、顿足捶胸说道:"你主仆今日逃脱,巴九夫妻追赶不上,师母同世弟妇在花家寨难免知道,必率人奔花家寨捉拿,师母并桂小姐还有性命否?"骆宏勋听说拿母亲,不由号啕恸哭,哀求世兄:"差一个路熟之人,相引愚弟直奔花家寨前去,情愿与他偿命,不叫他难为母亲!"胡琏见骆宏勋哀恸,又解劝道:"此乃过虑。巴家夫妇正在痛子之时,意不及此,亦未可知。若有此想,此刻师母早被捉去矣!此地离花家寨还有五十里,即世弟赶去,已是迟了。你且放心,待愚兄差一个人前去讨信,不过三更天便知虚实。"骆宏勋道:"往返百里之遥,三更时怎能有信?"胡琏道:"世弟不知,我有一个同胞兄弟,名理,生得不满八尺身躯,若论气力,千斤之外;如讲英雄,万夫难敌。今年二十七岁了,人多劝他求取功名,"他说:"奸党当道,非忠良吐志之时。为人臣必当致身于君,倘做一官半职,反倒受他们管辖,何如我游荡江湖,无拘无束!"与花振芳、巴氏九雄有一拜之盟。三年以前,他在胡家凹开张一个歇店,正直商贾并忠良仕宦,歇住店中,恭恭敬敬,丝毫不敢相欺;若是奸佞门中之人,入他店中,莫想一个得活,财帛货物留下,将人宰杀,剐下肉来切成馅子包馒首。因此人都起他一个混名:叫做'活阎罗'。还有一件赢人处,十月天气,两头见日,能行四百里路程。此刻差人到店叫来,世弟以礼待之,他即前去,不过三更天气可以回来。"骆宏勋道:"常听鲍老爹道及大名,却不知就是世兄之令弟也。"胡琏道:"莫是龙潭之鲍自安么?"骆宏勋道:"正是。"胡琏道:"我亦知他的名,实未会面。"遂向一个家人吩咐道:"有我方才骑来之马,想未下鞍,速速骑往胡二爷店中,就说我有一要事,请二爷回来商量。"家人领命。去不多时,回来说道:"二爷已到庄前。"话犹未了,胡二爷已走进门来。骆宏勋连忙起身见礼,礼毕,分宾主坐下。胡理道:"此位仁兄是谁?"胡琏道:"即我家师骆老爷公子骆宏勋也。"胡理复又一躬道:"久仰,久仰!"又问道:"哥哥呼唤,有何话说?"胡璉将骆宏勋路过巴家寨,刺死巴九之子前后之事说了一遍,胡理摇头道:"巴氏九人,只此一子,巴九嫂马金定甚是了得!"胡璉道:"因惧他厉害,故请贤弟来商议。"胡理道:"巴氏有结盟之义,骆兄有世交之谊,我兄弟均不相助就是了。"胡璉道:"不是叫你助我、助他,现今骆师母借居花家寨花振芳处,今日巴家夫妻赶不着世弟,他们必奔花家寨生捉师母。别人去,一时不得其信,骆世弟意欲烦你走一遭。"骆宏勋欠身道:"闻得世兄有神行之能,意欲拜烦打探虚实。弟无他报,一总磕头相谢罢了。"胡理本不欲去,因奉兄之命,又兼骆宏勋其情可怜,遂答:"效劳无妨!"胡璉吩咐拿酒来与二爷,劝劝二爷速去。胡理道:"吃酒事小,骆兄事大!大哥,你且同骆世弟饮酒,待去来再饮何妨!"约略天有初更,胡理说声:"去也!"迈步出门。骆宏勋连忙起身相送,及至门外,早不知胡理去向。暗道:"真奇人也!"复走进房。胡璉道:"我同世弟慢慢而饮。"一壶酒尚未饮完,只听得房上"咯咚"一声,胡璉问道:"什么响?"外边答道:"是我。"走进门来,乃胡理回进寨内,正打三更。骆宏勋连忙起身迎接。胡理道:"骆世兄放心,老太太并桂小姐安然无事。巴九哥夫妻却至老寨难为老太太、桂小姐,令岳母苦劝,九哥夫妻丝毫不容,多亏碧莲动怒,要赌斗。巴九哥无奈回家,要遍处追寻世兄报仇!"又道:"骆兄,莫怪我说:令老太太、桂小姐安然无事,皆碧莲之力也。他日完娶,切不可轻她。"又向胡璉道:"大哥,方才巴氏姐姐相嘱说:花振芳已下江南,骆兄不可入寨,恐巴九哥复去寻闹,无人分解,叫我兄弟二人代骆兄生法。弟思想一路,并无万全之策,大哥有甚主意否?"胡璉想了一想:"别无良策,骆世弟还是回南为妥。我寨环绕巴家寨,相隔不远,来往不断人行。我料明日巴家必有人来此路追寻;若来时可难,对他怎讲?说世弟在此,自然不可;若回答不在,日后知道必迁怒于我。难道怕他不成?只是好好寨邻,又有一盟之义,岂不恶杀了!如恶杀他,有益于世弟,倒也不妨,实无益也!世弟回南,快相约鲍自安至此,我兄弟同去与他们弟兄一讲,此仇方能解释。只是一件:回南之路,飞不过他巴家寨,如何是好?"胡理道:"这个不难,叫骆兄走长叶岭可也。"胡璉道:"此路好,奈多日无人行走,恐内中有毒虫。"胡理道:"有法,有法,拿一根竹子,将竹劈破,骆兄主仆各持一根,分草而行,此名为'打草惊蛇'。"骆宏勋道:"素知长叶岭乃是通衢大路,二兄怎说多日不行?"

胡理道:"骆兄不知,当初长叶岭原是通衢大路,只因苦水铺花振芳开了店口,把我胡家凹生意总做了去。是咱不忿,用石块将长叶岭砌起,说那条路出了大虫,不容人行走。近来,客商官员先从我店过去,然后才到他那边。如今令人用铁锄撬扛,将岭口打开,亦不过三四里路,就出岭口。前边有一碑,字是石刻。奔东南,行八十里即黄花铺。铺上皆是官店,并非黑店。黄花铺,乃恩县、历县两县交界。住一宿,问人回南路,依他指引,不可到界碑奔西北去,那是通苦水铺去的大路。"骆宏勋恐记不清楚,叫余谦细细听着。胡琏道:"并非我催逼世弟,要走,趁夜行,方免人之耳目也!"骆宏勋一一领教。胡琏又拿出些干面,做了些锅饼,装在褡包之内,以作这八十里之路饭。骆宏勋告辞起身,胡琏兄弟二人相送,带了三四十喽兵,送到长叶岭口,令人将路口石块都搬开。骆宏勋重又相谢上马,持竹分路而行。天已五鼓时分,可怜二人深草高膝,撞脸搠腮,真个是路上舍命,一直前行。骆宏勋去后,胡琏仍令喽兵将岭口砌上,回去不提。

且说骆家主仆二人走至日出时,方出山口,举目一观,真有一个界字石碑。记得胡理说:向东南走去,方才是生路。定了定神,方奔东南大路而行。虽然还是有草,较之山口短矮了许多,易于行走了。行至中饭时候,路上渐渐有人行走。余谦跳下牲口,向人拱手借问:"黄花铺还有多远?"走路人答道:"三十里就是。"骆宏勋道:"也走过一半多了。"二人下马,将牲口歇息,取出锅饼吃了几个,方才又上马。走到了日落时候,方到了黄花铺,举目一看:真个好地方。怎见得?有《临江月》一首为证:

> 来往行人不断,滔滔商贾相连。许多扛银并挑钱,想必是:贩巧货,赚大利,满载万倍钱。油盐店说:秤准,早饭店言:碗满。名槽坊,报条写,大大歇店挂灯笼,酒铺戏馆竖望杆。

骆宏勋主仆听胡家兄弟说过,此地皆是官店,遂放心大胆进了宿店,况天又晚了,二人只得走入店门。正是:

> 两眼不知生死路,一身又入是非门。

又兼他主仆二人辛苦一夜无眠,不便办买别物,店中随便菜饭食用些须,二人打开行李,解衣而睡,次日好赶早奔路。事不凑巧,半夜之间,天降大雨。天明时,主仆起来,见雨甚大,不便起行,又兼昨夜辛苦,身于甚是疲倦。命余谦秤几钱银子,叫店小二割一方向,买二只鸡鸭,煎些汤水吃吃。余谦遂秤了一块银子有六钱重,叫店小二割一方向,买两只鸡鸭,沽了三斤陈木瓜酒、作料等物。北方鸡鸭鱼肉甚贱，只用了四钱多银，余者交还。余谦道："不要了，你拿去买酒吃吧！只要你烹调有味，明日起行，还有赏赐呢。"店小二深感之至，满心欢喜，用心用意择菜办弄。骆宏勋因昨日进店天晚，未曾看明黄花铺的街道，趁菜未好，走至门面中间向小街观看。合当有事，对过是公馆，骆宏勋在店门时，恰值公馆中官府出来送客，骆大爷不以为意，看了一会，仍回房内来。你说对过公馆中官员是谁？乃定兴县贺氏之兄，贺世赖也，自花振芳劫任正千、西门挂头之后，王轮放了嘉兴府，留下一封信字，叫他进京见他父亲王怀仁。怀仁见他儿子信内云：家中收过他足纹一千两，又系他的姨兄，叫大小与他一个前程。王怀仁遂查山东历城县少了一个主簿，将贺世赖名字补上。贺世赖遂赴任历城县做主簿。做了三日，历城县尹病故，军门大人委贺世赖暂署县印，以主簿代行县事，在黄花铺公馆。这日，有临界恩县唐建宗来拜，他送出门，看见骆宏勋在对面店门站立。回来叫过个班头，吩咐道："对过店中一位少年，本县有些认得，好似扬州骆宏勋模样。你暗暗过去私问店主人，果是扬州骆宏勋，必然还有一个家人，名叫余谦。若店主人说果是此人，可吩咐店主人莫要放他去了，本县有话与他说。若是走漏消息，走脱二人，本县只向店内要人！"班头领命，过去一问：竟是扬州骆宏勋带一家人余谦。是昨日日落之时入店，原是说今早起身，因降大雨，是以未行。班头暗对店家说道："我家老爷认得此人，有话对他说。叫你莫要放他起身，倘走漏消息，去了此人，只在你店中追究。"说罢，竟回公馆去了。正是：

　　　满天撒下钩和线，从今钩出是非来。

　　毕竟不知此去好歹如何，且听下回分解。

第四十四回

贺世赖歇店捉盟兄

却说班头说罢,回了公馆去。店家捏着一把汗,祝告道:"但愿者天爷多降几天大雨,令他们不能起身,我之福也!"不表店家祝告天地。且说值日班头回至公馆,见了本官,将话告复。贺世赖吩咐外班侍候坐轿,回拜恩县唐老爷。唐老爷出迎,见礼分坐。献茶之后,贺世赖道:"晚生今来谒见堂翁,还有一件紧急大事相商。"唐建宗道:"寅兄有何事情,请道其详。"贺世赖道:"黄花铺乃晚生与堂翁两县分界,今来两个大盗,现在廖家富店内歇住。晚生公馆中衙役稀少,不敢动手,恐惊他逃走。特来相告堂翁,协同两县人役前去,方保万全!"唐建宗道:"寅兄访得的确,方可动手;若是诬良,干系你我考成①。"贺世赖道:"定兴县劫牢,抢出大盗任正千;嘉兴府哄堂,盗去梅姓私娃,实尽是此人。晚生认得最切,怎得错误!"唐建宗见他说得真实,地方内来了大盗,怎好推辞不拿?遂差马快三四十个人,协同贺世赖十数个衙役,各执槐杖、铁尺、挠勾、长杆,一哄到了饭店中来。

且说店小二将鸡鸭鱼肉都做停当,一盘捧进房来,余谦摆列桌上。骆宏勋面朝里背朝外坐下食用,亦叫余谦过来同吃。余谦说道:"这黄花铺乃来往大道,士人君子极多,倘看见主仆共桌而食,暗地必定取笑。大爷用过,小的再用。"余谦见外边雨稍住,遂至后园出大恭去了。且说两县人役皆进店门,便丢了一个眼色与店家。店家会意,指骆宏勋住房。众人走至门外,看见强盗在里面食用,暗暗将挠勾伸进,照骆宏勋腿肚一勾,用力一拧。可怜骆宏勋无意提防,连桌椅尽皆拉倒。又跑进十数人,按住身子,槐杖、铁尺雨点打来,未有几时,遍身皆伤。骆宏勋只当巴家赶来,不料官兵捉拿。先还撑持,后来只落了个哼哼而已。众人见他不能动手,即刻将手铐脚镣套上。却说余谦出完了恭,才待回房,只见店小二躲躲藏

---

① 考成——旧时在一定期限内考核官吏的政事成绩。

藏,一脸惊慌之色,迎上前来,低低道:"大叔不可前去!你家骆大爷已被官兵捉去了!"余谦惊问道:"何处官兵,因何事件?"店小二道:"是历县贺世赖老爷来拿去的。所来之人,皆是马快,各持长杆、挠勾,说是你大爷是大案强盗,不一刻就来拿你大叔了。小的先承送酒菜,故才冒险前来通信;倘被看见,受累非小!"说罢,抽身而去。余谦想道:"大爷已经被捉,落我一人,怎挡他两县之众? 今若回去是鱼自投罗网了。不如逃走,再生别法搭救主人。"不觉眼中落下泪来,道:"我主仆今朝正是:破屋又遭连夜雨,行船偏遇顶头风。大爷呵,莫道余谦忘恩负义、畏刀避剑,背主而逃呀! 叫小的一人无法救你,速回江南通知徐、鲍,好来搭救。"将脚一纵,跳过群墙,放开虎步,如飞向东南奔去,不提。

且说众马快将骆大爷上了手铐脚镣,找寻余谦不见,就知走脱,只得将骆宏勋解赴恩县衙门。贺世赖随后坐轿,亦到恩县,与唐建宗会审。坐了二堂,吩咐将强盗带上来。马快将骆大爷抬至堂上,卧在地下,还不知因何缘故。唐建宗是主,不好相僭,让贺世赖先问骆宏勋道:"狗强人!恃强逞勇,无法无天,今日怎也犯在我手里,可能得活哩?"唐建宗听了这样问词,明是借公报私声口,并非审问强盗了,就有几分疑惑。且听强盗回说什么。骆宏勋虽被衙役打昏,此刻也有几分苏醒。闻得上边声音相熟,抬头一看,不是别人,乃是定兴贺世赖也。不禁雄心大怒,用手一指,骂道:"我当是谁! 原来是你这个乌龟王八么!"贺世赖大怒道:"好大胆的强人,敢骂本县!"吩咐掌嘴。衙役才待上前,唐建宗禁止道:"莫要动手,待我问来。"大喝一声道:"你今既被捉获了,就该敛气服罪,也少受些刑法,怎大胆辱骂问官!"骆宏勋道:"我无犯法之条,不知因何捉拿,亦又不知此官为谁?"唐建宗道:"本县是恩县,贺老爷是历城县,黄花铺乃两县分界,故我二人会审。你一伙共有多少人,怎样劫得定兴监牢? 从实说来,本县不动大刑难为你了。"骆宏勋道:"老爷不知,小人父亲在定兴县做游击,在任九年,一病身亡。城内有一个富户任正千,幼从先父习学枪棒,感父授业之恩,款留我母子在家居住。"手指贺世赖道:"他的妹子贺氏,原是江陵院中一个妓女,他亦随妹在院捧茶送酒。我世兄任正千在江陵院中会见他妹子,爱其体态妖娆,不惜三百金代她赎身,接至家中为妻。贺世赖亦随至世兄处管事。后因赌钱输下债,无钱偿还,将世兄客厅中铜火盆盗去,被世兄遇见。逐出门庭,永不许上门。他流落在城隍庙中抄写诗签,适值王轮求签,他代讲签诗;王轮中意,唤至家中,做个帮闲朋友。后因西门解围,我四人结拜,岂知这畜生有代妹牵马之心,将我二人灌醉,令王轮进内与贺氏通奸;又被我家人余谦撞见,因此结仇。我随父柩回南后,又闻王轮被盗,硬诬任正千为匪。后来不知何人,劫狱救出了,王轮竟把贺氏接去为妾。想必是王轮用了手脚、代他干办了这个前程。今日相遇,又想谋害小的,老爷细思此事,便知真伪。"贺世赖听他将自己半世丑态尽皆说出,只气得暴跳如雷,将惊堂一拍,吩咐:"抬夹棍来! 这个狗强盗自然招出真情。"下边衙役连声答应。唐建宗禁止道:"不可乱动!"便叫声:"贺寅兄,骆宏勋今日破了案,又无赃证,何能就动得大刑! 暂且收禁,俟拿住余谦,再一同审。"即写监票,把骆宏勋送入监中。又吩咐禁役,不要上大刑具。唐建宗吩咐将饭店家廖大带上来,问道:"此二人何时到店中来的? 可还有作伴人否?"廖大禀道:"昨日日落时进我店中的。只此二人,并无别的形迹。"唐建宗即吩咐店家:"无你大事,回去吧! 以后留人,务须留心查诘来历,不可混留。"廖大磕了个头,应声"是",感激大恩而去。唐老爷又令将口供单拿来看,与骆宏勋口说无异。贺世赖也要看看,唐老爷恐他看见上面皆是辱耻于他之言,怕他扯碎,故不与他看,遂放入袖中。说道。"寅兄,看他怎地! 弟这边收存一样。但今日之事,将来必干碍考成。寅兄作速通知令妹丈王大爷,代你我做个手脚为要。骆宏勋既系游击之子,自有三亲六眷,怎肯受此屈气也!"贺世赖被唐建宗说着他的病根,闭口无言,遂告辞带愧而回。看官,唐建宗因何以口供单为至宝,不与贺世赖看? 他是个进士官,对律例甚通,诬赖平人为盗,妄动大刑,则该削职;若误拿而不动刑,不过罚俸,所以他禁止,不叫动刑。又料骆宏勋必不服气,倘若告了上司状子,他有口供单为凭,其罪皆归贺世赖了。这也不提。

　　却说余谦跳过墙来,一溜烟向东南跑去,脚不停留。跑至中饭时候,约略有三十里路程,来到一个大松林。余谦走入里面,在那石香炉上坐下,肚中还是昨日晚间进店之时吃的东西,今日天降大雨,地有泥污,不住脚地跑到中饭时候,肚中饥饿,脚又疼痛,身上分文未带。正是:

　　　　无论英雄豪杰客,也怕遭逢落难时。

　　此刻余谦真无可奈何,欲回江南通信与徐、鲍二处,因相隔路有千里,身边未带分文;欲回黄花铺打探主人信息,又恐贺世赖捉去,主仆二人尽死于无辜。左右思想两难,不如解下腰带,自缢而死林中,省得受这苦处。才解带,心中又想道:"我若死于此地,主人哪里知道? 还只说我忘恩负义,背主而逃。罢,罢,罢! 不如我返回黄花铺,自投囹圄,死于主人之侧;似见我余谦非是无情人也!"主意已定,遂迈步出了松林,仍往黄花铺而来。日落时,离黄花铺不远,后边来了一匹牲口,上坐一个和尚。人迟马快,不多一时,赶过余谦,回首将余谦一望,勒住马头;回身叫道:"你不是余谦么?"余谦虽然行路,却低头思想主意,并未看见。忽听有人呼他之名,且疑官差捕捉人等,心中打了一寒噤。正是:

　　飞鸟经枪双舞翅,又闻弦响惧弹来。

　　毕竟不知呼唤余谦果系何人,且听下回分解。

第四十五回

军门府余谦告状

却说余谦将到历城县,后边来了一骑牲口,人又走得迟,马又行得快,赶过余谦。余谦见马上坐着一个和尚.将余谦一望,转过马来叫道:"这不是余谦么?"余谦闻叫,抬头一看,不是别人,却是骆宏勋之嫡堂兄,名宾王。向年做过翰林院庶吉士①,因则天娘娘淫乱,重用坚佞,他就弃职,隐在九华山削发为僧。素与狄仁杰王爷甚是契厚,他今日五台山进香回来。狄仁杰现任山东节度使②。宾王路过历城县,将欲一拜。遇见余谦故呼名相问。余谦认得是宾王和尚,即双膝跪下,口称:"大爷爷不好了,大爷今在历城县被人诬良为盗。"骆宾王道:"何人相诬?"余谦将定兴县王轮、贺氏通奸,并花振芳盗老太太,路中刺死巴九之子;胡琏开路送行;昨晚进店,天雨阻隔;贺氏之兄贺世赖现为历城县主,看见我主仆在店,差人以强盗名捉去;小的我翻墙而逃,已至三十里之外,复转去自投,意欲同死,前后之事,细细述了一遍。骆宾王道:"余谦,你果有真心救我之弟,随我同进狄千岁衙门,即便禀明,自然有救。"余谦满心欢喜,骆宾王叫道:"需要改装。"便将衣服与余谦扮做道人。包袱内现有干粮,余谦吃了些,同了宾王进城,他又下饭店等候。

宾王来至节度衙门,下了牲口,命外班通报说:"九华山骆和尚禀见!"外班禀了宅门,宅门又禀狄仁杰。狄仁杰听说宾王和尚至此,连忙吩咐:"请见!"宅门上传于外班,外班来至大门,说声:"请进!"骆宾王在前,余谦在后,进了宅门。狄千岁早在堂上,二人相见礼毕,分宾主坐下,各叙寒温。仁杰道:"一别日久,甚为渴想,今晤尊颜,大快愚怀!"骆宾王道:"贫僧隐居荒山,千岁位居三台。每欲进谒,未得其便。今五台山进香回来,闻得千岁荣任山东,特来叩贺。"仁杰道:"岂敢,岂敢!"谈论一会,进内书房摆斋,狄仁杰相陪用斋。那跟来的道人,亦有家人相邀,另有

---

① 翰林院庶吉士——翰林院设庶常馆,选新进士之优于文学书法者入馆学习,称为翰林院庶吉士。

② 节度使——官名。唐初于重要地区设的总管。

斋饭管待。吃饭之后，又安排夜宴，余谦门外侍立。狄公饮酒之间，问宾王道。"先生抱济世之才，藏隐山林，真为可惜！常闻治极生乱，乱极生治，当今之世，已乱极矣，而治将生焉！先生若肯离却佛门，仍归俗世，下官代为启奏，同朝拱扶社稷，以乐晚年，何如？"宾王道："千岁美意，铭之于心。但是贫僧已脱红尘，久无心于富贵。"狄公又道："素知先生道及尊府乃系独门，而人丁甚少。先生今日出家，尊府又少一个贤子孙，怎能昌盛也！"宾王听说"人丁"二字，不觉眼中流出泪来。狄公忙问道："先生因何落泪？"宾王道，"适闻千岁言及舍下人丁，贫僧觉惨。合下历代单传，唯先祖、先父、先叔三人。先父又生贫僧，先叔生一舍弟名宾侯。贫僧出家，所有奉祀先人香烟者，只有舍弟宾侯。不料今日途中相遇家人余谦，言及今日早饭后，被历城县县官硬诬为盗，拿入缧绁。贫僧叹家门不幸，人口伶仃，何至于此也？是以坠泪。"狄公道："历城县县官前日已故，尚未题补；现今委主簿贺世赖代行，他怎无故硬诬平人为盗？"宾王道："今随贫僧来者，即是舍弟家人余谦也。因主被诬，他无依无栖，走投无路，贫僧见之不忍，故带他同行。前后之事，他尽知之。"又叫余谦过来，将大爷之事，细细禀上千岁。余谦走进门来，双膝跪下，恸哭不止。狄公道："你莫哭！且起来，将前后事情说我知道！"余谦磕了个头，爬起身来，立在旁边，将任正千留住，往桃花坞游春；王轮与贺氏通奸，主人不辞回南；花振芳求亲不谐，怒及主母；鲍自安劝主避祸；山东招赘，路过巴家寨，刺杀巴九之子；夜宿黄花铺，遇了贺贼诬良，从头至尾说了一遍。狄公道："骆先生莫怪我说，令弟既系宦门之子，应当习学正业，好求取功名，怎与这水旱二寇来往？我每欲捉拿这两个强人，未得有便。"余谦又跪下告道："小的主人原是习文讲武，求取功名的，因父丧未满，在家守制。与花、鲍二人相交，亦是好意。"又将桃花坞游春时相遇花振芳，始结王、贺之恨；捉刺客赠金之举，方交鲍自安，故有哄堂之行；且花、鲍二人，皆当世之英雄，非江湖之真强盗也，所劫者，皆是奸佞；所敬者，咸系忠良；每恨生于无道之秋，不能吐志，常为之吁嗟长叹。狄公闻余谦称花、鲍有忠义之心，触起迎主还朝之念，素知这二人手下有无数英雄，欲得他归顺，以作除奸斩佞之用。又向骆宾王道："余谦适言嘉兴哄堂案内，有梅修氏不夫而成胎之故，此何说也？"宾王道："古亦有斯事也。或目触形而成胎，或梦饮而有孕，所生之子，非英才盖世，即成佛作仙，名曰：'仙胎。'虽然，古今不多有之事也,人见之不得不疑耳!"狄公道:"下官学浅,不知古来哪个是不夫而孕者,望先生为有证之。"宾王道:"王禅,鬼谷成孕;甘罗,饮露成胎,皆其验也!"狄公又道:"有夫无夫,何以知之?"宾王道:"如真无夫之胎,其子生下,虽有筋骨,但软而不硬,五七岁时方能行走。"狄公满口称赞道:"真可谓博古通今之士,不愧翰林之职也。下官意欲叫余谦明日回江南,差一旗牌,持我令箭,随他偕去将水寇鲍福并私娃一案,一并提来下官面审。令弟之事,叫余谦写一状子,我明日升堂放告,叫他外喊,我准他状子,自有道理。"余谦道:"小的回南,倘贺世赖谋害主人,如何是好?"狄公道:"我收你状子,批准后,鲍福一并讯究。贺世赖诬良,已为犯官,我亦差人管押。本藩亲提之事,哪个敢害你主人!"余谦方才放心。天色已晚,狄公回后,骆宾王写了一张状子,交给余谦,叫他明日赶早出府,莫使他人知觉,衙外伺候。余谦一一领命。心中焦躁,思念主人,一夜何曾合眼。天明时,看见宅门开了,余谦走出,赶奔道人寓所,将衣帽换过,同至衙前。道人独自报名进去了,余谦独自在外伺候。

只听得三声炮响,鼓乐齐鸣,不多一时,那狄千岁升堂放告。余谦即大叫"冤枉",求千岁爷做主。话犹未了,只听得两旁一声吆喝,四个旗牌官如狼似虎,跑至余谦跟前,一把抓住,提到堂上,绳捆索绑,要打一百例棒。才待举棒,狄公将头一低,向余谦道:"你免打。"下边答应一声,就不打了。狄公问道:"你是哪方人氏?何不在地方官衙门伸告,反到本藩衙门乱喊。可有状子么?"余谦道:"小的有状在怀。"狄公吩咐放绑,下面将余谦放了。余谦跪下,将怀中状子取出,顶在头上。堂吏接着,放在公案,狄公举目一看,其略曰:

具告状人余谦,年二十三岁,系江南扬州府江都县人氏。为赃官诬民,借公报私,叩求宪台提讯事:小人主人骆宏勋,老主人系原任定兴县游击之职,在任九年身故。在任之日,有一任正千,从主习学多年。后因老爷去世,任大爷因素有师生情谊,留主母与小主人在彼家居住,与伊妻兄贺世赖相认。恨伊人面兽心,见财忘义,贪图王姓之财帛,不顾兄妹之伦理,代妹拉马,与王姓私通,被谦撞见,于是起隙。谦主避嫌,告辞南归,制满赘亲。路宿黄花铺,不意贺世赖莅任历城主簿代行县事,仗倚目前威势,以报他年私恨。协同邻界县唐县令率领虎狼之众,执捉离乡弱民,硬诬以定兴反狱,抢去大盗之罪;嘉兴劫

库,盗去私娃之罪。夫反狱事件,仆主丝毫不知,私娃案件,原晓其
情:因路过嘉兴,借宿普济庵中,夜闻梅修氏喊叫"救命",仆主搭救
情实。而盗私娃,乃龙潭之鲍福,因狐疑不去之因,盗来以迫其实,不
意修氏真无夫而有孕。鲍福现今收为义女,养活在家,以待明公而为
之剖断焉!仆主亦实未之同事奸恶。以实有之事,而硬罪未作之人,
酷刑严拷。因系出于离乡弱民,怎抗邑严之势!藩王畿内,又岂容奸
恶横行。情急冒死具禀,伏望藩王千岁驾前恩准提讯,庶邪恶知警,
而弱民超生矣。胆敢上禀。

　　狄公看完了状子,问了几句口供,遂拔令箭一枝,命旗牌董超,董超听
见点差,答应一声,当堂跪下。狄公道:"与你令箭一枝,速到镇江府丹徒
县,提捉水寇鲍福,当堂回话。并提私娃家梅修氏、梅滔等人犯,一同候
讯。"董超先还当个美差,好不欢喜;及听见叫他下江南提水寇鲍福,痴呆
在地,半日不应。狄公道:"本藩差你,你怎半日不应?欲违本藩之差?"
董超道:"旗牌怎敢违差!但那龙潭鲍福,乃多年有名水寇。屡次有官兵
前去捉拿,只见去而不见回来。旗牌无兄无弟,只此一人,可怜现有八十
二岁老母在堂,旗牌今日去了,何人侍奉晚年?望千岁爷施格外之恩,饶
恕残喘,合家顶感。"狄公道:"你只管放心前去,本藩将你交与一个人保
护。"遂唤余谦。余谦朝上爬了几步,狄公道:"你既要代主伸冤,必要鲍
福到来,方能明白。今将董超交你同去,至龙潭将鲍福提来。董超好生回
来,你主人的冤仇自伸;董超有伤,你也莫想得活。"余谦道:"谦安敢!差
官但放在小人身上,包管无事!"董超虽闻此言,终有些胆寒,但奉千岁差
遣,怎敢推委?恐触本官之怒,少不得领下令箭,即同余谦回家收拾行李。
狄公又拔令箭一枝,去把贺世赖拿下,交恩县唐建宗管接,候本藩提审。
吩咐毕,退堂,仍与骆宾王相谈,不提。

　　单言那恩县唐建宗接了军门令箭,连忙带人役至贺世赖公馆,将贺世
赖拿下,亦看押在狱神堂中。又吩咐放骆宏勋的刑具,不可缺了他的茶
饭,恐误大人提审。骆宏勋方知余谦告了军门状子,稍放心怀。且说董超
同余谦至家收拾,家中妻妾、儿女并八十老母,俱皆痛哭,同出来托余谦。
余谦道:"请太太并大娘放心,包管无事。诸事总在我身上,不要担心。"
董超无奈,只得收拾行李,辞别母、妻,同余谦向江南而去。

　　未知此去吉凶如何,且听下回分解。

第四十六回
龙潭庄董超提人

  却说董超辞别母妻,同余谦奔江南而去。在路非止一日,那日来到龙潭,余谦乃是熟路,引董超直奔龙潭庄。来到护庄桥,董超立住身道:"余大叔,你先进去,咱家在此等候大叔,向他说明:你亲自出来唤我,我才进庄;若别人相唤,就是强盗了! 我就溜去逃命!"余谦道:"你也说得是,待我先进去说吧。"迈步过桥,行至大门,门上人道:"余大叔,你回来了。"余谦道:"回来了。"余谦问道:"老爹可在家么?"门上人道:"山东花老爹同任大爷、扬州徐松朋大爷,都在这里客厅内谈论。"余谦不用通禀,一直进门,心中想道:"我因事急,先来通知鲍老爹,打探明白,到扬州通报徐大爷,不料徐大爷也在此地,两得其便。"来到内客厅,众人一见余谦回来,尽皆失惊,连忙问道:"你怎么回来这等急切? 你大爷今在何去处?"余谦听罢,不禁放声大哭,说道:"在路上又惹出祸来了。"花振芳有翁婿之亲,最是惊慌,忙问道:"惹出什么祸来了?"余谦将路过巴九爷寨,误伤少爷之事,说了一遍。巴九弟兄四人,闻说伤了侄儿,尽皆怒目竖眉,大怒道:"我们弟兄九人只此一子,今被伤死,岂肯干休? 先杀其仆,而后寻其主。"欲奔余谦。

  鲍自安道:"诸位贤弟,且莫动怒。事要论轻重,评是非,不是一味动狠的。且在我舍下,如何动得粗? 即要代侄报仇,到别处再讲,今日暂停。"巴氏弟兄见鲍自安有护卫余谦神情,在他一亩地份内,竟不能行粗,遂寒怒而坐。鲍自安道:"方才不听见余大叔说:是令侄无故率领多人举棍相害。曾听说当场不让父,举手不容情。骆大爷若不动手,竟候着令侄打死吧,他的命竟一个钱也不值! 我也素闻令侄不过长了一个蠢汉,比不得骆大爷那一块,近来大爷又是令甥婿。今既误伤令侄,叫骆大爷日后孝敬孝敬贤昆仲就是了。"巴氏弟兄素亦受知骆宏勋,今被鲍自安一番话说得近理,各皆下气。花振芳因有翁婿之情,干碍开口,只一言不发,见鲍自安劝解巴氏弟兄,气已稍平,遂问道:"误伤巴氏之后怎样了?"余谦道:

"主仆恐寨内人追赶,遂奔老寨。酸枣林路径曲折,错向胡家寨走去;幸遇先老爷门生、金鞭胡琏大爷,留至家中商议,叫我主人速回江南,相请鲍老爹赴山东,与巴九爷商议;又请了胡理二爷来,开长叶岭口,令我主仆奔逃旧落方至黄花铺,住了歇店;半夜天降大雨,次日不能行走,只得在店内住;店门对面是历城县的公馆,那县官就是贺世赖;他看见我主仆在,暗暗约同恩县唐老爷,率领两县人役,将大爷硬诬为盗,打得筋骨寸伤;彼时,小的在后园出恭,多亏店小二通信,越墙逃脱;欲回江南,送信徐大爷、鲍老爹,生法救主;已行三十里,在林内歇息,想投江南,但相隔千里,身边分文全无,如何能行? 意欲林中寻死,又料大爷不知,反道我忘恩负义,又不知逃奔何处去了! 实在无奈,仍回历城自投,与主人同死;将到历城,路遇大爷堂兄宾王和尚,要去拜见狄仁杰千岁;问明来由,将小的带进衙门,面禀狄千岁;狄千岁发了一枝令箭,差旗牌官董超与我同来,相请鲍老爹,并提私娃一案提审;董超不敢进来,今在庄外候信。"花振芳、徐、任三人闻得骆宏勋被难,俱各坠泪。

唯鲍自安听得狄公差人前来捉他并私娃一案,不觉雄心大怒,忙传前面听差的人,速将差官捉来,扒出心来下酒。花振芳闻余谦说:鲍自安一到,骆宏勋之冤即伸。乃劝道:"你这老奴才,方才劝人不要动怒,临到自家头上,就不能三思了? 即日不过叫你去做一个见证,有何人难为你处? 你一到案,骆大爷之冤即伸,他主仆岂不感你之恩? 何必如此动怒!"鲍自安道:"贤弟不知,自二十年前我就在此居住,从无官差敢进我庄。今若容留此人,岂不坏了例了? 又被他人笑我年老无能,受人节制了!"余谦见鲍自安不容董超,遂又跪下说道:"临来之时,狄千岁谆谆命之,董超无事回,主人亦自无事;若董超有伤,我主仆们亦想得活。今老爹若杀董超,就杀小的主仆了。望老爹杀了小的,留下董超性命回去,以抵我主人之罪。"说罢,大哭起来。在此之人,无不下泪。鲍自安是个有情有义、心慈面软之人,见余谦愿死保留董超,一团忠义之心,连忙扶起余谦道:"你既能为主尽忠,我岂不能为友全义! 拼着老性命走一遭去罢了! 余大叔出去请那差官进来。"余谦欢天喜地,走至护庄桥,请董超进内。董超心怀鬼胎,提心吊胆随着余谦进来。

到了客厅。众人相见,分宾主坐下,董超道:"奉上人之命,特请老先生大驾,并提私娃一案,敝上人讯问。"鲍自安道:"久闻狄千岁保国忠良,每欲谒见，无奈因故不便。今有来令，正合我意。私娃案中梅修氏，现为我义女，亦欲代她辨明。狄千岁久历朝纲，经见自多，今蒙提讯，亦我义女见天之日也。去是要去，只是无有定期。在下有一心事，今日做了。明日就起身；明日做了，后日就动身；一年做了，就要一年才起身。少不得屈大驾在舍下等候等候！"董超道："请问老爹，有何贵干？倘一时不能做，何不回来再做？"鲍自安道："我存心离此已久，意欲连家眷一同移居山东。"指着花振芳道："与这花兄一处同居，离长安路近。就便到京中，将那些擅专国政的奸佞宰杀，替国家除害。这件事，并做了，省得又回来！"董超不敢询问何事，又说道："小人在府坐扰，倒也甚好，只是家中有八十二岁老母堂食无出，如何是好？董超求老爹做主！"鲍自安道："差官不要心焦，我这事已差人打探去了。如早做就罢了，如要日子长了，每月在下差人送二十两足纹到府，与老太太使用，如何？"董超因见水旱两个老儿皆在此地，本不愿在此留住。但得保全性命，即是万幸，哪里还敢推托？鲍老吩咐摆酒。正在欢饮，只见濮天鹏兄弟自外而来，走到鲍自安耳边，低低地说了几句言语，只见鲍自安听了大喜。不知他二人说了什么话？正是：

　　猎人正欲布罗网，飞鸟舞翅自飞来。

　　要知后事如何，且听下回分解。

第四十七回

花振芳两铺卖药酒

话说众人正在饮酒时,濮天鹏弟兄进来,与众人见礼之后,在鲍自安耳边说道:"打探明白,王轮升的是金陵建康道①。不敢走水路,惧怕我等,抄旱路而来。明日即到龙潭,从浦口过江。"鲍自安闻听此言,不觉大喜。向董超道:"差官,不要着急了,此人明日即至此地;再住一宿,就可同行。"董超问道:"此系何人?"鲍自安道:"此即吏部尚书的公子王轮也。原是嘉兴府知府,今升建康道,明日从此路过。"又将王轮与贺氏通奸,并同闹嘉兴之事,再说了一遍,"我原许任正千活捉奸淫,故欲践前言,而不失于朋友也。"董超方才明白。鲍自安又吩咐濮天鹏,多差几个远近打探,不时来报,莫要让他过去了。濮天鹏领命,将听差之人差出十个前去打听。这边席上,因有此事,大家都不大饮酒,连忙用饭。吃完之后,鲍自安自去吩咐差人等。余谦上前问道:"徐大爷几时来此?"徐松朋长叹一口气道:"自你主仆去后,我上庄收租。过了十八九日回来,栾冤家擂台也拆了,并无个动静。家中过了两日。那日早饭之后,县内听事支持了张老爷的名帖进来请我。我问请我何事?听事便道:张老爷有一个公子,欲弃文就武,请我为师。我想在家与栾镒万这厮斗气。且往县内躲一躲是非。遂骑了一匹牲口,同听事进了衙门。二堂之上,站立有百十多人,我亦当是书役站班,不以为意。孰知众人见我一到,即把宅门一关,背后跑出数人,将我捉倒,上了手铐脚镣,吆喝一声,将我带过,问我:'怎地想留大盗熊铁头、方郎等数人,打劫甘泉山下吴仁辅家? 采其妾之花?'我道:'武生丝毫不知,老父母何出此言问我也?'老张道:'你同伙之人已被捉获,说与你是结拜过的同盟兄弟。因路过,至你家看望,被你留住,晚间方动得手。连你与他交拜庚书名帖,皆是在此,你如何推作不知?'我说道:'老父母将强盗提出,武生与他对面口供。'老张遂发监票,提出八九个强

---

① 道——行政区划名。

盗。熊铁头、方郎那两个狗头好生厉害，未曾到堂，就大叫道：'老大你休快活，我们扳你出来，只是恨你狠心情薄。所劫财帛，你是双份；奸淫女娘，是你受用。我等被捉多日，你毫不相顾，亦不来看望。昨日受刑不过，说出你来，与我共受受此苦！'我与他分辩，他一口咬定不饶，老张信以为实。因我是个武生，未曾详去前程①，不能妄动大刑，把我收禁牢中，就通报详革，方才严审；我入监之后，有个禁子，他平日受过我的恩惠，各事照应，及无人之时，低低地告我道，栾镒万家门客华三千，用二百两银子暗地买通马快头役马金，吩咐强盗熊铁头相攀；又恐本官不信，华三千暗开你的庚恰与他为凭，到今日有此祸也。我方知道是栾镒万买盗扳害，大为焦躁。不料我大娘叫徐一到龙潭通信与鲍老爹，鲍老爹前日到扬州反监劫狱救出我来。料扬州不能居住，将细软物件打起包裹，家人奴仆各把几两银子，令各归其家，我携同大娘连夜奔此。"余谦方知徐大爷来此之故。又问花老爹、任大爷是几时到此？花振芳道："前日将老太太并桂小姐请至山东，恐怕你大爷认以为真，有伤身体。住了七八日，携同任大爷自东路来扬州，想请你大爷。因在路阴雨阻隔，昨晚才到扬州。到徐大爷府上一看：大门上朱笔封条锁着。访问邻人，方知被人诬害，今反了狱，连家眷都逃去了。我料必是鲍老相救，今日才过江来。"你谈一阵，我称一番，天已夜暮，大家安卧。

次日，俱各起来。探事的人不时报信，一个说：王轮已到某山；一个说：王轮已至某镇。鲍自安令濮天鹏在江中预备下大船八只，将家中细软物件，着人运到。凡值钱的桌椅条台缸瓮各物尽皆上船，带到山东住家好用。又说道："但愿他临晚至此，省得我多少手脚。"又着三十个听差之人，各持鸟枪长叉，扮作打猎人模样；又令四人拿了四面铜锣，等王轮来时鸣锣吆喝道："此去有三只大虫伤人，夜间不可行走！"逼住他以便动手。遂向花振芳道："此地没有歇店，又无人家，王轮必借三官殿做公馆。他今现任之官，自然轰轰烈烈，建康自有长班，嘉兴定有送役，连他家奴仆等人，我谅他有百十余人。动手时虽不怎样，到底人多碍手。我今与你分作两路去成事，令人在三官庙不远山岗之上，搭起两个茅篷，把好酒抬去五七坛，那话儿药带过两包；你领徐大爷夫妻并小女小婿四个人。分作两

———————————————

①　前程——旧时称功名为"前程"。

铺。女将掌柜,轻轻的价钱,大大的盘子。那跟随王轮来的人,走得饥饿,自然来买,在店来饮着下药酒,发作后提进庙来,弄倒几个是几个。我同巴家四位贤弟、任大爷、余大叔、董差官、濮天鹏,在三宫殿专捉王轮、贺氏,方得妥当!"众人起身道:"好!"鲍自安叫人在三官店北首三官岗上,搭起两个茅篷,又叫女儿、徐大娘,各自收拾,诸事齐备。天将下午时候,打探人来禀道:"王轮离此只得三十余里了。"鲍自安道:"他后至此,天已日落,正在住宿时候!"连忙捧出酒坛,众人饱食一顿,夜间好动手。比及日落,个个暗藏兵器在身,出了庄门,奔三官庙的奔三官庙,奔茅篷的奔茅篷,各行各事。

　　且说鲍自安领众进了三官庙,消安师徒相迎,分宾主坐下献茶。消安问道:"诸位檀越从何而来?"鲍自安道:"长者亦知,两闹嘉兴,未得其人,今日王轮升任建康道,自旱道而来,少刻即至。特来此地等候!"消安闻听此言,道声;"阿弥陀佛!冤仇可解而不可结。论王轮其心奸恶,今应捉拿。但任檀越既然巨富,何愁无佳偶,而反赎妓女为妻?不慎于始,故有此悔。于今诸事,只悔当初。诸檀越不来。贫僧不知,贫僧也不敢深管;今既告诉贫僧,贫僧出家人以好生为念,在诸檀越前,乞化此二人,放他过去吧!"任正千道:"此乃在下倾家杀身之仇,既相逢,岂能轻放!别事无不遵命,此事断乎不能!"消安闻他不从,就有几分怒色。鲍自安极其捷便,乃道:"消安长老从不轻易乞化。今既乞化,任大爷亦不必着急,就放他过去罢了!"消安见鲍自安应允,谅任正手无能为也。乃曰:"谢诸位檀越莫大布施,贫僧无以为报。"命黄胖献茶相敬。不讲众人在庙伺候。

　　且说王轮一众行至龙潭,天色日落多时,意欲赶浦口住宿。正行之间,只见三个人一班,五个一班,有二十多人,各持鸟枪长叉,似乎打猎之人,不以为意,仍令人夫前行。忽听得锣声响亮,又听吆喝之言道:"行路客商听见:此地有三只大虫,夜夜出来,伤了无数行人。早些歇住,不可前行。倘若见你,性命休矣!"众人听得有三只大虫,尽皆大惊,一个个都将脚停住。王轮也听见,道:"我有百十余人行走,就有大虫亦早避去,怎敢前来相伤!"贺氏在轿内道:"凡事谨慎,方无差错。既说有虎,虎虽不能相伤,遇见它也怕人了!"王轮听了此言,因她胆小,恐惊吓着她,问道:"此地可有什么宿店可住?"内中有一个脚夫,此地甚熟,他已走得困了,恨不得一时住下,闻得老爷相问,连忙应道:"此地有一个三官庙,房屋甚多,尽可做公馆。"王轮道:"如此甚好。"令班头先至庙中,说那主持知道预备。班头领命前去。

不知后事如何,且听下回分解。

第四十八回

鲍自安三次捉奸淫

话说班头领命,王轮催动人夫随后。且说班头来到山门,用手敲门,里边黄胖问道:"哪一个?"班头道:"建康道王大老爷路过此地,天晚无处歇,要来庙中做公馆,叫你们伺候。"黄胖暗道:"该死的孽障,凶神五道正要寻你,被我师父化下,自投而来。"又不好直言相告,回道:"此庙房屋颓坏,不可居住,去别处再换公馆吧!"班头道:"别无落地,唯你庙中宽阔,速速开门,王大老爷后边即到。"黄胖道:"好厌人!我说没有房了,还在这里歪缠。"班头见不开门,只得回来。王轮也到,人夫已离不远。班头上前禀道:"小的才到三官庙叫门,和尚只是不肯开门,回说庙中房屋倾坏,往别处再寻公馆。小的又道大老爷就到,叫他速速开门。他反说小的惹厌,与他歪缠哩!"王轮道:"或者真是房屋坏了。怎奈别无可住之处,这便怎处?"贺氏在轿内淡笑一声道:"好个三品道爷,连一个破庙也不能借,又不是长远住,不过暂住一宵;且又是晴明天气,管他漏与不漏,就是不肯借罢了。也未见这种和尚,一发可恶,又不顶了你的屋去!"王轮被贺氏几句言语激得心头火起,吩咐人夫直奔三官庙前来,看他敢不容留。

且说黄胖打发班头去后,进来对师父说知。消安眉头一皱,想道:"虽已推去,必还要来。这些英雄若是看见,哪里还顾得化过未化过!我将他众人请至旁院两开净院中奉茶,使他们不见面,或者可以饶过。"遂道:"诸位檀越俱已布施过此二人,但贫僧心中终有些狐疑。如真心施舍贫僧,檀越今日俱莫回去,此庙旁有一小院,是两开净室,乃贫僧师徒下榻之所。请诸檀越进内,贫僧奉茶一壶,备几样粗点心,同谈一宵,让他过去,方才放心!贫僧所化者,是兑他今日之死;后来他处杀斩存留,贫僧莫敢他问。不知诸檀越意下何如?"鲍自安道:"既已出口,哪有改悔!今若不信,我大家就领厚情。"于是起身,俱到旁院净室来坐下。

不多一时,外边敲门甚急,消安师徒知是王轮等来了。随辞了各人,走出小门,回手将门带上,用锁锁上,才到山门。问道:"何人敲门?"外边道："大老爷驾到,还不速速开门!"消安即刻开了门。人夫马轿,俱各进内。三官殿舍本是两层院落。王轮同贺氏进了后殿,人夫俱在山门以外。王轮、贺氏拜过三官大帝之后,来至殿上坐下,吩咐唤本店的住持来。消安走进,谨遵法规,双膝跪下。王轮道："好大胆的和尚! 本道到此天晚,差人前来借宿,你怎么闭门相拒? 天下官能管天下民,轻我建康道不能管镇江之民么!"消安道："先前夫差来,僧人不知。在后厢回话者,乃僧人一个徒弟。殿宇虽然倾坏,岂不可暂住一宵? 夫差去后,僧人方知,故前来伺候。"王轮见消安说得在理,先乃是徒弟无知,就气平了,说道："你既不知不罪,你下去!"消安又磕了个头出来,又开锁,进穿院而来。

且说任正千等见消安师出去,向鲍自安道："老爹费了多少心思,欲捉奸淫,今轻轻就布施了和尚,岂不枉费其心乎?"鲍自安道："诸公不知,消安师徒有万夫不当之勇,且性如烈火。先任大爷不肯应允,他们有怒色,我故随口应允;若不允他,他师徒必然护他,再通知信息与王轮,岂不是劳而无功!"众人道："他今出入俱用锁,我等如何得出去?"鲍自安道:"墙高万丈,怎能禁你我? 三更天气自有法。"又叫过濮天鹏来附耳:如此如此。濮天鹏听得含笑点头。消安已走进来相陪,命黄胖烹茶,做了点心。这且不表。

王轮一众人在路上已吃过晚饭,住了公馆,不过用点心茶酒。点心是有随行厨役做成,预备茶酒,又是他驮于上自带铜锅、木炭、风炉,毫不惊动和尚。下边人役,一路疲倦,饿是不饿,都想吃酒解解倦乏。就有哪个好吃酒的,未曾到那里,他就先看看糟坊酒店。进庙之时,早已望见庙北岗子上两个酒字灯笼。诸事完备,拣契厚的约几个走去打酒吃。原要打到庙中吃,及到酒店中,见两个铺中俱是女人在此;况且又生得妖娆可爱,即不肯回庙,要在铺中吃酒看女人。一盅下肚,皆直眉竖眼,麻瘫在地下。铺后有留得的人便叫拖出,丢在涧沟内。有的人打酒到庙中吃者,花老等发的是好酒,回庙说:酒铺中两个俊俏女人掌柜。个个将酒拿回铺中,以借杯为由。三月天气,哪有吃冷酒之理? 要在店中煨暖,花里寻春。花老等放药下去吃了。亦照前拖入涧沟。正是秃子头上打苍蝇,来一个打一个。人夫、书役,书役、人夫,但凡衙门中人,哪一个不好眠花宿柳! 未到一更天气,百十人,俱皆迷倒八九十;未迷者,是那不吃酒者成人,并王轮不时唤呼者,不过十数人。天有二更时分,鲍自安听着外边没有喧哗之声,已料是花老弄拢的了。见消安师徒不离左右相陪,鲍自安故作瞌睡之状。消安见鲍自安是年老之人,遂道:"何不在贫僧床上安睡安睡。"鲍自安道:"却是有此倦意。诸公在此,我怎好独睡!"众人都会意,齐道:"我等明日都要起身,亦不能坐谈一夜。美茶点心俱已领过,却都要睡睡才好!"消安暗道:"叫他们屋内安睡,我师徒门外坐防,必不碍事。"遂道:"既诸位欲卧,何妨草榻?只恐有屈大驾。"众人道:"我等不过连衣睡睡,谁还脱衣。"于是各位英雄俱在他师徒两张床上而卧。消安将灯吹熄,同黄胖走出房门,回手带过,搬了两条凳子,各坐一条。各人身旁倚一根生铁禅杖,在外面防备。

却说鲍自安睡未多时,轻轻起身,悄悄地走至房门首望外观看:正是三月十五日,西边亮月如昼。又见消安不过带上房门,却未带合。上有一孔,鲍自安看明白,怀中取出香来,暗暗点着,放在空中口一吹,不多时,消安师徒两个喷嚏,皆倚壁而卧。鲍自安唤众人开了房门,仍自照前带过,走至小门,又将闩拨开;众人出来带过,将锁扭掉挂上,各持兵器看了看,角门关闭,众人一纵,俱蹿过去,将角门开了,令董超走进。董超见他八人一纵即过丈余墙垣,早已吓得胆战心惊。既入虎袄之中,少不得放了胆随他进去。谅后边没有多人,也不用香了,怕误工夫。打开后门,将丫环妇娘尽皆杀之。王轮、贺氏虽然睡,却未睡着,一见众人进来,只当是强盗行劫,及见任正千进来,知性命难活。任正千一见王轮、贺氏,哪里还能容纳!举起钢刀就砍,鲍自安用力挡住,说道:"大爷莫要就杀,我还要审问他哩。"任正千听了,只得停留。鲍自安令他二人穿起衣服,用绳绑了。两廊下还有七个家丁,听得殿上一片声响,即来救护,俱被杀死。鲍自安将王轮、贺氏行囊,各色细软物件,金银财宝,打起六个大包袱。余谦、任正千、巴氏弟兄四人各背一个,鲍自安两胁夹着王轮、贺氏。董超腿已唬软了,空身尚跟随不上。大家出了山门,奔茅篷中来。及至茅篷中,余谦道:"濮二兄尚未来到。"鲍自安道:"余大叔,你莫管他,他后边自来。"又道:"我等速速上船,奔路要紧!"大家奔至江边,上了船。濮天雕背了一个小包袱亦到。鲍自安点过人头,吩咐拔锚开船而行。

且说天已发白,消安师徒醒转,自道:"今夜这等倦乏,一觉睡到天明。"起身走出外边,欲到小门照应王轮人众,一看门竟开着,说声"不好!"回身进房,哪里还有一人!越过墙走向后边一看:只见尸横满地,一

路血迹,东一个尸首,西一个尸首,并无一个生人。消安不看犹可,看了时,有诗为证,诗云:

> 禅心临发怒,气极挫钢牙。
>
> 只说蒙一诺,岂此变虚言。
>
> 交朋原在信,始不乱心田。
>
> 今遭奸伪骗,前语不如先。

话说消安心中发恨道:"我今着你这班匹夫所骗,与你岂肯干休!"回至房中,束腰勒带,欲赶众人,转一看:床头板箱张开,用手一摸,大叫一声:"好匹夫! 连我他都打劫去了。"正是:

> 费尽善言将人化,代人解结反被偷!

毕竟消安不知追众人如何,且听下回分解。

第四十九回

鲍自安携眷迁北

却说消安师徒正在装束,欲奔鲍自安家争斗,抬头一看,床头上一个板箱张开,用手一摸,衣钵①、度牒②俱不见了。大叫一声:"好匹夫! 连我都打劫了去了!"随同黄胖各持铁禅杖,奔鲍自安家而来。及至门前,大门两开,并无一人。他师徒是来过的,直走进内,到七八层院中,也未看见一人。看了看桌椅条台,好的俱皆不见了,所存者,皆破坏之物,看光景是搬去了。心中还不信实,直走进十七层房内,绝无一人,这才信为真实。想道:"此人带许多东西,必自水路而去;昨同巴氏同伙,又定是搬赴山东。我师徒沿江边向上追赶!"于是二人又走出鲍家庄,奔江边往上追来。追了有三四里路程,看见前边有号大船在江行走,幸未扯篷;又见末尾那只船头上坐了十数个人,谈笑畅饮,仔细看之,竟是鲍老一众。消安大叫一声:"鲍自安,好生无理! 你与王、贺有仇,贫僧不过代你们解冤;不允便罢,因何将俺的衣钵、度牒一并盗来?"鲍自安等由他喊叫,只当不曾听见,仍谈笑自若,吩咐水手扯起三道篷来,正是顺风,那船如飞去了,把他师徒抛下约略有五六里远近。鲍自安又叫落下篷来,慢慢而行。消安师徒在岸舍命追赶上,叫道:"鲍自安,你好恶也! 俺与你相交多日,如何目中无人,呼之不应? 日后相逢,岂肯干休!"鲍自安又吩咐扯起三道篷,船又如飞地去了。

看官,僧家衣钵、度牒,犹如俗家做官凭印一般,如何不赶! 又行了四五里路,鲍自安又叫将篷落下,消安师徒又赶上;赶上又扯篷,落篷又赶上。如此三五个扯起落下,将消安师徒暴性已过去八分了,又叫:"鲍居士老檀越,我今知你手脚了,望你看素日交好,还我衣钵,我即回去了!"

---

① 衣钵——指佛教僧尼的袈裟和食器。

② 度牒——旧时准许出家的僧人归政府掌握,经审查合格得度者,发给的证明称为度牒

鲍自安见他气有平意，吩咐掌舵的把舵一转，扯过船头，拱手说道："原来是贤弟师徒么？昨晚在下原是从命，别人不肯，务必拿捉。料回龙潭不可居住，故连夜迁移。在下原要回庙告别，天已发白，恐惊人耳目，打算日后五台山谢罪吧！今日是顺风，船不拢岸，得罪，得罪！"消安道："老檀越将衣钵还俺，俺自去了。"鲍自安假作吃惊道："什么衣钵？难道昨夜捆王轮之物，拿错了包在里面，亦未可知！待我住下地方，取包裹时，如在里边，在下亲送至五台山！"消安道："老檀越船向北行，贫僧回五台山亦是北去，何不携带携带！"鲍自安还怕他火性不息，上船施威，吩咐濮天鹏如此如此，濮天鹏领计。鲍自安说道："既如此，命濮天鹏架一小驳船拢岸。"消安师徒跳上，濮天鹏用篙一指，船入江心。将离大船不远，濮天鹏故意将橹一提，一声响亮，濮天鹏连橹俱坠江心去了。那只小船在江心滴溜溜的乱转。消安师徒俱唬得魂不在体，叫道："鲍居士速速救人！"鲍自安假作惊慌之状："长江之中，这可怎了？"消安师徒在小船上东一倒西一歪，又大声叫道："我已知你的厉害，何必谆谆唬我？"鲍自安见他服输，咳嗽了一声，濮天鹏在小船底下冒出，两手托送小船至大船边来。消安师徒方登大船，濮天鹏亦上大船。鲍自安向消安师徒说道："惊恐，惊恐！"抱怨濮天鹏因何不小心，致令长老受惊。忙令斟暖茶来与他师徒压惊。喝茶之后，消安问道："鲍居士欲迁移何处？"鲍自安将骆宏勋山东赘亲，路过巴家寨，误伤巴结，差送到巴寨，转到胡家凹，金鞭胡琏兄弟开长叶岭相送，黄花铺歇店，贺世赖诬良，余谦告状，董超提人，今欲赶赴山东之事说了一遍。消安方才明白，笑问道："居士今夜怎样出房？又因何拿我衣钵？"鲍自安道："实不相瞒，昨见老师求化王、贺，彼时不允，就有些不悦之色，恐惊动坚滢，难以擒捉，故我随口应之。贤师徒门外防备，是我用香熏迷，方才捉得王、贺，又杀死他家人、奴仆，恐贤师徒仍居于庙，必受连累。我等先行，留下濮天鹏盗你衣钵，谅你必愤怒赶来，好一同赴北，以脱连累。贤师徒在岸喊叫，而我不应它，船至江心而坠橹者，以磨贤师徒之怒耳！若一呼即应，就请上船，贤师徒安肯随我同往；又安肯轻轻作罢休耶？"濮天鹏将昨晚背来的小包袱拿出，双手捧过，众人方明白昨日鲍自安在濮天鹏耳边所授之计，故濮天鹏带笑而应之。消安又问道："今见殿后所杀者，只有数十男女，而昨晚来时约有百人，余者何处去了？"鲍自安又将花振芳在庙北岗上开酒铺之事相告。消安如梦初醒，暗道："怪不得天下闻他二人之名,乃水旱之巨魁也!"少不得随他的船上来。

到了扬州江口,过了扬子江,入了运河,过淮安,奔山东,到济南码头湾了船。余谦向众人说道:"官船上水甚迟,计旱道至历城要快两日。小的自旱道先至历城,以观家爷动静,并通知诸位爷后边即至,使家爷稍宽心怀。诸位爷坐船后面来吧!"众人答道:"亦使得。"唯董超不大愿意,乃说道:"余大叔,向日来时,敝上当面说过:包管骆大爷无事。你急他怎地?还是坐船同行好。"鲍自安早知其意,笑道:"董差官之意我明白了,余大叔是你保驾之人,恐他去后,我不敢见狄千岁,起谋害足下之心。这就差了!若我怕这件官司,今日不连家眷都来了。董差官莫怪我说:前日我不来,你又岂奈我何么?今既来,我是不怕的;你若不放心,不妨同余大叔自旱道先行,到历城等俺。"董超暗想道:"此话一毫不差,他前回不来,我又能奈他怎样?他今既来,就不怕了。"遂道:"老爹英名素著,岂是畏刀避剑之人!既如此,晚生陪余大叔先行甚好!"鲍自安问董超愿意先去,叫女儿取出四大锭银子,一个大红封套,说道:"既差官先行,这分薄仪带回府上,买点东西,孝敬老太太。她也是提心吊胆,为我这件官司。"董超道:"请得驾来,已赐恩不小,哪里还敢受此大礼!"自安道:"差官放心,我从不倒赃的。只有一事奉托:贵衙门中上下代俺打点打点。我到时俱把俺个脸面,莫道俺'冰寇'二字,我要大大相谢哩!"董超满口应承。又道:"恭敬不如从命!"将二百两银子打入行囊之中。鲍自安又拿出二十两散碎银子交付余谦,叫他二人一路盘费,余谦接过,放入褡包。二人拜辞登岸,望历城而去。

不两日,到了历城,董超留余谦至家款待。余谦道:"方才路上用的早饭,此刻丝毫不饿,又吃甚的?你回家安慰老太太,我且到县监中打探主人的信息。约定在贵衙门齐集,问他下落便了。"董超道:"也罢!舍下预备午饭,等候缴过令箭,再同大叔回来食用。"余谦道:"这个使得。"行至岔路口,二人一拱而别。

余谦奔恩县监牢。来至恩县衙门,一个熟人没有,如何能得其信?走过来,行过去,过了半刻工夫,心内一想:"监牢非比别地,若无熟人引进,如何能人?不如还至军门衙前,等候董旗牌。央他同来,方能得见主人。"迈步向军门衔前。衙门左首有一茶馆,走进馆去,拣了一副朝外的座头坐下来,望着街上行人,以吃茶为由,实候董超。也等了一个时辰,还不见来,只得又换一壶茶,又添两盘点心吃着等他。

　　且说董超出门之后;妻子儿女日日在家啼哭,谅必不能回来。邻合亲友不料今日董超回来,合家欢喜,以为大幸。亲友来瞧着时,前后问一遍;邻舍都来恭喜,董超把这始末之由说一番,抱了儿子玩玩,一时不能分身上街门。

　　再说余谦在茶馆,左一壶右一壶,总不见董超到来,正在那里焦躁,忽见街上一班人有五六十个,各持枪刀棍棒,护着两辆囚车。车后又有一位官员骑马随行,满街上观看的人说道:“诬良一案起身了。”余谦也立起身来,手扶栏杆观望。及至跟前,仔细一看,两辆四车之中一辆乃是主人。余谦不解解赴何处,故问同坐之人道:“此案解赴何处?”那人道。“狄千岁前日奉旨进京,一时不能回来,吩咐恩县唐老爷将此案押至京中,因候旗牌董超提拿鲍福,一并起身,所以迟了。这几日想是董超到了,今日起解呢。”余谦方知狄千岁已经进京。心想道:“贺世赖被捉之后,自然有信进京通知王怀仁兄弟。这两个奸党,其心奸险异常,倘差人带信于恩县唐建宗,于路谋死,报个病故呈子,死人口内无供,贺世赖则无事了。我余谦今既来到,在后边远远相随。”

　　不知后事如何,且听下回分解。

第 五 十 回

骆宏勋起解遇仇

却说余谦远远相随，暗地保护主人，方才放心。算计已定，打发了茶钱，随后而行。凡到镇吃饭时节，让他们在大店吃，余谦在小馆吃。临晚宿店时，余谦宿歇不是在对门，即在左右。因车早走，他亦早走；因车晚住，他亦晚住。只因人多行迟，一日只走得四五十里。在路行了两日。

那一日晚饭时候，到了一个败落集镇，名为双官镇，人家虽有许多，而开张饭店者也少。有一个饭店，解差人等并押官唐老爷俱住下用饭。余谦躲在庄外坐候，候众人吃饭起身之后，余谦也走进店来坐下，叫店家随便取点东西来吃。店家满口答应："有，有，有！"余谦坐下，一会催道："快拿来我吃，还要赶路呢！"店家又应道："晓得！"又停一时，余谦焦躁道："怎么满口应有，不见取来，却是为何？"店家笑道："实不相瞒，我们这块是条僻路，不敢多做茶饭。先来了五六十个解差之人，将已做成茶饭尽皆吃去，尚不足。如今又重下米，饭将熟了，我故应'有'！"余谦想道："不吃饭罢；此路却生，不知前边还有饭店否？他说就熟，少不得候着点，脚要放快些赶他便了！"又停了半刻，店家方捧馒首、包子、饭菜来，余谦连忙吃点，付过饭钱，走出店门，迈开大步，如飞赶上。

赶了四五里，路上总看不见前边之人。余谦疑惑道："难道赶错了路子？不然怎看不见人行？"又走了有半里地，有一松林阻隔。转过松林，见大路上尸横卧倒，囚车两开。余谦道："不好了！此是巴九闻知解京之信，赶来相害。"又转想道："巴九赶来，也只伤害主人，不至连官府一并杀害。"遂大哭道："大爷，你好时衰运促！无故被诬，受了多少棍棒，待毙囹圄；小人舍死告状，稍有生机，不料今日又被人杀害。而小人往返千里之路，又置于无益之地。死得不明不白，为人所伤，叫小的如何报仇？"哭了一场，说道："我褡包中二十两银子，未盘费多少，且将主人尸首抬回双官镇，买口棺木盛殓起来，埋葬此地，再回去迎见他们商议。"遂在尸首中找寻半日，并无主人尸首；又细细查点一遍，仍是没有，连贺世赖亦不在内。

五六十人,怎么独少他们两个? 真令人不解。心中又喜又疑,喜的是主人
不在内,犹可有望;疑的是贺世赖亦不在内,恐又被强人所劫。并无一个
行人相问,好不焦躁。抬头往正北一望,看见一个大村庄,有许多人家,相
离此地有二里之遥,不免到庄上打探一番,返步离庄。一箭之地,有一小
小草庵。余谦道:"待我进庵访问,此地是什么地名?"走至庵门外,见放
了一张两只退的破桌子,半边倚在墙上,桌上搁了一个粗瓷缸,缸内盛了
满满的一缸凉茶。缸边有三个黑窑碗,内盛着三碗凉茶。余谦看光景是
施茶庵子。才待进门,里边走出一个和尚来,那个和尚将余谦上下看了一
看,也不言语,走至破桌边,念了一声"阿弥陀佛",将三碗凉茶吃在腹中,
一手托着桌面,一手提着茶缸,轻轻托进庵门,仍倚在墙上放下。余谦暗
惊道:"此一缸茶何止数百斤! 他丝毫不费气力,单手提进,其力可知!"
又见那和尚转身出来,问道:"天已将黑,居士还不赶路,在此何为? 此处
非好福地也!"余谦道:"在下游方路过,不知此地何名? 特来拜问,望乞
指示。"和尚道:"此山东有名之地:四杰村也!"余谦听说"四杰村"三字,
真魂从顶门上冒出,大哭一声道:"主人又落在仇人之手,万不能活!"
和尚道:"令主人是谁? 与谁为仇? 尊驾如何哭泣?"余谦将四望亭捉猴,
与栾贼结恨,伊请四杰村朱氏弟兄设立擂台,怎样打败伊,又请伊师雷胜
远复擂,龙潭鲍自安正与他比较,幸亏五台山消安师徒解围,"我主人骆
宏勋避难上山东,历城遭诬良之害,今日军门提解赴京,路过此地,官役尽
被杀死,贺、骆俱不见,特来问访其细;今落入贼人之手,料主人之命必亡,
蒙主大恩大德,故而两泪栖惶。"和尚听了这些言语,赞道:"此人倒是一
个义仆。"念了一声:"阿弥陀佛! 弟子今日要开杀戒了。"余谦闻了此言,
纵了数步之远,掣出双斧相待。和尚大笑:"余谦,你莫要惊慌! 你方才
说擂台解围之消安,乃贫僧之师兄。师兄既与贤主相交,今日遭难,岂有
知而不救之理!"余谦方才放心,上前施礼道:"是二师父,还是三师父?"
和尚道:"贫僧法名消计。三师弟消月,潼关游方去了。"余谦素知他是英
雄,闻他愿救主人,即改忧作喜,道:"但不知此刻主人性命如何? 既蒙慈
悲,当速为妙,迟则主人无望矣!"消计道:"那个自然。"二人回进庵门。

消计脱去直裰,换了一件千针袖,就持了两口戒刀,将自己的衣钵行
囊埋在房后,恐被窃盗。余谦想起濮天鹏盗消安衣钵,深服消计之细,只
不肯说出。

二人出了庵门，回手带上锁，迈步奔四杰村而来。入村之时，消计道："他村中有埋伏，有树之路只管走，无树之路不可行。让俺在前引路，你可记着路径要紧！"余谦应声："晓得！"消计在前，余谦在后，不多一时，来至护庄桥，桥板已抽。消计道："你躲在桥洞之下，待俺自去打探一回，再来叫你。"余谦遵命。消计一纵，过了吊桥，将桥板推上，以预作回来这便。走至庄上看了看，房屋也高，蹿纵不上，甚为发躁。

只见靠东墙有一株大柳树，消计扒在树上，复一纵，方上了群房。消计是往他家来过的，晓得客厅。自房上行至书房、将身伏下看了一看：客厅中一桌坐了五个人，朱家兄弟尽都认得，那一个料是贺世赖了。又听得厢房廊下，有一人哼声不绝，不知是谁？忽听朱龙问道："厨房中油锅滚了否？"那边一个答应道："才烧哩，还未滚。"朱龙道："待烧滚时来禀我，我好动手，取出心来就入滚油内炸酥方才有味。若取早了，迟了时刻，不鲜了。"那人答道："晓得！"往后看油锅去了。消计听得此言，知骆宏勋尚未死，但已烧油锅，岂能久待？料想下边哼声不绝之人定是宏勋了。欲下去解救，又恐惊动他弟兄，反送骆宏勋性命，须调开他们方保万全。回首往那边一看，有三间大大的马棚，槽头上拴扣了十几匹马。又见那个墙壁上挂了一个竹灯，挂灯尚点在那里。棚旁堆着三大堆草料，四下却无一个人在内。消计一见，心内大喜道："不免下去，用灯上之火点着草堆，他们弟兄见了火起，自然来此救火，我好趁此下去搭救骆宏勋，岂不为妙！"想定主意，遂悄悄跳下了房子来，走至马棚内，将灯取下，拿到了草堆，把草点着，消计心中想："恐一处火起，不红不旺！"遂将那三个大草料堆于四围尽皆点着，又兼不大不小的东南风，古云得好：

> 风仗火势，火仗风威；祝融施猛，顷刻为灰。

霎时间，火光冲天，只听得一派人声吆喝，喊道。"马棚内火起！"合家慌慌张张地忙乱。消计复又纵上了房顶，恐其火光明亮，被人看见他，即便将身伏在这边。看了看客厅中，还坐着两个人。心中着急道："这便怎了？"

不知消计果敢下来相救否，且听下回分解。

第五十一回

施茶庵消计放火援兄友

话说列位看官，前一回又说道提笔忘字，这样一个人家，马棚内岂无一个人？而消计放火，这等容易，并未惊觉一个人？只因朱氏弟兄痛恨骆宏勋，要油煎心肝下酒，人生罕见之事，故马夫急将草料下足，也到厨下看烧油锅煎心肝去了，所以马棚内无人；况且骆宏勋日后有迎王回国之功勋，位列总镇，亦天使之。若不然，日间解官共五六十人，而且他在囚车之内，就是几十个也杀了，在乎他一人？偏要带至家中，慢慢处治，以待消计、余谦来也。

闲话休提。且说消计放火之后，跳上房子来看了一看，客厅内还坐着两个人，不敢下来。定睛细看：不是别人，一个是朱豹，在扬州擂台上被鲍金花踢瞎双目，不能救火；一个是今日劫来的贺世赖，因路生不能前去，皆是两个无能之人。消计看得明白，怕他怎地！轻轻下得屋来，走至廊下一看，悬吊一人，哼声不绝。消计问道："你可是扬州骆宏勋么？"骆宏勋听得呼名相问，亦是低低答道："正是。足下是谁？"消计道："我是消安师弟消计是也。你家人余谦到我庵中送信，特来救你，你要忍痛，莫要则声。"遂一手托住骆宏勋，一手持刀，将绳索割断了，也不与他解手，仍是绑着，驮在自己脊背上。见天井中有砌就的一座花台，将脚一垫，跳上了屋。可曾听见古人云过，"无目之人心最静"，眼虽未看见，却比有目之人要伶俐几分。朱豹听得失火，心中一躁，无奈眼看不见，不能前去，坐在厅上听声音。闻得厅下有唧唧哝哝说话，只当看着骆宏勋之人。至消计纵身跳上，怎能无脚步之声？又听见瓦片响，叫声："贺老爷，什么响？"那三间客厅一扇，因四月天气渐渐热了，俱是敞开，房中灯光照得对厅上边甚是光明。贺世赖听得朱豹相问，抬头一看，对厅上有一个和尚驮一人上屋而去。答道："四爷，对过厅上有个和尚驮一人行走！"朱豹就知盗去骆宏勋了，连叫几声。那边救火，吵吵闹闹，哪里听得见！并无一人答应。朱豹焦躁，走到天井之中，大声喊叫。朱龙等方才听得，连忙相问朱豹。朱豹道：

"贺老爷见有一个和尚,身背一人,自屋上逃去。"朱龙掌灯火来一照,只见梁上半截空绳挂着。说道:"难道又是消安、黄胖来了?"弟兄三人各持朴刀,率领几十个庄汉,飞赶前来。

且说消计上得对厅,朱豹早已吆喝,连忙走至群房,跳落地下,飞奔来到护庄板桥,至桥上走过,忙叫余谦,余谦跑出。消计道:"你速速背主人前去,我敌追兵。"余谦也将骆宏勋两只胳膊套在颈项上,手持两只板斧,照原路奔逃。未曾出村,朱龙等赶至桥边,看见消计手持戒刀,大叫道:"骆宏勋乃贫僧师兄之友,今特救之。蒙三位檀越施好生之德,令他去吧!"朱氏三人一看,竟是自家庵内的和尚,大怒道:"我每每送柴送米,供养与你,你不以恩报,反来劫我仇人。你师兄是谁?怎与骆宏勋相交?"消计笑道:"我实对三位檀越说罢,我乃五台.山红莲长老的二徒弟消计是也。擂台上解围的,那是我师兄消安也。"朱氏三人方知他前日所言皆假话,又是假名。朱氏三人道:"你既是消安师弟,就是我的仇人了。"大喝一声:"好秃驴,莫要走,看我擒你!"弟兄三人并庄汉众人一起上来。消计全无惧色,抡起戒刀,迎敌众人。朱虎往南一看,只见一人背着一人,向南奔逃。火光之中,却看不分明,谅来必是劫骆宏勋的。遂叫:"大哥、三弟捉这只秃驴,俺要赶拿骆宏勋去也。"带了十数个庄户,赶奔前来。及至赶上一看,乃是余谦背主而逃。朱虎想起扬州一退之仇,大骂一声;"好匹夫!今日至俺庄上,还想得活么?"余谦也不答,举斧就砍,战斗了十数合,余谦遍身流汗,想道:"若恋战,必定被擒,不如奔之施茶庵之中,将大爷歇下,再作道理。"于是且战且走,走至离施茶庵不远,虚砍一斧,迈开大步,飞跑到施茶庵的门首,将锁扭下,走进门来关上。余谦两手扶住茶桌,吁喘不绝,一阵心翻,吐出几口血来。骆宏勋在他身上看见,叫道:"贤弟,你且将我丢下,你好敌斗强人,倘若难敌,你好脱逃,通信与徐表兄、鲍老爹,代我报仇。若恋恋顾我,主仆尽丧于此,连通信之人也没有了。"余谦血朝上一涌,话也说不出来,只是摇头。骆宏勋见他要死。心中不忍,二目中扑零零泪下。

且说朱虎正斗余谦,见余谦逃脱,领众从后赶来。及到施茶庵,却不看见,用手推推庵门,门竟关着,知他躲在里面,大叫道:"与我点火烧这狗头,省得敌斗。"余谦闻得取火来烧,抖抖精神,走至门边,轻轻将门闩拔开,把门一开,大叫一声,跳将出来。朱虎赶向前来,重新敌斗。这且不言。

　　且说鲍自安打发余谦、董超起岸之后,吃过饭,意欲开船。忽然西北风起,船大难行,遂湾住不开,不料西北风刮了一天一夜,总不停息。众人皆因有余谦前去通信,骆宏勋又是军门投机之人,谅无异事,就是迟到两日,谅不妨事。唯有花振芳,坐船如坐针毡,恁大年纪,江南往返三五次,方才寻得这个好女婿。闻得身陷缧绁,恨不得两胁生翅,到历城以观女婿之动静。昨日起风时,还望少刻而息,不料睡了一夜,翻来覆去,何曾成眠。天明起来,梳洗已毕,捧进早茶、点心,众人食用。花振芳面带愁容坐在那里思想赶路。鲍自安取笑道:"哪个得罪大相公,心中不悦?对我说,与你出气。"花振芳道:"我生平好走旱路,从未在这棺材中过这些日子。你这老奴才,既为朋友打这场官司,就该速速赶到,方才使那被难之人不引颈而望。怕起早要用脚走,苦恋在这只棺材里过时刻么?此地乃济宁的大码头,骡轿车马都有,我替你垫脚钱,起旱罢了。你若不肯,我竟告辞先去。"鲍自安平日爱骆宏勋,今日阻风也是无奈,被花振芳提醒,乃答道:"我坐船行走之意,待到历城,船湾河内,家眷、物件尽在船上,候问过官司之后,寻着地方再搬。今着起早,除非到历城上岸宿店了。"花振芳道:"你愿意起早,我则有法。历城与敝地乃相接之地,且离苦水捕,离黄花铺有十里之遥。自此起早到双官镇,还有条近路,到苦水铺约略五日路程。在小店将家眷行李歇下,我陪你上历城去见狄军门,岂不是好!"鲍自安大喜道:"如此行法正好。"雇了十辆骡轿、二十辆驴车,将衣箱包裹要紧之物搬于车上,阔大之物仍放船上湾着,待有了落脚地,再来搬运。闷桶里提出梅滔、老梅、王轮、贺氏四人,拿了四条市口袋装起,放在骡车之上。临吃饭之时,倒出来令他食用,食用之后仍又装起。花、鲍、消安师徒一众人等从旱路奔行。花振芳心急,赶路真快,每日要行到二更天气才宿店。

　　这一日,来到双官镇松林之间。见大路尸骸横卧。花振芳道:"朱家兄弟今日又有大财气,伤了许多人夫。"众人正在惊异,又听得四杰村一片吆喝之声,灯笼火把齐明。鲍自安道:"好似交仗的一般,不知是哪方客商,入庄与他争斗也?也算大胆的英雄!"正说之间,离庄不远火光如日,看见一个和尚被十数个人围在当中,东挡西遮。令人不解,因何围着和尚赌斗?且说消安、黄胖看见一个和尚被十几个围住,心中就有几分不

平之意,正是:

　　　兔死狐悲,物伤其类。

　　但不知后事如何,且听下回分解。

第五十二回

四杰村余谦舍命救主人

却说黄胖、消安遂道:"众位檀越,慢行一步,待俺师徒前去观望观望。"巴氏弟兄四人道:"俺们也去走走。"只见六人下了驴车,奔上前来,及到跟前一看,竟是消计。黄胖大怒,大叫一声:"师叔放心,俺黄胖来也!"朱彪见黄胖,丢了消计,来敌黄胖。黄胖举起禅杖,分项打下来,朱彪合起双刀,向上迎架。黄胖那一禅杖有千斤气力,朱彪那里架得住?"喀喇"一声,打卧尘埃。朱龙虽战消计,看看三弟被害,虚砍一刀,怞身就走。消计也不追赶,过来与师兄说话。

且说消安师徒、巴氏弟兄去后,鲍自安等又见施茶庵边也有一起人在那里敌斗。徐松朋暗道:"怪不得人说山东路上难走,真个果然矣!"仔细观看,一人身上背着一人在围中冲杀。徐松朋惊异,说道:"好像余谦?"不免前去观看。众人道:"将车暂住,你我大家一同去看他一番!"相离不远,看见他所背何人,被朱虎同几个庄客围住在中间厮杀。那徐松朋紧走几步,拧拧枪杆,大喝:"朱虎休要撒野!俺爷爷来也。"朱虎一见徐松朋到来,也知他的救兵来了,脱身就跑,徐松朋托枪追赶前来。花、鲍、任、濮俱到其间。余谦慌慌张张,还在那里东一斧西一斧地乱砍。任正千连忙走至跟前,叫道:"余谦,我等到了!"余谦的眼都杀红了,认定任正千就是一斧;任正千唬得倒退几步。花振芳又走上前来,叫声道:"余大叔,我花振芳来了!"余谦哪里还认得人,也是一斧,花振芳也躲过,说道:"他已杀疯了,怎么近前?"鲍自安道:"他虽然杀疯,骆大爷自然明白,叫骆大爷要紧!"于是花振芳叫道:"骆大爷,我花振芳同鲍自安、任大爷等俱在此。望叫余大叔,说声莫要动手,朱家弟兄去了。"骆宏勋在黄花铺被捉之时,所受铁木之伤尚未大好;今被朱家捉去,又打得寸骨寸伤。余谦驮在背上,东遮西挡,颠来晃去,亦昏过去了,二日紧闭,何曾看见花、鲍前来?亦料想来不及。虽然昏迷,却未伤两耳如中明白,忽听得"花、鲍、任、徐俱到",勉强将眼一睁,来人直在面前,余谦仍持斧乱砍。骆宏勋大哭,叫道："余谦贤弟，花、鲍二位老爹，任、徐、濮各位爷俱到；朱虎也不知去向，你不要使力了！"余谦耳边听得大爷说众人已到，把眼珠一定，将众人一看，叫了一声，倒卧尘埃。众人连忙上前，将骆宏勋两手松开，看了一看，骆宏勋微微有气，余谦全不动了。花振芳扶起骆宏勋，任正千扶起余谦。花振芳叫道："宏勋！宏勋！醒醒！"停了片时，一口气出来，眼一睁，道声："余谦贤弟在哪里？"正千道："世弟，余谦在这里！"骆宏勋一见余谦面似黄纸，丝毫不动，大哭道："贤弟呵，历城我遭难，督衙你伸冤，不惮千里路，江南把信传！暗地相随保护，随后不敢前。来日遇贼党，扒心下油煎；央求禅师相救，背我逃走到茶庵。几番我叫丢下，贤弟摇头。有余谦生生顾我劳碌死，即我命难全，要下黄泉路上稍停步，主仆同赴鬼门关！"众人听得骆宏勋诉哭余谦之忠，无不垂泪。花振芳道："骆宏勋，你保重，莫要过伤自己。余谦乃用力太过，心血涌上来，故而昏去。稍刻吐出瘀血、自然苏醒，必无伤于命。"鲍自安道："骆大爷，方才那禅师搭救，哪里去了？"骆宏勋道："他乃消安师父的师弟消计师也。"将自己被吊在廊下，蒙他相救，驮我上屋而逃，奔至桥边，才交余谦；又遇朱家数十人围住，又蒙诸位相救之事说了。"但不知此刻消计师胜败如何？"正说之间，消安、消计、黄胖、巴氏兄弟俱皆来到。徐松朋见朱虎逃走，也不追他，亦自己回来。看见骆宏勋主仆如此情形，好不凄惨。过了一刻时辰，只听得"咯咯"一声，余谦吐出两块血饼，只是叫"哎哎"之声，不知如何？鲍自安道："抬上骡轿，煨暖酒，刺山羊血和酒。"众人将他主仆抬上骡轿，刺了山羊血，各服之后，才与消计见礼。大家相谢。消计道："均系朋友，何以为谢！"鲍自安问道："骆大爷在恩县监中，怎至于此？"消计将余谦状告狄公，狄公进京，令恩县唐老爷押赴京都听审，被朱家兄弟杀了官兵，劫去骆大爷并贺世赖；余谦到庵中送信，故至他家放火，诓了朱家兄弟，唯剩了朱豹、贺世赖两个无用之人，方才解救之事说了一遍。鲍自安大喜道："任大爷案内只缺此人。既在咫尺，何不顺便带去！"又道："任大爷，跟我来。"任正千道："领命！"鲍自安带两口刀，任正千也带两口朴刀，告别众人。消计道："二位檀越，你们俱要记着：有树者正路，无树者是埋伏。"任正千、鲍自安二人多谢指引。

二人遂奔庄上而来，只拣有树者走。离护庄桥不远，早见二人在桥上站立。朱豹，鲍自安却认得，还有一个少年人却不相识。任正千指着那人道："正是贺世赖。"鲍自安道："任大爷稍候，待俺去捉来，你再拿他回去，切不可伤他性命，终究是你手中之物。贺世赖还要细细审问。"说罢，由护庄桥东边，轻轻地走过河来，看见大门首站了许多堂客，火光如昼，不敢上岸行走，恐被那堂客看见，惊走了贺世赖，遂在河坡下弯腰而行走到桥边。朱豹同贺世赖二人，见三个弟兄追一个和尚，至此不回，正在发呆，一手扶着贺世赖，同立桥边观看。朱豹叫道："贺老爷，凡事不可自满，若杀骆宏勋，先前不知杀了多少！大家兄偏要吊起来，先打一番杀他不迟，叫他领受领受，又要煎他心肝下酒，以至于和尚盗去。谅一个和尚，哪里走得脱？还是要捉回，只是多了这一番事情。"贺世赖道："正是！"二人正在谈论，鲍自安用手在朱豹肩上一拍。朱豹道："是谁？"鲍自安道："做捷快事的到了！"说犹未了，头已割下。贺世赖正待逃脱，鲍自安道："我的儿，哪里走！"伸手抓下来，叫声："任大爷，捉去放在车上，也与他一裹衣穿穿，好与他妹妹、妹夫相会。"贺世赖方知王轮、贺氏先已被捉。任正千捉了前行，鲍自安也随车而来。

　　且说在门口所站的堂客，乃是朱家妯娌四个人，闻得一个野和尚盗去骆宏勋，丈夫等率领众人赶去，亦都出来观看。忽然见河内冒出一人上了岸，将朱豹割了首级，挟了贺世赖而去，皆是大惊。朱豹之妻刘氏素娥，一身好枪棒，一见瞎丈夫被人杀坏，大哭一声："杀夫之仇，不共戴天！"提了两口宝剑飞奔前来。朱龙、朱虎、朱彪三人之妻，俱备些微晓得点棍棒，见妯娌赶去，亦各持棍棒随后赶来。却说任、鲍杀了朱豹，捉了贺世赖，还未出庄，花、徐、濮、巴氏弟兄走上前来，鲍自安道："你等又来做什么？"花振芳道："我等静坐无味，留令婿的兄弟陪消安师徒，防守车辆。我们前来，一发将朱家男女杀尽，平了这个地方，怎得让他暗地伤人！"鲍自安道："也好。"又道："任大爷，你将贺贼送上车去，我同花振芳玩玩。"正说之间，一派火光，有四个堂客，各持枪刀赶来。正是：

　　　　方才朋友杀进去，谁知妯娌杀出来。

　　毕竟不知花、鲍一众，同朱氏妯娌谁胜谁败，且听下回分解。

第五十三回

巴家寨胡理怒解隙

却说花、鲍一众正走进来时，只见前面来了四个女人，各执枪棍前来。刘素娥大骂道："好强人，杀我丈夫，哪里走？看捉你！"花振芳正待迎敌，巴龙早已跳过去敌住刘素娥，巴虎斗住朱龙之妻，巴彪战住朱虎之妻，巴豹对住朱彪之妻。兄弟四人，妯娌四人，一场大战。花振芳道。"我等三人不可都在此一处，何不竟去搜他的老袄？"于是，花、鲍、徐三人奔入庄来。他家大门已是开着的，三人各执兵器进内，见一个杀一个，见两个杀一双，不多一时，杀得干干净净。将他家箱柜打开，拣值钱之物打起六七个包袱，提出庄门，放了两把火，将房屋尽皆烧毁。巴氏弟兄四人将朱家妯娌杀了，也奔到庄上来，会了花、鲍、徐三人，一家一个包裹，扛回车前，命车夫开车，直奔苦水铺而来。

不表众人上车，且说朱龙、朱虎兄弟二人，躲在庄外，又见庄上火起愈大，还只当是先前余草又烧着。心中十分焦躁，而不敢前来搭救，怕众人前来找寻。又闻得车声响亮，知道他们起身去了，方出来一看，但见沿途：

东西路上滚人头，南北道前血流水。

折枪断棍尽如麻，破瓦乱砖铺满地。

房屋尽皆烧毁，妻子家人半个无存。又思想道："房屋烧去，金银必不能烧。"他二人等至天明，拿了挠勾挖开一看，一点俱无。二人哭了一场，逃奔深山削发为僧去了。

且说花振芳等人，一直不停走至次日早饭之时，早到苦水铺自己店中，将东西放下。众人入店，把骆宏勋主仆安放好了，花老自在那一间房中调养。住了五七日，骆宏勋主仆皆可以行动了。鲍自安道："主仆已渐痊了，我们大家商议，把他的事情分解分解。如今苦苦地住在此处，亦非长法。"便向花老儿道："骆大爷说，前在胡家四起身之时，胡家兄弟原说等大家到时，叫人通个信与他，他兄弟二人亦来相帮。你可速差一个人先到胡家回去，请他兄弟来就是了。"即便差人去了。至次日早饭时候，见二人一同至此,与众相见。众人看见胡理六尺余长,瘦弱身躯,竟有如此武艺,所谓人不可貌相也。二人又看见骆宏勋主仆两个瘦弱面貌,焦黄异常,问其所以。方知在历城遭诬,四杰村遇仇,甚是惨叹。

花振芳即忙备下酒饭,款待众人。饮酒之间,鲍自安先开口说道:"解祸分忧,扶难持危,乃朋友之道也。我等既与骆宏勋为至交,又与巴九弟为莫逆,但巴、骆二人之仇已成,我等当想一法,代他们解危。"众人听说,一起说道:"先生年高见广,念书知礼,我等无不随从。"鲍自安道:"古人有言:有智不在年高,无志空生百岁。又云:一人不如二人智。还是大家酌量。"众人又道:"请老先生想一计策,我们大家商议。"鲍自安道:"据在下的愚见,叫骆宏勋备一祭礼,明日我等先至巴九弟寨中。他虽有丧子之痛,大家竭力言之,说骆大爷实系不知,乃无意而误伤其命,今日情愿灵前叩奠服礼。杀人不过头点地,巴九弟或者赏一个脸面。只是还有一件——"向巴尤兄弟四人道:"四位贤弟,莫怪我说,闻九弟妇甚是怪气,九弟每每唯命是听。我等虽系相好,到底有男女之别,如何谆谆言之,要烦诸位善言大娘们去劝她才好。我意中实无其人,是以思想踌躇未决;且徐松朋家内与九奶奶素不相识,且非至戚,出口不好尽言。这须得与九奶奶情投意合之人方妙。"胡理是直性子人,答道:"容易,家嫂与巴九嫂结拜过姐妹,舍侄女乃是他的子女,叫他母女前来解劝,何如?"胡璉是一个精细之人,何尝不知他妻与他相好?但他是今日杀子之仇,恐怕说不下来,岂不被众人所笑!故未说出,不料他兄弟已经满口应允,他怎好推托?乃说道:"世弟之事,怎敢不允!恐怕说不下来,反惹诸公见笑。"那鲍自安说道:"见允是人情,不允是本分,我们尽了朋友之道就罢了!明日,徐大嫂子就陪胡大嫂子一同去走走。"众人道:"甚好,甚好!"商议已定。花振芳办下酒礼,定期后日赴巴家寨讲和。胡璉用饭之后告别回家,后日来巴家寨聚齐。

及至后日早起,鲍自安道:"猪羊祭礼在后,我等并男女先行,说妥时,再叫骆大爷进庄;若不妥,就不进庄了。他主仆身子软弱,恐受惊唬。"又唤濮天鹏之弟扮作一家人,护着骆大爷行走。分派停当,鲍自安站起身来,同消安师徒人等仍坐三辆驴车,徐大娘、鲍金花一路,皆奔巴家寨而来。骆、濮四人,后边坐了一辆骡车并祭礼,慢慢而行。修素娘仍在店内等候。约是中饭后时,到了巴家寨外,只见后边三骑马飞奔而来,来至庄上，正是胡琏妻女三人。大家相见，一起下马，下车轿。鲍自安道：
"凡事轻则败，莫要十分大意，倘我等到庄门首，着人通信与巴九弟；九弟
知我等众人因此事而来，推个'不在家'。这才叫做有兴而来，败兴而
归。"遂向巴龙道："你们可先进去通说通说，允与不允在他，莫叫俺们在
此守门。"巴氏兄弟道："也罢。等我们先进去好预备。"四人便即走进去。
哥哥到弟弟家，不用通报，直入中堂，只见桌上供着巴结的灵柩。叔侄之
情，不由得大哭一阵。巴九夫妻也来陪哭，道："我儿，你伯父等在此，你
可知否？"哭了一刻之后，巴龙劝道："贤弟与弟妇，也不必过痛。人死不
能复生，哭也无益。如今江南鲍自安、胡家四胡氏弟兄男女等人俱在庄
外，快去迎接！"巴信夫妻听说，乃道："此等众人前来必是解围的，我不见
他。大哥出去，就说我前日已出门去了。"巴龙四人齐道："鲍自安是结交
之人，我们愚弟兄往日到他家，一住十日半月，并不怠慢；今千里而来，拒
之不见，觉乎没情。又有胡家兄弟，乃系相好邻里，且有胡大娘前至，若不
见，遂不知礼了！"巴信夫妻闻得胡理这个冤家既来，怎不出去？遂同四
个哥哥出来将众人请进；又有胡家姐姐并干女儿全来了，不得不出去。遂
同了四个哥哥出来，将众人请进，男前女后，各叙寒温。

巴信一见花振芳，怒目而视，花振芳此刻只当不看见。巴信问道：
"鲍兄与胡兄，今日怎得俱约齐到敝舍，有何见谕？"鲍自安遂将"骆宏勋
黄花铺被诬，余谦喊冤，军门差提愚兄，今已移居山东，知令郎被骆宏勋误
伤，特约胡家贤弟等一同前来造府相想；今令骆宏勋办了祭礼，在令郎灵
前磕头。杀人不过头点地而已，他既知罪，伏望贤弟看在众人之面，饶恕
了则个。叫骆宏勋他日后父母事之贤弟吧"的话说了。那个巴信道："诸
公光降，本当遵命；杀子之仇，非他事可比，弟意欲捉住他，在儿子灵前点
以祭之，方出我夫妻二人心中之恨也。今日既蒙诸公到合下与他分解，只
捉住他杀祭吾儿罢了。"胡琏说道："灯祭杀祭，同是一死，有何轻重？ 还
望开一大恩。"巴信又道："人同此心，心同此理；以己之心，度人之心，则
一理也！今日之事，若在列位身上，也不能白白地罢了。此事不必再提，
我们还是说些闲话。方才听得鲍兄近移山东，不知尊府在何处？ 明日好
来恭喜！"花振芳答道："还未择地，目下尚在苦水铺店内哩。"巴信早要寻
他不是，因他不开口，无从撩拨，只是怒目而视；今闻他答言，大骂道："老
匹夫！我儿生生送在你手，今日你约众人前来解说，我不理你也是你万

幸;尚敢前来接言么？拼了这个性命吧!"遂站起身来,竟奔花振芳。胡
琏忙起身拦住。看官,你道这胡琏不过止劝,却撞了一个歪斜。因巴信力
大,把胡琏撞了一个歪斜,几乎跌倒。鲍自安等人连忙阻住,方才解开。
花振芳乃山东有名之人,从来未受人欺负,见巴信前来相斗,就有些动怒;
若一与他较量,今日之事必不能成之。又忍了,坐在一边,不言不语。

　　但不知后事如何,且听下回分解。

第五十四回

花老庄鲍福笑审奸

　　却说花老坐在一旁气闷。那胡理见他将哥哥撞了一个歪斜,哪里容得住!便叫一声:"巴九倚仗家门势力,想压吾兄么?你与骆宏勋有仇,我等不过是为朋友之情,代你两家分解,不允就罢了,怎么将家兄撞一个歪斜?待我胡二与你敌个高低。"说罢,就要动手。自安劝道:"胡二弟,莫要错怪九弟,九弟乃无意冲撞令兄。但此乃总怪花振芳这奴才,就该打他几个巴掌。骆宏勋在江南,你三番五次要叫他往山东赘亲。若无此事,他怎与巴相公相遇?若不误杀巴相公,而骆大爷怎得又遇着贺世赖?据我评来,骆宏勋之罪皆花老奴才起之耳!巴九兄弟,你还看他是个姐夫,饶恕这老奴才吧!谅死的不能再活了,况骆大爷是你甥婿,叫他孝敬你就是了。"巴信道:"我弟兄九人,只有一子。今日一死,绝我巴门之后!"鲍自安道:"九弟尚在壮年,还怕不生了么?我还有个法,日后骆大爷生子之时,桂小姐生子为骆门之后;花小姐生子为巴氏之后,可好?"巴信见胡琏等在坐,若不允情,也是不能够的。便说道:"若丢开手,太便宜这言生了!"众人见巴信活了口,立起身说道:"九爷见允,大家打恭相谢。"巴信少不得还礼。

　　再说后边胡大娘、鲍金花、胡赛花,亦苦苦地哀告马金定,金定实却不过情,说道:"蒙诸位见爱,不惮千里而来,我虽遵命,恐拙夫不允,勿怪我反悔。"鲍金花道:"九奶奶放心,九老爷不允,亦不等于你老人家失信。"俱都起身拜过。前后皆允了情,鲍自安丢个眼色,花振芳早会其意,差人去请骆姑爷过来行祭。

　　不多时,骆宏勋在前,濮、余二人随后俱到。座上众人吩咐把祭礼摆设灵前,骆宏勋行祭已毕。巴信、金定大哭道:"屈死的姣儿啊!父母不能代你报仇了。今蒙诸位伯伯、叔叔、大娘、婶婶前来解围,却不过情面,已饶了仇人。但愿你早去升天,莫要在九泉怨你父母无能!"鲍自安叫骆大爷过来叩谢九舅爷并九舅母,巴信夫妻哪里肯受!众人将二人架住,让骆大爷向上磕了四个头。自安道："这就是了!"即时男客前厅,女客后边,巴信吩咐厨下办酒。不多时,酒席齐备,大家饮过,便告辞起身。花老道："我有一言奉告,不知诸公听从否?"众人道："请道其详。"花振芳道："此地离小寨不过三十里,诸位可同至舍下住一夜,明日我同鲍兄至苦水铺搬运物件,我借处空房暂住。"鲍自安道："便是甚便,奈店内还有一女素娘,奈何?"花振芳道："小店与家中一般,自有人款待,但请放心!"胡琏道："我正要谒拜师母,一同去甚好。"胡理道："小弟不能奉陪,家兄嫂皆去,舍下无人。且小弟来了四五日,不知小弟店内可有生意否? 我要回去看看。倘有用处,一呼即至。"花振芳道："胡二弟倒是真话,我不留你,你竟回去吧!"消安、消计亦要告辞,花振芳道："骆大爷迭蒙大恩,毫厘未报。请到舍下,相聚几日再回去。"

于是大家辞别巴信,众等仍坐轿车,竟奔老寨而来。早有人通信于花奶奶,说骆姑爷之事已妥,同众人不时就到。碧莲闻之,心才放下。花奶奶转达骆太太、桂小姐,婆媳亦才放心。花奶奶吩咐备办酒席,等候众人。

未上灯时,大众方才到了客厅,大家坐下。吃罢之后,骆宏勋夜半后要来见母亲。花振芳道："自家人,有何躲避?"相陪进内,桂凤萧、花碧莲陪坐在骆太太之侧。碧莲是认得宏勋的,桂小姐却未会过。碧莲一见他父亲陪了丈夫进来,便向桂小姐道："姐姐,他进来了!"桂小姐方知丈夫进内,遂同碧莲躲入房中去了。骆宏勋到后堂,走至太太跟前,双膝跪下,哭道："不孝孩儿拜见母亲!"太太亦哭道："自闻你伤了巴相公之后,为娘的时刻提心吊胆,今日方知你在巴家寨内讲和。几时得到江南,何时相请众位至此的?"宏勋乃哭禀道："孩儿何尝到江南?"又将黄花铺被贺世赖之诬害,余谦告状,解送京中,在四杰村受朱氏之劫,余谦舍命相救,始遇鲍老爹等前来帮助,细细说了一遍。太太闻此番言语,遂大哭道："苦命的儿呀! 你为娘的哪里知道又受了这些苦楚!"叫声："余谦我儿在哪里?"余谦在门外闻唤走进,双膝跪下,哭道："小的得见太太,两世人也!"骆太太以手挽扶起来,道："吾儿之命,是你救活,以后总是兄弟相称,莫以主仆分之。"又见余谦瘦了大半,太太珠泪不绝。

前面酒席已摆停当,有人来邀骆大爷前边去用酒饭。用过之后,花老爹分列床铺,大家又谈笑了一会,各自安歇。次日起来,吃过早饭,巴氏弟兄作东相陪,花、鲍同赴苦水铺,雇车辆搬运物件到花家寨。修素娘坐了一乘骡轿,花、鲍二人相随,来至寨中。花奶奶母女相迎,进内款待。花老爹又着人将巴仁、巴义、巴智、巴信、巴礼五个舅子、九个舅母等都请来聚会。大家畅饮了五日,消安师徒告辞。鲍自安道:"老师且慢,等我把件心事完了再行。"消安惊问:"有何心事未完?"自安道:"这件奸情事未审。"消安道:"此事于我和尚何干?"鲍老爹道:"内有虚实不一,故相挽留。"呼花振芳:"明日大设筵宴,我要坐堂审事。"花振芳道:"这个老奸徒奴才,又做身份了。"只得由他。

次日,厅上挂灯铺设,分男左女右,摆了十数余席;女席垂帘,以分内外。又将寨内的好汉,拣选了二三十名,站班伺候。客厅当中设了一张公座,诸事齐备。到时,任、徐、巴、骆、濮、消安师徒,叙齿坐下东边;骆太太、胡、巴二家女眷分坐西边;鲍自安道:"有僭了!"入于公座。吩咐将两起人犯带齐听审。下边答应一声。到窖内将两个口袋提来,放在天井中间,俱皆倒出。自安叫先带贺世赖。贺世赖见如此光景,谅今日难保性命,直立而不跪,便大骂道:"狗强盗,擅捉朝廷命官,该当何罪?"自安大笑道:"你今已死在目前,尚敢发狂,还不跪下么?"贺世赖回说道:"我受朝廷七品之职,焉肯屈膝于强盗!"鲍自安说道:"我看你有多大的官!"吩咐:"拿杠子与我打他跪下!"下边答应一声:"得令!"拿了一根棍子,照定贺世赖的腿弯之下一敲。正是:

> 饶你心似铁,管教也筋酥。

那个贺世赖"哎哟"一声,就扑通跪在尘埃,哀告饶命。鲍自安道:"你那个七品的命宫往哪里去了?今反向我哀告也是无益了。有你对头在此,他若肯饶你,你就好了。任大爷过来问他。"正是有诗为证,诗云:

> 悔却当初一念差,勾奸嫡妹结冤家。
>
> 今朝运败遭擒捉,大快人心义伸张。

话说任正千大怒,手执了钢刀,走至贺世赖的面前,大喝一声,说道:"贺贼!我哪块亏你,你弄得我家破人亡,我的性命,被你害得死了又活的。你今日也落在我爷的手里!你还想我释放?我且将你的个狠心取了出来,看一看是么样子?"遂举刀照心一刺。正是:

> 惯行诡计玲珑肺,落得刀剜与众看。

毕竟任正千果挖他心否,且听下回分解。

第五十五回

宏勋花老寨日联双妻妾

却说任正千手拿钢刀，将贺世赖的心挖出，放入口内，咬了两口，方才丢地，仍入席而坐。鲍自安命将尸首拖出。又吩咐带贺氏、王轮，将二人提至厅上。彼已见贺世赖之苦，不敢不跪，哀告饶命。任正千看见，心中大怒，又要动手。鲍自安道："任大爷莫乱，你坐坐去。待我问过口供再讲。"遂问道："贺氏，你多亏任大爷不惜重价赎出，你就该改邪归正，代夫持家。况任大爷万贯家财，哪点不如你意？又私通王轮，谋害其夫。实实说来。"贺氏想道："性命谅必不能活也，让我将前后事同众说明，死亦甘心。"向任正千道："向日代我赎身时，我就说过：父母早亡，只有一个哥子，肩不能担担，手不能提篮，随我在院中吃一碗现成茶饭，他是要随我去的。你说我家事务正多，就叫他随去管份闲事。及到你家一年，虽他不是，偷盗你火盆，也不该骤然赶他出门！后来他在王家做门客，你又不该与他二人结义，引贼入门。先是一次，他谢我哥哥千金，又被余谦拿住。我不伤你，你必伤我，故而谋害。我虽有不是，你岂无罪？"一番话说得正千闭口无言，心中大怒，持刀赶奔前来就砍。鲍自安正色道："先就说过，莫乱堂规。任大爷何轻视我也！在定兴时因何不杀？在嘉兴县府时又为何不杀？而今我捉的现成之人，你赶来杀她！"任正千说道："晚生怎敢轻视老爹！杀身仇人，见之实不能容了。"鲍自安道："你且入坐，我自有道理。"任正千无奈，只得入坐。鲍自安道："我本来还要细细审王轮，任大爷不容我也，不敢再问了。"向消安道："此二人向蒙老师所化，今日杀斩存留，唯老师之命是听！"消安、消计先见任正千吃心之时，早已合眼在那里念佛哩。闻鲍自安呼名相问，将眼一睁，说道："贫僧向所化者，不过彼一时耳！今日之事，贫僧不敢多言。"仍合眼念佛。鲍自安又向王、贺道："论你二人之罪，该千刀万剐，尚不称心；但因有消安老师之化，减等吧！"吩咐将二人活埋，与他个全尸首罢了。下边上来二人，将王、贺挟去。鲍自安道："梅滔、老梅前已盘过口供，不须再问。"吩咐领去绑在树上，乱箭射之。下边答应,亦将二人挟去。鲍自安退室,众人相还。鲍自安道声:"有僭!"入席相饮。席散之后,消安师徒告别回五台山去了。

且说花振芳将后边宅子分作三院。鲍自安同女儿、女婿住后层,徐松朋夫妻住前层,花振芳同骆太太母子住中层,任正千、濮天雕住书房。虽各分房住,而堂食仍是花老备办。诸事分派已毕,胡琏同妻女亦告辞回家。过了月余,骆宏勋伤痕复旧如初,余谦痨伤亦痊愈。正值七月七夕之日,晚间备酒夜饮,论了一会牛郎,谈了一番织女,鲍自安想起骆大爷婚姻一事,乃道:"骆大爷伤已痊愈,我有一句话奉告诸位:去岁十月间,骆大爷原是下宁波赘亲,遇见我这老混账留他玩耍,以至弄出这些事来,在下每每抱怨。因骆大爷伤势未痊,我故不好出口;今既痊可,当择吉日完姻,方完我心中之事。"任、徐齐道:"正当如此!"花振芳更为欢喜,遂拿历书一看:七月二十四日上好吉日,于二十四日吉期成亲。逐日花老好不慌忙,备办妆奁,俱是见样两副,丝毫不错,恐他人议论。骆太太亦自欢喜,桂小姐、花姑娘心中暗喜,自不必言。

光阴似箭,不觉到了七月二十日,花振芳差人赴胡家,迎请胡家兄弟并胡大娘母女;又差人请九个舅子并九位舅母,都期于二十三日聚齐。众人闻言,二十三日聚全前来,花振芳备酒款待,临晚各自安歇。次日早起,铺毡结彩,大吹大擂,胡大娘、胡姑娘搀扶桂小姐;巴大娘、巴二娘搀扶花姑娘;徐松朋、徐大娘领亲。骆宏勋换了一身新衣居中,桂小姐在左,花姑娘在右,叩拜天地,谒拜母亲,拜谢岳父、岳母,骆太太并花老夫妇好不畅快。拜罢之后,送入洞房,吃交杯酒,坐罗帐,诸般套数做完。骆宏勋复到前厅相谢冰人①鲍、徐、任等,大家亦皆恭喜,畅饮喜筵。临晚,同送骆宏勋入洞房。骆宏勋虽死里逃生,一旦而得两佳人,不由得满脸堆笑。正是:

> 洞房花烛夜,金榜题名时。

夜中夫妻之乐,不必尽言。

三日分过长幼,花老又大设筵席款待诸亲。饮酒中间,鲍自安向众人言道:"我流落江湖为盗,非真乐其事也。老拙同花兄弟已经年老,不足为惜,而诸公正在壮年,岂可久留林下?庐陵王现居房州,因奸谗弄权,不

---

① 冰人——旧时指媒人。

敢回朝。我等何不前去相投，保驾回朝，大小弄个官职，亦蒙皇家封赠。若在江湖上，就有巨万之富，他日子孙难脱强盗后人之名。"众人道："幼学壮行，原是正理；但生于无道之秋，不得不然耳！老师适言投奔庐陵王，亦是上策也；但毫无点功，突然前去，岂肯收留？"鲍自安道："我亦因此踌躇不定。"向花振芳道："我在江南时，一日几次通报。虽居家中，而天下异事无不尽知。从到山东，如在瓮中，一般外事，一点不闻。难道你寨子内，就不着几个人在外探听缓急之事？"花振芳道："哪一日没有报？因诸公是客，不敢向众而报。皆候我至僻静处，方才通报。你若不信，听我吩咐。"遂对伺候之人道："凡有报来，不许停留，直至厅上禀我。"那人答应一声，出去吩咐门上，仍回来伺候。

　　未有半刻，只见一人是长行打扮，走进厅上，向花老打了一个千，回说道："小人在长安，探听得武三思到海外去采选药草，得了一宗异种奇花，花名谓之'绿牡丹'。目今花开茂盛，女皇帝同张天佐等商议，言此花中华自古未有，今忽得来，亦为国家祥瑞事也。出了道黄榜，令天下人民，不论有职无职，士庶白衣人家，凡有文才武技者女子，于八月十五日，赴逍遥宫赏玩，并考文武奇才女子，皇帝封官赏爵。以为花属女，既有奇花，而天下必有奇才之女，恐埋没闺阁，故考取封诰，以彰国家之淳化也。目今道路上进京男女滔滔不绝。报老爹知道！"花振芳道："知道了。"吩咐赏他酒饭，报子退下。鲍自安听了，大喜道："我有了主意了！"众人忙忙动问，不知自安说出什么主意来，且听下回分解。

第五十六回
自安张公会夜宿三站儿

　　却说鲍自安大喜道:"有个主意。"众人道:"有何主见?"鲍自安道:"即挂皇榜考取天下才女,而天下进京者自然不少,我等进京亦无查考了。以应考为名,得便将奸谗杀他几个,以为进见之功;况狄公现在京中,叫他作个引进,我等出头则不难了!"众人道:"我等一去,家眷、物件怎样安排?"鲍自安道:"口说无凭,拿一张红全简,骆大爷执笔。我等相好者,尽皆在此,愿去之人,书名于简,亦立出一个首领来,听他调遣。同心合意,方可前去;若不同心,则其事不行,皆因不一耳!"看官,这些人皆当世之英雄,生于荒淫之朝,不敢出头,无奈埋没于林下,岂昔真是图财之辈耳! 今日一举,各自显姓扬名。正是有诗为证:

　　　　埋没英雄在绿林,只因朝政不相平。

　　　　今朝一旦扬名姓,管教竹帛显威名。

　　却说骆宏勋执笔在手,铺下红简,尊鲍自安为首,写道:

　　　　鲍福、花振芳、胡琏、胡理、巴龙、巴虎、巴彪、巴豹、巴仁、巴义、巴礼、巴智、巴信、任正千、徐苓、骆宾侯、濮里云、濮行云。

　　骆宏勋将在坐之人写完。鲍自安道:"还有一位忠义之人余大叔同行,不书名简上么?"众人道:"正是!"骆宏勋又写上"余谦",其简上十九位英雄。书毕之后,鲍自安道:"凡书名于纸上,皆是忠义之人也。逢有患难,俱要同心解救,勿要畏缩而不前!"众人道:"那个自然。"鲍自安道:"将才花振芳的报子道。皇榜于八月十五日考试。我等初间即到,方才不慌迫。此刻已是七月二十五日了,各自回家,将细软物件打起包裹,桌椅条台并不值钱的粗物,仍封锁家中,连家眷一并进京,各寨喽啰,但愿随去而慕想功名者,叫他跟随前去,不愿去者,每人与他百金,各去为农商,也是跟随一场。"又道:"此去,潼关必得一人先为把守方妥。"众人道:"老师,潼关防备正是须得一英雄先去,望老师量材点用。差哪个,哪个就前去!"鲍自安道:"此大任,非胡二弟不可! 我等也许不赴长安。女眷中有武艺者进京，无武艺者不可前去，都交付胡二弟带赴潼关等候，包裹行李连寨内愿随喽兵，亦先赴潼关。胡大弟亦在潼关等候，俟我等进京得手反出来时，你可向前抵挡一阵，我们等待稍歇。"胡璔兄弟二人一一领命。鲍自安道："再烦骆宏勋大爷将进京并留潼关女将，亦要开出名来。"骆宏勋又提笔书名，写道：

花奶奶、胡大娘、巴大娘、巴二娘、巴三娘、巴四娘、巴五娘、巴六娘、巴七娘、巴八娘、巴九娘、鲍姑娘、花姑娘、胡姑娘。

进京者共十四位。又举笔开写留潼关者，写道：

骆太太、徐大娘、修素娘、桂小姐。一共四位。

商议已定。次日，各自回家收拾物件，开发寨内喽兵。鲍自安亦着人自济南码头上，将所带来百十人唤来，公用调遣。未有五七日，各寨之人俱至老寨聚齐，计胡家凹带喽兵六百人，巴氏九寨共带两千一百余人，花家寨愿随去七百余人，共计喽兵三千四百余人。定于八月初三日起身。鲍自安道："我等许多人口，许多车辆，不可同日起身。喽兵中拣选干办者数人，跟我们进京，赶车喂马，余者各把盘费，令他分开行走，在潼关聚齐，莫要路上令人犯疑。"众人深服其言。及至初三日前后，不日起身，奔京的奔京，赴潼关的赴潼关，一行人众，纷纷不一。这正是：

各寨英雄离虎袄，一群好汉出龙潭。

鲍自安等在路非止一日。那日到了长安，进了城，只见长安城内人烟凑集，好不热闹，天下也不知来了多少男女！众人行到皇城，才待举步进城，门兵拦住道："什么人，往里乱走？"鲍自安道："我等是送女儿来考的，欲寻歇店。"门兵道："寻歇店在城外寻，此乃内皇城也，岂有歇店么？你既来应考的，现成公会，房屋又大，又有米食，不要你备办，岂不省你盘费！反要自寻饭店，真是个痴子！"鲍自安道："我等外地人不晓得，望从中指教。"门兵用手一指道："那两头两个过街牌楼当中，那个大门不是公会么！你到门前，说是来应考的，就有人照应。"鲍自安道声："多谢指教。"领了众人倒回来至牌楼，举目一看：大门上悬了一个金字大匾，上写"公会"二字。鲍自安道："你们门外站立，待我进去。"将入大门，只见门里立一张大条桌，上放着一本号簿，靠里边坐着两个人，见鲍自安走进，忙问道："寻谁？"鲍自安道："借问一声，这是公会么？我们是送女儿来应考的。"那二人道："你既是送考人，还有同伴来否？"鲍自安道："却还有人，亦系至戚,只算得一起。"那人道:"报名上来。"鲍自安自想道:"我两人之名无人不晓,若说真名姓,不大稳便,需要混他娘的头!"乃答道:"我姓包名裹,字高象,金陵建康人氏;那个系我妻弟,姓化名善,字动恶,山东济南府人氏。那个系我一同相随到此。"那两个人写了个"孔曾严华"的个"华"字。鲍自安道:"不是这个字,他是化三千的'化'字。"那人连忙改过。花振芳在外暗骂道:"老奴才最会捣鬼,他自己弄出半个,将我弄掉半截。"那个人又问道:"几位应考的姑儿?"鲍自安道:"三个。"那人道:"多少送考的男女?"鲍自安道:"男连车夫共二十三个,女除应考三个外,还有十一个。"那人道:"三个应考姑儿,怎么就来了这些送考的男女?"鲍自安道:"长安乃建都盛京,外省人多有未至者;今乘考试,至亲内戚一则送考,二则看景致,故多来几个。"那人道:"不是怕你人多,只是堂食米粮,恐人犯疑。三人应考,就打三人的口粮,岂有打三四十人的米粮,难于报名!"鲍自安道:"只是有了下榻之所,米粮俺们自办罢了。"那人道:"且将人口点进,再为商议。"鲍自安道:"你们都进来,大叔要点名哩!"鲍金花在前,花碧莲居中,胡赛花随后。鲍自安指着道:"这三个亲身应考的。"上号的二人一见三位应考的姑儿,皆有沉鱼落雁之容,闭月羞花之貌;三位之中,头一位姑儿尤觉出色。上号人道:"这三位姑儿芳名亦要上号。"鲍自安道:"头一个是小女包金花,第二个是化碧莲,第三个胡赛花。"上号之人欢天喜地上了号簿,将众人男女点进,拣了一处大大房屋,叫他们住下。

　　看官,你说那上号之人因何见了三位姑娘就欢天喜地?只因张天佐兄弟二人,唯天佐生了一子,名唤三聘,定了武三思之女为妻,今岁已打算完娶,不料武三思之女暴病而亡。那武小姐生得极其俊俏,张三聘素曾见过,因此思想得病。张天佐自道:"我身居相位,岂不能代子寻一佳妇?"因启奏武后:做赛花教场,考试天下女子进京;又建一所公会,凡应考者,上号入内歇住,要拣选与武三思之女一样人品与儿子为妻。着了两个心腹家人:一名张得,一名张兴,专管上号。倘得其人,速来禀报,重重有赏。二人一见鲍金花生得身材人品与武小姐仿佛,故此大喜。将众人点进之后,张得对张兴道:"你在此照应,我进府通报,并请公子亲自前来观看。"笑嘻嘻地竟自去了。正是:

　　　　欲获婵娟医人病,谁料佳人丧儿身。
　　毕竟不知张三聘果来点看鲍金花否,且听下回分解。

第五十七回

张公会假允亲事

却说张得离了公会，一直来到相府。正值张天佐在书房劝子道："你必将怀放开，莫要思虑，难道天下应试之女，就无一个似武小姐之貌者？"张三聘道："倘有其貌，而先定其夫，奈何？"张天佐笑道："既已受聘之女，今日至此，说我与他做亲，还怕他不应允？"看官，似此等对答，即陇亩农夫父子之间，亦说不出口；而堂堂宰相应答如常，其无礼无法，乃至无忌之情已尽露矣！不表内里言论。

且说张得走进门来，张天佐看见问道："你不在公会上号，来府做什么？"张得上前禀道："今于初十日午间，来一起应考之人，虽居两处，皆系至戚，都算一起，共有三位姑娘前来应考，俱生得：面貌妖娆样，体态袅轻盈。单言三位姑娘之中：建康包裹之女包金花更觉出色。小的是往武皇亲家常来往的，武小姐每每见过的，此女体态面貌，恍若武小姐复生。特地前来通禀，请公子亲往观验！"张天佐大喜道："我说万中拣选，必不无人，今果然矣！"向儿子张三聘道："若你不信，亲去看看；如果中意，回来对我讲，我即差人说亲。"张三聘亦自欢喜，吩咐张得："先回公会伺候，我后边就去点名。"张得仍回公会，告诉张兴。张兴道："须得将此话通知包老儿，还怕他不愿意做亲，做宰相的亲家翁？叫他将女儿换两件色衣，重新叫她梳妆梳妆。古人说来：人穿衣服佛金装，马衬新鞍长雄壮。是或亲事定妥，相爷、公子自然另眼看我二人。这新娘知是我二人玉成，内里也抬举抬举我大嫂嫂并你弟媳妇，外边我二人行得动步，内里是她两个也盼得开榜。纪录加级在此一举也！"张得闻得此言，心花都开了。遂走到鲍自安在的那进房子，叩开门。鲍老正在那里打算男住哪里几间，女住哪里几间，忽闻叩门之声，问道："是谁？"张得答道："是我，请包老丈至前边说句话。"鲍自安看是上号之人，忽以"老丈"相称，必有缘故。答道："原来上号大叔么。"跟至前边，张得、张兴二人连忙拿了一张椅子，叫包老丈坐下。鲍自安道："二位大叔呼唤，有何见教？"二人道："有句话奉告你老人

家,知考场因何而设,公会何人所造?"鲍自安道:"设考场以取天下奇才,
建公会以彰爱士之意,别有何说?"张得笑道:"大概自是这等话,其实皆
非也。实不相瞒,我家二位相爷,只有我家公子一人,年方十八岁,习得一
身好弓马武艺,不大肥胖,瘦弱身躯,人呼他为'瘦才郎张三聘'。自幼聘
定白马银枪武皇亲小姐为妻,那小姐生得体态妖娆,原意今年完娶,不料
武小姐暴病身亡。我家公子是看见过的,舍不得俊俏之容,日日思想,自
此得病。我家相爷无奈,启奏皇上,设此考场取天下英女;又不惜千金兴
建这个公会。凡来应考,俱入公会宿住,日发堂食柴米,来时总要上号点
名。叫我二人见有仿佛武小姐之体态者,即刻报相爷,与他做亲。此事一
妥,考时自然夺魁。适见令爱姑娘体态、面貌与小姐无二,我方才进府报
过相爷。我家公子不信,要亲自来公会,以点名为由,自家亲看一看。亲
事有成,你老人家下半世还愁什么呢! 故我二人请你老人家出来,将令爱
姑娘重新梳妆梳妆,换上几件色衣,公子来一看,必定中意!"鲍自安闻得
此言,计上心来,暗骂道:"奸贼! 奸贼! 我特来寻你,正无门而入。今你
来寻我,此其机也。"遂答道:"我女儿生下时,算命打卦,都说他日后必嫁
贵人。我还不信,据二位大叔说来,倒有八九分了。只是我庶民人家,怎
能与宰相攀亲?"张得二人答道:"俗语说得好,听我们道来:会作亲来拣
男女,不善作者爱银钱。这是他来寻你,非是你去攀他。你老人家速速进
去,叫姑娘收拾要紧,我家公子不一刻即到!"鲍自安辞别二人,走进门
来,将门关上。众男女先见张得来唤,恐有别的异事,今见转回,齐来相
问,鲍自安将张得之言说了一遍。鲍金花忙问道:"爹爹怎样回他?"鲍自
安道:"我说你生来算命打卦,都说该嫁贵人。只得应承他来,叫你收拾
好,待他来看。"鲍自安说罢,鲍金花见丈夫濮天鹏在旁,不觉满面通红。
说道:"这是什么话! 爹爹真是糊涂了。好好的堂客,都叫人家验看起来
了。"鲍自安道:"我儿,不是这样讲。我等千里而来,所为者何人? 要杀
奸谗,以作进见之功。不入虎穴,焉得虎子。我欲借此机会,好杀奸贼也。
那张三聘今以点名为由,不允他,他也是要见你们的,我故应之。你们只
管梳妆见他,我只管随口应承。临期之时……"向鲍金花耳边低低说道:
"如此如此。"鲍金花方改笑容,同花碧莲、胡赛花各去打扮得齐齐整整。
金花打扮得比她二人更风流三分。

　　不言三姑娘打扮。只听得外边又来叩门,鲍自安道:"想必张三聘来

也,你等房内避避,待我出去答话。"遂将门开了,正是张得。张得道:"公子已在厅中坐等,叫三位姑儿速去点名!"鲍自安道:"还没有告诉大叔,小女自幼丧母,娇慵之性过人,在路上行了几日,受了些风霜。我刚才对她们讲,叫她们点名,她们因鞋弓足小,难以行走,请公子进来点名吧!"张得回至公子前,禀道:"小的才去唤她们应考女子点名,她说鞋弓足小,难以行走。请公子进内点名吧!"张三聘若是真来点名,唤不出来就要动怒;今不过借点名之由,看金花之容貌,闻她说"鞋弓足小"四个字,不但不动怒,反生怜爱之心。说道:"也罢! 我进内点名。"张得引路来至天井中,就放了一张交椅,张三聘坐下,张得手拿册簿,叫:"包金花。"鲍金花轻移莲步,从张三聘面前走过,用眼角望了张三聘一望。正合着:

我是个多愁多病身,怎当得倾国倾城貌。

那张三聘一见了金花与武氏无异,早已中意;又见她眼角传情,骨软皮酥,神魂飘荡。张得又呼:"化碧莲、胡赛花。"二人也自面前走过。张得才待呼过考的男女之名,张三聘将头一摇。张得道:"过考人等免点。"张三聘笑嘻嘻起身走出,坐轿回府。

张天佐问道:"验过了么?"张三聘只笑而不言。张天佐见儿子神情,就知中意,遂将张得唤过,吩咐道:"你回公会,殷勤款待这起人,我随后差媒议亲。"张得领命,回至公会,请出鲍自安来,叫他打堂食米。鲍自安道:"我等人多,恐大叔难以报账,我自办吧!"张得笑嘻嘻地答道:"你姑娘已中了我家公子之意了,相爷后边就遣媒来议亲了,不日就是我家相爷的亲家翁了。哪在乎这点堂食的食用! 只管着人来取,要多少就拿多少去用,也不必拘拘数目了!"鲍自安暗暗地笑道:"人不可一日无米粮。虽值钱有限,却有现成,省得着人去办。少刻着人来取。"不多少时候,两个人笑嘻嘻地走将回来。这一回有分教。

一朝好事成虚话,错把丧门当喜门。

毕竟不知来者何人,且听下回分解。

第五十八回

狄王府真诉苦情

却说张天佐见儿子中了意，着了两个堂候官儿作媒。张得又将鲍自安请出，两个官儿道了相爷之命，鲍自安一一都应承了。那两个官儿回来禀告张天佐，张天佐好生欢喜。今已初十日期，期于十三日下礼，十五日应考，十六日上好吉日，花烛喜期。张得又来通知，鲍自安道："十六日完姻罢了！只是礼可以不下，我系客中，毫无回复，奈何？"张得道："老丈何必拘这些礼数！相爷也无什么，说他图你家一个好姑娘。相爷来的礼，只管收受！"鲍自安道："相烦大叔说声：我带来的盘费甚少，连送礼、押礼的喜钱也是无有。这便怎了？"张得道："你老人家放心，搁在俺兄弟二人身上。不赏他；哪个敢要么？再不然，先禀相爷，赏加厚些就是了！"鲍自安道："拜托！拜托！"又问道："先进城时，那时城门上都有兵丁，却是为何？"张得道："近来天下惶惶不安，强盗甚多。江南镇江府前有报来，劫了吏部尚书公子，杀了十数人，活捉去建康道并妾贺氏。你老人家贵府建康，自然亦闻此事。山东济南府亦有报来，劫去诬良一案，杀死解差五六十人，并杀死解官恩县知县唐建宗。你家舅老丈贵处是济南，谅必知道。现今各处行文访拿未获，我家相爷恐考场人乱，强盗混入京都，故各门差人防护，许进不许出。在京人民都有腰牌，不禁他们出入。若应考者出城，必在这里说明，我把个腰牌与他，方能出城哩！"用手一指道："那边不堆着好几堆么，老丈之人要出城容易，或我着人到城门上照应一声，或多拿几个牌子用去。"鲍自安道："多承二位大叔照应，我丝毫无以相酬，只好对小女说，等过门之后，在公子面前举荐罢了！"这一句话儿正打在张得、张兴心窝，好不欢喜，更加十分殷勤，要一奉十，临晚多送几张床帐，并多送灯油蜡烛。一宿晚景不提。次日起，不待去打米粮，张得早已着人送米来，好不及时。正是：

> 贫居闹市无人问，富在深山有远亲。

众人吃过早饭之后，鲍自安道："今是十一日，无甚事。我与任、骆二位大爷同余大叔、濮天鹏、濮天雕六人,皆私娃案内之人,再令一人将私娃桶拿着,到狄公寓所,将此案代我女儿素娘清白清白,就让狄公算作你我的一个引进,明日好候张家下礼。"众人齐道:"使得!使得!"任、骆、余、濮同鲍自安告别家人,外着一个人扛着竹桶,临出门对花振芳道:"倘若张公有人来说什么的,你只管一一应承。"花振芳领命,让众人出走,仍将门闩上。鲍自安走到门前,张得、张兴即忙起身问道:"老丈欲往何处去?"鲍自安道:"一则从来未到此地,欲观观盛景;一则吉期已近,虽无大妆奁,琐碎物件也须置办置办。"张得道:"老丈京中不熟,我着一人领路何如?"鲍自安道:"不消,不消!"同众人离了公会。走未多远,借问来往行人:"狄千岁所寓何处?"那人答道:"狄千岁乃封王之人,有他的王府,在东门大街。山东做军门,不过一时钦差耳。"众人闻言,直奔东门大街而来。

不一时,来到狄千岁府门,八字墙,挡军柱,甚是威严,门上悬了一匾,上有"钦王府"三字。但不知可是狄王府么,又借问行人,正是狄王之府。鲍自安向众人说道:"你等且在街旁站立,待我自己上前通说。如进内无事,自然有人传你们进去;倘有不测,不说你们同来,杀斩存留有我当之!"又想道:"余大叔乃奉差抓我之人,不可落后,倒要同我前去。"于是任、骆、濮并拿竹桶者五人,立在街前等候。余、鲍二人行至王府大门,问道:"哪位老爷在此?"王府乃封锁衙门,虽有看门者,却封在里面,听得外边有人相问,门里问道:"何方来者?"余谦答道:"我乃诬良案原告余谦,奉千岁差同旗牌董超,赶江南提拿鲍福,今日才到,望老爷通禀:鲍福现在府门伺候。"那人道:"诬良人犯被贼劫!董超已来两月,说你们后边即到,怎么此刻才来? 在外等候,待俺禀报。"不一时,只听是"咯通"一声响亮,府门大开,旗牌董超走出,向余、鲍二人见礼。说道:"老爹今日才到,余大叔怎又用老爹送行? 晚生自那日同余大叔到历城,与余大叔约定缴令箭相会。及至进了衙门,见堂官大爷说,千岁已经进京。又发一支令箭,吩咐我等到此,一同进京。晚生出来找寻余大叔不见,回家等候,总不见余大叔驾到。过得三五日后,闻听得唐老爷于路被杀,内中独少骆大爷、贺世赖尸首,又平毁了四杰村一村人家。晚生不解是何人所杀? 又候老爹十日之外,亦不见到。恐误限期,急速赶进京,见了千岁。千岁吩咐晚生在此等候,已经两月余。千岁无日不问,今来甚好,千岁已在大堂传见！"

鲍自安、余谦跟了董超进内，来至大堂，只见两边列了几十个内监。二人向王磕头。狄公问道："余谦，你与董超同去，怎么不与他同来？你主被谁劫，杀死解官、解役，你必知情了！"余谦将茶馆等候董超，适遇唐老爷押解主人进京，小的不及通知董超，随后暗护，四杰村遇仇人朱氏之劫，央求五台山和尚消计放火相救，越房而出；小的舍命救主，偶遇鲍福搭救，小的同主人受伤过重，至今方好，特同鲍福前来叩见千岁等说了一遍。狄公方知唐建宗被害之故，又深幸骆宏勋不死，无愧见伊兄骆宾王也。又向鲍福问道："本藩久闻你的恶名。你在江湖上共做了多少年的大盗？杀害了多少客商？从实说来！"鲍自安道："小人自二十岁上起手，今已六十二岁，在江湖上做了四十二年。前杀客商、过路官员也不少，哪里还记得数目！"狄公又问道："闻得有官兵官役前去捉你，你怎敢大胆前来？莫非轻本藩之刀不利乎！"鲍自安道："小的流落江湖，亦非乐意为盗。处于奸谗得志之时，不敢出头，无奈埋没耳！千岁干国之名，素著天下，非鲍福一人知之也！久欲谒见，吐小人不得已之愚衷！实无引而前。今蒙拘提，冒死前来见驾，乞赐诛杀，死得其所，又何惧焉？"狄公道："有道则仕，无道则隐，此系圣贤之高志也！你既不肯出，则由于无道之秋，亦当务田园、埋名姓，因何截劫江湖，杀之无厌而为强盗乎？"鲍自安道："小人虽截劫江湖，杀人无厌，亦非不分贤愚，而尽图其财杀之也！凡遇公平商贾、忠良仕宦，从未敢丝毫惊恐；而小人断杀者，皆张、栾、王、薛等门中之人耳！"狄公听他说出张、栾、王、薛等党中这些人的名姓，将惊堂一拍，"呀"了一声，便起身来，吩咐左右："将他们带进二堂，待本藩细加询问。"说罢，往后去了。鲍自安心中暗想道："此必是大堂不便于捉我，恐有处逃脱，待进二堂闭上宅门，方拿个稳当的哩！"两人闻得催促，正是：

> 法令已催难久立，欲从再诉苦中情。

话说狄千岁在后堂专候复问，鲍自安、余谦被催促进去，只得随进二堂，真个好不威风赫赫。正是：

> 提出卖法坚谏姓，打动干国忠良心。

毕竟鲍自安进了二堂，不知吉凶如何，且听下回分解。

第五十九回

忠臣为主礼隐士

话说狄公因何问他道出奸贼姓名,连忙退堂?看官不知,那则天娘娘极有才干,虽然淫乱宫闱,而心中虑事甚明,看见张、栾、王、薛等一班臣僚,擅持国柄,肆行无忌,恐日后社稷有倾国之患,这一班人皆与她有私暱之情,又不好谆谆禁止。自己年近六十,亦无精神料理朝事,意欲召庐陵王还朝禅位,这班人必不能容太子回国。细思臣子之中,唯狄仁杰忠心耿耿,故召他进京,以便殿私援手诏,命他至房州迎请太子回朝。不料又被这班奸贼看破,各门严加防护,不许狄公出京。况往房州必由潼关,镇守总兵又系武三思次侄武卯。无人保护,如何能过去?前余谦盛称花、鲍二人素怀忠义之心,不得已流落江湖,所以差董超前来,以官司为名,实欲收服此二人,以作保护之将,故在京等候。今闻已到,其心甚喜;又恐他野性未退,待坐大堂讯问,以探他们之心。哪知鲍自安直指张、栾、王、薛之名以对,恐外人听见,走漏风声,以败己谋,假作动怒之状,带进二堂,好吐衷肠。

且说鲍自安、余谦进了宅门内,即放进,外班不许一个走入,遂将宅门关闭。鲍自安道:"一毫不差!闭了宅门,拿老实的哩。"宅门以里,便是二堂,亦不见狄老爷坐于其间,又不知是何缘故?正在狐疑,内里走出一人,向余、鲍二人笑嘻嘻地说道:"千岁在书房中,请你二人讲话哩。"鲍自安思道:"书房非问事之所,又加一'请'字,就知有吉无凶了!"放心随来人进书房。只见一个和尚同狄公在那里坐谈,见鲍自安来,俱立起来见礼,鲍自安连称:"不敢!"狄公道:"请坐!我有大事相商。"鲍自安谦让片时,只得坐下。余谦走至宾王前,请过安。宾王道:"适间狄公进来说,你大爷未伤性命,我方才放心。"余谦又将四杰村舍命救主,鲍老爹路过相救,前后说了一遍。骆宾王向鲍自安谢道:"舍弟每逢搭救,何以克报!"鲍自安道:"朋友之交,应当如此,何以称谢!"狄公将武后投书,并二张等防备森严之事,告诉一遍。又道:"我年老之人,但子身无能,实不能胜此大任。隐士倘有妙策,迎请太子还朝,其功不小!"鲍自安遂将同众来京,杀奸斩谗,以作进见之功,正思无有引进之事,说了一遍。"今千岁出京之事,尽放在小人身上,潼关已先着金鞭胡琏抢夺。"又将张天佐作亲之事也说了一遍:"期于十六日完娶,亦期于那日杀贼;千岁大驾十四日先出城,小人差人护送。"狄公大喜道:"我在府中候你之信,第一要秘密,莫使奸谗看出破绽方好!"鲍自安道:"千岁放心,小人自有道理。"又将私娃之事,请问狄公。狄公将不夫见胎者骨软之验说了。鲍自安道:"私娃桶现在府外。"狄公道:"不必再验,恐惊人耳目,隐士自验罢了。"鲍自安深服其论,遂告辞。骆宾王向余谦道:"回寓对你大爷说,迎王之事大,我也不便会他了。"狄公又谆谆叮嘱鲍自安,鲍自安满口应承。狄公送至宅门。余、鲍来至街上,相会众人,将问答之话说了一遍,些须买点物件、好看送张得二人,恐怕犯疑。回至公会,见了自家一众人等,将狄公回答之话,细细说了一遍。又道:"他愿作引进,我已许他十四日着人送他出城,先赴潼关。"众人听见有了引进之人,无不欢喜。遂将私娃桶倒出一看,皆是些秽水,并无筋骨,方知素娘为真正节妇。狄公打发余、鲍二人去后,遂上表推病不朝。

且说次日,张家来了三四十人端大盒无数,两个大红礼单上写:彩缎百匹、明珠十串、人参百斤、聘仪千两,余者皆是珊瑚、玛瑙、金银首饰、纱缎绫罗、冬夏衣裳。鲍自安爽快之极,只用两个字:"全收!"又不好空空盒子,回了些枝圆栗枣,喜钱丝毫未把,昨日已经说过了,早有张得、张兴二人支持去了。十三日,鲍自安令女儿金花:"照人数每人预备干粮口袋一个,将自带人参,并昨日收得张家人参照人分开,临期各人带一口袋,预备路上充饥。长安至潼关,有二百一十里路程,我等动身,这一路连做生意的都没有。"金花遵父之命,照人数缝办口袋。及十四日,日落之时,鲍自安命余谦、濮天鹏二人至狄王府。"请他驾至东门以内等候,我后边就到。送你们出城之后,你二人就保他先赴潼关。外有一个小纸包,带与狄公,叫他照此行事。"余、濮二人接了纸包,赴狄王府去了。鲍自安又向众人道:"预先将马匹运出才好。明日反出城时,我等可以步行,而女眷不能行走,将跟来赶车的六个人先行吧!牲口运出十五匹,离城二十里有一大松林,在林内等候。狄公到时,与他一匹骑坐,余者等候女客。"分派已毕。

　　鲍自安又至门口，与张得、张兴二人道："小女有个奶公，亦随考，不料害起疮来，难保性命。今欲着人送他回去，特讨几个腰牌用。"张得道："有，有，有！用多少，老丈自拿。"鲍自安拿了十个。共是一个，连车夫在内，牵了十五骑牲口，俱奔东门而来。及至东门，狄公早已街旁一块大石上，哼声不绝，左右两鬓上贴着两张大膏药。鲍自安走至前，发怒道："不叫你来，你偏要来，弄得这个形象，又要着人送你哩！"狄公只是哼而不应。鲍自安道："令人焦躁！还不起来出城，等待何时？"狄公爬了半日，才爬起来。走至门兵跟前，将十个腰牌与他一看，门兵见有腰牌为证，也就不细细查问，放他出去。之后，到得城外，拉过一匹马来狄公骑坐，余、濮二人步行随后，慢慢赴潼关而行。鲍自安仍进城而来，回到公会。

　　看官，狄公前日好好之人，今日因何面上贴着膏药，哼声不绝？他乃三朝元勋，京中连三尺之童，无一个不认得是"狄千岁"。奸党既然防备好好的，如何能去？故鲍自安包一个纸包，叫余谦带去，就是这两张膏药，贴在脸上，须是害疮之形，又兼日落时候，令人看不清楚，易于混出城去。鲍自安回到公寓，天已夜暮，大家早些安睡，预备明日下教场。

　　却说次日五鼓三点，女主登殿。八月十五中秋大节，满朝文武朝驾已毕。武后道："今日考选天下武士，超拔才勇双全。命兵部尚书罗洪文武主考。"罗洪领旨，辞主出朝。武后回宫，群臣各散。张天佐早领人持帖至兵部府拜托：今科状元务取江南建康包金花。罗洪应允。

　　且说鲍自安天明起身，忙备早饭，大家用过。备了三匹骏马，鲍、胡、花三位姑娘打扮得齐齐整整；任、骆、徐、花、鲍、濮二十人，皆扮作牵马之夫，单奔逍遥宫。及至武举场上，见宫门口五彩绸扎了一架牌楼，三个大金字："武举场"。马路前边，尽是奇花异草，陪伴着绿牡丹，外有朱漆栏杆；当中一个演武厅，皆是五色绿绸，扎就飞禽走兽，人物山水，内摆了许多古玩玉器。正是：

　　　　要得真富贵，除是帝王家。

　　正在观望，听得开道之声，主考罗洪骑马而来。三个大炮，罗洪到了演武厅，居中坐下，两旁分坐许多陪考官员。人役献茶之后，罗洪吩咐考本京才子。那长安也有几个应考之人，听说"箭中天球"，连马都跑不全，不是跌下马来，就是半路歇马。及考到建康地方，鲍金花一马当先，左手持弓，右手取箭，三箭俱中天球。报喜连响不绝，满场无不喝彩。鲍金花正欲下马，到演武厅上报名，只听得又有女子声喊。正是：

素常演就文武艺，一朝货与帝王家。

不知喊叫是何女子，所喊何事，且听下回分解。

第 六 十 回

奸臣代子娶煞星

话说鲍金花一看，只见花碧莲大叫道："姐姐且莫报名，待妹子一同报名。"上马也是一箭，连中三箭。胡赛花亦叫道："二位姐姐莫忙报名，等妹妹来也!"花、鲍二位姑娘勒马一边观看，胡赛花也是一马三箭，俱中天球。罗洪暗叹道："女子中尚有如此弓马，不知江湖上屈没了多少英雄!"吩咐将三名女子传上厅来。三人下马，任、骆、濮接过三人的马。三人上厅参见主考。罗洪道："免参。"外场三人，一般骑射，难辨优劣。演武厅旁，亦是五彩绸扎就一个官篷，摆设着文房四宝。当时命三人各作绿牡丹诗一首，以定次序。三人领命，遂入官篷，各做诗一首。不多一时，三人呈诗来至演武厅上缴卷。罗洪将三人之诗接过一看：章章锦绣，句句精神。可称为文武全才。三诗之中，胡赛花略次一分，而花、鲍难分上下。因有张天佐之托，不好更命，遂将取中之名，开列于后：

　　　第一名包金花；第二名化碧莲；第三名胡赛花。

大人回朝奏主加封，科场已散。花、鲍等人领了三位姑娘，仍回公会。且说大人回朝启奏武后已毕，等龙虎日发榜。这且不言。

却说张天佐早已着人在教场打探，说今日主考所取者三位，皆是包老一起之人。张天佐大喜，打点次日娶亲，一夜何曾安眠!北方同西方与南方规矩不同，娶亲之日，女家多少男女送亲，男家俱要设席款待。张天佐弟兄欢喜，不必言矣。又拿帖拣选朝中契厚之人前来陪亲，你道所请之人是谁？开列于后：

　　吏部尚书王怀仁、刑部侍郎王怀义、西台御史栾守礼、礼部兵马司薛敖曹、国舅武三思、兵马大元帅武寅。

薛敖曹抱病辞回；武三思叔侄因自家女儿亡过，今日至张家，恐触目伤心，亦不肯来。不言张府打算娶亲。

且说鲍自安商议送女儿。鲍老等同众人用过饭，临晚吃酒时，男女设席于一房内。鲍自安道："送至京后慌忙，这几日未做一件正事，即今教场夺魁,皆冗事耳! 事成则成,败则败,成败只在明日一天。明日张家来娶亲时,我们送亲男人一十二位,送亲女客共一十二位。小女做新人,胡赛花姑娘做陪嫁的丫鬟。胡姑娘怀中揣信炮一个,等张二聘入房来,小女得了手之时,胡姑娘点放信炮;我们听得信炮一响,一起动手。我料他必请王、栾、薛、武一班奸贼来,王、栾、薛俱不足为念,只是武家叔侄英名素着,须要防止他。可记着:动手时,多着人围着他二人,要紧! 要紧! 他来娶不是辰时,就是巳时,我等切不可早发新人,只推山东有此规矩:要开门钱。看他来时,即将大门关闭,向他要大大的开门钱;听凭多少,只叫他左添右添,三次四次,只管向他添钱。到下午时候,我等再慢慢地发人。及到他家,正是日落之时,再叩天地,拜公婆,做这些事体及进房吃交杯酒等事,天就黑了,正该动手之时,我好脱逃!"向任、骆、徐三人道:"你们虽会登高,也会履险,到底未曾经过大敌,恐临时失机,反为不美。我有一差,相烦三位。"三人齐道:"愿听号令。"鲍自安道:"我们决定出东门。京城之中,比别处州县不同,防护人甚多。我等动手,他城门不关闭便罢,若关闭了门,三位可拦阻他,我等好出城。"三人领命,深服其分派有法。算计已定,大家安睡。

次日起来,先将干粮口袋派散,另给众人人参之外,又派些牛肉脯子,吩咐务要小心收好:"若有变起,那时忍饿莫怪我!"众人答应。将到辰时,听是外边鼓乐喧天,炮声连连,谅必是娶亲的来也。鲍老道:"速关大门,我好做里边事。"花振芳真个将大门关上,拿了一张椅子,当门坐下。张家娶亲人来至门首,见门关闭,张得、张兴二人连忙赶至前来打门:"包老爹开门!"花振芳道:"打怎地! 咱家山东有此规矩:凡新轿来时,将门关上,名为'关财门'。大大与个喜钱,若少了还要加添,如此叫做'添财'。今日行的山东礼。"张得二人道:"是舅老爹么?"花振芳道:"不是咱家,你当谁?"张得道:"容易,容易! 先却不知,明日带来吧!"花振芳道:"明日再来抬人。"张得见如此说,速着人去取。一人跑到相府禀告如此。张天佐道:"少了拿不出来,需要四封二百两。"交与来人,来人跑到公会门首,交与张得。张得道:"舅老爹开门吧!"花振芳起身,将四封银子接了,仍又关上,说道:"还要大大加添!"张得无奈,又着人回相府,又取了二百两银子;花振芳又接过,又将门关上,又叫加添。如此四次,添了八百两银子。天色下午已过,花振芳将门开放,众人走进。张得向鲍老道:

"包老爹！请新人速速妆束，莫误良时！"鲍自安道："自老妻去世，小女随我成人，从未离我半步。今嫁相府，舍不得我，只是啼哭，至今未起，我请母舅劝他。"张得道："既新贵人离不得老爹，过门之后，老爹也在相府过活，难道侍奉不起么？婚姻终身大事，莫要错了吉时。"鲍老道："什么吉时，什么吉时！新人到就是吉时了。"张得道："如此说，快快为妙。"鲍老道："是，是，是！"一催一促，日已西坠。金花内裹扎束停当，外边罩上喜衣。鲍老自家抱她上轿时，故作难舍之状。张得使人放炮起身，鼓乐喧天，好不热闹。轿子起身后，鲍老等连忙扎束，各自暗带兵器，二十四位男女送亲，先已预备二十乘轿子。女人乘坐，男人步行，一直奔张府而来；新轿到时，送亲亦到。张家请了二位挽亲的夫人，乃是两王之妻。新人下轿，挽扶至天井香案桌前，同张三聘叩拜天地。外有男女陪客迎接男女送亲等人，皆各分坐，女客进后。

且说新人参过天地，拜过公婆之后，挽进洞房，天已更余之时了。回房吃过交杯酒，坐床撒帐。张三聘自初十日在公会中看见过鲍金花，回来后恨不得一时搂在怀中，延捱这五六日，真是茶思饭想，今二人坐床撒帐，哪里能按得住欲火？一见垂下帐来，温温存存用右手向鲍金花背后一把搂。新人素亦知张三聘弓马纯熟，颇有英名，不稳当，也不敢下手。虽然坐帐，却暗暗观他，眼观帐外之人伸手从背后来摸，袖中顺刀早已顺出，直当他转身之时，照右胁下使尽生平力气一刺：张三聘"哎哟"一声，跌在床下。挽扶女客还在帐外伺候，一见张三聘跌下床来，就知是金花动手。胡姑娘怀中取出信炮，走出房来，用火点着，一声响，前边佳人各执兵器，一场大杀；金花将罗帐一揭，王家妯娌几个堂客，还在那里面，被金花一刀一个，杀出房来。大厅上陪客王、栾、张天佐弟兄，皆是文官，哪里还能支持？尽被杀死。虽有些家人，怎当得众英雄前后狠杀一阵！将张家并陪客之人，已杀了七八十。那张家家人忙报大元帅武寅。武寅道："京中强盗杀人，有关自己之性命！"掌号齐人。鲍老正在杀人，忽听号声，说道："速走！速走！武家齐人！"于是俱纵上房子，向外一看：街上早已站了无数兵马。正是：

　　才将奸佞斩杀尽，又有奸党下兵来。

　　不知后事如何，且听下回分解。

第六十一回
闹长安鲍福分兵敌追将

却说鲍自安等上得房来，见街上站了许多的兵丁，皆弓上弦，刀出鞘，又是火光如同白日，无处奔逃。鲍自安道："还不揭瓦打这些狗头，等待何时！"众人闻听，俱各揭瓦，打出一条大街，望东门而走。且说武磬一边齐人，一边差兵丁速关城门，莫要放走强盗，城门关闭，不必细说。

且说东门门兵，闻得相府传有大元帅军令拿贼，叫关城门。任、徐、骆三人骑马而立，门兵道："你等进城，速速进去，我要关门哩！"任正千道："方才起更，怎么就关城门？我还要等个朋友，一同进城。"门兵焦急道："相府有贼杀人，大元帅军令，叫关城门，莫要放走强人。你进又不进，出又不出，是何缘故？"任正千道："相府有喊无喊，关你什么事！若是贼从此出门，叫你关了门，他们从何处出去？"门兵道："难道是你一伙人么？"任正千道："你既明白，就不该关了！"门兵听得此言，"哎哟"一声，跑的跑，逃的逃。任、骆、徐三人各执兵器，倚门而待。只听得城中锣声齐鸣，人声吆喝，喊叫不绝。不一时，又听得瓦片响亮，知他们揭瓦打路前来。话犹未了，众人自房上跳下，任、骆、徐迎上前来，鲍自安问道："城门口曾关否？"三人应道："开着哩！"鲍自安道："快快出城要紧！"离城已出多远，只听得炮响，阵鼓连天，知是元帅武寅率领人马追来。鲍自安忙问道："马在何处？"六人应道："俱备现成！"鲍自安道："我等分作两班对敌，男将前行。抵挡追兵，男一班，女一班，行得一二十里，再换女将。大家都有个喘息之空，且战且走，方能到得潼关！"于是，女将各人上马，抵挡追兵。鲍自安、花振芳率领众人依前法赶路。

行了一日两夜，到第二日早饭时候，正是男班对敌，女将趱行。离潼关五十里之遥，只见前边有六个人，三对厮杀，不知何事？走得相离不远，仔细一看，竟是余谦、濮天鹏同一个和尚与三个道士相敌。花碧莲大叫："余谦莫要惊慌，俺来也！"鲍金花也随后叫道："叔叔稍歇，待我擒贼。"不讲两员女将战住了两个小道士。且说那和尚斗了十数个回合，心中火起，禅杖一举,将老道士打死。余谦满心欢喜,同濮天鹏向前拜问:"和尚上下?"和尚道:"贫僧乃五台山红莲长老三徒弟消月便是。"余、濮二人拜谢相救之恩,又将自前会得消安、消计之事说了一遍。消月道:"贫僧游方于此,闻奸佞结党,捉拿狄公。贫僧知他素抱干国之忠,故前来相救。不料开了杀戒,罪过,罪过!"狄公上前拜谢,与消月席地而谈。余谦道:"这雷胜远至今尚在栾家,复招了兵马,此来有谋杀之心,他与我等有仇。此必栾家有人指引!"展目一望,路旁松林之内有人探望,见了人连忙转身。余谦说:"林内林外必有栾家之人。"提着板斧入了林中一看:栾家人等俱在其中。余谦大怒,提斧砍来,一个不留,尽皆杀死。心中想道:"华三千是他得意门客,难道不同他进京?便宜了这狗娘养的!"向林中一观:见向北半箭之路,有一人出大恭,才站起身来,向林中而来,正是华三千也。余谦道:"我已断定,非他不行!"余谦切齿,等华三千。华三千低着头嘀咕暗想:"余谦这厮,今日必遭毒害,谅他不能逃命了。他二人如何是他王家师徒三人的对手?"走到余谦面前,尚未看见。余谦叫道:"我的儿,你来了么?"华三千看见余谦,真魂早从顶门飞出,见他倚树而立,手持双斧,似凶神一般,双膝跪下,道:"余大叔饶命!"余谦道:"我不杀你,你将今日因何来此拦我情由,说个明白!我再放你入林。快讲来!"三千道:"晚生同栾大爷进京皆过此地,想必大叔同狄千岁亦必过,故欲相害。"余谦又问清自解围之后,三个道士何来?华三千道:"解围之后,栾大爷因此就留他师徒在府保家。他师徒三人,一年是一千五百两银子的修金。今日进京,恐北方路上难行,故而随同前来保护。"余谦道:"奸邪无暴着之期,讵知天网恢恢,疏而不漏,今既自投罗网,尚思求免乎?"提起双斧,将华三千的头割下,又将舌头割下,余谦说道:"总因你多舌之故。"华三千二目仍然望着余谦。余谦道:"你一双贼眼,善观气色,见人喜怒。"用斧尖将眼一剜,两股清水流出。余谦走上前来,将杀除奸臣之子栾镒万、华三千之事告诉一遍。说话之间,鲍自安领众亦到。花碧莲见骆宏勋等俱到,心中想道:"自成亲之后,丈夫还未见我之武艺,何不趁此以逞我勇也!"眼看一个破绽,一刀斩之。鲍金花暗想:"她既斩了一个,我何苦再战,必令人轻视了我!"亦抖抖精神,一刀诛之。前来会家人,问其所以。余谦将华三千所供之言说了一遍,众人无不畅快。又问:"那长老是谁?"余谦道:"即老爹所渴慕:消月师也!"鲍自安等连忙向前拜谢,并留同赴潼关。消月道:"此乃无意相遇,贫僧已入佛门,不便又开杀戒成瘾。潼关防护虽严,有众位英雄,何愁不成!贫僧就此告别。"众人苦留不住,用禅杖挑起行囊回五台山去了。看官,余谦保狄公前行不两日,因何又叫众人赶上?奈狄公年近六旬之人,在往日,每日行五六十里就撑不住,歇店歇得早,起身起得迟。鲍自安等虽说分挡追兵;都是昼夜不停前行,故此赶上。

闲话休说。消月起身之后,鲍自安向余谦、濮天鹏道:"你二人仍保狄千岁前行,到了潼关,对胡大爷说,叫他快速前来抵挡抵挡,我等着,撑持不住了。再对胡二爷说:令他务将潼关夺下,勿使我等到时,前有关隘阻路,后有兵将追来,进退两难将前功尽弃!"至狄公起身之后,又听号炮之声相近,花妈妈道:"你们前行,待我等抵挡一阵!"于是鲍自安领众前行,且战且走。日将落时,离关只有十五里之遥,又见前面来了一队人马,一共五六百人。鲍自安道:"不好了,此必潼关武卯带兵前来,如何是好?"骆宏勋年轻眼亮,早已看见,向自安道:"老爹莫要惊慌,前边来者,乃金鞭胡世兄也。"鲍自安道:"既是他来,哪有这许多人马跟随,难道带喽兵前来么?"话犹未了,行至街前,正是金鞭胡琏。胡琏跳下了马相见,鲍自安见所带喽兵俱各持长棍,遂说道:"他们都会棍法么?但不知阵法可知?"湖琏道:"老爹不知,自到潼关,拣了五百喽兵,离关十里有一空庙,地方甚阔,朝夕躁演,排江涉水南去,哪怕数万人,而我何惧乎?诸公请赴潼关,俺对敌追兵去也!"胡琏领兵前去,鲍自安等奔关而来。正是:

英雄并力擒坚党,豪杰同心获佞臣。

不知众人可能进关否,且听下回分解。

第六十二回

夺潼关胡理受箭建大功

　　且说余谦、濮天鹏二人保护狄公,遇见胡琏,将鲍老所教之言说明。胡琏领兵去后,他二人跟随狄公到了潼关,胡理迎出,问众人动静。余谦道:"今晚至此,不然夜间即到了。请二爷速奔潼关,莫使前后受敌,反为不美!"胡理道:"容易,容易!"将狄公引进山窝。那胡理好不能,总共带了三千五六百人,哥哥带去五百,还有三千多人马,俱屯在山窝里,而做饭连烟头都无,故能使潼关镇守之人毫不知觉。狄公见他分派有条,甚是敬重。胡理延至更余天气,吩咐喽兵,并向余谦道:"我今自去单夺潼关,你们在关外候信,闻我喊叫你们,你们就指号向前,护住王爷;若不听见声音,切不可喊叫,使过兵来,反难取关。"众人领命。胡理扎束停当,前后挂了两把钞刀,出了山窝,夺潼关而来。

　　且说守潼关之将武卯,闻报马连报,道有强人反出京城,奔关而来,哥哥武寅刻下追赶前来,就要点兵丁。副将王隐说道:"就有几百强盗,还怕帅爷捉拿不住? 且必须过此地,关险路阻,强人插翅难飞!"武卯道:"此言有理!"整齐军马,上关防护,以观强人举动。于是,令两员副将、千百把总、守备,至关上观望。却说胡理来至关前,抬头一看,见关上灯球火把齐明,就知是武卯闻报,领了人马守关。潼关四围皆山,当中一个出门,乃南北通衢大道。设一关隘,必由关上过,别无出路。胡理又想:"前曾看下一块地方,关左首有一棵大树。"行到水边上了树,至树上一纵,上了山峰。那山峰生得像些狼牙一般,若跌下真个碎尸万段。胡理就上了三五个山峰。潼关原是无垛口的,胡理上了山峰,遍身是汗。山上茅草甚深,恐人看见,将身躲在墓穴中歇息。暗想道:"倒是上来了! 他有许多人在关上防守,一见我是生人,必要盘诘,岂容我自去关上。"正在无法,只听得横墓那边一人问道:"你也出恭么?"胡理知他月光之下看不分明,只当自家人,遂答道:"出恭。"那人真当自家人,毫不猜疑。胡理从他面前经过,一刀杀死,将他衣服剥下,自己穿上,又将腰刀取下,挂在自己身上。打扮得是个兵丁模样,一步一步,投进帅府。到武卯背后,武卯同二副将只向关外张望,关内皆是自家人,却不提防。胡理将两口朴刀取出,一刀对准武卯头顶,一刀用力砍向副将,砍了个二头落地。另一个副将说声:"有贼!"胡理分过刀来,亦砍倒在地。千百把总、守备见事不好,俱抢路下关去,胡理也随下来。关上有几百兵丁,竟无一个杀向前,不敌胡理,也不敢杀。众人直奔关门,那个守备叫过问道:"关已开了,还不放箭,等待何时?"话犹未了,箭如飞蝗射来。胡理背后倚定关门,面向众人,用两口朴刀上下左右相遮,两旁箭堆一二尺深,竟不能射他一箭。射有顿饭时候,兵丁所带之箭都已射完,只听得守备吩咐:"速开库房,搬箭来用!"胡理暗道:"还不趁此无箭之时斩关,更待何时!"转身来将门锁斩断,左膀上已中了一箭,胡理疼痛难禁,不能打开关门,只得微开其空,大喊一声:"关门已开,还不速进,等待何时!"鲍自安等已经到来,余谦将胡理吩咐之言相告,众人俱来关外等候。闻胡理之喊叫,奔至关下,一拥而进,将千百把总、守备、兵丁人等,十杀七八,余者逃去。回转关下,见胡理卧倒尘埃,哼声不绝。众人见了他两膀中了三箭,无不叹息。鲍自安道:"关既得了,有安身之地,速着几人前至总镇府搜寻,好将胡二爷抬进调养。"巴氏九人入总镇府,将武氏男男女女、大大小小,杀个干干净净。任正千驮着胡理到了总镇府,安放床上,将箭拔出,看箭已入肉二寸,胡理忽昏忽醒。狄公、余谦、濮天鹏等,带领众兵了,将骆太太等俱保入总镇府。狄公一见胡理如此形容,不觉泪下,赞道:"勇力忠心,胡二将军!"将至半夜,胡璉同众女将先至。鲍自安见人口齐至,吩咐掩闭关门。胡璉夫妻同女儿赛花,一见胡理看看待死,好不凄惨!鲍自安命女儿金花速取刀伤药敷上,及至五更,呜呼哀哉!亡年二十七岁。后人有诗赞叹。诗曰:

> 壮士胡二将,英雄实堪扬。不满八尺躯,胆气比众强。
>
> 只身斩关锁,迎王正唐纲。身虽受箭死,名并日月长。

胡璉见兄弟身亡,哀痛不已,众人无不下泪。狄公道:"速置棺木,将二将军高搁,待迎王还朝之后,再为封赠殡送。"胡璉感谢。遂备棺木成殓,安放庙中。

次日,鲍自安道:"元帅武寅虽被合力打散,必仍要夺关。我等兵少将微,不可力敌,只宜谨守关口。歇息两日,好赴房州迎王。"众人遵命,不提。

却说元帅武寅,京中共有十万御林军,那夜虽未齐全,也带了有三万余人。赶出京时,先与鲍自安两班男女对敌,已折万余;后与胡琏对抗一阵,又折了万余人,只落了一万余人相随。欲带回京,重调人马,又恐皇上责备:你做了元帅,带了三四万的人马,折去一大半,连一个强盗也捉不住,自家难以回奏。只得重整残兵剩将,赶奔潼关,还望兄弟领兵来迎。及到潼关,闻兄弟已被杀死,关口已失,好不苦楚!潼关外扎下营盘,修本进京求救。

且说鲍自安安息了两日,商议道:"今下房州,男将前去,女将在此等候。男将中也要留下一二人在此防护。我等中不知谁愿在此?"众人都千辛万苦,俱要迎王显功,都不答应。余谦道:"我不去罢!"鲍自安道:"余大叔有保狄千岁大功,岂有不去之理!"余谦道:"我家大爷前去就是了。"狄公道:"余谦不去也罢,我到房州,在驾前保奏,功犹在焉!"鲍自安道:"既如此说,濮天鹏也不去罢!你两个人俱是保千岁出京之人,要不去,都不去。"濮天鹏遵命。鲍自安道:"你二人在此,不可大意。武卯虽死,他家将尚有,倘暗地将关门开放,又是劳而无功。你二人分开班,一家一日巡关,凭武寅怎样叫战,总莫与他对敌。待等我们到日再作商量!"二人一一领命。各人收拾行李,次日同狄公赶房州去了。余谦、濮天鹏遵鲍自安之命,一家一日巡关。武寅关外扎了营,他也不来攻打。那晚,余谦巡关,忽听武寅营中炮响连天,余谦大惊,上关一看:见武营灯火明亮,又添了数万人马。正是:

　　折枪折箭拨残兵,添兵益将长威风。

不知武寅营中,又添何处人马,且听下回分解。

第六十三回

狄钦王率众迎幼主

却说余谦看见武寅营中添兵益将,自家同濮天鹏防备甚严。且说武寅本章进京,武后览表,也道当真是强盗作乱,不得不发兵剿除。遂发羽林军五万,差镇殿将军刘自成前去救援。一万人马,行营加添五万,共成六万大兵,自然壮观。次日,刘自成上马提枪,关前讨战。余、濮二人只是坚守不出。刘自成连讨了几日战,百般辱骂,并无敌将出关,只得回营,同武寅商议破关之策。武寅道:"彼坚守不出,别无近路可出,似此如何是好?"刘自成即说道:"除非元帅再行修表进京,请数架红衣大炮。此关左右有座高山,将炮架在山顶,以炮轰关。一炮不开,两炮;两炮不开,二炮,潼关虽固,谅数炮亦开!"武寅大喜,遂又修表进京请炮。数日之后,炮已请到,差人上山砌垒炮台。余、濮二人闻听此言,甚是惊慌,倘被人打破潼关,叫我二人如何拒之? 正在愁闷,报马报道:"太子大驾同薛元帅率领十万大兵,离此有百里之遥,特报二位爷知道。"二人闻后,好不欢喜,谅他砌起炮台并架炮时,我们大兵亦到。真个炮台未了,庐陵王大驾已到,相离潼关有二十里之遥。二人率领众男女接出十里之外。只见花、鲍、任、骆,皆是全副披挂,盔甲光明,好不威武。迎至辇前,报名跪接。狄公马前启奏:"此皆镇守潼关男女将。闻主上驾到,特来接驾!"庐陵王展龙目向下一观,见十数男女跪于道旁,皆有擒龙伏虎之气象。龙心大悦,问狄公道:"此二人即卿所奏,保卿出京之余谦、濮天鹏么?"狄公道:"正是此二人!"王道:"暂赐行营总兵,待孤登宝之时,另行封赏。女卿尽随夫品,勿得另封。"狄公走到余谦、濮天鹏跟前道:"旨下:余谦、濮天鹏二人,有保大臣迎驾之功,暂赐行营总兵之职,回朝再加封赐;赐封女将随夫品级,勿得另封。谢恩!"众男女齐呼:"千岁,千岁,千千岁!"站起身来,让龙辇①过去,各上骑行,随驾至关,放炮安营。余谦、濮天鹏亦到公馆,参

---

① 龙辇(niǎn)——指皇帝坐的车。

见元帅薛刚。薛刚道:"二位将军镇守潼关,武贼营中消息如何?"余、濮二人禀道:"数日以前,伊营添了六万人马,屡屡讨战,末将只坚守不出。三日前,又请了数架红衣大炮,现今砌垒炮台尚未架炮。末将等正待通禀,元帅大兵已到,今特禀知。"薛刚大惊道:"此炮共有二十四架,行镇国之宝,从不擅动。内盛一担二斗药料,其力能打四十里之远。潼关虽固,岂能受得数炮?趁此未架,明日差将拒敌,要紧要紧!"于是各营埋锅造饭,一宿晚景休提。

次日清晨,用过早饭,薛刚奏道:"昨闻余谦、濮天鹏二人说:'撞关外现有贼屯兵。须先捉此贼,再保驾进京。'"王道:"卿自主之。"薛刚领旨,即升大帐,问道:"哪个前去捉拿武贼?"一言未了,副先锋薛魁应道:"孩儿愿往!"披挂整齐,上马提锤,三声大炮,开放城门,二膝一催,早到武营,勒马讨战。武营中刘自成出马拒敌,来自营前一看,是雷公嘴的薛魁,早已盔歪甲斜;既到阵上,有哪个不能战的?身躯抖抖胆怯,问道:"闻小将军贤父子在房州保太子之驾,今何顺贼而拒皇上天兵?"薛魁道:"奸党肆行无忌,坏乱朝纲!前杀贼者,乃我狄千岁收服江湖上好汉,特杀奸贼,以作进见之礼,保护狄千岁到房州迎王驾,已至关中。你如识天时,即解甲卸盔,进关见驾,少免助坚之罪。尚敢驾前耀武扬威么?"刘自成乃奉旨前来,并非有意助奸,今闻太子驾到关中;且又知薛魁素日之利害,乃答道:"下官乃奉旨前来,并非助奸为恶。既然王驾在此,下官怎敢抗违?"遂下马丢枪,奔关中见主请罪。薛魁乃提锤在营门骂阵,早有旗牌报与武寅,说刘自成投关去了。武寅好不惊慌,只得自己上马提枪,出营对敌。二马相交,武寅大骂道:"不知死活的反贼,向日脱钩,是你父子之万幸!近在房州皇土,闲置不问,就该顶戴圣恩!今又助贼夺关,前来对敌,岂非自投罗网乎?"薛魁道:"你既是皇亲,腰金勒玉,食禄万钟,就该替国家出力,报效圣恩为是,因何与那些奸佞羽党同卖国法?不要走,看我擒你!"一锤就打中前心,坠马而亡。薛魁一马当先进营,吆喝道:"我诛者是奸贼,尔等兵丁无罪。太子现在关中,还不归顺,等待何时!"众军齐齐跪下,道:"愿归麾下。"薛魁吩咐仍屯原营。令随营干总将各队兵册呈进关来。

次日合兵一处,大元帅薛刚分差各将去领各队,副先锋薛魁领本部人马,先到长安攻城;二队正先锋薛勇领本部人马接应,并捉拿奸贼的家眷;

副元帅薛强领本部人马在前,庐陵王率领新收男女各将居中,自领大兵断后。次日,放炮起营。潼关乃系要地,不可一日无主,即将任正千实授潼关总兵为镇守。唯有鲍自安知、任正千手中分文没有,将三宫殿所劫那王轮的五六个包裹原包送出,与任正千使用,以应向日与花振芳赌胜复他家业之语。花振芳向日同巴氏弟兄所动力王轮十五个包裹,与了任正千十个,留下五个,速着人至定兴,将去把火星庙重修一座,以复当日在林中所许之愿。任正千勉强受封,而不得与众人日聚,不免有些难舍之意。骆宏勋慰道:"世兄有大任,不能远离了,逢有机会来相会!"大家洒泪而别。

　　且说头队先锋薛魁催促人马快行。行至次日午时,部下兵步不停,薛魁还嫌走得迟慢。众头目齐禀道:"你老爷所骑,一日能行千里,小的们如何随得上?"薛魁道:"你们也说得是,不若我自前走,你们随后赶来,省得惯坏了我的坐骑。"说罢,催马就行。先赶到长安,有二更之时,到了长安东门,薛魁哪里还等得人马到时再攻城池?自骑马提枪叫门道:"城上听着!庐陵王千岁驾已回朝,速速开放城门,免你之罪!"看官,京城不比别的州县,城楼上一夜不断人行。守更之人,闻得下边有人喊叫"庐陵王驾已回朝"。忙问道:"你系何人?"薛魁道:"我乃副先锋薛魁!"门兵听说是薛魁,打了一个寒噤,众道:"这位爷爷,反唐时节,他在京城杀了一日一夜,无一人敢近他前。多亏众百姓哀告道,以生民为念,求少爷出城吧!他才去了。今日至此,若不速速开门,打进来,一一个,莫想得活!"又一人道:"必须先禀皇亲,再请下令箭来,我们才敢开门。"众人道:"此言有理。"遂派一人速赴皇亲府内通禀。

　　却说薛魁见城上暗然无声,也不开门,也不回答,焦躁道:"该死的狗头,怎不言语了?若不开门,俺就用锤击门了。"众门兵道:"少爷,钥匙在皇亲武爷那里,已有人去请了;就来,请少爷少停片刻!"薛魁听了门兵这一番话,心中暗暗自己想道:"皇亲是武三思这个贼,我想这个狗养的,他若是听得我来叫门,他不但不开城门,还行暗算与我。虽然不能把我怎样,到底枉自费了我的气力,耽误些工夫。我今不要管他开与不开,待俺将此双锤击门而进便了。"算计已定,跳下征骑,双锤举起,照着城门只一下,只听得"扑嗵"一声响亮,城门两扇分开左右。薛魁复上征骑,将锤一举,冲进了城门。未知后事如何,且听下回分解。

第六十四回

圣天子登位封功臣

却说薛魁用锤击开城门,那些守门兵丁番儿,一声道:"不好了,你我喊来了木聚,快走,性命要紧!"一哄而散。再言薛魁正往前进,正遇武三思来也。薛魁迎了前来,亦不答话,举锤就打。

且说薛魁部下人马四散,赶来已误了时。也到东门,城虽开着,但不知主将何往,只得扎下营盘。不多一时,二队正先锋的人马也到了,问薛魁部的人道:"你主将在哪里?"众人禀道:"我主将因我们行慢,先奔前来。小人等到时,城门已开,想是先进城去了。"薛勇大惊道:"今乃奉诏进京,不过诛奸戮佞;忠良之辈不可伤害。素知薛魁有粗,恐他那里不分青白皂红。禁城之中,倘惊圣驾,其罪不小。况武三思英名素着,天下第一人,恐受其困。"连忙催动人马进城,及至大街之上,只见薛魁提锤找人厮杀。薛勇连忙吆喝道:"禁城不可乱动!"薛魁见薛勇来至,亦勒马而待。薛勇问其所以,薛魁道:"武三思这老儿,已被兄弟一锤打死。"薛勇道:"武三思既除,不可妄杀一人,速速领人马去围住了奸贼府第,擒捉人口。"于是将王、栾、薛、武人口尽皆拿下。京城内不敢屯外镇之兵,恐惊圣驾,于是将众人家口俱押出城外,下行营以待大兵。

天明时,大兵已到,满京臣庶俱知太子驾临,皆朝服而迎。庐陵王道:"孤今进城朝母,众卿在营等候。钦王狄仁杰、大元帅薛刚二卿,随孤进朝。"众人领旨。王乘龙辇,行到午门,黄门启奏武后,武后召见。王到金殿,山呼已毕,哭道:"儿臣久离膝下,今日得见皇娘,真万幸也!"武后道:"早因儿幼,为娘代你理国。今已成立,我又年老,故诏皇儿回朝禅位。"庐陵王谢恩。武后又宣狄仁杰至殿。武后道:"迎王还国,皆卿之力也。命卿酌议立我儿日期。"狄公遵旨。是日乃九月二十八日,太史议定十月初二日上吉,复奏武后,武后准奏:十月初二日禅位。令翰林院编修召太子进宫宿庵,母子酌议朝事,诸卿退朝。

于是,朝期后至十月初二日,合朝文武早朝,侍候王登大宝。众臣朝贺,山呼已毕,改元大唐嗣圣元年,为中宗皇帝,大赦天下。大元帅薛刚奏道:"张、栾、王、薛、武众家口,请皆发落!"天子道:"尽皆听卿。"正在议论,只见内宫一个太监慌慌张张驾前奏道:"太后娘娘自缢驾崩!"天子大哭,京中群臣挂孝。次日,先颁喜诏,后颁哀诏。太后丧事已毕,安乐宫摆宴,大宴群臣。天子因有太后之丧,不便赴宴,敕大梁王狄仁杰主席。众臣正欢饮之间,只见一个内监手捧皇诏前来,众人跪接。那内官居中站立,开读圣旨道:"旨下,跪听宣读。

旨曰:

奉天承运皇帝诏曰:臣无君,如衣无领;君无臣,如体乏手。我先皇帝驾崩,朕躬尚幼,先太后代执朝事。而我先太后优娴贞静,里闱有余,外事岂所深知耶!不意被奸佞蒙蔽,逐朕外镇,不容还朝,几乎有失先帝之业。今除奸戮佞,速朕回朝,复得基业者,皆卿等之力也。不正典刑,无以警戒坚谗;不行赏封,何以鼓舞忠义!张天佐、王怀仁、王怀义,先已被杀,家口正典,余党姑置不究。尔等诸臣,论功封赏:

狄仁杰,原封钦王,无以加封,恩袭公爵,加禄万钟。薛刚,进封平西王,兼兵马大元帅。薛强,进封平国公,兼兵马副元帅。薛勇,进封无量大将军,兼正先锋。薛魁,进封无敌大将军,兼副先锋。鲍福,封安国公。花莺,封定国公。胡琏、巴龙、巴虎、巴彪、巴豹、巴仁、巴义、巴礼、巴智、巴信、徐芬、骆宾侯、濮行云,俱封总兵。濮里云,封总兵,有保迎朕大臣大功,加封卫武将军。余谦,封总兵,有保迎朕大臣大功,加封卫将军。

众女卿各随夫品。鲍金花,虽系闺女,有迎朕大功,恩赐一品夫人。花碧莲,虽系副位,有迎朕大功,恩赐一品夫人。胡赛花,有迎朕大功,用武探花之职,恩赐二品夫人。修素娘,宁死不失节烈,又有随迎朕大功,恩赐节义夫人,其子成立,另行封赏。胡理,只身夺关,以死报国,敕赐忠武侯,以礼安葬。在京诸臣,各安原职;既封之后,各安本职。钦哉谢恩。"

宣读已毕,众人谢恩。

宴罢,各归寓所。次日早朝,狄仁杰奏道:"五台山上消安、消计、消月,并徒黄胖四个和尚,皆有忠义之心,潼关解臣之危,原许陛下回朝之后,奏明加封。今陛下已登大宝,乞赐封赠,以彰圣恩!"天子准奏,差官至五台山宣诏消安等四众,四众接旨谢恩毕,款待天使,少不得备酒,留住一宵。次日天明,消安四众随了天使,一同进京,非止一日。

那日早到,差官来至午门缴旨,黄门官启奏,皇上传旨宣消安等上殿。消安听宣,师徒四众来至金阶,山呼万岁已毕。主开金口问道:"闻尔等师徒,素有禅规,更兼英勇,向日狄卿迎朕遇坚。若非圣僧解危,朕不知何日还朝。"消安等奏道:"贫僧向日路遇秋千岁遇坚,托万岁洪福齐天,天意除坚,非僧人之能为也!今蒙圣恩过奖,实僧人之罪也。"皇上道:"尔等不必谦逊,听朕封来:

消安,封文英武勇护国大禅师,赐紫金盂一,赐锡杖一,大红袈裟一。消计,封神威义勇－国副禅师,赐锡杖一、袈裟一。消月,封与佛静坛禅师,赐袈裟一、僧鞋袜一。黄胖,封牛痴长老,兼僧纲掌教之职。"

皇上封过四僧,四僧口称:"臣俗等谢恩,愿吾王万寿无疆,圣寿无疆!"山呼已毕,皇上回宫,众臣朝散。再讲消安等少不得至狄千岁王府拜谢,王府留斋。师徒入朝谢恩,辞驾回山,天子准奏。师徒又谢过狄千岁,狄千岁少不得有礼物相送,送至郊外而别。不讲消安等回山。再言大唐君明臣良,纲纪复,朝政整。正是:

金殿当头紫阁重,仙人掌上玉芙蓉。

太平天子朝元日,五色云中驾六龙。

且不讲大唐天子国泰民安,风调雨顺。再言骆宏勋荣任狼山总兵,差人到宁波府,将桂太太请来侍奉,家内有桂小姐、花姑娘朝欢暮乐。后来花、桂二位夫人皆生贵子。桂氏生二子,取名文龙、文虎;花氏所生三子,取名文凤、文鸾、文鳌。骆宏勋将文虎继与桂府为嗣,又将文鸾继与花氏为嗣,又将文鳌继与巴府为嗣,因向日误伤巴结之命。而三氏皆有后人。后来五子俱系皇家栋梁,至今昌盛。

再讲任正千久镇潼关,后来在任娶妻方氏,所生一子一女,子名应龙,女唤素英,后与骆宏勋为媳,文龙为妻。至此,骆、任世代相好,至今如始。余谦后来官到兵马大元帅,娶妻秦氏,系世袭国公秦氏爷之女,所生四子二女。长女嫁与骆宏勋次子文凤为妻,次女嫁与任公之子应龙为妻。四子长成,俱是文武,在朝伴君。后来之人,看到了余谦之事忠直,有诗为

证,诗曰:

　　自幼心中直,平生胆气豪。切齿恨王贺,救主不辞劳。

　　四杰威名重,义志贯九霄。天一忠义士,高官位列朝。

这几句诗,单表余谦忠义可嘉。

再者,花振芳夫妇有骆宏勋常常侍奉。鲍自安有婿送终,寿至耄耋之外。后人看到鲍自安与花振芳之事,有诗为证,诗曰:

　　艰难江湖客,忠肝直胆心。忘身唯救友,立志保圣门。

　　杀坚兼救难,除佞恤孤怜。今朝留竹帛,千古显芳名。

后来花、鲍二老一笑而终。巴氏弟兄各各荣任总兵之职。其节妇修素娘之子,长大成立,读书上进,圣恩御赐,荣显门庭,娶妻生子,传派为梅氏宗支。真所谓善有善报,恶有恶报。至此,已完成反唐后传一本故事。

诗云:

　　江湖有义终非盗,衣冠无良岂是人?

　　王贺奸滢终有报,佞贼擅权枉费心。

　　世赖进贼今何在? 梅滔坚险也丧身。

　　余谦舍命存忠义,至今千古美名存。